吉祥夜——著

粟先生的恋爱调查报告

（上册）

青岛出版社
QINGDAO PUBLISHING HOUSE

图书在版编目（CIP）数据

粟先生的恋爱调查报告/吉祥夜著. 一青岛:青岛出版社, 2021.8
ISBN 978-7-5552-8831-2

Ⅰ.①粟… Ⅱ.①吉… Ⅲ.①长篇小说－中国－当代 Ⅳ.①I247.5

中国版本图书馆CIP数据核字（2020）第199043号

书　　名　粟先生的恋爱调查报告
作　　者　吉祥夜
出版发行　青岛出版社
社　　址　青岛市崂山区海尔路182号（266061）
本社网址　http://www.qdpub.com
邮购电话　18613853563　0532-68068091
责任编辑　李文峰
特约编辑　孙小淋　张玙璠
校　　对　李玮然
装帧设计　梁　霞
照　　排　梁　霞
印　　刷　三河市良远印务有限公司
出版日期　2021年8月第1版　2021年8月第1次印刷
开　　本　16开（710mm×980mm）
印　　张　36.5
字　　数　749千
书　　号　ISBN 978-7-5552-8831-2
定　　价　69.80元（全2册）

编校印装质量、盗版监督服务电话　4006532017　0532-68068050

目录
[上册]

目录

[下册]

序

一九九四年春。

天灰蒙蒙的，满城杨青柳绿，空气里浮动着絮毛。

法院门口的台阶上坐着一个瘦小的女孩，不过四五岁的年纪，穿一件洗得发黄的白毛衫。她的毛衫很宽大，罩着她单薄纤细的身体，就像风里飘了个纸人一般，似乎风再大一点儿，她就能被卷走。

女孩的头发一看就是家里人给她剪的，圆圆齐齐的一圈，刚好包住耳朵，发色颇黑，发质却欠佳，又枯又糙，被风吹得乱七八糟。她的刘海有些长，用一枚红色的小蝴蝶发卡别在一旁，露出眼睛。

女孩有一双很好看的眼睛，瞳仁很大，浓浓的墨色，只是因为呆滞而显得十分空洞，空得仿若这忙碌世界的车水马龙都填不进她的眼，只有那些在她眼前飘来飘去的白絮在她黑瞳里映出模糊的影。

有人远远地看着她，像看一幅色调灰暗的画。唯一鲜亮的点是她头上的发卡，小小的一点儿红色，像黑色画布上的一抹朱砂。

“小许，走吧。”穿黑色风衣的女人牵起了男孩的手，一双美目红肿，还蕴着泪。

男孩却挣脱了女人的手，迈开步子朝女孩跑去。

“小许！回来！”女人的声音有些凄厉。

一件黑色小西装挡住了女孩的视线，黑色的衣扣亮晶晶的，很好看。

“给你吃。”

一只手伸到了她的眼前，肉乎乎的手上捏着一个棒棒糖。棒棒糖很大，比他的两只手还大，扁扁的，不同的颜色一圈一圈绕成一个圆形的大彩虹。

她终于抬起头。男孩有一双和她一样又大又圆的眼睛，左边的眉毛里藏着一颗痣。

男孩这才发现她呼吸急促、脸颊泛红。

他拉起她的手，把棒棒糖放在她的手里。她的手好小，硬硬的，没有肉。

“你吃，很甜。我奶奶说，难过的时候心里是酸的，吃颗糖就能变成甜的了。”男孩的声音很清脆，可是也透着和年龄不符的哀伤，“你拿着，我走了。”

女孩紧紧握着棒棒糖，低下头，急促地呼吸着，胸脯起伏得厉害。

男孩等不到女孩的回答，转身就跑，跑了一半忍不住回头看，却见女孩已经从台阶上栽倒下来，躺在地上，棒棒糖也掉在了一旁。

“……被告人涂成功……杀人……无期徒刑……”

很长的一段判决书留在她的记忆里，如今就只剩这几个词了。

当她在医院里醒来的时候，迷迷糊糊的脑中回响的也是这几个词。

她知道自己有病，这个季节很容易犯病，每年这个时候她的爸爸就很紧张。

医院的病历卡上写着这个病的名字——哮喘，很复杂的两个字，可见得多了，她也认识了。

上面那一行写着“涂妹妹”三个字，但她只认识“涂”字，余下两个字在她的脑袋里自动成了XX。涂XX，她不叫这个名字。她姓涂，叫涂恒沙。她会写自己的名字。

涂恒沙，五岁。

那年春天，爸爸入狱，她哮喘病发作被人送进医院，醒来的时候枕边只有一根圆形的彩虹棒棒糖，已经碎裂了。糖被透明的塑料纸包着，勉强裹成一个碎裂的圆。

那一年，在城市的另一个角落，还有一个小孩也失去了父亲……

第一章

相遇不过是有人心有所向

晨江报社。

涂恒沙站在一栋六层楼高的建筑物前，建筑物顶端四个描红的大字威严恢宏。她下意识地深吸一口气，从口袋里摸出一颗糖含进嘴里，水蜜桃味的甜香在唇齿间弥漫开来。她眯了眯眼，才稳步走进了大楼。

大办公室里，每个格子间都是埋首忙碌的人，键盘声、鼠标点击声此起彼伏，一眼看过去，只看见一片黑压压的脑袋。她快速咬碎了嘴里残留的糖渣。这就是她以后奋斗的地方了！

“你好，我是摄影部新来的记者……”她凑巧抓到一个起身往外走的人，那人还边走边看着手中的一沓稿纸。

那人一抬头，笑了：“你是叫涂……”

他是一个笑起来露出两颗小虎牙的帅气大男孩。

“涂恒沙！”居然有人知道自己，她开心地点头。

“对对对！”那人指了指角落里的一个格子间，“你的座位在那里，都安排好了。”因为不记得她的名字，他尴尬地挠了挠头，“嘿嘿，我叫郝仁，对，你可以认为就是你想的那个‘好人’！你也可以叫我好人哥哥，哈哈哈！”

涂恒沙一笑：“谢谢好人哥哥！”

她本就是个嘴甜的。

“郝仁！你又在骗小姑娘吗？”有人发出不平之声。

涂恒沙回头，看见一个戴眼镜的女子走了过来。女人三十岁左右的年纪，她的眼镜片后是一双狭长的眼睛，正上上下下地打量着自己。

涂恒沙下意识地往后缩了缩身体又站直了，她端正的肩膀和挺直的腰背好像都在替她说：别看我个子小，可是我扛得起设备！

“陈琦。”女子的目光柔和了些，态度仍保持倨傲。

原来是摄影部主任！她的顶头上司！

“陈主任好。”她忙道。

陈琦点点头：“南县发生洪灾，我们已经派去一个摄影记者了，但是人受了伤，现在需要再去一个人。你准备准备，马上去。”

“我……”涂恒沙张大了嘴，双眼瞪圆。

“有问题吗？”陈琦的眸光微微一敛。

“没……没有……”涂恒沙忙将未出口的话吞了回去。

陈琦似乎看透了她心里的想法：“我们晨江可不是你从前待的不入流的小平台，我们不养闲人，更不养废人。不管你是新人还是老鸟，是第一天上班还是上了十年班，在任务面前，人人平等！”

“是！”涂恒沙下意识地双腿并拢，站得愈加笔直。

虽然陈琦毫不掩饰的自得和鄙夷都快从她巴掌大的小脸上溢出来了，但涂恒沙心中仍对她充满敬意——致敬这种“任务面前，人人平等”的精神。

“嗯，赶紧报到、领设备，马上去吧。到南县后找粟融归，他跟你一个组。”

什么归？涂恒沙这个“归”字过敏症的人，听见“归”字，心头就如小鹿乱撞般跳了跳，结果就没听清陈琦说的名字。

陈琦皱起眉，问道：“有问题？”

“没……没……我马上就去！”尽管仍然没听清是哪三个字，但为了避免陈主任杀伤力十足的眼神在她身上戳几个洞，她还是别问了吧，待会儿找刚才那位“好人”打听一下！

哗啦一阵响，在转身的瞬间，她脚下一个趔趄差点儿摔倒，好不容易站稳，包里的东西却全部掉了出来，撒落在地面上的除了钱包、钥匙等寻常物品，还有一地的糖果。

空气突然变得安静，陈琦盯着满地五颜六色的水果糖，脸色一秒内变了数次。

涂恒沙赔着笑，蹲下来飞快地捡东西。

另一个身影却比她更快，那人迅速帮她归拢糖果塞回包里，只留了一颗粉红色的糖果，摊开掌心高高向上一抛，再接住：“草莓味的哦，谢谢了！”郝仁露出一个大大的笑脸，冲她眨了眨眼，“粟、融、归！不过你要做好找不到他的准备。”

涂恒沙抱着包一脸迷惘。为什么会找不到？那该去哪里找？

“还不快去！”陈琦的呵斥声仿佛有地动山摇的威力，只怕下一秒火山就要爆发了。

“是！”撒腿就跑的某个人默默泪流，她上班第一天的表现实在是太糟糕了！刚才她明显感觉到有人绊了她一脚！但她没看清是谁！

南县，瓢泼大雨。

此时已经是第二天中午，涂恒沙裹着雨衣，怀里紧紧抱着设备，全身湿透往南县中心小学奔去。

因为洪水，南县城区大面积断水断电，目前能供电的仅有县政府和地势较高的中心小学，学校礼堂、教室、办公室都安置了打地铺的灾民。

涂恒沙一头扎进其中一间教室，胡乱脱掉雨衣，坐在离插座近的地方开始导入照片并写稿。头发上的水滴滴答答落在键盘上，她用湿袖子随意一抹，继续写。

她本来只是摄影记者，文字的任务不是她的，但没办法，被郝仁一语言中，她没找到粟融归。

面对电脑，她写了删、删了写，简直想哭。不是她写作能力不行，而是采访到的材料太少。

她去指挥部，领导去抗洪一线了；她去抗洪现场，武警忙着抗洪没有那么多工夫跟她"闲聊"；她好不容易找到领导，没说两句，马上就有紧急情况需要处理……

照片她倒是拍了很多，但是在这个自媒体和互联网发展迅速的时代，大众大概比记者更快地上传了图片和视频。

想到这里，她掏出手机上网。

果然，网上早已有了抗洪的热搜，从武警在水中泥浆里跋涉到群众如何转移。群众自己上传，网络大 V 转发，整个网络已经铺天盖地全是图片和视频了。

"姑娘，先把湿衣服换了，别感冒。"一个老奶奶的声音响起。

涂恒沙抬头一看，眼前的老人慈眉善目，花白的齐耳头发别在耳后，用黑色发卡别住，手里还端了杯水递给她："刚烧的，热的。"

全城停水，这会儿有热水喝当真不易。

老奶奶把水杯塞到她的手里。她的指尖触到温暖的杯壁，全身不禁打了个寒战，此时才感觉到真是冷……

湿透的衣服贴着皮肤，浑身不舒服，鞋子里也又湿又黏，她低头一看，何止是鞋子，膝盖以下全是泥，一双脚更是泡在泥浆里，动一下鞋子里就咕叽响一声。

"喝吧，快喝，嘴唇都白了！喝完赶紧换衣服。"老奶奶朝她抬抬下巴，重复道。

"谢……谢谢……"她是真的需要热水，捧着水杯的手都在发抖。

她这二十几年来一直很注意保暖，可是目前没有可换的衣服。喝完水，谢过奶奶，她坐下去打算继续写稿。

她的视线环视一周，发现教室里的人都在看着她。她笑了笑，想把包里的糖分给他们吃，打开包一看，糖全都被水泡了，顿时有些尴尬。

老奶奶也笑了，摇摇手说："我们有吃的，不用。你吃不？"

涂恒沙摇摇头，想想这一天好像就没吃过东西，也没地方吃——没水没电的，街上的饭店全都关了门。

一位老大爷端着一碗热气腾腾的泡面走过来，表情十分愁苦，把叉子递给老奶奶："实在没法子做得更好吃了，你将就着吃，等水退了我再给你做好吃的。"

涂恒沙听了心里一暖，不禁看了那泡面一眼——泡面也堪称豪华版泡面了，火腿肠、卤蛋、榨菜丝儿，把整个面碗撑得满满的，一圈红油辣椒浇在上头，让人看一眼就颇有食欲。

老奶奶十分满足地说："这样就不错了。"

说着她伸手去接碗，老大爷却不放开泡面碗："烫，我给你端着，你吃。"

老奶奶一笑，用叉子叉了块火腿肠，喂到老大爷嘴边："你先吃。"

涂恒沙莫名地湿了双眸。真好啊，哪怕到了白发苍苍的时候，我还变着法子给你做好吃的，你有吃的也总惦记着让我先吃一口……

她的生命里是没有父亲这个角色的，如果当年父亲没有入狱，是不是在她的家里也能看到这一幕？

她拿起相机将这一幕拍下，而后开始专注地写稿。

她打算发两篇稿子回报社，一篇是对水灾整体情况的报道，另一篇则去写她所拍的照片里感人的瞬间，包括刚才这一幕，合成一个特辑。

这一回她倒是全神贯注地写稿，身边有人搬桌子也没影响到她，直到一个男子的声音响起："你好，如果你的电充满了，可否匀给我一个插座？"

"哦哦，不好意思，可以可以！"她忙道。

教室里就一个三插孔的插排，因为没人用，她的手机、电脑、相机电池全给插满了。

闻言她立马拔掉了两个，抬头冲着来人抱歉地笑笑。

她坐的椅子本就有些摇晃，她抬头的时候身子顺势往后一仰，然后就在男子的脸映入她眼帘的瞬间啊的一声尖叫，紧接着哐当一声，连人带椅子跌了个四脚朝天。她脚上泥乎乎的鞋子还飞出去一只，不知落在了哪里。

当她手忙脚乱地从地上爬起来的时候，面对的便是教室里的哄堂大笑，以及眼前这个男人冰冷的脸。更要命的是，男人白净的脸上有一团泥渍，一只手里还拎着她的鞋……

"那个……啊……那个……对、对不起……我给你……你……擦、擦擦……"她很想保持镇静，可是她做不到啊！她的声音在发抖！她的手在发抖！她的全身都在发抖！她的心更是抖啊抖地乱成了一团，就连她的呼吸都是抖的！

她就这么抖着从包里摸出一包纸巾递给他，虽然纸巾也沾了水，但是勉强能用："对、对不起，我不是故意的……"

那人不动。

她把纸巾又往前递了递，趁机偷瞄他的脸。

他长大了，瘦了，原本团子似的小圆脸变得棱角分明、线条硬朗，眉眼间依稀还有着从前的影子。若非他眉角那颗痣，她甚至不敢确定这就是他。

只是他的目光却不曾如她一般在她脸上停留，他也没有搭理她伸出去的那只手，只将她那只泥鞋往她面前一扔，便自顾自地坐了下去。

她收回了手，垂头丧气，低头看着自己踩在地上那只光着的脏脚和躺在一旁的泥乎乎的鞋，又多了几分懊恼。重逢来得如此“别具一格”，任谁也高兴不起来吧？再说，他可能都不认得自己了……

对啊！他完全有可能没认出自己是谁！

一时间，她又兴冲冲地坐下，还把椅子拉近了些，坐在他旁边。

他已经开始忙碌了，脸上的泥渍也不知什么时候擦去了，噼里啪啦的键盘声敲得她心里如煮着一锅沸水，咕嘟咕嘟，冒的全是粉红泡泡。

她想了想，在包里找出一颗没有浸水的干净水果糖，握在手心里，清了清嗓子：“许……小许同学？”

男子的身体一僵，敲击键盘的手停了下来，但也仅仅是一瞬，转眼他又继续开始敲打键盘，头都不曾抬过。

“小许同学！许归！对不对？”她加大了声音，灿烂地笑着，把手里的水果糖放在他的桌上。

而他自始至终目不斜视地盯着电脑屏幕，指尖不停。

她确定了，他就是许归没错！否则他便会直接否认，而不是这样一直沉默。他大概只是不认得长大后的她了！

她欢喜地把糖果往他那边推了推：“请你吃糖啊！小许同学！我是涂恒沙！嗯，也就是涂妹妹！”

后来她知道写在病历卡上的她的名字是“涂妹妹”了。

他终于有了反应，目光疏离，眉间微蹙：“对不起，我从不吃糖，也不认识什么涂妹妹。”

“那……那你是许归吗？”她的欢喜化成了怯懦。

他再次沉默。

那就是了？

“可是……”可是许归明明是喜欢吃糖的。

“别可是了，我很忙，还有……”他第一次把视线从他的电脑屏幕上移开，落在她的身上，上上下下打量了她一番，皱起眉，“衣服、鞋，如果不换就离我远一点儿。”

所以，他是嫌弃她有味儿吗？她下意识地把一双脏脚往一旁挪了挪，低头闻了闻自己的衣服，并没有味儿啊……

心里的粉红泡泡一个一个破灭，她还是有点儿难过的。二十年前他给她一根棒棒糖，她心心念念惦记了二十年。二十年后的今天，他不但忘了她，还这般嫌弃她……

她垂着头，默默地去了外边。

干净的水现如今是奢侈品，都不够喝。反正下着雨，她用雨水把自己的泥脚洗干净了，刚转身，一套男款衣服砸到了她的身上，还有他毫不客气的一句话："拿去换了！"

衣服上有一股陌生的味道，是说不清道不明的洗衣液香味，混着淡淡的男子的气息，她穿在身上莫名红了脸。很快，她又替他找到了很好的理由：这都二十年过去了，他忘了她也很正常啊！忘了又怎么样？重新认识不就好了？

她欢喜地把大大的牛仔裤脚卷了好几圈，光着脚踢踢踏踏地跑回了教室。

她不再打扰他工作，轻手轻脚地坐回自己的椅子上，跟他一样开始敲键盘，不时地偷瞄他一眼，还有他的背包、电脑、相机。

所以，他跟她是同行吗？

她再细看他相机包上的字："南县TV"。

原来他是南县电视台的！

"小许同学，原来你在南县电视台啊！"眼看他完成得差不多了，她才开始继续搭讪。

小许同学没理她。

"后来，我就再也没见过你，你去了哪里？"

她最后一次见他是在学校的小树林里，他捡了根树枝在泥地上写了满满一地"小许同学"。彼时，她上二年级，他上四年级。她躲在一棵树的后面偷偷看他，他走的时候没有带走他的书包。

她忽然想起了什么，从包里找出她的钥匙串，上面挂着一个小足球挂饰。她拎着钥匙串在他眼前晃了晃，钥匙间发出一串清脆的撞击声："你看，你还认得它吗？"

挂饰是她从他的书包里的钥匙串上取下来的，她戴了二十年，塑料足球已经掉了色。

他闭了闭眼，带着一种烦不胜烦的神色说："身为一个记者，你要记住的是第一时间完成你的采访任务，第一时间把你的稿子交上去，时间就是生命线！这些老师没教过你吗？"

她手里还拎着小足球挂饰，莫名其妙地被凶了一顿，有些委屈地说："我……我已经写完了啊……"怕他责备自己打扰他，她连忙补充，"我看你也忙得差不多了……"

他被她一噎，抿了抿唇，合上笔记本电脑，又不理她了。

外面的雨越下越大，涂恒沙拎着自己的脏鞋子准备穿上。

他一眼瞪过来："干什么？"

涂恒沙吸了吸鼻子，并没有闻到鞋子有什么异味，才道："我要出去啊！这雨不但不停，还越下越大。指挥部说今晚水位很可能还要上涨，我去看看！”

他皱眉：“你？”

“怎么了？”涂恒沙套上鞋子，只觉得湿冷之意从脚底往上蹿。

这鞋子不脱还好，至少有体温暖着它，脱了再穿可就更冷了。

“就你这样一个连记者的基本素质都不具备的所谓摄影记者……”他话语里带着冷哼，“就别去添麻烦了吧！真不知怎么会派了你这么个人来！”

“我怎么就不具备基本素质了？”被人贬低自己的职业素养，涂恒沙还是很生气的，但因为这个人是小许同学，她又把这股气给压下去了，一边整理装备，一边寻思，要用行动证明给他看！于是她索性转开话题：“我们报社并不是只来了我一个人，还有一个叫粟融归的，只是我一直找不到他。对了，你见过他吗？”

他们都是同行，没准他认识。

她以为小许同学又会不理她，谁知他却语气硬邦邦地说：“见过。”

“啊？真的？”这回她意外得连生气都忘了，“他在哪儿？”

她终于可以和粟融归会合了！

可小许同学再度扮酷不理她。

涂恒沙叹了口气，只好说道：“那我先走了，我约了指挥部领导和武警中队长采访。”

她进行到一半便因紧急情况而中止的采访，被改到了下午。

小许同学没说话。她顿了顿脚步，穿上雨衣一个人走了出去，临走前还和教室里的当地居民打了个招呼，老奶奶笑呵呵地叮嘱她小心。

天地间只听得见磅礴大雨倾倒之声，雨衣这玩意儿在这样的暴雨里根本不顶用，片刻之间她身上新穿的裤子又湿了一大半，鞋子里再度灌满了水。

走出学校大门的时候，隐约听见有人叫她的名字，在倾盆雨声里听得并不那么真切。她愣了愣，有人在她肩头重重一拍。她回头一看，便看见裹在雨衣里的小许同学。

她有些愕然地道：“你也来了？”

小许同学没说话，指了指校门旁边的屋子。

涂恒沙一看，原来是一家小卖部。

小许同学往小卖部走去，并示意她跟上来。

她想起自己整整一天没吃东西了，小卖部这门开得可真及时，于是踩着两只湿鞋跟着他进了店。

她一心看着面包、方便面之类的，却听得扑通、扑通两声响，一双高筒胶靴落在她脚边。

“换了。”他的目光盯着她的裤管。

涂恒沙明白了，这是嫌弃她把他的裤子弄脏了。她颇觉难为情，也是，到底是人家的裤子呢！她赶紧脱了鞋，换上到大腿的胶靴，把裤子都塞进靴筒里。湿漉漉的脚总算接触到干爽的鞋，她跺跺脚，走几步，只觉十分舒服。

然后店主似乎在等着什么。

他看着她也在等着什么，她有些摸不着头脑，疑惑地看着他。

“付钱啊！”他终于忍不住了，一脸“难道你要我付钱”的表情。

“哦哦哦！”她恍然，“不好意思啊！我忘了！多少钱啊？”

“五十。”店主道。

她赶紧抽出一张红色的钞票，当然也是湿漉漉的：“再给我几个面包，两瓶饮料吧！”

她买了四个面包、两瓶茶饮，分给他一半，语气里丝毫没有女孩给男孩买单的尴尬：“我快饿扁了，你也没吃东西吧？将就吃点儿！”

一直扮酷的小许同学居然毫不矫情地接了，两人在小卖部啃完了面包才出去。

干干的面包就着茶饮，噎得涂恒沙直打嗝，她却在雨里笑着：“我想过很多次再见到你是什么样的情形，也想过会请你吃饭，可从没想到会是在这样的地方请你啃干面包！”

他却只是默默地走在她身边，一声不吭。

涂恒沙已经习惯他的沉默了，依然冲他笑：“我知道你不记得我了，可是没关系啊，我记得你就好。我现在隆重地向你介绍我自己，我叫涂恒沙，是《晨江日报》的摄影记者。我五岁的时候第一次见你；六岁在红柳小学第二次见你，那时候你念三年级；最后一次见你是你四年级期末，散学典礼那天，后来你就消失了。这些你都不记得了也没关系，我们可以重新认识。你好，小许同学，见到你很高兴。”

她伸出右手，笑容绽放。

她的手小小的，很瘦，异常白皙，被雨夜的苍茫灰暗反衬得有些不健康。她的笑容也是，苍白脆弱，连唇色都是灰白的。她就像被暴雨凌虐过的雏菊，努力地绽放，却又有些颓败。

他看了一眼，没有反应，大步往前走去。

涂恒沙的手僵在雨中，大颗的雨点打在手上又麻又疼。

“你回去吧！”就在涂恒沙黯然之际，前面那人忽然大声说道。

她微微皱起秀气的眉头，追了上去：“你说什么？”

“我说，你别去了！回去吧！”

雨衣的帽子遮住了他的大半个脸，她站在他的身侧，雨幕里只看得见他的鼻尖和下颌。

她鼓了鼓腮帮子，倔强地迈开大步。

他失了耐心地喊道：“都说叫你别去了！你要采访的人粟融归已经采访到了，你看看你们官网，这时候大概新闻都已经发出去了。”

涂恒沙这才一惊，立即掏出手机捂在雨衣里看。果然，《晨江日报》网媒已经有了关于这次南县水灾的最新报道，记者署名是粟融归。涂恒沙粗粗看了一眼，报道十分详尽。她想到的、没想到的内容全都有了，甚至还有指挥部领导和武警讲话的视频。只是报道里并没有粟融归的身影，剪辑过后的视频连他的声音都没播出来。

“这……这……”她奔波了半天都凑不齐的内容，粟融归什么时候采访到的啊？她怎么没察觉？

小许同学冷哼道：“所以说你业务能力低不是没有依据的！还是好好回去待着吧！今晚的险情你也不用关注！别给大家添麻烦就行！”

涂恒沙这时候正在看另一条报道，正是她自己传回去的照片特辑，呈现了水灾中各个角度各个人群温暖的片段。这条报道的评论数和点赞数也很高，完全不亚于粟融归那篇。所以小许同学的嘲讽完全没有击倒她，她笑嘻嘻地把手机关了，满面春风地抬头，发现小许同学看傻子似的看着她，好像在说：骂你你也这么高兴，别不是真傻吧？

涂恒沙才不和他计较呢！她承认粟融归这篇报道写得比她的好太多，可她也没丢摄影记者的份！他总是赶她走，是怕她抢他的素材吗？

她冲他吐吐舌头：“小许同学，你别小气了，我不会和你抢新闻的！再说了，咱们一个报社、一个电视台，渠道都不同，有啥好抢的？”

小许同学沉默，绷紧的唇线透露出三个字：不乐意。

脚上新买的胶靴对她来说太大了，走起路来总有踢踢踏踏的声音，她绕到他面前，冲他吐舌头：“再说了，我们报社有粟老师在，我犯得着跟你抢吗？”

“粟老师？”珠帘般的雨幕中，小许同学罕见地有了表情变化，还挑了挑眉毛。

“嗯！就是我们报社的大神粟融归啊！”就冲他那篇报道，行文和采访的角度都是大神吧！她眯着眼，决定回击一下小许同学：“我们粟老师出马，可以把你们全都秒成渣渣，我才不稀罕跟你抢！”

她摆摆手，昂首挺胸翘下巴的模样活像一只身后跟着老虎的小狐狸。

“是吗？你认识粟融归？”小许同学眼眸中闪过一丝诧异。

这种时候不能认㞞！涂恒沙的脑袋点得跟鸡啄米似的：“当然认识！我们报社的大神我怎么可能不认识？”

小许同学再度挑眉。雨幕中涂恒沙看不清他的神色，却想到自己曾傻傻地跟他打听过粟融归，立即亡羊补牢地道：“我……我只是一时找不到他，我现在就打电话联系他。”

她翻出粟融归的号码拨了出去，这一回总算听见那端响起了铃声，雨声磅礴，声音听起来不那么清晰，可她终于找到人了。她眉飞色舞地瞟了一眼眼前的小许同学，显摆之色不要太明显！

小许同学微微扬了下嘴角，随即抿紧了唇。

手机里的铃声一直响到有人说“对不起，您拨打的用户暂时无人接听”，涂恒沙悻悻地收了手机，找了个理由说：“他可能正在忙吧！”

“嗯！”小许同学连点头都那么敷衍，从她身边掠过，扬长而去。

“哎，你别不信！”涂恒沙追上他。

“我信！”他悠悠然地道，“那你说说，你们的粟老师哪里比我强？”

“文章写得好！”涂恒沙心想这是毫无疑问的！“人嘛……也比你帅那么一丢丢！”

吹牛又不犯法，哪怕粟融归四五十了，她也可以把他吹成儒雅气质的帅大叔。

“哦？”

这个字里包含着浓浓的不信嘛！

“丰神俊朗、气质如竹，说的就是我们粟老师了。”这两个词在哪个年龄都能用！

“哦？”

“怎么，你不同意？”

“不同意。”

涂恒沙笑了，但是也不忍心伤害小伙伴的心灵，所以好心地安慰他：“不过，你也很帅了！我刚刚……嗯，是无心之言，你别往心里去。”

“不，我不在意。”小许同学道，“既然你们粟老师那么厉害，就更不需要你出马了，所以赶紧回去吧，免得你们粟大神把你秒成渣渣。”

怎么话题又绕了回来？她拢了拢雨衣，小小的脸上满是倔强：“不，我当然要去！我要向粟老师学习！”

她大踏步向前，一副“如果你不愿意和我一起我就自己走”的架势，纵然再见好友足以让她欢喜，但任务才是首要的。她再一次拨打了粟融归的手机，这次仍然没有人接听。

看来她又要孤军奋战了！

她再次给粟融归发信息，说明她的身份，并请他看到短信后回复自己。她回头看见小许同学还默不作声地跟在她身后，笑着说：“现在是你跟着我啊！”

小许同学冷着一张脸说：“南县就这么大，你要采访的人恰巧也是我要采访的。”

涂恒沙嘿嘿一笑，内心里还是挺乐意他和她一起去的。

抗洪抢险指挥部二十四小时有人值班，涂恒沙出示了记者证，就今天的险情及抢险的布置提了一些问题，值班领导一一回答了。只是对方脸上的谨慎和紧张让涂恒沙觉得不安，从办公室出来她便直奔河堤而去。

大雨倾盆，河堤上武警们一身泥浆，不断地加固加高堤坝。

“他们已经连续在坝上工作二十几个小时了，今晚还得通宵工作！”暴雨肆虐中有人说道，“还有很多青壮年群众也自发地在帮忙。”

是的，堤坝上热火朝天抗洪的情景和这暴雨凌虐的冷夜形成了鲜明的对比。

涂恒沙才拍了几张照片，就见许归突然转身走了。

“你去哪儿？”她立即追上去。

从在指挥部采访开始，他就没有插话，只是在她身边记录。

前面的他边跑边打电话，只是暴雨声中她听不见他在说什么。

直到他跑到街道上，有一辆车在等着他，车里出来个人，他匆匆和那人一握手，钻进了车里。

涂恒沙跑得气喘吁吁，刚刚赶到便立刻扒上车门。

他打开窗在雨中对她吼道：“别乱跑！回教室去等我！”

“我……”涂恒沙被他吼得莫名其妙，瞪着他，一双眼眸在雨中清澈明净。

他看了她一会儿，皱了皱眉说：“干脆上车吧！”

“我们去哪儿？”她钻进车里，一边脱掉湿漉漉的雨衣，一边问道。

车在暴雨中疾驰，驶过路面的积水，激起巨大浑黄的水浪打在车身上。他紧盯着前方的路面，沉声道：“刚才指挥部的值班领导不是说了吗，下午要泄洪。”

“所以你打算去下游的乡镇农村？”涂恒沙终于猜到了。

“嗯。你可以选择跟我一起去，但是你得保证不到处乱跑。或者你也可以在教室里等你的粟老师来找你。”大概是因为急迫，他的声音里居然多了几分凌厉。

她瞟了他一眼，作为一个记者那叫到处乱跑吗？那叫跑新闻！

“我跟你去。”她身为摄影记者，深入泄洪区也许能挖掘到更多的素材。

他便不再说话了。

涂恒沙给粟融归发了个短信，告知他自己的去向，然后意外地发现之前她发出的添加粟融归为好友的微信申请不知什么时候通过了。

粟融归。

他一本正经地用全名当昵称，朋友圈里一条动态也没有，唯一的亮点是他的头像——一只彩色的蝴蝶以蓝天为背景在展翅飞翔。

“后座上有吃的，你补充点儿能量。”他说。

车里已经开了暖气，暖意渐渐渗透皮肤，和瓢泼大雨的车外已是两个世界。她点点头，却没有动。

路面积了水，车在大雨中破水而行，出了南县，再走上乡道，行驶在沿江公路上。

这条江叫南江，从北向南连通着南县和下游诸多城镇、农村。而此时南江水位已经和公路路面齐平了，不时推一个波浪，江水便漫上路面。大雨还在倾盆而下，每落进一滴雨，南江便有多涨一分的危险，何况此时雨水正瀑布般落下来。

从没经历过这些事的涂恒沙感觉心提到了嗓子眼儿，她不知道车还要行驶多久才能到达目的地，也不敢打扰许归开车，只是盯着江水，担心路面会不会被淹没，他们会不会无路可走。

“放心，泄洪之前不会涨那么快，我们死不了。”开车的许归仿佛看出了她的担忧，看了她一眼，又问，“后悔跟我来了？”

她赶紧摇头：“没有！怎么会！”

许归看了一眼她的裤子，她有些不好意思地缩了缩脚。因为裤管早在穿靴子之前就打湿了，她上车后就把靴子脱了，想让暖气烘干裤子，此时正光着脚丫。

不过裤子已经干了，她舒服了不少。

“你……你好好开车。”别东张西望偷看小姑娘的脚丫！当然，后半句是腹诽。

两个小时后，他们到达一个叫南筒的小镇。到了南筒，他们发现临江地势低些的房子只能看得到屋顶，宽阔恢宏的江面上有好几艘大沙船在一趟一趟地转移群众，黄浊的江水在雨水的暴虐中翻滚向前。

许归把车开到了地势最高处，是当地希望小学的所在地。

此时的小学已经满满的全是人。有转移出来的群众，有驻扎在此的部队，还不断有人拥进来，拖儿带女，扶老携幼。还有人背着包袱，抱着脸盆，脸盆里装着杂物。大雨滂沱，人声鼎沸。如此的喧哗中，教学楼走廊上却有一排军人席地而坐，整整齐齐靠在墙壁上睡觉休息，一身泥水。

车停在教学楼边上，许归让她下车：“你就待在这里，采访部队和转移过来的群众，记住别乱跑。”

“那你呢？”她站在教学楼的台阶上，半边身体露在雨中，连忙用雨衣遮住。

他也下了车，扛着器材：“我去江边看看。”

她愣了一会儿才反应过来。她为什么要听他的吩咐？他又不是她的上级！

“我……”

她刚刚张口，他便回过身来：“你不能跟我去！老老实实待在这里！别给我添麻烦！”

他怎么知道她要说什么？还凶巴巴的！她怎么就是麻烦了？然而他已在雨中奔跑而去，她连顶回去的机会都没有。

很快他的身影便消失在雨幕中，蜂拥而来的人群把她挤得都站不住脚了，她也没法再去寻找他的身影。

人群中有两个人吸引了她的注意力，他们抬着澡盆大的塑料盆，用几层塑料包得严严实实，里面看起来是很重的东西，而后在涂恒沙脚边找到了一块可以放下大盆的地方。

两人摘下雨衣的帽子，原来是两个年轻人，女孩长相秀气，男孩瘦瘦高高。

“怎么办？都睡着呢，还是别打扰他们了。”女孩说。

男孩表示赞同。

涂恒沙这才发现，他们的视线看向那一排坐在地上休息的军人。

她出示了记者证："请问你们是……"

女孩道："我们是大学生，回家来过暑假的。遇上洪灾，我们想帮忙却不知能做什么。部队来抗洪辛苦好几天了，今天还要泄洪，我们就准备了些吃的和水，但现在他们在睡觉……"

其实说是在睡觉，哪里能睡着？士兵们不过闭目养神而已，不时还有人睁眼看看又闭上，但也没有人因为女孩的话而有所动作。直到有人路过走廊踩到了士兵的脚差点儿摔倒，被踩的士兵才一跃而起赶紧道歉。

"没事、没事，你们辛苦了。"那人说。

但也有嘀咕声传来："怎么都坐在这里啊，挡路！"

涂恒沙愤然，寻找说话声的来源，却没找到人！不在这里还能在哪里？全镇所有人都转移过来了，整栋教学楼人满为患，楼上的走廊里全都是人！难道要他们去操场淋雨吗？

不过这声音小，听见的人也少，很快被其他声音淹没。但刚刚站起的小士兵一定是听见了的，再没坐下，身体贴墙站着，努力只占最小的面积。

小兵旁边的几个士兵看见后也惶惑地跟着站了起来，再看小兵的样子，瞬间明白过来，个个都贴墙站着，然后所有士兵都站了起来……

涂恒沙心里极不舒服。

这时女大学生把大盆上的塑料布揭开了，里面是一盒一盒的饭菜。她和男孩一起把饭菜送给士兵们吃，士兵们却连连摇头，谁也没接受。

"我俩是特意为你们准备的！你们这几天辛苦了！"女孩急了。

但无论他俩怎么说，士兵们都没有接受，只说吃过了。

涂恒沙便借此机会和小兵聊天："你老家是哪里的啊？"

小兵得知她是记者，下意识地更拘束了，笑起来十分憨厚："我是四川的。"

"你多大了？"涂恒沙目测他很年轻，二十岁左右。

"十九。"小兵都不好意思直视她，左看看右看看，双眸黑得发亮。

涂恒沙一笑："可以告诉我你叫什么名字吗？"

小兵更羞涩了，笑着不说话。

旁边的小兵笑着道："他叫阿瓜，是个瓜娃子。"

叫阿瓜的小兵耳根都红了："没有，你别胡说！"

旁边的小兵又道："他喜欢吃西瓜，我们叫他阿瓜。"

"那你呢？你叫什么？"涂恒沙又问旁边这位。

轮到自己，这位也不好意思说了，笑着挠了挠头。

"他叫刘大胃，数他能吃！二十了！"阿瓜报复性地爆料。

涂恒沙乐了："你们都是四川人啊？"

两人点头。

"你们为什么会选择当军人呢？"涂恒沙又问。

说到这儿，两个年轻的军人变得严肃起来。沉默了一会儿，阿瓜说："老家发生大地震那年，我还很小，什么都不懂。在睡午觉吧，醒来的时候四周都是黑的，爸爸趴在我身上，我怎么喊他，他都不回应我。我又饿又害怕，大声哭也没人理。过了很久很久，我才在头顶看见了光，终于有叔叔把我抱了起来，他身上穿的就是我现在这样的衣服。"

涂恒沙明白了，这就是长大后我就成了你。

"你呢？也是这个原因吗？"她问刘大胃。

刘大胃点点头。

他们刚聊到这里，就听到一声集合号，这一队士兵迅速集合。涂恒沙举起相机准备拍照，阿瓜却躲着镜头还回头叮嘱她一句："姐，别报道我啊！"

士兵们迅速消失在雨中。女孩儿在一旁沮丧地说："真是的！好不容易赶上他们在这儿休息一会儿，紧赶慢赶准备了点儿吃的！"

"他们休息多久了啊？"涂恒沙问。

"不到两小时吧，都在坝上坚守两个通宵了。"女孩手里捧着饭盒，懊恼地道，"这些怎么办？"

"给大家吃了吧！"男孩把饭盒放回去，自己披上雨衣又冲进了雨里，"我去帮忙！"

涂恒沙也穿上雨衣，拔腿往江边奔。

南江的水位线比她来时又涨了一些，江边仍然到处是人，忙着救助群众的军人、坐大沙船上岸后继续在岸边观望的居民……可她四处寻找都没看到许归的踪影。

涂恒沙心急如焚。

整个小镇都处在一种奇怪的静谧中，南江水哗哗奔流的声音混着雨声在这样的静谧里分外清晰。

小镇居民都已经安置妥当，有的在安置区，有的站在远离河岸的地方。

坚守河坝的还有部队全体官兵。

涂恒沙也和他们站在一起，举着相机，镜头上不断有雨滴滑落。她听见了一声巨响，随即按下了录影键，远远地，只见黄浊的水铺天盖地般汹涌而来。

就在这时，响起女人刺耳的尖叫声："救命！救命啊！有人！有人还在底下！"

涂恒沙的拍摄瞬间停止，到此时她还没找到许归，下面的人……

无数道穿军装的身影从她面前飞一般掠过，她收起相机也疯了似的跑下去。

她不知道女人说的底下究竟有多远。往下奔跑的过程中，她只看见洪水像巨大的猛兽，将两岸的一切吞噬。房屋、牲畜、树木，瞬间便被洪水淹没。她看见漂浮在水中的猪、家具、木板以及各种物品，看见只露出一个顶的房子和树。

“姐，你快回去！别下去！”

跑过她身边的人是阿瓜，风一般掠过，只留下一句话。她没听，跟着他们继续跑，远远地便听见喊声，混着女人的尖叫和大哭。

下去的士兵们都聚集在一处，相继有人下水。

江水里有一棵被淹没了大半的树，树上挂着三个人，其中两人手里还拽着一个人。这人整个人都漂在水里，被水流冲击得仿若一片浮叶，若不是树上两个人拉着他，毫无疑问他已经被水冲走了。而水流如此湍急，这两人别说把人拉上来，只怕就这么拉着他和水流的冲击力对抗也坚持不了多久了。

更让她震惊的是，再一细看，树上那拽人的两个人中有一个是许归！

“许……”她如一只被掐住脖子的小鸡，刚喊了一个字便生生逼自己闭了嘴。她不敢打扰他，唯恐他一个分神会掉进水里。

下水的士兵们系着安全绳，但在强大水流的冲击下根本无法控制自己游泳的方向，几次从树旁被冲过去都没能游到他们身边。

树上传来陌生的嘶喊声：“快点儿！我坚持不住了！”

涂恒沙死死盯着那四只紧扣在一起的手，一身冷汗，全身发抖。

直到有三个士兵抱团互相借力靠近并抱住了落水者，树上的人脱力松手，涂恒沙才终于松了口气。

然而就在此时，岸上所有人发出尖叫声——原来树上有人掉入水中了。

涂恒沙也是诸多尖叫者中的一人。她甚至捂住了眼睛，不敢再看。

“阿威！阿威！”岸边传来女孩的哭喊声。

涂恒沙松开手指，哭喊的人是刚才送饭的女大学生，那落水的人是男大学生？所幸，他落水后被士兵拦腰抱住。

涂恒沙按着怦怦乱跳的心口，祈祷着：快结束吧！都上岸来吧！都安全上岸来吧！

更多士兵聚拢在树旁，最先抵达的三个士兵里，其中两名将自己的安全绳解下来系到了叫阿威的大学生和之前那个落水者身上，他们自己则靠战友的帮助抱着大树。

岸上，安全绳已经在往回收，阿威和落水者却是连动指头的力气都没了，全然浸在水里任由安全绳拉上岸。

一到安全地带，女大学生和另一个女子便扑了上去，后者还是孕妇，也就是最先尖叫“有人还在底下”的人。阿威还能有气无力地说两个字表示自己还活着，另一个男子则完全无法给出回应。一时间“送医院”“叫医生”的嘶喊声不绝。

关于灾期和灾后的医卫工作早有安排，县医院前两天就派来了医疗队，镇卫生院也已做了准备，临时医疗点就在希望小学里。

涂恒沙的关注点却还在水中！此时救生船来了，然而在这样水流湍急和水位仍在上涨的江水里进行救援是一件困难的事。救生船在水里随着水浪颠簸起伏，落在江水里渺小得像一片叶子，远远看去，好似被水流冲击得根本不受控制。

但特殊时期总有特殊办法，既要能救人，还得保证救生船本身的安全。在战士们的努力下，救生船终于停在了他们身边。

许归是第一个被救上的。涂恒沙看着他被两个士兵托住，稳稳地移到救生船里的时候，悬着的心总算放下了大半。树上剩下的那个人看起来身形瘦小很多，大概是个女性，体重上就比许归轻很多，托下来应该也更容易些。

然而事情却出乎意料。涂恒沙这里隔得太远看不太清，不知为什么树上那女人被托扶下来时身体莫名一歪，最终被几个士兵抱住了，江面上却传来齐齐的一声“阿瓜”。

涂恒沙看见有什么东西被冲走了，快得瞬间不见了踪影……

所以，刚刚漂走的人是阿瓜？涂恒沙不敢相信自己的猜测，但江面上一声又一声的呼喊声更加清晰地传过来，也更加无情地证明她的猜测就是事实！

一切都那么快，不过一秒钟的时间，便是生与死的分界……

为什么会这样？

涂恒沙闭上眼，眼前浮现出十九岁少年黝黑清瘦正冲她憨厚地笑的脸。

“他叫阿瓜！是个瓜娃子！”

“老家发生大地震那年，我还很小……醒来的时候四周都是黑的……我又饿又害怕……终于有叔叔把我抱了起来，他身上穿的就是我现在这样的衣服。”

“姐，别报道我啊……”

瓜娃子！你这个瓜娃子！如果可以，姐永远也不愿意在这样的故事里报道你！

涂恒沙再睁开眼，见救生船已经在返回。江面一片黄浪浩荡，那个落入里面的瘦小的身影，如一滴水般没入江里，无声无息，再无处寻觅。

大雨倾盆，她的视线渐渐模糊，眼前只剩一片黄浊之色……

有人走到她面前，挡住了她的视线。她吸了吸鼻子，眼神才渐渐聚焦，被湿透的条纹衬衫裹着的胸膛，是她视线范围内看到的全部。

她说不出话来，连眼皮都涩滞难抬。良久，她伸出手用力揪住了他胸口湿透的衣襟，他伸出手握住了她的手。

都是淋过雨泡过水的手，发胀、泛白，紧紧地重叠在一起。

她和他二十年未见，再见时他亦不记得她，那一刻的握手却让她莫名有了信念——她心中所想所念，他全都明白。

只是重叠在她手上的那只手却越握越紧、越握越重，而后他整个人往她身上一扑。

她的鼻子被重重一撞，虽然只是一瞬他便站直了身体，但是她的鼻子也疼得发麻。

她这才抬头看他，入目便是他异常苍白的脸和青灰色的唇，还有他微微散乱的眼神。

她立即撑住他。他闭了闭眼，晃了晃脑袋，推开她的支撑："我没事。"

怎么会没事？他的雨衣不见了踪影，全身湿透，她刚刚一撑感觉到他的身体冷得厉害。她一边脱雨衣，一边说："你到底泡了多久的水啊？小心生病了！"

"不用你的雨衣！说了我没事！"他的语气突然变得生硬，将她一推，大踏步往前走去。

"喂！许归！你等等！"她脱下雨衣追上去，往他身上罩。

他甩掉她的雨衣，连同她这个人都被他甩在了身后。

她站在原地咬了咬唇，倔强地追了上去。

他们回到了希望小学，她眼睁睁看着他一头钻进了车里，待她跑到车旁时车门已经锁上了。她用力拍着车门，透过车窗往里看，隐约看见一个不穿上衣的身影……

她的脸刷地红了，原来他在换衣服……

她没有继续拍门，站在车外静静地等着。然而等了好一会儿他也没有开门，再一看，他已经放下座椅躺着休息了。

好吧，那就让他好好休息。

她心头沉甸甸地进了教学楼，去了解刚才这次救援的前因后果。分明所有居民都已经安全转移出来，为什么会发生这样的意外？

原来事情的起因便是孕妇一家人。

喊救命的人是孕妇，水里的是孕妇的丈夫王某，树上最后一个被救下来的人是孕妇的婆婆。一家三口原本已经转移到安全地带，但孕妇忽然想起自己还有几样首饰没带出来，王某本来说不要了，孕妇却舍不得，当婆婆的也舍不得。算了算时间，婆婆觉得自家房子离得近，回去取一趟还来得及，便和媳妇商量偷偷回去取。结果婆婆取完首饰后慌乱逃生时在家里摔倒了，崴了脚走不了，而泄洪时间却越来越近。

当儿子的知道后撒腿便往家跑赶去救人，当时在他身旁的阿威和许归也二话不说跟着去帮忙，然而就在把老人背出家门还没来得及返回安全区时，泄洪就开始了。大水瞬间将他们所在之地淹没，要不是恰好旁边有大树，这几人都得被洪水卷走……

涂恒沙最后采访的人是刘大胃。

刘大胃也是刚才参与救援的军人之一。他坐在涂恒沙对面，眼圈发红："阿瓜的父亲在地震中去世了，家里还有个妈妈。他来参军，他妈一个人在老家种地。他爱笑，喜欢唱歌，训练结束后经常用家乡话给我们唱歌，总能把大伙儿逗乐。他喜欢吃西瓜，还说等他退伍了就回去陪妈妈，在家种西瓜，种一山头的西瓜，保甜，以后挨个送给我们吃……”刘大胃抹了一把脸，红着眼笑，眼里水光点点，“不会有了，不会再有最甜的西瓜吃，营地里也不会再有人在太阳落山的时候唱四川麻辣味的歌给我们听……”

不知不觉天色渐黑，涂恒沙对着电脑却没有写出一个字来，眼前晃动的一直是阿瓜笑着的黝黑的脸，还有他那句：“姐，别报道我啊！”

她习惯性地摸出一颗糖塞进嘴里，水果味渐渐淹没了味蕾。

她想起了粟融归，掏出手机意外地发现粟融归给她发了消息，时间是泄洪之前，问她在哪里。

她把自己在镇上的情况简单说明了一下，也说清了刚才的意外和救援。

她以为粟融归大概又要隔七八个小时才理她，没想到这次却很快来了回复，是简单的两个字：“交稿。”

他终于理她了！她终于找到组织了！

她赶紧发消息过去：“粟老师！我总算找到你了！”

粟融归：“找不到我就不用交稿了吗？”

和粟老师交流的第一个回合，她认定粟老师是催稿狂魔。

她没有想过不交稿，她只是……很难过。作为一个小白记者，是不敢跟老师任性的，她回复：“我马上写。”

粟融归：“一个小时。”

这下她连难过的时间都没有了，打开文档立马开工，但所有的情绪还是在写作中爆发。一个小时后，她顺利地把稿子传给了粟融归。

然后不过五分钟的时间，粟融归就把一篇批注不下十处的稿子返给她，要她修改。每一处的建议写的都是：“个人情感表达过度！”

没错，用的是感叹号，每增加一句就多加一个感叹号，最后一个批注用了快十个感叹号。

她叹了口气，想说：粟老师，您的个人情感也挺充沛的！

当然，她不敢说，认真改到满意再发过去时天已经全黑了。这时女大学生走到她所在的教室，给她端来一杯板蓝根。

“这个……”她捧在手里，暖暖的。

“喝吧，大家都喝了。”

都喝了？她忙道：“那车上……”

“他也喝了，就是他让我给你送的。”女孩笑着走了。

涂恒沙端着杯子，耳边回响着女孩说的那句“就是他让我给你送的”，一口气喝光，背着器材再次跑到了外面。

大雨噼里啪啦地打在挡风玻璃上再瀑布般淌下，他在车里的模样被流动的水帘阻隔成模糊的影子，她只能看见他躺在座椅上一动不动，也不知是不是睡着了。

看着紧闭的车门和车窗，她忽然想起曾有过在车里睡觉缺氧致死的新闻，心里一跳，跑到侧门开始用力拍门。

她的手都拍疼了，才终于听见开锁的声音。

她打开车门便钻了进去，他果然还闭着眼。

“那个……有没有打扰你睡觉？”她摸了摸头发，有些窘迫。

他没理她，连眼睛都没睁开。

她撇了撇嘴，这么高冷，又为什么要给她送药啊？

“喂，你到底是不是小许同学？小许同学暖心又可亲，才不是这样怪脾气的人！如果你不是，你就摇摇头！我马上下车！”

她屏住呼吸，至少等了一分钟。

一分钟里，他既没点头，也没摇头，一直闭着眼。

涂恒沙怀着一颗怦怦乱跳的心暗暗揣摩，如果他不是，那么一定会否认，这样的态度只是单纯傲娇吧？

她觉得自己猜得很对：“我知道了！你这就是承认啦！”

他终于睁开眼：“你的稿子写完了？不能安静会儿？”

她不想安静。她有很多话想说，尤其现在她心情特别低落，但到底不好意思再打扰他，只低声嘀咕了一句：“我发现你跟粟老师还真有异曲同工之处。”

嘀咕完她就决定自己待着不影响他了，谁知却听他幽幽地说了一句：“哦？粟老师不是丰神俊朗、气质如竹？”

她回头看他，他仍闭着眼，好像刚才那句话是鬼说的……她幽幽地叹了口气。

“怎么？”他的眼睛倏地睁开，“粟老师让你失望了？”

她瞟了他一眼，欲语还休。

他好像忽然来了兴趣：“跟我说说你的粟老师怎么你了？”

她瞪着眼道：“想听我说粟老师的坏话？不可能的！”

“嗯，你这句话隐含的意思就是你心里的确是藏了粟老师的坏话的！坏话不说出来会憋坏！说给我听吧！我保证……”

她听到这里，以为他会说保证不告诉粟老师，谁知他说的是：“我保证替你转告他！”

这、这、这种不按常理聊天的方式还能继续下去吗？她微张着嘴，呆了好一会儿：“你跟我们粟老师很熟啊？”

“嗯，还可以。”

她抿了下嘴，言多必失，还是闭嘴吧。

他却莫名其妙不睡了：“来，做个人物采访。请问在你眼中，粟老师除了丰神俊朗、气质如竹，还有哪些品质？”

还人物采访呢！

“嗯……工作责任心强，永远稿子第一！”

“哦？那就是催稿狂魔？”

她倒吸一口气，指着他：“这、这可是你说的！”

虽然她也这么想……

“所以呢？我说出了你心里话吧？”

她冲他挤了挤眼睛，心照不宣地笑了，但是打死也不能承认：“不、不、不、不、不……”

他用一声“嗬”表达了他的不屑：“还有呢？”

她猛摇头：“没有了、没有了！总之粟老师是个大好人！”

“怎么个好法？”

“嗯……工作认真、才思敏捷、文采飞扬、正气浩然、光明磊落、大公无私、德高望重、坚韧不拔、善解人意、尊老爱幼……”她一口气说了一串成语，而后大口喘气。

他挑了挑眉，重新合上眼睛：“看来是值得你用尽毕生学会的成语去称赞啊！”

“当然！你去告诉他吧！”

他没有再说话。

窗外暴雨滂沱，车里的她终于露出了笑容，在黯黑的夜里如一缕阳光闪过。

她吐着气，自救援以来压在心里的那团沉甸甸的负担被他这么一闹减轻了不少，是随着那一堆成语被吐出去了吗？

“小许……”她眼里浮上浅浅水光，话卡在喉咙里，说不出来也不必再说出来。

“睡吧！”他合上眼。

她靠着座椅半躺，大雨打在车上，震得耳朵里隆隆直响，却莫名地觉得很宁静。真是奇妙的一件事，二十年后的今天，她居然和小许同学在这样的空间里共度黑夜。

涂恒沙不知道自己是什么时候睡着的，只觉得震耳欲聋的暴雨声渐渐远去。

她做了一个梦，梦里回到很多年前的学校。她还在读一年级，背着小书包，第一次看见穿着同样校服的他，欢喜地跑上去想要和他打招呼。学校门口却开来一辆车，车里下来一个打扮精致的女人，牵着他的手上了车。自始至终，他都没有回头看一眼，也没有听见她在叫他。

车窗里透出他圆圆的不苟言笑的脸，她边追边喊，那张脸却终于渐渐远去，再也看不见……

而后梦陷入了乱境，全是她在追着他的背影跑，操场上、教学楼里，甚至男厕所……

她的声音在校园上空回荡：“许哥哥！许哥哥！许哥哥……”

他却从不曾回头……

忽然画面一转，回到救援的场面，他蹲在树上救人，身子一歪掉入水里，顷刻间便被洪水冲得无影无踪。

"许哥哥！许哥哥！"她对着河面大声喊、大声哭。

"喂！喂喂！"

有人在推她，她猛然间醒来，周围漆黑一片，才恍然明白原来是一场梦。

她害怕地伸手打开车内的灯，暖黄的灯光下，他的眼眸映出熠熠流光。

她摸了摸脸，两手全湿，这一次泪到底还是流了下来，也许是为阿瓜，也许还为了其他。

外面的雨声小了很多，她想打开一点点窗透气，按了按开关，没有反应。他已经熄了火，她索性开了一点点门，凉风带着雨水的气息吹进来。

一阵塑料袋翻动声后，她眼前出现了一盒巧克力。

她并没有客气，捏了一颗剥来吃，可可脂的热量给了她能量。

"不哭了？"旁边那人问。

她并非一个愿意在别人面前流泪的人，或者说她根本就不是一个爱流泪的人。至少她这二十几年的人生里，流泪的次数屈指可数。

她没有资格流泪，大概因为是在梦里才这么肆无忌惮。可她仍然觉得窘迫。她得把流泪这件事儿给掰回来！

"还不都是你！"她搓了搓脸，有几分不讲道理。

"关我什么事？"他的声音不大，还有些干涩。

"你不理我啊！我跟着你的车跑，摔倒了你都不理我！还有一回，我都跟着你到男……"她及时打住了，跟他到男厕所的事其实是真实发生过的，但她没脸说。

"男什么？男厕所？"

他怎么总是一猜一个准。

"后来呢？有没有偷看我嘘嘘？"

她反手就把巧克力盒扔了回去："美得你！"

只是她这一扔，他竟然没躲开，巧克力盒正打中他的脸。

她吓了一跳，看着都脸疼，忙伸手去揉被她砸到的地方："疼不疼啊？你怎么不躲？对不起，我不是有意的……"

话没说完，她就觉得不对劲了，手摸到的地方怎么这么烫？

他挥开她的手："别乱摸……你还真上手！谁给你的胆子！"

"不是……"她摸了摸他的额头和耳后，"你发烧了！"

难怪他说胡话！

"你等等啊！"她打开车门，披上雨衣便钻进了黑夜里。

不知现在是深夜几点，整个学校一片寂静。全镇停电，学校二楼最右边的房间烛光摇曳，是县医院和镇卫生院的临时诊室。

雨点小了很多。

她跑到诊室，医生和护士都没有休息，他们是二十四小时值班，和他们一起二十四小时不休息的还有此刻仍然奋战在河堤上的战士们。

“辛苦了。”她取了药，道了谢，返回车上。

车里的他闭着眼睛，车灯笼罩下，双颊泛着不正常的红。

她取了瓶水，轻轻拍他的脸：“小许、小许，醒醒，咱们吃药了啊！”

他睁开眼看着她，因为发烧，眼睛亮得如浮着一层水光，原本就精致的面容被这浮光一衬，竟如玉雕似的。

她看着莫名有些心慌，好似那浮光印在心里，亮亮的，晃得人心惶惶。

直到他开始咳嗽，她才想起自己是要给他喂药的。

“小许，没有电也没有热水，将就着用凉水吃药啊！”她托着他的头，喂他喝了点儿水，“来，张嘴，吃药了。”

涂恒沙将药丸都倒进他嘴里，又给他喂水让他吞下，没留神一下倒得太多，呛得他直咳嗽，衣服上也泼了一大片水。

“对不起、对不起……”她忙着给他拍背、擦衣服。

好不容易平息下来，他仰躺着，目光落在她的脸上，浮光波动，是在看着她又不似在看着她，口中喃喃地嘀咕了一声。

她没听清，学着家中母亲照顾她时的低语，声音亲和又温柔：“好了、好了，吃了药马上就好了啊！”

当她靠近，将湿巾搁在他额头上给他降温时，忽觉肩膀一重，原来他的头搭在了她的肩上。

怎么办？她全身僵硬了。

颈间一阵一阵地痒，是他在往她的脖子里钻，她忽然想起了自己家里那只叫棒棒糖的小狗，委屈的时候也是这般呜咽着往她怀里拱。

她顿时心软了，像给棒棒糖顺毛一样摸着他的背、他的头发。

夜再次静下来，他在她肩头睡着了。

这一回唤醒涂恒沙的是穿透车玻璃的阳光和耳边的一声怒斥。

“你睡觉就睡觉，口水流我一身！”

随着怒斥而来的还有他肩膀的重重一甩，涂恒沙睡得稀里糊涂，下巴直接磕到他的大腿上。

她闷哼一声，揉着自己的下巴抬眼看他，只见他双目炯炯，哪里还有昨晚病弱的样子？她顺手摸上他的额头，不烫了！

“你好了啊！太好了！”她同时注意到窗外的阳光，惊喜地道，“呀，雨停了！出太阳了！”

他冷着一张脸，将镜子转向她：“你看看你自己，脏得跟泥猴似的！还往我身上靠！”

她照了照镜子，的确挺狼狈的，头发乱蓬蓬不说，发丝和脸上都沾了泥。可她还是委屈啊！

“我像泥猴没错，可是你自己……”

“还流这么多口水？”他拉扯着他的T恤，指着昨晚濡湿的地方给她看。

涂恒沙觉得，他还是病着的时候比较可爱。

“下去！

“一。

“二。”

翻脸比翻书快说的就是他啊！

她想了想说：“好，我下去，你确定啊？”

说完她摆弄了下手机。

“三！”

她打开车门，唰地跳了出去，走之前将她的手机扔到他身上。

他捡起一看，还剩最后一格电的手机正在播放视频。是他在她颈窝里拱来拱去的画面，她就跟个妈妈抱着孩子似的，低声哼着歌……

她竟然还录下来了！

当他听清自己在她颈窝间呢喃的话后，脸色瞬间铁青。三个字！那是他的秘密！全世界只有他一个人知道的秘密！

车门再度打开，一张坏笑的脸探了进来，涂恒沙说：“你现在贿赂一下我的话，我考虑不把这个视频公布出去！你知道我们记者的习惯，一个资料肯定备了好几份！别想着删哦！”

他退烧后的脸本就有些苍白，现在泛着青，跟暴风雨来前的天幕似的：“怎么贿赂？”

“嗯……”涂恒沙想了下，“这样吧，你郑重其事地请我上车，并且从此对我好言好色、再不凶我，也不准不理我，我就销毁证据！怎么样？”

他盯着她。

“怎么样啊？”涂恒沙被他看得有些发毛，指着视频壮胆，“我可是听见你梦里说了些什么的！除了这些，内容还多着呢！”

他冷声道：“上来吧。”

涂恒沙笑了。久雨初晴的阳光下，她的笑容像一朵灿烂的向日葵。她毫不客气地上了车：“这可是你请我上来的哦！”

他看了她一眼，没说话，把手机扔给她后开始脱衣服……

“喂……”他一言不合就放大招是几个意思？

涂恒沙的第一反应就是捂住眼睛，然后她慢慢地松开手指，乌黑的眼珠在指缝间转动。只见他脱了衣服之后，又开始解皮带……

她立即把眼睛闭上，双手捂得紧紧的。她可不想长针眼啊！

终于她听见他的声音响起：“捂什么眼睛？这不是你上车的目的吗？”

“谁……谁的目的是这个？”呜呜呜，她要下车！

原来他赶她下去是要换衣服。

“难道你不是想拍下来要挟我的筹码更大？”

涂恒沙感觉自己的脸在发烫，也不知他换好了没有：“谁……谁想拍你换衣服啊！恶……恶心！”

“恶心？”他嗬了一声，“你看见了？”

她顿时把眼睛捂得更紧了：“没……没看见！”

“涂恒沙……”他一本正经地唤着这个名字，“是叫这个名字吗？我不得不教你一课，作为一名摄影记者，你的职责就是拍摄和记录，再恶心的画面，只要是工作需要你也得看、也得拍！”

她拒绝！这是工作需要吗？

经过多日大雨后，天气终于放晴，给这个小镇注入了活力。久违的阳光让所有人都振奋起来，一大早就有人奔走相告：“雨停了！雨停了！”

雨停了，可是涂恒沙也被困住了。一夜之后，水位又上升了一大截，昨天还能行走的街道今天已经不见了，只剩下房顶和树尖，整个小镇都浸泡在一片汪洋里。

在河堤上奋战一夜的战士回来了一批，好几个受伤的战士是被抬回来的，医疗队立即组织处理，整栋教学楼进入忙乱状态。

据老人家说，洪水过后易发疫情。医疗队也在预防这一点，早上开始就分出一批人在各个教室以及走廊、角落消毒。但是到了下午还是有人病倒了。

中午她和许归吃了一顿饼干面包后没多久，许归的高烧开始反复。涂恒沙拿药给他吃，结果他刚吞下去又全吐了出来，中午饭都吐了个干净。

涂恒沙眼看不行，想领着他去找医生。

他微闭着眼，面色潮红，不太想理她。

她却在他面前发了脾气：“姓许的！你到底去不去？谁不是扛着器材风里来雨里去的？我力气也大得很！”

他睁开眼时，便看见她气鼓鼓的脸以及瞪得老大的眼睛。

不大的临时诊室里躺满了受伤的士兵，有的胳膊、腿缠着纱布，有的纱布包着脑袋，还有正在处理的，比如刘大胃。涂恒沙看着酒精淋在刘大胃血肉模糊的腿上，顿觉胃里翻腾，尤其血肉里还混满泥沙。

“玻璃碴必须全部挑出来，你来。”医生指挥着助手，而后看见涂恒沙两人：“你们怎么了？”

涂恒沙把情况跟医生说了，医生给了她一些药：“吃不下也要吃，必要的时候做物理降温。我这里没有空地儿了，你们自己找个人少的地方待着，别往人多处钻。”

“谢谢。”涂恒沙连忙接过药。

他们回到车上，许归却不肯吃药，反正吃了也会吐。

涂恒沙一看，搁下药便上手脱他的衣服。

“喂！你干什么？越来越放肆了！”他抓住她的手。

她板着脸，也开始对他凶了：“物理降温啊！刚才医生说的！你选，脱衣服物理降温，还是吃药？”

他两种都不要选！

一粒药被递到他嘴边，凶巴巴的某个人忽然变得温柔了：“吃吧，这回一定不吐了！”

他鬼使神差地张了口。在所有药吃完后，她又喂了个东西过来，快得容不得他拒绝，嘴里便漫开一股糖果味……

他是不吃糖的人！

他下意识便要吐出去，她飞快地捂住了他的嘴：“还是你教我的，说你奶奶说的，难过的时候心里是酸的，吃颗糖就能变成甜的了。对了，她老人家好吗？”

他绷紧的唇线渐渐柔软，那颗糖也终于在他嘴里慢慢融化。

许归睡着了，这一回倒是安静得很，整个下午都昏睡不醒。涂恒沙忙着给他的额头换湿巾，忙着在他裸露出来的皮肤上擦酒精，寸步不离地守着他，到黄昏的时候他的呼吸才逐渐平稳下来。她再一摸许归的额头，摸到一手汗，他退烧了。

她松了口气，给他擦了汗后，去看刘大胃的伤。

刚下车还没上教学楼的台阶，涂恒沙就看见二楼走廊上站了很多人，几个穿白大褂的穿梭其间。

她心里一沉，暗叫不好，难道出什么事了？

她快步上楼，挤进人群，边挤边听见大家在议论，几个词断断续续地传入她耳里，什么“孕妇”“受伤”“没地儿”，等等。

她心里揣摩，是孕妇要生了，还是有危险？

她挤到最前面，却发现事情和她想象的完全不一样！

地上的担架上躺着三个人，两个是她认识的——刘大胃和叫阿威的男大学生，还有一位是她不认识的小战士。他们都闭着眼，脸色不太好，刘大胃的小腿上还绑着纱布。

此时，他们连同几个医护人员还有帮忙抬担架的士兵都在一间写着“二年级小办公室”字样的房间前，几个医护人员脸上挂着愤愤不平的神色。

“这是怎么了？”涂恒沙蹲下摸了摸刘大胃的额头，果然烫得吓人。

“他们三个发高烧，又吐又泻，症状十分严重，已经不适合再留在临时诊室。我们想给他们找一间空房间，而且也许还会有人出现相同症状。我们需要地方！可他们不肯开门！”一个小护士气得眼睛都红了。

涂恒沙往窗内一看，这间小办公室并不大，堆了好些书和桌椅，而里面只有三个人：孕妇、孕妇的老公王某和孕妇的婆婆。

女大学生蹲在男朋友身旁，眼泪哗哗直流：“他们说，他们有孕妇，怕传染！不给开门！”

这时围观群众让开一条道，镇卫生院院长绷着脸快步走过来，后面还跟着一个满头大汗的小护士。

院长的白大褂上还沾着血，脸色黑得跟乌云一样，还没走到小办公室门口，他就指着门怒吼：“不肯开门？不肯开门怎么不给我砸开？！谁给他们的特权独占一个房间！”

围观群众突然静了下来，没有人再议论，小护士们都是一脸愤慨却欲言又止。帮着抬担架的士兵是武力值最高的，如果说要砸门他们是最有力气的，可他们不能砸。他们的力气可以用在保家卫国，可以用在抗洪抢险第一线，这个时候却只能躲开院长的眼神看向别处。

“砸！我来砸！”哭着的女大学生走上前，用脚踹、用拳头砸，然而无济于事。

“让开！我来！”院长盛怒之下一脚踹在门上，砰的一声响之后，门颤了颤。

里面传来男人惊慌的喊声：“你们……你们再敢踹！我老婆就在门后，她是孕妇！门踹开伤了她你们负得起责任吗？”

院长又是一脚踹过去：“我今天还就非踹开门，老婆孩子都是你的，你自己都不在乎，还来威胁别人？！”

“院长……”满头大汗的小护士急了，用力拽住他，压低声音，“您这样，不合……”

“别跟我说什么规定！今天我弄不开这门，这院长、这医生我就不当了！”

院长的嗓门跟打雷似的，他抬起脚正要再踹，门从里面打开了。王某和他母亲张开双臂，老鹰护小鸡似的挡在门口不让进。

“你们去别的地方吧！学校这么多教室！”两人说。

“这么多教室？那你们怎么不去别的教室？把这间空出来给我们！”院长身后的小护士气鼓鼓地道。

“其他每个教室里都有很多人！人多容易有传染病，脏！”王母翻动着薄薄的嘴唇说道。

院长气得简直无话可说了。

小护士气愤地道：“你也知道其他教室有很多人啊？你也知道人多容易传染疾病啊？”

“可我们家的是孕妇，肚子里还怀着孩子呢！我们老王家三代单传，出了事你们负得起责任吗？”

院长觉得这事没法沟通了，手一挥：“抬进去！”

眼看着大家就要硬闯，王母开始尖叫：“这是瘟疫！瘟疫会传染的！不能进！”

“谁说是瘟疫的？！谁说的？！”院长火大了，试图从两人中间突围进去。

王母用瘦小的身材死死撑着门框不让开："我看就是！我知道是！你们不要再闯了！"

"到底你是医生还是我是医生？"院长试了几次，竟然没把王母挤开，"我说不是就不是！"

王某这时候气势汹汹地说："你说不是？你能保证不是吗？就算不是，你能保证不传染？你能保证不会传染给我老婆，我就让你们进来！你们能保证吗？"

谁敢保证不传染？就算是感冒也有可能传染啊！这连院长都不敢保证。

"不敢保证是吗？那你们这么咄咄逼人是要干什么？都说了她是孕妇，不能有半点儿闪失！你们为什么要这样欺负一个孕妇呢？"王某一脸气愤地说。

"欺负？咄咄逼人？"涂恒沙看不下去了，指着担架上病得昏迷的人，"分明是你们在欺负他们！咄咄逼人的也是你们！"

"我们一个行动不方便的孕妇，一个身体虚弱的老太婆，哪儿有能力欺负人？你看看你们，又是当兵的，又是医生护士，还叫这么多人来助阵！谁欺负谁明眼人都看得出来！解放军不能这样欺负人啊！"王母苦着一张脸喊道。

涂恒沙真是气得肝疼，就王母这彪悍劲，哪里看得出身体虚弱了？

而听了这话的刘大胃和另一个战士——躺在担架上真正虚弱的人，默默地拉了拉其他战士的裤管，神情黯然，意思是：走吧。

涂恒沙知道，他们承受不起这句话：解放军不能这样欺负人……

解放军从来就没欺负过人！

涂恒沙的眼泪哗地一下冲出来："欺负人？你们到底有没有良心？他们为什么会受伤？为什么会生病？你们难道不明白？还有你！"涂恒沙向来不用手指指人，此时她的指尖直直地指向王母："还有人为你丢了命，就是你口中欺负人的解放军！为了救你在你眼皮子底下被大水冲走了！你还能说出这样的话来，你就没有一点点良心吗？！"

当时涂恒沙离得太远，并没有在现场看清楚经过，但是事后调查得知，王母下树的时候身子会偏是因为当时她的金首饰掉了，她伸手去捞，差点儿掉下树，而阿瓜和另一名士兵就是为了去托她而疏忽了自身的安全，导致阿瓜被水冲走……

涂恒沙边哭边说，一旁的战士看着远处，也红了眼眶。担架上的刘大胃想起那个在夕阳下唱歌的少年，眼泪无声地流下。就连一直在旁边围观的群众，好些也都失声哭了，开始纷纷指责这一家三口。

眼看犯了众怒，王母讪讪地说："我……我也不希望他死啊……又不是我害死的……是他自己……不小心……"

涂恒沙气得指着她的手指都在颤抖："是，好。都怪他对不对？都怪他自己是不是？没错！谁让他们要来救你呢！昨天根本就不该救你们！"

"喂！你怎么说话呢？"王某一把拍开涂恒沙的手，"你是记者吧？记者能这么说话？你敢把这句话写到报纸上去？”

涂恒沙怒道：“记者怎么了？记者就活该憋屈？解放军就活该送命？这是你们的逻辑吗？”

“我没有说解放军活该送命，这话可不是我说的，作为记者你可不能瞎编。”王某梗着脖子，“我们也不希望解放军送命，解放军救了我们没错，但你们不能把解放军送命的责任推到我们身上！就算他们伟大，这也是他们的工作，这是他们该做的，就像你们医生护士，抢救病人是你们的事，不是我们的责任。要找病房也是你们自己去找，不是逼我们走！”

女大学生霍地站起来，脸上还挂着泪，怒视王某：“好！好！解放军抢险牺牲是应该的，医生治病救人是应该的，那你们应该做什么？你说！”

“我们……”王某喃喃着答不出来。

女大学生挽住涂恒沙的胳膊：“你是记者，你应该做什么他们是知道的。记录事实、报道新闻就是你的工作，你现在就把这些人、这些事如实地报道出去！”

王某顿时涨红了脸，凶狠地看着涂恒沙：“你敢！想网络暴力吗？你们敢！”

“为什么不敢？她只是做她该做的事！如实报道！句句实话！为什么不敢？”女孩冷笑。

众怒难犯，围观群众也纷纷附和，更有人一直拿着手机在拍视频。

王某见了顿时大声喊道：“拍什么拍？你在拍什么？！”

说着他便上前来抢手机。

王某一出门，门口便出现了空隙，院长手一挥就要闯进去，王母死死扣着门，现场顿时一片混乱。

正在这时，传来护士的大声呼喊：“你们别吵了！不需要地方了！有地方了！”

护士又哭又喊的，穿透众人的喧闹。

众人停止了吵闹，往声音来源看去，只见护士泪流满面地指着外面雨后湿漉漉的操场：“受伤的军人们自己迁出去了，把诊室空了出来！”

众人再一看，果然操场上已经铺上了垫子，伤重的军人躺在垫子上，轻伤的军人或站或坐。夏天连日暴雨后的太阳狠辣似虎，明晃晃地炙烤着大地，仿佛能听见战士们黝黑的皮肤被烤出油的声音。

“他们说，他们受的是皮外伤，不怕，让生病的兄弟们搬进去……”护士哽咽着道。

“不行，不能这样！”不知谁说了声，“已经不下雨了，要出去睡操场也只能是我们去，不能让战士们去，还是受伤的战士。”

“对，不能这么没良心，他们也不过是二十左右的孩子，谁在家不是父母的宝贝疙瘩！”

“走，咱们再挤一挤，腾个教室出来！”

很快，整个二楼走廊的人散了个干净，涂恒沙帮着护士和女大学生把刘大胃他们送进了诊室。

医护人员本来就很忙，这一乱更是忙得脚不沾地，涂恒沙也帮不上什么，只能给搬搬东西、取个水。

她下去取水的时候，楼下已经忙碌开了。短短的时间，一间空教室腾了出来，地上也铺上了垫子，都是大伙儿自发拼凑起来的。更有人抬的抬、背的背，把操场上的受伤战士挪进来，甚至有一位老奶奶还在一旁帮着托着战士受伤的胳膊和腿儿，一直说着："小心、小心……"

初时战士们还不肯让人背，老奶奶摸着小战士的脸，笑眯眯地说："傻孩子，客气什么，你们比我孙子还小，奶奶看你们就跟看自己的孙子一样。涨水的时候是你们把我们大伙儿背出来，现在轮到大伙儿来背你们了，应该的！"

"奶奶……"腼腆的小战士红了眼眶。

"哎！"老奶奶答应得爽快利落，"叫一声奶奶就是一家人了，可不许再跟奶奶客气。等水退了，奶奶给你们做好吃的。走，咱进去，别晒坏了！"

涂恒沙目睹这一幕，唇角扬起弧度，眼中再次蓄满了泪水。

自小生活不易，她从不曾因为艰难困苦而流泪，却抗拒不了这种温情的熏蒸。她是一个容易感动的人。

涂恒沙快步去车上取水，车门一拉就开了，里面的人却不见了。许归出去居然不锁车门！

她看了看周围，也没见着他的身影，想着他应该没啥事了，便取了水回到二楼。

她和女大学生很有默契，各自拿着水喂药给病人吃，末了用酒精给他们擦手擦脚。

刘大胃别别扭扭地自己吃了药，怎么也不让她碰他的手。

"姐，脏……"

涂恒沙瞪着他不说话。

刘大胃眼神躲闪，一脸窘迫："真脏，会传染！"

"你信那一家人的鬼话！"涂恒沙火了，"我朋友跟你们一样的症状，我都照顾他一天一夜了，要传染早就传染上了。这样好得快！"

刘大胃的手被涂恒沙强行抓了过来，只见他的手指头都破了，开裂的血口子里还混着泥沙。

"小……小伤，没给医生看……"刘大胃窘迫得有些结巴了。

涂恒沙没说什么，用酒精把他的手指细细洗干净了，边洗边吹："如果疼你就说。"

"这有啥疼的啊！"刘大胃咧着泛白的嘴唇笑，眼看涂恒沙又要瞪他，忙道，"其实我原来也怕疼，从前在家的时候还怕打针呢，后来参军了就不怕疼了，是真正的男子汉了！"

涂恒沙看着他略带稚气的脸，冲他笑了。刘大胃不知她为什么笑，也跟着傻乎乎地笑。

涂恒沙很快就给刘大胃擦完了，又给另一个生病的士兵也擦了，忙完已经是夜幕降临。

吃完药后的三人没有再吐。到晚上三人都退了烧，涂恒沙和女大学生总算松了口气。

然而就在这时，外面传来男人慌里慌张的大喊声："医生！医生！医生救命啊！"

声音听着耳熟，涂恒沙和女大学生对视一眼。

很快喊声就到了门口，王某的身影出现了，他闯进来就问："医生呢？医生在吗？"

涂恒沙和女大学生都没有理他。

王某又问："问你们呢，医生在哪儿？出人命了你们可是负不起责任的！"

刘大胃和另一个士兵即便睡着了也很警醒，王某声音一大就把他俩吵醒了，两人异口同声地道："都在楼下吧！"

王某听了转身就往楼下跑。

女大学生还在生气："你们理他干啥！"

烛光里，刘大胃腼腆地挠了挠头，没说话。

不多时便听见一阵纷乱的脚步声上楼，还有王某不断催促的声音："快点儿！医生！麻烦你们快点儿！"

这是出什么事了？

涂恒沙起身出去看，只见王某领头，后面跟了好几个医生和护士，一阵风似的从她面前快步而去。

她也跟了上去，走近了便听见之前的小办公室里传来女人痛苦的呻吟声。

门开着，王母迎了出来："医生！快来！我儿媳妇要生了！"

话刚说完，王母便愣了愣，因为匆匆赶来的医生正是之前要抬病人进办公室被他们一家拦住的人。

"医……医生……"王母指着里面，一时说不出话来。

"先出去吧！"医生是女的，戴着口罩，说话干脆果断。

王母不太想出去，好半天才磨磨蹭蹭地走了出去，医生便让护士把门关上了。

涂恒沙看见王母一脸为难地把王某拉到一旁说话，一边说一边往门口瞟，隐隐约约飘过来几个词，什么"得罪""记恨"之类的。

王某烦躁不安地说："只有这个医生，其他都是男的！有什么办法？"

涂恒沙便明白他们是什么意思了，心里凉凉的，但还是忍不住说："她是医生，医生不会是你们说的那样的！"

两人立马停止了讨论，警惕地看着她。

她摇摇头，决定不在这儿被人当假想敌了。

当快到诊室的时候，她意外地发现许归从诊室出来，正快步下楼。

她赶紧追了下去：“哎！你刚刚去哪里了啊？”

看见他，她郁闷的心情略略缓解。

他没和她说话，脚步却停了下来。

她加紧走到他身边，吐槽道：“真是以小人之心度君子之腹，难道医生会和他们一样卑劣？其实说心里话，我还真替医生抱屈，受了那么多委屈，还要以一颗大公无私之心去对待他们！”

两人边说边下楼。

雨过天晴，头顶墨蓝的天幕上斜挂着一轮明月。

他望着月亮，低声说了一句：“即便明月照沟渠，我心依然向明月。”

“啊？”涂恒沙愣了愣。

他皱眉，侧目看着她：“有哪天你不是这样一副傻乎乎的样子，你们粟老师一定会比较高兴见到你。”

她哪里傻了？她皱皱鼻子。可她也不能解释，刚才之所以看起来有些呆，是因为她站在他身边，月光正好照在他的侧脸上，他眉清目秀，鼻唇宛若雕刻，映衬在墨色背景里如墨线勾勒出的工笔画一般好看。

不过他好看又怎么样？好看就可以随便说人傻了？

涂恒沙的眼珠一转。她指着头顶的树大喊了一声：“小心水哦！”

说完她用力在树上踹了一脚，然后撒腿就跑。

他下意识地缩了缩脖子，用手遮头，却看见跑远的她转过头来，冲他做鬼脸，远远地质问他：“到底谁傻？”

他愣在原地，这太阳都烤了一整天了，树上哪里还有水滴？

呵！到底谁傻？

他一时怅然，许归抑或粟融归，你自己说到底谁傻？

不知何处的草丛传来蛐蛐的叫声，他听得入了魔怔。

涂恒沙小跑回了诊室，见到女大学生正在喝粥很是惊讶：“哪里来的热水？”

粥是方便粥，只要热水一冲就行，可这儿没有电，哪里来的热水冲粥啊？

“刚刚你那个朋友送来的，水和粥都是他送来的，他们都喝过了，这是你的。”女孩指着剩下的一碗粥说道。

涂恒沙点点头，他的车上的确装着好多储备物资，其中就有方便粥，也有纯净水，瓶装、桶装都有，只是不知道他怎么加热的。原来他刚才消失了一阵是烧水去了。

她端起剩下的那碗粥时发现粥还是热的，对于连续两天没尝过热食滋味的人来说，这种感觉很熨帖。

五碗，也不知他自己吃了没有？

五碗？五碗！

她脑袋里突然被这个数字填满，也就是说他是计算着这里的人数来送粥的，也就是说她也在他的关注范围之内！那为啥面对她的时候他总摆着臭脸，就跟她欠了他几百万不还一样，真是个怪人！

她端着粥跑到走廊，看见仍然站在操场树下的许归。

“喂！小许！”她喊道。

他在树下抬头，远远地看着她。那么远，可她莫名觉得自己看见了他眼里的光，与此刻的月光同在。

“你在等什么？等水滴吗？”她想起刚才他躲水滴的样子，觉得有些可爱。

他还是静静地看着她，一言不发。

他这是什么意思呢？她琢磨了一会儿，指指操场：“要我下去吗？”

破天荒，他居然点了头。

她略微惊讶。不过她喝了一口粥，温热软糯的感觉从舌尖一直到胃里，真是舒服极了。她举了举碗：“那我偏不下去！”

他站在那里，有些错愕。

涂恒沙顿时有种“大仇得报”的快慰感，端着碗看着他，大口地喝着，不时还向他举举碗。涂恒沙觉得自己此刻的“嘴脸”很适合四个字：小人得志。

两人对峙间，他的手机振动起来。

他看了下来电，接了电话，那边传来女孩柔软的声音：“终于打通电话了！真不容易！”

“之前手机没电了。”他转过身去。

“我还担心你那边没信号呢！你现在怎么样？”

“挺好的。”他望着那一轮弯月，轻声道。

“那就好，你什么时候能回来？真吓人啊！听说有人牺牲了！”

“现在还回不了。出镇的路还淹着，出不去。”

“那你早点儿回来！我有惊喜给你！”

“嗯。”他神色淡然，一如寻常，言语间却是和缓温柔、耐心十足。

远在二楼走廊的涂恒沙听不见，只等着他打完电话转身。

然而他打完电话后却没有再看她一眼，径直朝教学楼走来。

“喂，小许……”

他就在脚下，那么近的距离，她叫他，他却没有理会。

这个态度也太奇怪了吧？她咬着唇怎么也想不明白。

涂恒沙正咬着碗沿皱着眉思考呢，啪的一声，她手上的粥碗被人打掉了，掌风还扇到了她脸上，脸火辣辣地疼。

她莫名其妙地扭头一看，打人的竟然是王某。

“你干什么？”她摸了摸脸，觉得她的脸好像被指甲刮破了。

“干什么？你个造谣生事的记者，我就打你了，怎么着？我还要再打！”王某又一拳砸过来。

只是这拳头没能砸到她脸上便被另一只手给拦住了，来人用五指擒住王某的手腕，王某顿时动弹不得。同时此人的身影挡在了王某和涂恒沙之间，宽阔的肩背完全将她遮蔽住。

离得很近，即便是这样炎热的天气和糟糕的环境，他身上飘出来的味道依然十分好闻，像春天早晨青草的清香。

她想退后一步，双脚却像被粘住了一般动弹不得，就连呼吸也被这气息给粘住了。

他那么高大，王某在他面前矮了一截，嚣张的气焰顿时下去不少。王某嘴上却不服输，喋喋不休地讲涂恒沙如何夸大不实地报道，害他在网上被人骂：“我老婆就是看了这些后生气才肚子痛的。如果我老婆有事，我不会放过她！”

涂恒沙真的无话可说了，他老婆分明之前就动了胎气了。她从某人身后探出头想要说话，结果被小许伸手一把捂住脸，直接按了回去。

“粟融归，《晨江日报》记者。她是我徒弟，她所有的稿件都是经过我审核发出去的，有什么事找我，别找她！”字字掷地有声、铿锵有力，他掏出了记者证，展示在王某面前。

王某一看，顿时道：“你……你别以为你救过我就可以黑我！你们这样不负责任，不配做记者！”

“有任何不实报道，你都可以投诉我们，我们错了的话会给你交代，但如果没有，请不要无理取闹！”他松开钳制王某手腕的手。

王某低头看着自己手腕上鲜明的五个手指印，心下惶然。

涂恒沙则在粟融归身后愣住了，耳边轰隆隆雷鸣般回响着三个字：粟融归……粟融归……

而此时小办公室的门开了，呻吟声传出来，粟融归对王某道：“医生出来了，你还是先去看看你老婆吧！”

王某回头一看，立即跑了过去，跑出几步停下来回过头，似乎不甘心但又实在不放心老婆，恨恨地一跺脚走了。

她一脸怔然，显然还没从“粟融归”这三个字带来的震惊里反应过来。

他回身面对她，站了一会儿，默然走开。

“等一下！”她猛然醒悟。

他停住了脚步，她飞快绕到他面前，半天说不出一句完整的话：“你……你……你……到底……”

他的目光越过她的头顶看着远处：“许归是我，粟融归也是我。”

自第一天见他至今的各种画面乱七八糟地在涂恒沙的脑袋里冲撞，最后罪魁祸首定格在她脑中——南县电视台的设备包！她结结巴巴地道："那个……电视台……相机……"

"你之前的摄影记者落水受伤，设备也坏了，我找电视台借了台设备。"他面无表情地解释。

她惨叫一声，捂住脸，自己曾说过的傻话句句在耳："丰神俊朗、气质如竹，说的就是我们粟老师了！工作认真、才思敏捷、文采飞扬、正气浩然、光明磊落、大公无私、德高望重、坚韧不拔、善解人意、尊老爱幼……"

她是这么说的吗？

"有何感想？"

听见他在问，她把脸捂得更紧了，闷闷地发出声音："我……我希望这个世界真的有孟婆，而且这个时候出现在我面前。"

"哦？"

"我要向她讨一碗汤，不是给你喝，就是我自己喝！"不是让你忘了，就是让我自己忘了吧！

他紧绷的嘴角略略一松，沉默了一会儿，说道："别捂了，本来就傻，再破了相就又傻又丑。可怎么得了？"

"啊？"涂恒沙这才想起脸上被刮伤的地方，手指松开一条缝，从缝里看他，一看之下又想起自己说的"丰神俊朗、气质如竹"，恨得用力地闭上眼。

"没事我就下去了，去涂点儿药吧！"他走过她身边之后，突然又回过头来，"对了，忘了谢谢你称赞我。"

"啊！"她再度惨叫。

办公室门口，王母跪在地上给医生磕头，边哭边嚷："医生，都是我们的错，我们不该占着地方不让，求你大人不记小人过，救救我儿媳妇和孙子吧！"

一旁的护士拽着她又无奈又生气地说："你这话是什么意思？难道还是我们故意不救你儿媳妇吗？你把我们想成什么了？"

"是、是、是！"王母连声应道，"我说错话了。我老婆子不懂事，求你们别计较，救救我儿媳妇！"

"说来说去，还是误会我们！"护士气得撒了手。

在一旁往办公室内探头的王某这时候也是一脸气愤，把王母从地上拉了起来，指着医生的鼻子："今天我把话放这儿了，我们得罪了你们没错，可是你们别忘了你们是医生，救死扶伤是你们的义务！今天我老婆孩子没事就算了，如果有事我看你们怎么负这个责任！"

医生听了这话，气得浑身都在发抖。

很快便有人围过来，结果一看又是这家人，有人看不下去想劝劝，才开口就被王某骂了："你们有什么资格说话，里面躺着的不是你们老婆，生孩子的也不是你们老婆，我老婆孩子有事你们敢负责任吗？这些医生我还不清楚，根本没有医德，这个关头跟我说这样危险、那样危险，不就是想要挟我吗？不是要我给红包就是想报复我们！我告诉你们，也告诉你！"他又指着医生说："红包没有，想报复没门！总之，你们今天就要给我把孩子接生下来！出半点儿纰漏我都要找你们麻烦！"

医生被逼得眼圈都红了。

涂恒沙气得瞪着她的小许同学，亦是她的粟老师："真不知你们豁出性命救了个什么玩意儿！"

说完，她便大步往走廊尽头走去。

后面响起一阵纷乱的脚步声，她回头一看，跟来的不仅有粟融归，还有镇卫生院院长以及其他医护人员。

"怎么回事？"院长的眉头皱了起来。

护士气呼呼地说开了，原来产妇胎位不正，现在条件又这么糟糕，别说其他，就连电都没有！她们把产妇的情况、面临的困难以及分娩的风险说给家属听，结果家属就炸了。

"你们说不正就不正？我们上次产检的时候还是正的！不是你们胡说八道吗？你们现在用什么来证明胎位是不正的？还敢说你们不是报复？"王某马上就嚷嚷开了。

"用我的人格来证明，用我几十年行医的医德来证明，用我们所有医护人员身正不怕影子斜的底气来证明，还有用你老婆孩子的命来证明！"院长大概也气急了，"现在你除了相信我们还有什么别的办法？如果有，我们也求之不得能把你老婆送去你信任的医院，但现在出不去，要么相信我们的医生，要么你自己给你老婆接生。你不是说胎位正吗？那她自己就能生下来的！"

也许是院长的态度过于强硬，王某一时被震慑住了，没想出反驳的话来，磨磨叽叽的，但里面产妇的呼痛声一声高过一声，迫于无奈王某签了字。

院长便对医生道："去吧，我担着！"

医生悄悄抹了一把泪，带着护士进去了。

围观的人渐渐散去，涂恒沙虽然也随这些人走了，但心里还是挂念着这件事儿不曾走远，也颇为担忧："只希望这孩子能顺顺利利地生下来，这里没设备、仪器，太让人忧心了！假如真有个什么好歹，别看签了字，王某要耍起赖来，医生还得倒霉！"

粟融归没给她回应。

她已经习惯了他的沉默，索性在走廊的这一头席地而坐，等着那端的结果。

只是这两天实在太辛苦，她靠着墙眼皮渐渐不听使唤，意识也昏昏沉沉的，身边传来他的声音："睡会儿吧，我看着那边。"

她得了这句话，提着的心便落了地，真的就此睡着了。

涂恒沙这一觉睡得真是出乎意料地沉，而且舒适温暖，睁眼的一瞬间只觉得强光刺眼。夏日灾后晴朗的黎明，太阳已经烧红了半边天。鼻端有淡淡青草的气息，脸颊边是柔软的纯棉质触感，初醒混沌的她突然清醒过来，她、她、她……这是睡在一个人的怀里？！

但好在这个人此刻并没有反应，也就是说他还没醒！

她眨了眨眼，轻轻地从他怀里挪开，背靠上墙壁的瞬间偷偷瞟了他一眼，他还靠着墙睡着呢……

就在此时，走廊那端响起嘹亮的婴儿哭声，涂恒沙望着天边的霞光百感交集。不管怎样，生命的降临总是一件让人开心的事，为医生悬着的那颗心也总算能放下了。

她再侧头看身边的人，这么大的哭声该吵醒他了吧？

果然，只见他长长的睫毛颤了颤，睁开眼来。霞光涌进他的眼中，黑瞳被映照得金红灼灼。

看来他果真不知道她才从他怀里爬起来。

新的一天，阳光明亮而热烈。

水位较前一天落了一大截，少许进水不多的人家，水差不多已经退尽了，这些人便回家打扫去了。上午的时候，学校迎来了救援物资，主要是吃食和饮用水。

给王某家产妇接生的医生忙了一个通宵，涂恒沙的相机里留下了医生将宝宝抱给王母时的照片，照片里的医生浑身被汗水湿透，一脸疲惫。

涂恒沙直到下午才去找医生。她去的时候，医生正就着一瓶矿泉水在啃面包。

她跟医生打了个招呼，便聊了起来。

“胎位不正，可还是顺产了呀，你挺厉害。”涂恒沙纯聊天似的访谈。

医生和着水艰难地吞下噎住她的干面包：“还好了，主要镇里就这一个卫生院，周围村里生孩子的都来这儿，接触多了就熟练了。”

“你没想过万一吗？”

“想过啊，但有什么办法？总不能眼睁睁地看着吧。只能说我运气还比较好，这个孩子也运气好。”医生叹了口气，“谢天谢地吧！”

“面对这样的一家人，你心里也很难受吧？”涂恒沙记得医生之前都哭了。

医生苦笑着道：“是人都会难受啊！但我们这个职业，容不得任性。工作之外的我也是个任性又傲气的人，谁要给我脸色，我是绝不会受窝囊气的，但既然穿上了这件白大褂，就没有任性的资本了。而且站在手术台前，心里就没有别的杂念，众生在这一刻是平等的。”医生说到这里又笑了，“我知道你是记者，你别写我，我没什么特别的。只要是个医生，在昨天那种情况下都不会任性的，王某有句话倒是没有说错，这是我们的工作。”

虽然医生这么说，涂恒沙还是写了，写完后连同照片一起拿给粟融归看：“我没写王某那一家人是怎么恶心人的，虽然我知道写出来一定会爆，但我不想恶心自己。

如果你觉得有必要写，那你自己添进去，我本来就只是个摄影记者，写稿可是你的事！”心里憋着的火到底难消，她还颇具气节地指着她的稿子，“如果你添进去了，就别署我名！”

他快速地浏览了一遍她的稿子，瞟了她一眼，再端着的人也被她此刻的幼稚模样给逗乐了。不过他面上却没显露出来，只冷着脸道：“涂恒沙，银灿娱乐娱记，从业三年内引爆五次娱乐圈。这可不像不要流量的人啊！”

“这一样吗？”涂恒沙精准地领会了他的意思，“这叫干一行爱一行！”

他扬了扬眉，没说话。

涂恒沙却以为他不相信自己，在他面前蹲下，郑重地说：“我是一个有原则的人。身为记者，我为真相和信仰而活！粟老师，小许同学，你就走着瞧吧！”

粟融归没有反驳她，把涂恒沙这次的稿子一字不改地发出去了。

暮色降临，涂恒沙坐在教学楼后面的小山坡上，看着粟融归熟练地生起一堆火，大为惊叹：“原来你是这样烧的热水啊！你居然还会生火？！”

他头也没抬，往土灶里塞了些干树枝，那土灶是用几块砖砌起来的：“盖上盖子。”

“哦，好！”她怀着对粟老师的敬仰立即把一个破旧铁锅的盖子盖好，锅里是满满一锅水，今晚又能喝方便粥了。

天气炎热，守着一堆火，涂恒沙觉得脸上烫得流油。可她还是愿意守在这里，只因洪灾使得被蒸汽熏着的感觉太珍贵了。

“如果这时候有红薯或者土豆就好了，烤着吃特别香。”她舔了舔干裂的嘴唇。

“把粥都打开。”他根本没接她的话。

“好！”她虽然被使唤，但也挺勤快。

一排粥，有七八碗，是他车里最后的库存，她一一揭开。烧开的水咕嘟咕嘟地在锅里翻滚，涂恒沙觉得这声音真是久违了。她看着他把水倒进粥碗里，忍不住问：“回去以后你想做的第一件事是什么？”没等他回答，她先说，“我要美美地吃一顿，吃火锅、喝酸梅汤，还要一份红糖糍粑。粟老师，我请你啊！”

他泡完粥，回她一句：“我觉得你要做的第一件事是先把自己洗干净，并且别忘记把我的衣服洗了！”

她低头看看自己，鼻子皱了起来，他能不这么扫兴吗？好吧，她的确是……三天没洗澡了！可他不也一样吗？她瞪着他，他却压根没看见她怨念的眼神。

她想了想，顺手拿起一根木棍举到他面前：“粟老师，做个人物专访怎么样？我这里有几个问题想要问你哦！”

她真的有一肚子的问题想问，最想知道的就是他为什么从许归变成了粟融归，可是这一定跟他的家庭有关，不知是不是唐突了。

她内心里还在纠结问什么，他完全无视她的木棍：“无可奉告！”

遇到这么不配合的采访对象，真够受的！

待粥泡好，他熄了火，她便和他一起把粥抱回教学楼，数量不多，还是要先给病人和伤员。

正在她端着粥准备进诊室时，王某探头探脑的身影又出现了。涂恒沙特别不想看见他，他偏偏没事人似的挡在楼梯口，脸上还挂着笑：“哟，有热粥喝啊？”

涂恒沙没理他，他竟然挡着不让路。

“你看这……我老婆刚生了孩子，也没口热的东西。”王某说。

“没热的东西关我什么事？不是说谁污染谁治理吗？谁让她生的孩子谁管吃喝呗！怎么找上我了？再说了，你老婆可是产妇，了不得的，我这粥万一不卫生，吃坏了，我可负不起责任！”她一向快人快语，把王某的原话加了点儿料还了回去。

王某得了个大胖儿子，这时候倒也不蛮横了，赔着笑：“你们不是好人吗？”末了，他大概觉得涂恒沙难说话，目标转向粟融归，喊道：“大哥……这不是受灾了吗，我上哪儿弄热的东西去？”

涂恒沙看这情形，就知道粟融归是肯定会给的，便挡在粟融归前面：“粥不是不能给，你得给个态度！”

王某这样的人精儿怎会不明白，马上点着头说：“谢谢，谢谢你啊，还有大哥也救了我们一家，我还没道谢呢！”

涂恒沙又想起了阿瓜，那个被滔滔洪水冲走的少年，不会因为这声谢谢再回来，也再听不到这声谢谢了……

她心下悲愤，扭头走了。

王某从粟融归这里讨走了两碗粥。粟融归抱着剩下的粥去诊室的时候，在门口对上涂恒沙一双泛红的眼睛。涂恒沙狠狠瞪他：“滥好人！”

“是啊！”他倒是应得挺顺。

“是什么？”她说他滥好人他还当表彰了？

他没说话，只把手里的粥送了出去，准备自己找个地儿啃干面包。涂恒沙追了出来，气哼哼地把最后一碗粥往他手里一塞。

他端着粥说：“我不……”

“我不和病号抢吃的！”她还是瞪着他，“如果你觉得过意不去，那回去你请我吃火锅吧！”

粟融归还没见过这样自求请客的。

她心情突然好了：“就这样说定了！”

暮色渐浓，她蹦下楼梯自己去觅食了。天边的晚霞只剩最后一抹金红，烧得透亮灼目，明天又是一个大晴天。

自此，水位一天天地往下降，学校里避灾的人每天都会回去一批，而刘大胃他们也迅速恢复，和坚守在一线的战友们一起投入灾后工作中。

小镇先是恢复了供电，而后恢复了供水，一切重新回归正常。

涂恒沙和粟融归离开镇上的时候，街道已经清扫干净，江水回到正常水位。江面平静，碧波缓缓东去，仿佛那些野兽般疯狂咆哮过的日子从不曾有过。那个被吞噬的生命也如水滴一般与这江水永远融为一体，再也无处寻觅。生活的车轮滚滚向前，很久以后，他的名字将在人们心里渐渐淡去，但他的笑容总在她的相机里。幸好，还在她的相机里。

车经过来时的街道，沿途还能看到忙忙碌碌的人，有些是陌生的，有些是在学校避灾时见过的，大学生阿威和女朋友也在其中，他们正帮着人们抬家具。许是感觉到有人看着，女孩一回头，见到涂恒沙还展颜一笑，向她挥手道别。女孩满脸的汗水，黝黑的皮肤，都在阳光下闪着光。

她也挥挥手。车加速驶离。

再见了，这些可爱的人，还有可憎的人，也许再也不会相见……

她忽生感慨："小许，我有时候挺庆幸自己做了这一行的，能见识别人见识不到的事，能遇见不一样的人。只是可惜，一个人一个故事，我们只能得见他们故事里极小的一段，只能算得上擦肩而过的缘分，我们跟他们的相识变成了我们回忆里的故事，而他们的故事却在我们不知道的地方继续……"她看向他，眼睛里泛着柔光，唇角微翘，"我以为我们也一样。我以为我和你的故事就结束在你转学那年了，我以为再也见不到你，没想到，真的没想到……小许，重见你的那一刻，我真的好欢喜。"

他开着车，将车速缓缓降了下来，侧头看到她微仰的脸。阳光透过玻璃落在她脸上，她整张脸都在发光。

他下意识地踩下了刹车。

她看见他抬起手，感受到他的手搁在她的头顶，很明显要摸她头发的样子，就像她在家摸棒棒糖时一样。她唇边的笑容放大，甚至微微合上了眼睛，却听他冷冷的一声："没事开什么天窗！本来就够黑了，不怕晒成炭？"

涂恒沙睁开眼，果然见他关了天窗后继续开车。弯成弧形的唇瘪了起来，她扳过后视镜看自己，哪里黑了？

第二章

重逢不过是有人难以遗忘

燕北市，郊外别墅区。

已是晚上，一辆出租车在某独栋别墅前短暂停留后掉头离去。车里下来的人提着行李走上台阶，打开门，客厅里传来女孩惊喜的声音：“呀，你回来了，怎么又是打车回来的？不通知我们去接！”

粟融归一脸疲惫地说：“习惯了，何必麻烦。给你带了礼物，等下给你。”

女孩笑道：“去抗灾的地方还能给我带礼物啊？谢谢你！”

他没说话，拎着行李往楼上走，在楼梯上遇到了尚清梅。她是一个穿着精致睡衣，头发纹丝不乱的中年女人。他恭敬地叫了声：“妈。”

“回来了？”尚清梅点点头，眼神威严，“融星天天念着你呢！”她的目光转向女孩时却蕴满了温柔：“融星，融归可是终于被你惦记回来了。”

女孩嘿嘿一笑：“这回出差可不是别处，灾区危险着呢，我能不惦记吗？”

尚清梅微微一笑，再次看向自己的儿子：“你爸在书房，跟他打个招呼。”

“好。”他应了，“妈，那我先上去了。”

“去吧。”尚清梅挥挥手，“对了，晚饭没吃吧？等下给你送进房间里。”

“好。谢谢妈。”他拎着行李上楼。

粟振书房的门关着，粟融归正欲敲门，粟融星却直接把门推开了，蹦进书房：“爸！粟融归回来了！”

粟振五十多岁，保养得当，头发乌黑，身材也没发福，看起来不过四十多岁。他原本在认真看着电脑屏幕，看见女儿进来，脸上露出宠溺的笑容：“没规矩！不敲门！也不知道叫哥哥！”

听着是斥责，不如说是纵容。

“爸！”粟融星绕到粟振的椅子后，双手圈住了粟振的脖子，“叫哥哥多生分啊！”

粟振笑着说："胡说八道！叫哥哥比直呼大名还生分？让人听见笑话你！"

"爸——"她的尾音拐了十八个弯，"我不管！我就爱这么叫！"

粟融归走进来，脸上带着微笑："爸，没关系，叫名字挺好的。"

粟振的目光落在他的脸上："辛苦了，早点儿休息。"

"好，谢谢爸。那我先回房间了。"他和粟振的书桌间隔着大约两米的距离，这也是他和粟振之间的距离。从他走入粟家开始，就从不曾走近。

"去吧。让你妈给你做点儿吃的。"

"好，谢谢爸。"

他转身，听见身后粟振含笑斥责粟融星："小丫头，也就是融归宠着你，不跟你计较！"

他默默回房，关上门，将自己扔到床上。他有些累，柔软的床垫却并不能缓解身体的疲乏。他闭上眼，耳边响起自己刚参加工作时和母亲的对话："妈，我上班了。单位远，我想搬出去住，离单位近点儿。"

"不行，你不肯去家里的公司上班就已经很不像话了，还搬出去住，让别人怎么想？你在这个家里本来就身份敏感，行为稍有不慎就会引起大家乃至媒体的猜测，到时候人家说继父亏待你，你让你爸多难堪，让你妈怎么在这个家立足？"

他觉得呼吸不畅，习惯性地去扯领带，却发现自己穿的是T恤，根本没有领带。

他深深吸了口气，听见敲门声响起，便起身开门。热腾腾的面条香味率先进入他的鼻子，而后便是粟融星的笑脸。

"快接着、快接着，烫死我了！"粟融星道。

他赶紧接了碗，转身放到桌上："你给我端来干什么？我自己下去吃就行了！"

粟融星吹着自己的手指，笑着说："我愿意！不行啊？你快吃吧！"

"行，当然行！"他在椅子上坐下。

"粟融归……"粟融星坐在他的床上，踢掉拖鞋，光着脚丫晃动着小腿，"你给我的礼物我很喜欢哦！"

粟融归。

粟融星从来不肯叫他哥哥，从他来粟家第一天起就不愿意，甚至很长一段时间里都不承认他姓粟。

他不姓粟，他姓许。只是，那是很久很久以前的事了，久到许多人都忘记了，久到连他自己都麻木了，没想到这世上还有一个人记得。那一日，他在学校后的小树林里写了一地的"小许同学"，是因为自那日之后他将不再姓许。

"小许同学"这四个字就像风，卷开一层层雨天厚厚的潮湿的落叶，最底层几近腐朽的泥土气息翻涌上来，那扇他以为随着童年那只被埋葬的小狗一起关闭的门，就这般再次打开。

"粟融归！"娇嗔的声音再次响起。

他的思绪被打断：“嗯？”

“跟你说话呢！”

“我听着呢！”他目光平静。

“你看看，为了给你端面，我的手指都烫红了！”

一双粉嫩的手伸到他眼皮底下，几个指尖确实泛了红。

他微笑着，低下头给她吹。那个曾经站在粟家台阶上，趾高气扬要他滚出粟家的小姑娘什么时候变了样？

“融宇呢？不是放暑假了吗？”

粟融宇是继父和母亲生的孩子，曾经也是粟融星的眼中钉，幼时不知挨了多少欺负，当然那也是曾经了。

“跟同学旅游去了！全家就他最舒服！”粟融星撇了撇嘴。

他只是微笑，那一层笑容像贴在他脸上的人皮面具，保持着一成不变的弧度，不多不少，恰到好处。

“还疼吗？”他问。

“不疼了、不疼了，你吃面吧。”粟融星收回了手，搬把椅子坐在他身边。

他吃面的时候，她便趴在桌上盯着他的侧脸看。他总是淡淡的，即便是温柔地对她笑，也仿佛天上的明月，若即若离。倒是他眉毛上那颗小小的痣，给他这张淡若皎月的脸增添了些鲜活。

他察觉到她的目光，问道：“看着我干什么？”

“好看！”她抿着嘴笑。

他继续低头吃面，吃相十分好看。

粟融星的胸口贴着一个抽屉，上锁的抽屉。从她童年起，从他进入这个家起，她便对这个抽屉充满好奇，可这是不可触碰的禁区。

她小时候打他、羞辱他、朝他吐口水、在他的饭里混沙子、在他的床上泼墨水，各种恶劣的事情做尽，他都只是默默忍了，像一尊没有脾气的泥塑。唯独有一次，她撬开了这个抽屉，还没来得及看里面有什么，他便回来了——大发雷霆。也就是那一次，她在他面前知道了害怕，从此再不敢碰他的抽屉。一切也在不知不觉中发生了变化，就像此刻她明明离这个抽屉这么近，她甚至在用她的手指悄悄抠着抽屉缝，可她就是不敢问他：粟融归，你的抽屉里是什么宝贝……

涂恒沙站在家门口就闻到了粽子香，糯糯的混着红枣的香味儿勾得她的馋虫都出来了，这是妈妈的味道。

她打开门，先伸了个脑袋进去，见沙发上坐着的瘦削妇人正在砸核桃。

舒慧听见开门的动静抬头一看，便看见女儿促狭的脸，她的笑容里刻满细细的纹路：“小促狭鬼，还想吓妈妈一跳吗？”

“嘻嘻，妈，哪儿有啊！”涂恒沙乖乖地进门。

舒慧没被女儿吓到，倒是被阳台上蹿出来的棒棒糖吓了一跳。

棒棒糖是一只小土狗，被涂恒沙捡回来还不到两个月。丫头自己爱吃糖，便给小土狗取了这么个名字，舒慧很理解“棒棒糖”这个名字的由来。

小土狗特别黏涂恒沙，听见她的声音便“汪汪”叫着，飞一般从阳台蹿出来，越过茶几，刨落一地核桃壳，朝涂恒沙猛扑过去。

舒慧委实被吓得不轻，瞧着此时已经和小土狗滚成一团的女儿，又无奈又好笑：“真是什么人养什么狗，大疯子养小疯子！”

涂恒沙抱着狗蜷坐到舒慧身边，瞧见茶几上的食盒里有各色干果，抓了一把葡萄干慢慢嚼，撒娇地道：“妈，你这话不对，我和棒棒糖都是你的小疯子！”

舒慧被逗笑了：“要脸吗？还小呢？”

“那可不，”涂恒沙歪着头靠着舒慧的肩膀，“我永远是你的小宝宝啊！”

“去去去！一边儿去！别碍着我做事！”舒慧虽斥责着，却掩不住脸上的笑意。

“妈，粽子还没包好呢？”

其实端午已过，但她就是喜欢吃妈妈包的粽子，回来前妈妈打电话问她想吃什么，她便点名要吃粽子。

“蛋黄的、咸肉的、红枣的都煮好了，再包一锅八宝的。”

“妈，我来帮你吧？”

舒慧嫌弃地说：“别，你可千万别帮我，哪回不撒一锅的米，我收拾起来比我自己包还费劲！别添乱了，一边凉快去。”

棒棒糖因为主人的归来十分兴奋，在涂恒沙怀里拱个不停。舒慧看着，忍了忍，最终没忍住，道：“别老是抱它，虽然早已经好了，但是也要注意。不是说了要把它送走吗？”

涂恒沙抚弄着棒棒糖的手顿了顿。她可怜兮兮地哀求说：“妈，不能不送吗？你看我都没事……”

“不行！”

在健康这件事上舒慧不惯着她。

她无奈，只好说道：“等我休息的时候送吧，越越才搬了家，等她收拾好。”

樊越，涂恒沙的前同事、好朋友。

说到樊越，她的手机就响了，正是樊越打来的。

“沙子！你说来我家玩，什么时候过来呀？”樊越在电话那端问道。

“下个休息日吧，我还得把棒棒糖带给你呢！”涂恒沙摸着棒棒糖的毛。

她刚捡到棒棒糖的时候，它又脏又丑，养了这些日子，一身的毛油光水滑，小眼乌黑，要多可爱有多可爱。虽然它只是一只小土狗。

棒棒糖不知是不是感应到什么，此刻特别乖，趴在她的腿上，用头在她的手心里蹭。

“好啊，那我早做准备！亲自下厨做大餐给你吃！”

涂恒沙舍不得棒棒糖。

其实她不是一个对生活有诸多要求的人，更鲜少去主动追求什么。她生活里最重要的内容就是好好工作、陪伴妈妈，希望她和妈妈身体健康。生命里其他人来来去去，于她而言都如叶生叶落。后来她进入银灿娱乐认识了樊越，她的人生便多了一个词：闺密。如今，机缘巧合下她又拥有了一只狗。

她幼时患有哮喘，虽已基本治好但从不养宠物。

那个下雨天，在她回家的路上，棒棒糖一身泥乎乎地趴在灌木底下，见她走过便呜呜呜地叫。她停下脚步，看见这只小丑狗旁边的地面上雨水里居然混着红色，才知道它受伤了，忍不住蹲下来。它便用前爪扒她的裤管，头上湿乎乎的毛乱蓬蓬的，一双乌黑的眼睛看起来也湿漉漉的，好似要淌下泪来，呜咽声如在哭泣。

那一瞬，她忽然想起了五岁那年坐在法院门口台阶上的自己。

她毫不犹豫地抱起它，可是终究还是要将它送走。

晨江报社。

涂恒沙一大早拎着两个纸袋来到采编平台。

大开间里已经有两三个人，其中就有粟融归。

他的位置在角落里。他穿了件雅黑色上衣，却很显眼，至少她进来第一眼看到的就是他笔挺的背脊。

她轻轻走到粟融归身边，将纸袋放到他的桌上：“粟老师早上好。”

她其实斟酌过到底叫他什么，她更喜欢叫他小许同学，但在单位还是叫粟老师比较好吧。

两个纸袋，一个装着他的衣服，洗干净了也熨平整了；另一个纸袋里装着几个粽子，妈妈早上起来又蒸了一下，现在还是热乎的。

他点点头，表情冷淡：“早。”

涂恒沙皱皱鼻子，反正已经习惯他这样了，无所谓地回了自己的位置。

刚坐下，下意识便觉得有人在看着自己，她抬头观察，一个笑盈盈的女孩进来了。对方年纪跟她差不多，打扮时髦，此时那双笑眼便盯着她看。

都是同事，她友好地笑了笑，说道：“你好，我是新来的摄影记者涂恒沙，请多关照。”

对方仍是看着她笑，而且仅仅是笑而已，那样的笑容甚至让涂恒沙有些莫名发怵。

“嗨！你回来了？”有人在她旁边的位置坐下，跟她说话。

她一看是郝仁。

她笑着点点头。这一大开间人，她也就跟郝仁稍微熟悉一点点："你是坐这儿吗？"

"对，我在你旁边！"郝仁冲她眨了下眼。

两人正低声交谈，忽然听见一声刺耳的高音："粟融归！你这吃的都是什么东西啊？"

所有人的目光都朝粟融归看去。

刚刚那个时髦女孩此时正拎着涂恒沙拿来的纸袋，从里面提出一个粽子，毫不掩饰一脸的嫌弃："啧啧，这是什么啊？黑乎乎、脏兮兮的，这东西能吃吗？不知有多少细菌病毒，吃下去不生病才怪！"

涂恒沙顿时满脸通红，羞，更多的是恼。她妈妈把每一粒米、每一张粽叶都洗得干干净净，怎么会脏？至于颜色，难道粽子煮熟后粽叶不会变黄吗？

她的第一个念头就是站起来为妈妈辩驳，可是突然想到报社里这么多人，她单单给了粟融归粽子，似乎不太合适。而且刚才那个女孩露出古怪的笑容，分明是看见她给粟融归送东西了，偏等到这么多人到齐了才挑破，是故意给她难堪吧？

她咬唇忍着，看向粟融归。此时此刻，她只希望他能说几句，不需要像那日挡在她和王某之间般气场十足，只需几句，哪怕是轻描淡写的几句，只要让她知道，他并不嫌弃她送的东西脏就行。

那女孩又道："粟融归，晚上回去我就叫阿姨包粽子，这些外面的脏东西还是扔了吧！"

听到"扔"字，涂恒沙感觉心口都紧了，眼睛盯着粟融归，却见他头也不抬，还是那般冷淡的表情，语气冷淡地道："扔吧。"

扔吧……扔吧……扔吧……

这两个字雷鸣般在涂恒沙耳边隆隆作响，震得她一度怀疑自己幻听了。这不是她的小许同学会说的话，不是！那个将她护在身后掷地有声地说"有什么事找我，别找她"的小许，是眼前这个人吗？

她看见女孩一笑，那袋还温热的粽子便从女孩手里飞了出去，拉出长长的抛物线飞往门口的垃圾桶。

眼前闪过妈妈细心包粽子的画面，她心里又酸又胀燃烧着火焰，忍不住霍地站起来，带动着椅子哗啦一声响。

与此同时，粽子却没有准确地落入垃圾桶。门口恰好进来一个人，纸袋打在他的身上，哗啦啦掉在地上，里面的粽子也滚了出来。

来人是主编，姓周，一位四十多岁的中年人。

"这是干什么呢？"

一众看热闹的人都默默地低下头忙自己的事，女孩也回了座位，站着的人除了主编唯有涂恒沙了。

安静的大开间里，气呼呼地站得笔直的她显得分外突兀。

郝仁拽着她的衣摆死命往下拉。

涂恒沙望着那个一身雅黑的侧影，模糊而遥远，如隔着重重雾海。

她没有搭理郝仁那只一直拽她的手，大步上前走到主编面前，捡起粽子一个个放进纸袋里，低着头向主编认错："对不起，周主编，粽子是我的。"

"上班时间不能吃早餐！"主编的眼神颇为严厉。

"我知道，对不起。我带来的午饭。"

她在所有人各种揣测的目光里抱着纸袋回了座位。

郝仁悄声问她："你得罪过粟融星？"

她皱眉，粟融星是谁？刚刚那个女孩吗？名字倒是跟他的是一套。

"粟融星，粟融归的妹妹，你第一天来上班有人绊你一脚吧？也是她干的。你确定没得罪过她？"

她摇摇头。她从来就没见过这个人！

"以后离她远点儿，这人霸道又不讲道理！还有啊，你带这么多粽子也吃不完吧？给我吃呗！"郝仁冲她笑。

她低头看看纸袋，滚出来的几个粽子已经沾了灰，这回是真的脏了！她取出来那些，要扔进垃圾桶。

郝仁把纸袋一抱，看穿她的心思："给我中午吃！这有啥，粽子反正要剥皮吃的！我跟你说，我最喜欢吃粽子了！"

郝仁是不是真的喜欢吃粽子她不知道，但他这番好心她是领情的。

那天中午，他俩吃午饭就是坐在报社大楼外的花坛上，守着一袋粽子吃了个饱。

她请郝仁吃粽子，郝仁请她喝茶饮。这条道上种的行道树是国槐，正当茂盛的季节，郁郁葱葱，将阳光密密实实地遮挡住，留给花坛的便只有明媚的颜色和阴凉的空气。

粟融归和粟融星从报社大楼里出来的时候，郝仁正举着他的茶要和涂恒沙干杯。涂恒沙觉得这个行为有点儿傻，笑着说不愿意，笑声在弥漫着淡淡花香的空气里颇为动听。

粟融归微微侧目，花坛里夏花如火，开得明媚。但他也只是一瞥，眸光里波澜不惊。

"我想吃烧鹅。"粟融星看花也看人，尤其是身边这个人，在他眼里找到一如既往的冷淡神色后，心情不错。

"好。"他便领着她往不远处的粤式餐厅而去，仿佛从不曾见过花坛上的人。

涂恒沙望着并排而行的两道身影，喝茶的速度慢了下来，咬着吸管，神色黯淡。

她不甘心，到底还是找了闲暇时间堵住了粟融归，彼时只有他一个人。

她站在他面前，心里发酸，想好的话莫名其妙全忘到了九霄云外，只低头站着，视线里是他的鞋和他雅黑色的裤管。他身上是熟悉的青草气息，若有若无地往她鼻子里钻。

他沉默了一会儿道：“没事的话我先走了。”

“等等！”她情急之下抓住了他的胳膊。触手一片光滑，是他手臂的皮肤，惊得她如火烫一般赶紧撒了手。

他再次停住脚步。

涂恒沙定了定神，也不管自己之前打算怎么说，直接地道：“粽子是我妈妈亲手包的，一点儿也不脏。”

他依然沉默。

她却不知道该继续说什么了，也许，她难过的就是这个吧？对，她就是不忿妈妈的心血被这些人嫌弃！

他等了一会儿，没等到她的下文。

“没别的事了？”

她想了想，点点头，便听到他没有温度的声音响起：“你妈妈包的粽子脏或者不脏都跟我没有关系，我不喜欢吃粽子，我们之间也没有熟悉到你可以拿粽子给我吃的程度，以前没有，以后也不会有。我想你大概误会了一些事情。我是许归没错，我并不知道你为什么认得我、记得我的名字，但你于我而言，除了是报社新来的摄影记者，其他的我一无所知，你说的那些事，我更不记得曾在我的过去发生过。我是一个工作和私人空间分得很清楚的人。我希望我工作以外的时间和空间不会被一些莫名其妙的人和事打扰。谢谢。”

这是她认识他以来，他跟她说话最多的一次，多到她的脑袋里几乎装不下这么多字。每一个字都那么重，像巨锤落在她的胸口，很疼、很疼……

她咬了咬唇，犹自不死心，颤着声音问：“你真的不记得曾经在法院门口，你救了一个哮喘病发作的女孩吗？你把她送进医院，你那时候还很小，你真的不记得了？”

他沉着脸摇头，斩钉截铁地道：“不记得！”

他迈步离开，下巴线条绷得很紧。

她想说，可是我记得。但她已经没有开口的必要了，远去的脚步声稳健而坚定，如同他寡淡无情的眼神，不会为她停留。

她站在原地怔怔地笑了，眼眶有些酸胀，又觉得好笑。她心心念念了二十年的救命恩人，原来这么讨厌她。

那就让他讨厌吧……

她房间里的书桌有个抽屉十分特别，说它特别是因为里面珍藏着她认为很珍贵的东西。

晚上，她把自己锁在房间，打开抽屉，一件一件整理着那些物件。

这张透明的塑料纸，是五岁那年他留在她病床床头的那枚棒棒糖的包装纸，那颗糖她分四次吃掉了，这张纸却一直没舍得扔；这枚扣子，是一年级的时候，第一次发现他原来是自己的校友，开开心心追着他，没追到他，却捡到了从他校服上掉下来的纽扣；这几本漫画书，是他扔进学校垃圾桶里的，被她翻出来带回了家，上面还写着他的名字；这一小盒蜡笔，是有一回学校活动，每个班的代表在一幅长卷上画画，她和他都被选中，可不同年级的两人隔得很远，等她画完跑去找他，他又走远了，只看见他往垃圾桶里扔东西，她再次去翻垃圾桶，发现里面有一盒写着他名字的蜡笔，于是她又捡了回来……

同校两年，她始终没有机会认识他，只是跟在他后面捡了两年垃圾，各种各样的，塞满了整个抽屉。

最后一次捡垃圾是在学校后的小树林里，看着他写了一地的“小许同学”，然后把他遗落的书包捡回了家。书包里的书、本子、铅笔盒以及各种杂物都成了她的“财产”。

她这二十几年的人生过得并不轻松，五岁后父亲缺失，自身有顽疾，母亲在父亲入狱后很长一段时间里得了抑郁症，她和妈妈之间是病人照顾病人。小小的她很早就学会了独立，煮饭、烧水、洗衣服。她笨拙而快速地成长着。

她曾被烫伤过，曾累得两只小胳膊抬不起来，这些辛苦当时才豆丁大的她都不怕，最怕的是一不小心妈妈就不见了。她急慌慌地去找，常常不是在楼顶就是在河边找到妈妈。初时她还不懂，直到有一天晚上，妈妈用刀割破了手腕，血染红了半边床单，她哭着去敲隔壁邻居家的门，邻居阿姨帮忙把妈妈送进医院后，她才懂得妈妈这个病是会自杀的。

她害怕，开始寸步不离地守着妈妈。因为妈妈这个病叫抑郁症，小小的她便将它同不开心画上等号，从此在妈妈面前便只有笑容，给妈妈表演唱歌跳舞，哪怕从前一起玩的小朋友都疏远了她，嘲笑她是杀人犯的女儿，嘲笑她的妈妈是疯子，甚至拿石块扔她，她面对妈妈的时候都还是一副笑脸。只有夜里妈妈睡着了，她才躲在被子里偷偷地哭。她还得小心翼翼地守护着自己的健康，冷了多穿，春天来了戴口罩。那么小的她就知道不能生病，她生病了妈妈怎么办？

就这样，每日如同走在悬崖边上的生活竟然也一天天好起来，她像一棵悬崖边的嫩草，弱小而强韧，渐渐地学会了不再哭泣。

她六岁的时候，妈妈已经有所好转，送她上了小学。她不想上学，想守着妈妈，又不能不听妈妈的话。从学校报名回来的那天，她一个人悄悄去了隔壁，隔壁家还有个成天在家的老奶奶，她跪在人家家里，把人家吓了一跳，只求老奶奶白天帮她看一下妈妈。

六岁的她哪里懂得下跪是什么意思，只是记得五岁那年在住院时医院的护士说过，是一个小男孩和他妈妈叫救护车把她送进医院来的，他妈妈起初不愿意，小男孩跪在他妈妈面前求，才求得他妈妈同意，并且给她交了医药费。

从小的经历使她对生活要求不多。她一边笑着面对这个世界，一边防备着这个世界，小心地守护着她和妈妈这片小小的天地，守护着她和妈妈的健康，从不主动甚至畏惧与人结交，独独对小许同学有着一份不一样的执念。从小时候跟在他屁股后面捡垃圾，到如今重逢，分明他一直冷着脸，她还锲而不舍地往上贴，都只是因为他在她心里是不同的，他是她的救命恩人啊！如果没有他，这个世上也许就不会有她和妈妈了……

“蝴蝶经历过黑暗和蜕变终于长出美丽的翅膀，我们经历过跌倒和受伤会长得更壮！小蝴蝶，加油！”

这是他的书包里一本空白笔记本扉页上的一句话，这么多年，她不知看过多少次，笔记本封面已经被她翻得毛边了。每次看到这句话她都觉得是那个眼睛圆圆的小小少年站在她面前跟她说的，在她沮丧时，在她伤心时，在她累得坚持不下去时，给她继续成长的力量。

许多人在多舛的命运里承受着无法承受之重时，都需要一个寄托和支点来支撑自己不倒下，小许同学便成了她臆想中的支点。

对，这只是她一个人的臆想罢了。

她忽而释然了，他忘记了又如何？他对她冷漠又如何？他救过她的命是不争的事实，他在她成长的路上曾是她的支点也是事实，时过境迁，她怎么可以用他的恩来绑架他非得跟她好？

她自己记得就够了。这是她一个人的事。

以后的人生，她仍然会感恩，会记得小许同学，但报社里的那个人只是粟融归，小许同学就留在笔记本里吧！

那晚，涂恒沙关上抽屉的瞬间，她那颗试探着伸出小小触角想要靠近粟融归的心立马缩了回去，恢复了以往的警惕和防备。再在报社遇见，她不过问候一句“早”，抑或“你好”，再不多话。

就连郝仁都看出了端倪。某天涂恒沙坐在食堂吃午饭时，郝仁端着碗凑过来悄声问她：“你跟粟融归真的闹翻了？”

涂恒沙面不改色地说：“怎么会？我是那么不知轻重的人吗？”

“那你……都不跟他说话了？”郝仁问。

“没有啊！”涂恒沙笑了笑，“我跟他本来就不熟，哪有那么多话说？”

“那你……”郝仁想说不熟还送粽子，可一想起那天的事就觉得不妥，又把话吞回去了。

涂恒沙明白他的意思，笑着道：“因为第一个任务就跟他一起出的嘛！而且一块在灾区也算得到过他的照顾和帮助，感谢一下他而已。”

郝仁点点头，说道："不过粟融归那个人还是不错的，就是不爱说话，看起来冷冰冰的。他也就对粟融星温柔了！"

涂恒沙笑着把剩下的几口饭吃完，没接话。妹妹当然要宠着了，如果她有个哥哥，也会对她好的吧？

"我吃完了！先回了！"她捧着碗站起来。

从食堂出去的时候，她看见粟家两兄妹并肩走过来。

涂恒沙颇为诧异，因为粟融星是从来不在食堂吃饭的，粟融归宠着她，每天中午都带她去外面吃。

他们就这么渐渐走近，涂恒沙听见粟融星的抱怨声："今天就将就一次吃食堂，明天你可要请我吃大餐！"

"好。"粟融归在粟融星面前就是这么耐心又温柔。

说着，涂恒沙便和他们面对面了。

她没有避，也从没想过要避开，正常的同事关系为什么要避开？她大大方方地点头微笑："吃饭啊？"

粟融归朝她看了一眼，也只是微微点头嗯了一声，便和粟融星进去了。

涂恒沙和他们擦肩而过后，还能听见粟融星撒娇的声音："哎呀，上你的当了，明天休息啊，肯定是在家吃大餐了！不管，我要你单独请我吃！对了，明天你陪我去……"

去哪里涂恒沙就没听见了，只是这两人的对话倒是提醒了她一件事，明天她得把棒棒糖送走了。

虽然不舍，晚上回去后她还是把棒棒糖洗得干干净净的，一身毛被她拾掇得油光水滑，配着它近来因为营养过剩而变得又肥又短的身体，活脱脱有种地主家傻儿子的既视感。

第二天，她便带着棒棒糖去了樊越家。

樊越和她老公崔培结婚两周年纪念的重大仪式是搬到了新家。因为他俩喜欢带院子的房子，恰好有一个老院子部分出租，两人便毫不犹豫地租了下来。

樊越的新家在一个名字奇怪的胡同里，涂恒沙一直没记住叫什么，抱着棒棒糖翻出樊越给她的地址在大小胡同里穿来穿去，转了三圈儿后才看到一条小胡同口生锈的铜牌儿："羊肉疙瘩胡同"。因为年代久远的关系，铜牌上的字被腐蚀掉了大半，她连猜带蒙才跟手里的地址对上号。

她正一个个寻着门牌号码，听见后面哎哟一声。

她回头一看，只见一个老奶奶摔倒在地，两个大购物袋也掉在了地上，从里面滚出来好些水果蔬菜。

她赶紧跑过去，把棒棒糖放在地上，扶着老奶奶问："奶奶，您怎么样了？我帮您叫救护车吧？"

“不用、不用！”老奶奶连连摇手，“我没事，就是老了不中用，两袋东西都提不了！”

涂恒沙一看，这两袋东西可不轻，她一肩一个地挎着也费劲呢！

老奶奶站了起来，走了两步，腿脚还利索。看来是真没事她才放了心，帮奶奶把东西都捡回去，然后提起两袋东西：“奶奶，我也是去这个胡同，我帮您吧！”

“不用、不用，我自己来！这可重了！”老奶奶忙道。

“没事！奶奶走吧！”她把两袋东西扛上肩，牵着棒棒糖，催着奶奶走。

老奶奶无可奈何，只好连连谢她：“你这姑娘心肠真好，现在都说老人摔倒不能扶呢！”

涂恒沙笑了笑，她刚才还真没想过这件事情：“奶奶，您怎么买这么多东西啊？”

老奶奶便笑了，脸上的皱纹开成一朵花儿似的，说道：“今天我孙子要来看我，我买菜给他做好吃的！”

涂恒沙笑着道：“您孙子可真有福气！”

不一会儿来到一个院子前，老奶奶道：“就是这里了，姑娘，谢谢你，不然就在奶奶这儿吃饭吧？”

“不了，奶奶，我还要去朋友家呢！”她想起了樊越家的地址，又翻了出来给奶奶看，“奶奶，您帮我看看，这个一二一号是在哪里啊？”

“一二一号？”奶奶怔了一下，随即又笑了，“就是我家呀！”

正在此时，院子里传来一声响亮的呼喊：“沙子！”

涂恒沙一看，可不就是这里吗？樊越从里面蹦出来了！

奶奶也乐了：“你是找越越啊？这可真是有缘了！”

原来老奶奶就是樊越的房东。

这院子外面看起来无甚惊艳，进了院以后便是另一番天地。红椽绿棂，雕梁画栋，颇为精致讲究。院子里的盆景花卉显然也是有人精心打理过的，布局得当，茂盛雅致。至于室内，果然如樊越所说，一色儿的黄花梨木家具，古朴中透着典雅。租给樊越的房间也是同样的布置。

“这租金得多少钱啊？”涂恒沙摸着桌子上雕刻精细的忍冬花纹问。

“不贵！”樊越道，“许奶奶一个人住这么大院子，大概是觉得寂寞吧，纯粹找个伴儿而已。”

姓许……

涂恒沙对这个姓有好感：“咦？老奶奶不是有个孙子？”

“是啊！经常跟我们说她的孙子，说起来就心花怒放的，还说这院子、院子里的花、这些家具都是她孙子给她弄的，只是我们搬进来这么久还没见人来过，应该也不是什么孝顺孩子！”樊越又道，“这里不但房租便宜，老奶奶还爱做吃的，总叫我们一起吃。我们过意不去，就变着法子想多给奶奶点儿生活费，可奶奶不要，说她有钱！我寻思着奶奶就是想多个人陪她，所以现在干脆和奶奶一起搭伙吃饭，饭后陪奶奶说说话喝喝茶什么的。你今天来了，咱们就一起和奶奶吃饭吧。”

涂恒沙点点头：“在这个院子里吃饭喝茶，可真是享受！你就别得了便宜还卖乖了！”

两人正说着话，外面便传来棒棒糖激动的叫声，以及许奶奶的呵斥声。

涂恒沙暗叫不好，莫非在外面玩球的棒棒糖闯祸了？

她立马跑出去，却见院子里多了一个人，棒棒糖正冲着那人狂吠，而这个人居然是粟融归……

今天是休息日，他穿着一身黑色运动装，头发蓬蓬松松的，和平日里肃然的模样大为不同，整个人都显得年轻了好几岁。不变的是他的表情，脸绷得紧紧的，眼睛死盯着棒棒糖，掩饰不住震惊，好像在说：哪里来的狗？

许奶奶、许归……

她大概猜到这是什么关系了。

她是出门没看皇历吗？这不是冤家怎么也总聚头啊？

一人一狗，就这么戳在院子里大眼瞪小眼。

最后是棒棒糖比较傲娇，对这个人没了兴趣，呜呜两声便扭头继续玩它的球了。粟融归见状蹲了下来，缓缓地伸出手去摸棒棒糖的头。

让涂恒沙吃惊的是粟融归的手竟然有些抖，再看他的脸，紧绷的线条里除了震惊更有激动。

棒棒糖许是嫌弃他打扰自己玩了，抗议地大叫，扭过头就去咬他的手。

涂恒沙这才急了，大喊道：“棒棒糖！过来！”

这时，蹲在地上的人终于注意到她，缓缓起身，目光落在她的脸上，眼神里波光流动，几次呼吸之后便恢复了平静和冷淡。

许奶奶拉着他说：“呱呱，这是越越的朋友。哦，越越就是我的新房客。对了，我已经告诉你我把房子租出去了吧？”

呱呱？涂恒沙咀嚼着这俩字，难道是他的乳名？

“奶奶……”他面露难色，看着自己的奶奶。他都奔三的人了，还叫他“呱呱”！

奶奶笑了：“好好好，不叫不叫。”

原来呱呱真是他的乳名啊！她实在没忍住，扑哧一笑，笑完甚觉不妥，也感觉到某人的眼刀子明晃晃地扎过来。她赶紧俯身抱起棒棒糖，绷起脸。可那扭曲的五官分明表示她忍笑忍得多辛苦。

“呱……阿归啊，中午奶奶擀面条给你吃，还有粽子，要不要先吃几个？端午节你都没吃上奶奶包的粽子，晚上奶奶再炒好菜，你说好不好？”许奶奶十分开心地说着今天的安排。

粟融归稍稍迟疑了一下。

奶奶的脸色马上变了，笑容里透着小心谨慎："不过，如果你没空的话奶奶中午就炒菜，没关系。"

粟融归温和地笑了笑："奶奶，我有空，就是怕你太辛苦。"

"不辛苦，奶奶怎么会辛苦呢？那你坐这儿跟越越她们玩儿，你们年轻小伙伴能玩到一块儿。奶奶去准备。"许奶奶笑呵呵地把他往座椅上推。

院子里搭了个木质凉棚，里面搁了一张桌子、几把椅子。此时虽然太阳高照，但这凉棚里倒是很凉快，桌上还摆着各色水果，一个个水灵鲜艳，显然是奶奶刚买回来洗好的。

"奶奶，我去帮你吧！"粟融归并没有留下和小伙伴玩耍的意思。

"不用！"奶奶坚决不答应，还叫樊越："越越、越越，我家孙子来看我了！你和小崔出来一起玩儿！"

崔培今天出去了，樊越倒是一召唤就出来了，颇为热情地说："你好，你就是许奶奶的孙子啊？奶奶成天念着你呢，你看水果都洗好搁这里了，就等你来了。"

他们莫名其妙也不知怎么就被樊越忽悠得围着小桌坐了下来。

樊越是健谈的人，说了好一阵才醒悟过来——咦，这两个人怎么都不说话？

她一想就明白了，因为他们根本不认识。她一时也有些难为情："你看我只顾着自己说，忘了给你们介绍了！"说完她觉得不对，人家连她是谁都不知道呢，马上又道，"我还是先自我介绍吧，许先生，我叫樊越，是许奶奶的租客，我跟许奶奶处得就跟一家人一样。这是我死党涂恒沙，叫她沙子就行了。嗯，沙子，这就是许奶奶的孙子了，叫许……许……"

涂恒沙暗暗好笑道："我知道！"

"你知道？"樊越有些惊讶。

粟融归以为她会说"许归"二字，索性冷了脸，懒得自己开口，端起桌上的茶杯喝水。

只听涂恒沙道："嗯，刚刚许奶奶说了，他叫许呱呱！"

"噗——"粟融归刚喝进去的一口水全部喷了出来，被呛得咳嗽起来。

他的皮肤本就颇为白皙，一呛一咳，脸上浮起一层红晕。

涂恒沙认识他那么久，还是第一次见他如此狼狈的样子，他什么时候不是清风明月般高冷模样啊！

"许……呱呱？"偏偏樊越不信，还喃喃地重复。

"嗯，不信你问他。"涂恒沙猛点着头。

粟融归红着一张脸，无话可说。他是承认还是不承认？

结果不用他说，奶奶来送粽子了，笑盈盈地说："没错，我家孙子小时候特别爱说话，还不会说话的时候就爱说，逮着谁都能说一通，人家也听不懂。等他八九个月的时候，就会说很多词语了，比别家小孩都说话早。家里有了他，像有一屋子人一样热闹，所以大家就叫他呱呱！”

是吗？涂恒沙偷睨了他一眼，无法想象眼前这个惜字如金的闷葫芦曾经会是一个小话痨！不过提起小时候，她瞬间忆起了那个拿着彩虹棒棒糖的男孩，初次见面便告诉她：“我奶奶说，难过的时候心里是酸的，吃颗糖就能变甜了。”

那时候的他还是个热心的小暖男啊……

原来他口中的奶奶，便是眼前这位许奶奶呀！看着慈眉善目的奶奶，她暗暗把这句温暖了她整个童年甚至影响她一生饮食偏好的话和奶奶的笑容画上了等号。

对奶奶这样毫无保留地爆料他的黑历史，粟融归无奈极了：“奶奶……”

奶奶忙搁下粽子笑着道：“好好，不说了，吃粽子吧。奶奶去擀面条，不耽搁你们聊天。”眼看樊越起身，奶奶马上看透了她的意图，示意她坐下：“越越，还有丫头，你们别想着来帮奶奶，和呱呱聊天就是帮了奶奶最大的忙了！”

粟融归对于“呱呱”这个称呼已经放弃挣扎了……

涂恒沙和樊越都是记者，职业的缘故，她们分外敏感些，隐约看出许奶奶在粟融归面前是既欢喜又谨小慎微，唯恐招待不好他。从桌上这盘粽子就能看出来：奶奶已经剥好了粽子，他们只管吃就行。

涂恒沙知道粟融归多么难交流，只怕奶奶和他平时也没什么话说，所以陪着他聊天对奶奶来说就是首要任务。

樊越性格直爽，把涂恒沙心里的话说了出来：“还真叫呱呱啊！我说，你现在可不像个爱叽叽呱呱的人啊！”

粟融归无言以对，取了个粽子吃。

涂恒沙想起他那句“我不喜欢吃粽子”，看来真的只是不吃她的粽子而已，他嫌脏……

虽然她已经告诉过自己他只是粟融归，不是许归了，但想起来还是有点儿堵得慌。一堵得慌就想给别人找点儿不痛快，她接上樊越的话：“难不成我还骗你啊？我跟奶奶今早可是聊了一路。”

“哦？还聊了啥呀？”樊越问。

有了前车之鉴，粟融归预感涂恒沙不会有好话，吃粽子的动作都停下来了。可他还来不及阻止，就听她道：“奶奶说了，许呱呱同学六岁还尿床呢！”

粟融归的粽子掉到了桌子上。

樊越拼命忍着不笑出声来，颇为佩服涂恒沙的胆子，饶是她这么自来熟的人也不会第一次见面就把人家的糗事当笑话来说，何况这位许呱呱同学的脸上分明还写着“生人勿惹”的字样，所以沙子同学今天到底是眼神不好还是吃了“七步丧命散”？

他放下筷子，端着一张脸说：“涂恒沙？听说你是记者？”

哦？彼此装不认识，挺好。

她点点头：“没错儿，是啊！”

“那你有没有学过，作为一名记者最重要的职业素养就是实事求是？”他怎么没有任何关于尿床的记忆？

她站起身道：“你的意思是我瞎说了？好，为了发扬实事求是的精神，我决定再去考察核实一番！现在就去让奶奶再亲口说一次！”

她还有胆子再说？

涂恒沙眼看他的脸更黑了，好笑地道：“对了，问谁都不如问本人。那我为了实事求是，直接采访你吧，你到底尿床到几岁呢？”

粟融归瞪着她，脸色黑如锅底。

那眼神，樊越看了都觉得他想撕了涂恒沙，可沙子同学不怕死，还敢迎死而上。樊越拽了下涂恒沙的衣服，使劲向她挤眼睛。

涂恒沙笑嘻嘻地坐下：“好吧，被采访人拒绝回答。咱们换个话题……”

樊越已经怕了她了，觉得她今天有些反常，忙道：“采访什么呀，平时一天到晚都是采访还没工作够吗？好不容易休息，你可别招得我头疼。咱们聊聊天吧，这次你去南县灾区采访感受怎么样，是不是比做娱乐记者有意思？”

“一言难尽啊！”提起南县的经历，涂恒沙把尿床这个梗都放过了。

“对了，你不是说跟什么粟老师配合……顺利找到人了吗？”

“找到了！”涂恒沙点头，瞟一眼粟融归，只见他已经转移了注意力，目光追着棒棒糖去了。

“怎么样？是不是个严厉的老头儿？”

涂恒沙看着某人缓缓点头，道：“嗯，是挺严厉的……”

“哎，他好相处不？”

“嗯……”涂恒沙斟酌了一下，“不好相处！”

某人的眼睛眯了眯。

“啊？他怎么了？”樊越对好友充满同情。

“也没咋……”涂恒沙瞟着他慢悠悠地说，“就是脾气古怪，忽冷忽热，动不动就训人，还莫名其妙地不理人，眼睛长在头顶上瞧不起人！”

“那你不是挨了很多骂，受了很多委屈？”樊越看她的眼神和她第一回看棒棒糖的眼神一样了……

涂恒沙叹息着道：“差不多吧！”

樊越拍拍她的肩膀：“别难过，这种怪脾气的老男人不外乎两种情况——要么就是老婆出轨，头顶一片绿油油的草原；要么就是内分泌失调！阳……”樊越忽然意识到还有个男生在场，不能随意乱说话，于是给了涂恒沙一个“你懂”的眼神，“男人到了一定年纪就力不从心，找不到男人的自信了呗，只好把火撒在不相干的人身上。

总之这样的男人不是已经被绿了就是在被绿的路上，他都这么可怜了，你就当做善事，不和他一般计较啊！”

涂恒沙抿着嘴差点儿笑出声，忙点头：“嗯，当然！”

樊越见闺密高兴了，也放了心，还向在场唯一的男人求证：“哎，许……先生。”她决定不叫呱呱了，给他点儿面子，“你说呢？你也是男人，来剖析一下是不是这样。”

涂恒沙以为这下他那张总是紧绷的脸定会气到崩裂。她瞄了他一眼，结果发现他紧绷的唇角竟然慢慢放松还微微上扬，仿佛在认真琢磨樊越的问题。末了他点头给予了充分肯定：“说得很有道理……”

涂恒沙瞪大了眼睛，哪里有道理？

樊越得到认可后兴致大涨，开始给涂恒沙出主意：“沙子！虽然说咱们大人不记小人……不，老男人过，但是也不能吃闷亏不是？”

“对啊，比如说……”涂恒沙知道按照她的套路，这是要准备整人了……

樊越促狭地一笑：“比如你下次去上班的时候，在他的茶里事先加点儿料啊，给他的凳子上抹点儿东西，或者吃饭的时候在他的碗里撒一把盐……这些方法还用我教你吗？专治变态！”

涂恒沙干笑，眼睛转向他那边，只见他淡定地喝了一口茶。

正在这时，樊越的手机铃声响了。

“我去接个电话！”樊越一蹦而起，回屋去了。

“我……”涂恒沙想说她也去，不然自己留在这里多尴尬。却不料，她听到某个阴恻恻的声音将她的话打断。

“你去了就不怕我在你的茶里加点儿料？”

她顿时僵直身体，下意识地拿起自己的茶杯。

“或者……在你的椅子上抹点儿东西？比如，抹点儿……番茄酱？”

涂恒沙想象了一下那个画面，脱口而出两个字：“流氓！”

“哦？这怎么就流氓了？”他难得有了表情变化，一脸求知若渴的样子，“那可否请不流氓的你解释一下，什么叫男人到了一定年纪就力不从心呢？”

她抬着小下巴，满脸正气地道：“就是字面意思！不是你想的那个意思！”

“我想的是哪个意思？脾气古怪？忽冷忽热？眼睛长在头顶上？瞧不起人？”

其实她脑子里想的是其他几个词，比如丰神俊朗、气质如竹之类，可他后来的表现完全糟蹋了她曾经用在他身上的那些美好的形容词，对此她很有底气地说：“粟老师，我并没有说错！”

他颔首：“没错，不过你还有一条没总结进去。”

她没说话，但她的眼里写着“什么”二字。

“我还是一个记仇的人！”

所以，他的意思是……

“所以你说周一上班，是你要小心，还是我要小心呢？”

她握着杯子：“哈哈哈！”连她都觉得自己笑得又尬又假，“怎么会呢？我怎么会干那些事？我从小就是心灵美的好少年！”

“干什么事？”樊越接完电话回来，插嘴问道。

这个天，涂恒沙觉得聊不下去了。

可许呱呱同学接话说：“没事，我跟沙子说，茶里加料、椅子上涂东西、饭里撒盐这些都老掉牙了，粟老师那个老男人肯定门儿清，我要教她点儿新招！”

他刻意将“老男人”三个字咬得特别重……

涂恒沙却被他叫的“沙子”这个称呼给麻了一下，什么时候叫得这么亲热了？粟老师，咱们之间的关系还没熟到你可以叫我沙子的地步！

这个话题简直太合樊越的意了，接下来的时间，两个人就怎么暗算粟老师进行了愉快深入地交谈。涂恒沙觉得这两个人完全就是相见恨晚，完全有可能发展成闺密，她的地位受到了威胁！

直到许奶奶来叫他们吃面，他们才意犹未尽地结束谈话。

樊越很是愉悦，冲涂恒沙挤眼睛，说道：“沙子，有没有用小本子记笔记？”

记什么？记他俩无聊的谈话内容吗？樊越傻乎乎地自以为有一百种方法让粟老师“生不如死”，涂恒沙很为她惆怅，不知道她知道眼前这个人就是粟老师后会是什么反应……

许呱呱同学悠然地进厨房吃面，涂恒沙摇摇头，决定暂时不告诉樊越真相。不过她可不希望吃完面再尬聊一下午了，好在粟融归还算有自知之明，吃完两碗面后他就说累了，回奶奶屋里休息去了。

许奶奶在厨房里忙碌了一下午，到了傍晚，终于弄出了十二道菜的盛宴。其间樊越过意不去，进厨房去帮忙，涂恒沙便也一起去了。

许奶奶颇为歉疚地说：“真是累着你们了，特别是丫头，第一回来，本来还是客人呢。”

奶奶总是叫她丫头，她听着倒也亲切。

粟融归还在房间里没出来，许奶奶便拜托她去叫人。

她不好推脱，往奶奶的房间走去。

门并没有关紧，留了一条五指宽的缝，她依稀可以看见黄花梨木桌子上铺着的宣纸，铁画银钩般写着好几个字。淡淡的艾草香从门内溢出来，有点儿像他身上的气息，却更苦冽一些。

她站在雕刻着喜鹊登梅花样的门前愣了一会儿，粟老师、许归、呱呱，几个称呼在她的舌尖上滚了一圈儿，没一个蹦出口的。

她不知道叫他什么才好。

她拍了拍门，不料门轴有些松，被她一拍就开了。只见粟融归躺在黄花梨沙发上睡着了，奇怪的是他身上还趴着一只狗，他的手搂着棒棒糖胖胖的腰……嗯，好吧，它没有腰……

棒棒糖生而为狗，比人机敏多了。门一开它就醒了，睁开眼，脑袋拱了拱，发现是她后立马露出了不感兴趣的表情，头埋进粟融归的怀里继续睡觉了……

她气得直哼哼，她的狗这么快就背叛了她。

棒棒糖拱来拱去的，不用她再叫就把粟融归闹醒了。

他应该没睡好，惺忪间摸着棒棒糖油光水滑的毛，看着她发怔。

“咯咯，”她清了清嗓子说，“奶奶让我来叫你，醒了就出来吃饭吧。”

一阵肉香传来，原本还在装睡的棒棒糖刺溜一下从他的身上滑下来，直奔肉香来源去了。

他初醒，慢慢站起身。

涂恒沙下意识地瞟了一眼桌上的宣纸，是他写的字，这会儿看得更清晰了，他的字在这二十年里进步了太多。

说起来她还珍藏着一幅他的墨宝呢！那还是他小学四年级时写的，在她看来，字迹端正得跟字帖似的，还盖有许归的印章，当时贴在宣传栏里展出。一个暑假后他离开了学校，那些展出作品在新学期布置宣传栏时也被换了下来，有些被认领回去了，没人认领的就成了废纸，所以又是她捡垃圾捡回去的。

她站在门口怔怔地发呆，那人已擦着她的肩膀而去，他身上淡淡的气息盖过了屋子里的艾草香。

四个人吃十二道菜实在是多了，除去许奶奶一开始就把各色菜给崔培留了一份以外，他们四个人吃了不到一半。

涂恒沙帮着许奶奶收拾的时候还在想这一大桌剩菜怎么办，就听粟融归道：“奶奶，这些菜都给我打包吧。”

“这些全带走？”许奶奶指着餐桌有些惊讶。

“嗯，全带走！”他果断地道，“奶奶，我难得吃一回你做的菜，就让我带回去多吃一些吧！”

孙子爱吃自己做的菜，奶奶当然高兴，当即便挑颜色还好的菜给他装了起来。

天色已晚，院子里的庭院灯自动点亮。暖光氤氲，暮色四合，风中送来花香浮动。

本是乘凉聊天的好时候，许奶奶却催着粟融归走了：“不早了，早点儿回去休息吧，晚了不安全。”

已快而立之年的粟融归苦笑，在奶奶眼里，他始终还是那个天黑了就要按时回家的小少年。

“还有丫头，女孩子一个人回去可不成。呱呱，你是男子汉，要送送她。”奶奶还给了涂恒沙一个小袋子，里面有粽子和几种水果。

“好。”在奶奶面前，粟融归答应得很爽快。

他是开车来的，当着许奶奶的面，涂恒沙只好坐进了他的车里。眼看着后视镜中奶奶和樊越的身影越来越远，她叹了口气。

“叹什么气？有吃的拿还不满足？”他开着车问。

她眼珠子一转，不懂他为何又跟她说话了，说好的私人空间不想被打扰呢？

她指指前面：“到胡同口就放我下来吧，我自己坐车回去。”

他没理她，车直接开过了她指的地方。

她的手指还僵在那里，就发现他的车一拐弯，驶上了去她家的路。

“咦，你知道我家在这个方向？”

他僵着脸说：“不知道。”

真是本性难移，没法沟通！

“我家也在这个方向。”

“对了，你带这么多菜回去怎么吃啊？”她想象了一下，就粟融星的表现来说，他如今家里的人是不会吃别人的剩菜的。

他没回答。

沉默，不在沉默中爆发，就在沉默中闭嘴。

于是涂恒沙闭嘴了，偏在这时，听到他的声音缓缓响起。

“我每次来看奶奶，奶奶都恨不得把我喜欢吃的都做给我吃，每次都吃不完。我走后，奶奶一个人有时要吃一个星期剩菜，后来我发现了，每次都把剩菜打包带走。”

涂恒沙的大脑短暂卡壳，这个谈话的范围不止超出了他要求的同事关系，还超出了普通朋友关系。她除了瞠目结舌，表现得像一只吓呆的鹌鹑，还能怎么说？

他瞥了她一眼，满脸嫌弃地道：“怎么总是这么一副蠢样！”

她气得反击：“粟老师，我是一个工作和私人空间分得很清楚的人。我希望我工作以外的时间和空间不会被一些莫名其妙的人和事打扰，谢谢。”

他一怔，眉头微蹙，神色黯淡下去。

她用余光瞟了他一眼，看到他渐渐绷紧的下颌和光影里暗下去的侧脸。

她莫名地觉得他这一刻是有些伤心的，而她是个心软的人，皱了皱鼻子，颇为嫌弃自己的没用，怎么这么快就服软了。

“你奶奶很爱你……”眼前浮现奶奶最后送他们出来的那一幕，她的声音如浸在朦胧的雾里，与其说是因为她窥见他的黯然而心软，不如说是这样的奶奶让她心疼。亲情是她最为珍视的东西，她只有妈妈了，如果这世上再多一个亲人，她会很欢喜。

然而却没有人再回应她如水的柔情了，他始终绷着脸，一直开着车。

她无语，也暗暗叹息，指着前方学校的路口：“到了，我家就在这里。你还记得这儿吗？”

怎么会不记得？他在这里上了四年学。

“这里也算是你的母校，我家就住学校宿舍，我妈是学校老师。”她打开车门正准备下车，忽然想到他打包的那一堆剩菜，“奶奶做的菜我也喜欢吃，给我带回去一些！”

不是商量的语气，而是决定和告知，然后她不经他同意，打开后座车门把打包的菜几乎拎了个光，还是他及时说：“给我留点儿夜宵！”

涂恒沙的手一顿，她给他留了两盒。

她并不饿，只是猜测他带这么多剩菜回去也不知怎么处理。她不希望奶奶的心意被他扔进垃圾桶，毕竟他是一个那么喜欢扔垃圾的人，而她偏偏又喜欢捡他的垃圾。

粟融归回去的时候，手里拎着个塑料袋，客厅沙发上坐着的尚清梅便把目光落在了他的塑料袋上。

粟融归的手一动，他下意识地便要把袋子往身后藏，但也仅仅是一动而已，他再也不是那个买了喜欢的课外书想尽一切办法藏起来的小男孩了。

尚清梅的脸上写着不开心，他能看出来。

“妈。”他叫了一声。

尚清梅爆发了，痛心疾首地说：“你还知道我是你妈？”

他沉默着站直了身体，一如当年买课外书被发现的小男孩。

“你又去羊肉疙瘩了？跟你说过多少次，那儿已经不是你的家了，你的家在粟府、在粟府，怎么就是不听呢？成天往那儿跑你让粟家的人怎么想？你父亲供你上学、养你长大，你就没有一点儿感恩的心？”

他闭了闭眼，任尚清梅咄咄逼人的斥责之语胡乱地往他脸上喷。

“你说话啊！”尚清梅心中有气，可一番发泄得不到回应更气。她也不知为什么这个儿子越来越不爱说话，母子之间的交流除了他每天回来叫一声“妈”以外再也没有了其他内容。

他木着脸说：“我记得。”

“记得什么？”

“都记得。”他缓缓地道，“记得粟家的养育之恩，记得……我有一个多月没去看奶奶了。”

“融归……”尚清梅捏了捏眉心，“你既然什么都记得，那你记不记得你答应了融星陪她吃晚饭？结果天黑了你还没回来，融星等了你一下午！”

“我道歉。”

“什么？”

“我会向她道歉。”他重复道。

“这不是道不道歉的问题。融归，我知道是奶奶把你带大的，你跟奶奶感情好，可是我们现在已经不是许家人了。奶奶有退休工资，老爷子去世时也留给她一大笔钱，够她生活一辈子了，你去看她干什么？”

“我知道了，妈。”

尚清梅有一肚子的话，被他这个态度堵得再说不出什么，不是他态度不好，而是他态度太好了。永远那么乖巧，永远那么听话，每一回把他叫到面前说话，他总是一副恭谨温良的样子，听着她的训诫。若是不叫他，他则安静得过分，安静得好像这个家里没有他。

她没了话，他便静静地站着，没有她的允许，他不会走开。她的儿子一向乖顺。

可是既然事事都乖顺，为什么单单在许家老太婆这件事上敷衍她呢？哪一次不是答应得好好的不去了，可哪一次不是阳奉阴违，还次次都带剩菜回来。她说了很多次不让他带，他偏不听，让粟家人看见还以为他嫌弃粟家的饭菜！

她恨铁不成钢地狠狠瞪了塑料袋一眼：“粟家有这么精细的餐食，你偏偏要馋胡同里那些糙玩意儿，真不知道你是怎么想的！”

他沉默，一如既往，从不辩驳。

“行了、行了，上去吧！”尚清梅实在烦了。

“是，妈，晚安。”他迈着沉稳的步伐，不徐不疾地上楼。

尚清梅叹了口气，她的儿子小时候嘴甜能说、人见人爱，若不是孩子一直是自己看着长大的，她真要怀疑儿子被人调包了！

回到房间锁了门，他打开餐盒，熟悉的香味儿飘出来。他微微闭上眼，小男孩满头大汗地在巷子里跑的画面在眼前晃动，巷子里飘着的便是这样的香味儿，从他家院子的厨房里飘出来，那香味儿溢满整条巷子。男孩冲进院子就喊：“奶奶，我闻到酱牛肉的香味儿了，是不是？”

酱牛肉的香味儿一直飘进梦里，这个晚上，他整个梦都是各种菜香：酱牛肉、炸丸子、炖卤煮、卤蹄髈、炸酱面……

忽然，一只胖乎乎、丑兮兮的小脏狗闯进了他的梦，一路跟着他，舔他的后脚跟儿。画面一转，小狗被绑在了树上，被棍子打得嗷嗷直叫，叫声凄惨尖锐、绝望无助，犬吠中还混着男孩凄厉的哭喊声：“别打了、别打了，求求你别打了！”

男孩的嗓子都哭得嘶哑了。终于，狗不叫了，男孩也不哭了。

整个梦境一片灰白，一切都不存在了，只剩那棵树和树下一大摊猩红的血，还有一动不动的小狗。小狗血肉模糊，头上白浆迸溅，一双乌溜溜的眼睛水汪汪地看着他，好像有泪流下来，混着血，蜿蜒成一条小河……

血色的小河流啊流，一直流到他的脚下。忽如洪水泄来，混着血腥味，将他卷裹、淹没……

他无法呼吸，大口喘着气，惊醒过来。

原来是一场梦。

耳边仍在回响“别打了，求求你别打了”的声音。

急促的敲门声打破了夜的沉寂。

凌晨十二点半。

他闭了闭眼，有些疲惫。

敲门声在继续，且越来越急切。

他终是一坐而起，在黑暗中打开了门。门外是才从外面回来的粟融星，双手背在身后，站在走廊橘黄色的暗光下，眼影泛着光。

粟融星鼓着腮帮子，眼含幽怨地看着他。

所有的情绪在门打开的瞬间就已被压下，他打开灯，亲和而温柔地微笑：“对不起，今天没来得及陪你吃饭。”

“哼！”粟融星的嘴撅得更高。

“别生气了，我买礼物补偿你。”

“我是缺钱买东西的人吗？”

“那你说，怎样都行。”

粟融星想了想，说道：“那你明天一整天陪我！哪儿也不许去！”

“好。”他的微笑不减，温暖如灯。

“这还差不多！”粟融星终于高兴了，手从背后伸出来，递给他一个精致的礼盒，“送给你的。你不陪我，我下午跟哥哥去逛街了，我都没给哥哥买礼物，就给你买了。你看我对你多好！”

他仍是微笑：“谢谢。”

“好了，我就不吵你睡觉了，我也去睡美容觉了。明天美美地出发。”粟融星走了几步，回头一看，发现他还开着门站在那里，欢喜地眨了眨眼，“晚安，粟融归！”

“晚安。”他站在灯光里，如一幅静止的画。

第三章

小蝴蝶，加油

一大早陈琦就把涂恒沙叫去了，分配给她的新任务是配合郝仁采访企业家粟振。

“这个采访要做成视频在新媒体平台播出，你写个申请去领摄像机。先跟郝仁碰面吧！”陈琦道。

“好的，陈主任！”涂恒沙往郝仁的座位看去，只见他挤了挤眼睛。

作为媒体人，粟振这个人，他们还是略有耳闻的。

粟振，本市著名民营企业家、慈善家，在业内风评很好，都说他扎实做实业、用心做慈善。她妈妈所在学校的图书馆和新实验室都是粟振捐的。

她回到座位，一边查信息一边低声问：“你准备好了吗？”

郝仁神秘地一笑。

“笑什么？”她不明就里地问。

“你不知道？”郝仁的眼睛不经意地看了某处一眼。

“什么呀？”她顺着他的视线一看，那方向不是粟融归的位置吗？

“喀喀！”郝仁轻轻咳了咳，“看来你是真的不知道。”

“说呀，你卖什么关子？”

郝仁这才压低声音道：“粟振是粟融归的父亲啊！”

“啊？”

她一向比较敏感的，粟振和粟融归都姓粟，按理她应该有所联想，但是她实在无法把这两个人联系在一起！既然有那么厉害的老爸，他还来报社当什么码字工啊？

她想了想，粟融归原本姓许，后来改姓粟，虽然她不知道这期间到底发生了什么，但他明显是粟振的继子，家庭地位比较尴尬，那自己出来奋斗还能解释得通。可粟融星来这里干什么呀？一看她就是家里受宠的小公主，干吗来报社吃苦？当然，涂恒沙并不是看低自己的职业，只是觉得这不太合常理。

“怎么？你也觉得奇怪吗？”郝仁问，“难道粟融归和粟融星抱着这么粗的大腿来咱们这里就是为梦想奋斗？”

“嗯，好像是有点儿……”

“我也不懂这兄妹俩在玩什么，先是哥哥来了，没几年妹妹也跟着来了，真是浪费啊！”

“浪费？”这事儿和浪费有半毛钱关系吗？

“嗯，如果我有个这样的爸爸一定成天在家混吃等死，还风里雨里跑什么新闻啊！”

涂恒沙说：“醒醒！”

郝仁白了她一眼：“做梦还不行啊？”

“有本事你采访那天去叫爹吧！”

这话换来郝仁一声长叹。

郝仁嘴贫归嘴贫，对待工作还是十分认真的，很快就传给她一份资料：“我准备的采访资料和采访提纲，你看看，然后我联系粟振确认一下内容，做个前期采访什么的。”

因为要全方位报道粟振的工作状态，所以他们是去粟振的公司采访。

正式采访那天，她不仅见到了粟振，还见到了粟振的夫人尚清梅。

因为先前已经遇上粟融归，所以再见尚清梅，她已不再震惊。一见之下便认出这是她五岁那年在法院门口见过的许归的妈妈，也是她上学时好几次亲眼见过的接走许归的人。时间太久远，其实她已记不太清许妈妈长什么样子，但这么一看便对上号了。

尚清梅仪容优雅地接待了他们，待人接物堪称八面玲珑。

郝仁也采访过不少成功人士，但是这样直接由夫人来接待记者的很少见。他已经见过了粟振，便向尚清梅介绍自己：“粟夫人好，我们是《晨江日报》的记者。我是郝仁，她叫涂恒沙。”

尚清梅在听到“涂恒沙”这个名字的时候眉头微微蹙了一下，扫了涂恒沙一眼。

涂恒沙觉得其实自己应该要感谢一下尚清梅的救命之恩，但直觉告诉她，也许尚清梅并不希望她记得这段往事，就跟粟融归一样。所以她纠结再三，最终选择了沉默，假装不认识。

郝仁的采访分为粟振的过去、现在和将来三大块。

尚清梅进来的时候，粟振正在讲他的过去。

他的经历就是一部励志史的典范。粟振出生于普通的农民家庭，靠勤奋考学进入大都市，从职员做起，凭借过人的胆识、前瞻力以及身体力行的执行力和魄力白手起家，一步步将企业做大，形成现在的规模，纵横多个领域。

提及现在，粟振更是显得春风得意，面对郝仁的提问，直言最满意的就是现在的自己，不仅是因为现在他的事业达到前半生顶峰，更是因为他有更多的能力去回馈社会。他提到他的慈善事业。粟振是靠高考走出第一步的，所以非常看重教育，资助许多贫困孩子上学、给山区捐建希望学校、在大学设立奖学金，还有给许多学校捐建教学楼、实验室、图书馆，等等。但提及这些，粟振倒是十分难得地露出几分不属于中年男人的腼腆，一句“该做的”便轻轻带过了，而后便说起公司的现状。粟振侃侃而谈，如同谈起令自己骄傲万分的儿子，几乎不需要郝仁提问，思路十分清晰。

郝仁顺着粟振的思路问：“刚才您有提到，最满意的就是现在的自己，那未来的您难道不会超越现在？”

粟振笑了：“未来？未来是你们年轻人的。当然，这并不是我服老了！这些年一心扑在事业上，连同我太太也陪着我一起奋斗，我们的生日、结婚纪念日全是开会过的，所以未来我要用更多的时间陪我太太。”

说到这里，粟振含笑看着尚清梅。

尚清梅端庄大方，对丈夫的打趣有种宠辱不惊的从容，也没给出回应，反而谈起了公司未来的计划，并表示很快会有大动作。

粟振听到后来都笑了：“我太太比我更有冲劲，名副其实的女强人，我是给她打工的！”

涂恒沙听到这里忍不住露出了笑容，从这二人的互动可以看出夫妻二人感情很好，粟振人也不错。当年救了她命的阿姨和小哥哥能有这样的丈夫和继父，应该是幸运的，上天总是会眷顾善良的人，她真心为他们高兴。

采访非常顺利，在新媒体播出以后反响也很好，尤其粟振最后和太太颇接地气的互动行为得到了网友的一致好评。涂恒沙见到冷脸的粟老师时笑容都变多了，就算她的小哥哥变成了另一个陌生人，只要他过得好就好了。

郝仁却没多少喜色，并且对她这莫名其妙的欢喜感到无语：“你高兴个什么劲儿？我看你这样子，倒是想要上赶着叫粟振爹了！”

“胡说！”涂恒沙跺脚，“我只是觉得粟振这样的企业家很值得钦佩！”

“作为企业家是这个！”郝仁竖起大拇指。

“作为丈夫和父亲也很厉害啊！”涂恒沙毫不吝啬地夸奖。

“这个……”郝仁欲言又止，卖了个关子。

涂恒沙不用问都知道他想说什么，尚清梅是续弦呗，还用他说！

“粟振为什么起来这么快，你以为真靠他自己？你知道他前妻是什么人吗？就是这家公司创始人的独生女儿！”

这回轮到涂恒沙无语了。

“他做丈夫怎样我就不好说了，但做父亲应该还不错，想叫他爹的人也很多！”郝仁又恢复了不正经，“我教你个法子可以管粟振叫爹！”

涂恒沙根本不感兴趣，摆摆手，加快脚步走了。

他们说话本来很小声，她一走，郝仁的嗓门就大了：“你努力点儿嫁给粟融归，粟振不就成你爹了？”

涂恒沙回过头来想骂他，却在转身之后愣在了原地。

粟融归和粟融星什么时候在他们身后的？她和郝仁的话又被听去了多少？她真是被郝仁害死了！

郝仁摸摸鼻子，也完全没想到他们会突然出现，刚刚明明只有他和涂恒沙两人的。

“嘿嘿，这么巧！”

没人有反应……

粟融归面无表情，粟融星则似笑非笑地看着涂恒沙。

“那个……呵呵……我还有事就先走了……你们聊……”郝仁脚底抹油溜走了，把涂恒沙留在那里面对两兄妹眼神的烹煮煎熬。

涂恒沙在心里已经用意念将郝仁凌迟了一千次，连傻笑都笑不出了，干巴巴地解释：“那个……误会……其实是郝仁他……”

话还没说完，粟融归和粟融星脸上就分明写着两个大字：“不信”。

她撇撇嘴：“算了，随便你们，爱信不信，反正我没那个意思！”

在这个解释就是掩饰的现场，她只能用身正不怕影子斜来安慰自己了。她迅速逃离现场，虽然有些狼狈，转身却也转得趾高气扬，哪怕身后传来粟融星冷漠的声音。

“跟我哥出去采访一次就送粽子，采访我爸一次就想当我家的儿媳妇，这世上不要脸的人多了，这么不要脸的还是头一个……”

她走得很快，其实只听见粟融星的前半段话，但那也足以让她颜面扫地。可她能怪别人吗？还不是叫作郝仁却专干坏事的人惹的祸！

粟融星一边说还一边暗暗观察粟融归，见他始终一副平板脸才放了心，认定是小摄影记者异想天开，讥讽地笑道：“粟融归，我觉得你也该送小摄影记者一份回礼。”

粟融归了解她，这不是什么好话，便只当自己没听到。

“你该送她一面镜子，让她好好照照自己！”粟融星从包里掏出一面小化妆镜，补了补唇妆。

“行了，走吧，要迟到了！”粟融归面色不改，往采编平台走去。

涂恒沙和郝仁在外跑了一天新闻，也训了郝仁一天。郝仁自知做错了事，任劳任怨，回去的时候还主动帮她扛器材，却也没能平息涂恒沙的怒火。

“那能怎么办呢？”郝仁贱兮兮地问，“要不发个声明，说明我是胡说八道的？”

说完，他赶紧在涂恒沙发火之前拱手求饶。

"郝仁，这个玩笑一点儿也不好笑！"她心里的气恼无法向人诉说。

她本是怀着一颗感恩的心想要靠近她的小许同学，结果事与愿违，现在还被人误会她对小许同学居心叵测。以后人家见了她，肯定要把她当成洪水猛兽。

两人别扭着回到报社，站在采编平台大开间的门口，涂恒沙都快没勇气进去了，纠结了好一阵，在心里对自己说：难道你永远不进去？

最后她硬着头皮走进去，也不敢四处看，径直走到自己的座位前一屁股坐下，一股凉凉的湿意浸透了她的裤子……

她的第一反应是算生理期，可立即想到不对，站起来伸手一摸，摸到了一手的红色，再一看椅子，上面涂了薄薄一层疑似番茄酱的东西。她进来时心神不宁又太匆忙，竟然没发现。

那日在羊肉疙瘩胡同院子里她和粟融归的对话在脑中一闪而过，她首先怀疑的人便是他！

涂恒沙愤然地朝他的方向一看，只见粟融归正若无其事地敲着键盘。她不笨，再一想，粟融归恨不能离她八丈远，不像是会这么做的人。那还能是谁？她想起今天粟融星的眼神……

果然，这会儿粟融星似笑非笑地望着她，眉眼里满是得意。

她便明白是怎么回事了。

其实这会儿并没有什么人注意到她，她如果和粟融星闹开，只会让自己成为笑话。而粟融星也不笨，并没有点破。毕竟这开间里坐着的人没一个是蠢的，一挑破，谁都知道是她粟融星干的！

两个女人，一个忍着怒火，一个忍着欢喜，目光在空气中一撞，已是火花四溅。

涂恒沙穿了件衬衫，衣摆本是塞在裤子里的，她利落地扯了出来遮住尴尬的部位，若无其事地去了洗手间。

站在洗手台前，她不知道自己该怎么办，没有备用的裤子，洗了之后穿湿的吗？

这种感觉她不陌生。

小时候那些小孩骂她是杀人犯的女儿、是疯婆子的女儿，拿石头砸她、拿脏水泼她，她的额头被砸破、衣服被泼脏，幼小的她比此刻更无助、更慌张。她不怕痛也不怕脏，只是害怕回去被妈妈看见，妈妈会伤心。她学会了自己洗伤口，也常常会在书包里带一套干净衣服。渐渐地，她的掩饰和隐藏越来越熟练，总能干干净净、若无其事地出现在妈妈面前，甚至有时候还能埋个小小的"陷阱"，偷偷报复一下那些小孩。

只是没想到多年以后的她会再次陷入这样的窘境，而且这次她毫无准备，当然她也不再害怕，只是觉得好笑罢了……

忽然洗手间响起一阵冲水声。

洗手间里有人？

她正想躲一躲，就听见传来一声冷笑。

“呵。”某间门打开，陈琦走了出来，脸上写满嘲讽，目光在她的臀部一扫，了然地嘲讽她，“女孩子，但凡自尊自爱也不会招来无妄之灾。记住，不是自己的不要痴心妄想，也别见个有钱的就往上贴，否则吃亏的是自己！”

陈琦这话说得像是了解内情，若非不相信，涂恒沙都要怀疑是她干的了！

“陈主任，我觉得您可能误会了一些事情！”她下意识地解释。

陈琦再度冷笑：“别忘了我们是干什么的，摄影记者有着一双比镜头还善于捕捉和发现的眼睛，只有镜头拍不到的事，没有我们的眼睛看不到的事！”

陈琦一边洗手一边说，说完抽了一张纸，擦着手便出去了。

涂恒沙真是哭笑不得，她什么也没做就给人留下一个倒贴粟融归的印象。

此刻她也顾不得这许多，先洗了裤子再说吧，哪怕穿湿的也比现在“红着屁股”好！

当她光着两条腿好不容易把裤子脏了的地方洗干净，洗手间的门又开了。

她也豁出去了，不管是谁来，只当她来生理期了呗！

没想到来的人还是陈琦，还递给她一个袋子：“还没上过身的，按吊牌价给我钱，别人穿过的我可是不要的！”

涂恒沙接过来一看，居然是条裤子！

她大喜，抬头想要说谢谢时，陈琦已经走了……

她笑笑，虽然陈琦这个人有些倨傲，说话也常常不讨喜，但是这次也算雪中送炭了！

她把裤子拿出来，果然还带着吊牌，只是吊牌上的价格……她闭闭眼，内心哀号，价格都赶上她大半个月工资了！陈琦和她之间除了分派任务并没有过多交集，平时看起来严肃又穿着低调的陈琦居然这么奢侈……

她也顾不上这么多，换了裤子回到采编平台。

除了她旁边的郝仁有所察觉，已经帮她把椅子擦干净，其他人都平静如常，好像什么也没发生过。

就此到下班，她趁人走得差不多了，先还了陈琦的裤子钱，磨蹭了一会儿才下楼。

因为采编平台就在三楼，所以通常有一部分人喜欢走楼梯，今天这楼梯就她一个人走了。

提着换下来的裤子，她走下最后一级台阶刚打开出口门时，一个人影闪了过来，挡住了她的路。

粟融星！

粟融星扫了一眼她提着的纸袋，哧地一笑：“你也有钱穿这个牌子的裤子？不会是从粟融归那儿讹来的吧？”说完她马上又否定了自己的猜测，“不，粟融归都说了，你不过是个陌生人，怎么可能给你买东西？是讹哪个男人的？你说说！”

涂恒沙也不说话，只静静地看着粟融星，脸上带着淡淡的笑容，一步一步慢慢朝前走。她这样无害的表情，却让粟融星在其中感受到了些许威慑。

粟融星下意识地往后退，冷笑着道：“怎么？你还想打我不成？你敢！”

敢与不敢的，涂恒沙也不说，还是那般笑着逼近她。

粟融星退到了墙边，神色却更加逼人：“没错，你椅子上的番茄酱就是我涂的！怎么着？”

涂恒沙终于说话了，仍是笑着：“没怎么着！我就是想告诉你，你用的这种招数，我小学就已经不用了，太低端。你等着，明天我要送给你的，至少是一条蛇！”

她说蛇的时候，突然放大了声音，一脚踹在墙上。

只见一道黑影从天而降，正好落在粟融星的头上，并且顺着她的肩膀、手臂落到了地上，黑乎乎的东西看起来有两尺长。

粟融星尖叫一声，立马跳开。惊叫声引来了粟融归，在涂恒沙看来，他当真如天神一般降临。

粟融星见到他便扑了上去，抱着他哭喊：“蛇！蛇！”

哪有蛇？不过是一条麻绳而已。

粟融归安慰她，让她回头仔细看。

粟融星这才胆战心惊地回头，惊觉自己上当了。她有了靠山，当即就要报复回来。

“你先走，在车里等我！”粟融归柔声道。

粟融星愤然不愿，非要报仇。

“听话，女孩子打架不好看，现在还在报社，没准明天自己变成新闻了！”粟融归在她面前永远这么有耐心。

“那你给我报仇！”粟融星咬牙，到底不愿反驳他。

“好！”

粟融星这才气鼓鼓地走了。

涂恒沙则微微抬着下巴，眼睛里的笑意都是泛酸的。尽管她已经将粟融归和心里的小许同学画上了不等号，但她还是会觉得堵得慌。她倒要看看，他怎么给他的宝贝妹妹报仇！

她常走楼梯，发现这根绳子一直要掉不掉地悬挂在窗口的挂钩上，今天只悬着一点儿，稍有点儿动静就能掉落下来。

我就是故意的！她的眼睛里写着这几个字，挑衅地望向粟融归。她甚至想问他：你要不要打我呢？

粟融归一步一步地朝她缓缓逼近，一如她刚才逼近粟融星，不一样的是，她并不曾像粟融星那样步步后退。遂几步过后，她的鼻尖几乎就擦着他的衬衫了，淡淡的气息逼近她的鼻端。

她倔强地一动不动。

两人就这么对峙着。

她是一个对这个世界怀有戒心的人，二十几年来，都不曾贴近过哪个男子。只有他，分明拒人于千里之外，却偏偏又闯进她的戒备圈。

她怕自己在这样的气息里迷失，屏住了呼吸，憋得双颊渐渐泛起了红晕，终于听见他慢悠悠的声音响起。

“我再往前走你怎么办？”

她正憋着气，一说话可就漏气儿了，所以也不理他！

“始终不退吗？”

她咬紧双唇，只听他微微叹息。

“也是够倔的。”

她的眉头也皱了起来。他不是说要给粟融星报仇吗？

他终于退开了一步：“别憋着了，小心憋出毛病！”

她本就有些憋不住了，正缓缓吐着那口长气，听他这么一说，顿时被呛到，咳个不停。

她觉得他的态度有些像钝刀子割肉，要杀要剐能不能爽快点儿？于她是脖子一梗，颇为豪气地说：“粟融归先生，我们速战速决，是要文斗还是武斗，你说了算，引颈待割是不可能的！”

“是吗？”他唇角噙着一抹说不明的意味，“那就速战速决。”

说着，他扬起了手。

这是真要动手打她巴掌的节奏？她的第一个反应就是反抗，这于她已是条件反射！那些讨厌的小男孩总喜欢揪她的小辫子，若哪天有哪个男孩落了单要揪她，她便捧着人家的手臂一顿狠咬，所以此刻她习惯性地捉住他扬起的手臂便一口咬了上去，而且使出了吃奶的力气……

若不是她的手机这个时候响起，她不知道自己是否会将他臂上的那块肉咬掉，毕竟隔着衬衫她嘴里都尝到了血腥味。

松口后，她撒腿就跑。

电话是樊越打来的，樊越在电话那端着急地道：“沙子，棒棒糖丢了！”

“啊？棒棒糖怎么会丢了？”她顿时忘了和粟融归的“仇”，大声问道。

樊越说着棒棒糖走丢的经过时，涂恒沙已经上了辆车，开始在这个城市盲目地寻找棒棒糖，从它走丢的地方开始寻找。

她找了一大圈没有找到，天却开始淅淅沥沥地下起雨。

涂恒沙想起第一次遇到棒棒糖时的情形，担心小家伙没准又在哪里受了委屈，心急如焚，眼前全是小家伙那双湿漉漉的眼睛。而就在此时，她的电话响了。

是樊越找到了吗？

她赶紧一看，差点儿把手机扔了出去！

竟然是粟融归打来的电话，似乎这是她第一次接到他的电话。

这是……她咬了他一口后，他还要追着她报仇？

她有些犹豫地接了电话："喂？"

"在哪儿？"他的声音仿佛渗进了淅沥的雨，通过听筒传过来。

她哑然，这是真的要追杀过来的节奏啊？

"下雨了，你在哪儿？"他又问。

"是啊，下雨了，粟老师您就放过我吧！"她急着找棒棒糖，没工夫跟他论恩仇，"多大仇多大恨，大不了明天上班我让你报仇得了！"

手机里传来他深深的呼气声："在哪儿？我找到棒棒糖了！"

"啊？"她惊喜不已，马上告诉他自己的位置。

"在那儿站着别乱跑！"他说完便挂了电话。

粟融归开着车过来的时候，远远便看见她站在最亮的灯下，唯恐他看不见似的，踮着脚望着车流的方向。她这么一本正经的模样，透着一股莫名的傻气。她看得那么认真，可他的车开到她面前，她却没发现，真是傻！

他打开车窗，棒棒糖激动地从座位上扑到窗口，她的脸上顿时笑容灿烂，从窗户里把棒棒糖抱出来就准备走，当然临走之前没忘记向他道谢。她这个人一向恩怨分明，仇归仇，他帮了她，她也懂得感激。

雨比之前又大了些，她抱着棒棒糖站在雨里，傻得让人无法直视。

他闭了闭眼："还不上车！"

"啊？"她可是打算自己把棒棒糖送回去的，"不不不……"

他眉头微皱，抬高胳膊道："你说让我报仇的？"

涂恒沙看着他的衬衫袖子，上面有淡淡的一线红痕。她舔了舔唇。

"在回味我的肉的味道吗？好吃吗？"

"没有、没有！"她连连否认，只是觉得牙根痒痒。

"上车！"他忽然变得严肃，"今日有仇今日报！我等不到明天！"

好吧，她答应过让他报仇的，真是自掘坟墓。

她抱着棒棒糖耷拉着脑袋上了车。

"棒棒糖还是送回胡同？"他偏过头来问她。

"嗯。"真是羊入虎口，她叹了口气。

"叹什么气？"

能说吗？她只好岔开话题："你在哪里找到棒棒糖的？"

"在学校附近。"他说完又补充，"你家附近。"

“它……居然回我家了？”她颇为惊讶。

“嗯，在路上蹲着呢，见了我高兴得直摇尾巴，不像……”他说到这儿便打住了。

她却尽职尽责地充当一个捧哏：“不像什么？”

“不像有些小狗，专会咬人！”

这是在骂她吧？她没理解错吧？没错吧？

棒棒糖适时地叫了两声，好像在说：嗯，我很乖。然后它格外开心地在她怀里拱。

她暗暗地哼了哼，偷瞟他一眼，他坚毅的侧脸和整齐的鬓角在忽明忽暗的街灯里闪现，神色看不出喜怒。好吧，她也从来不曾看出他的喜怒……

她想了想，问他：“你打算怎样？”

“什么怎样？”他开着车，窗外的雨点打在玻璃上，细细密密的，节奏清晰。

“那个……报仇啊……”她说得还是有那么一丝不情愿。

他想了下，认真地说道：“首先得打个狂犬疫苗吧？虽然小狗口齿嫩，咬人可着实疼呢！”

“你……”他拐着弯儿骂她是小狗也就算了，还一脸认真，她缓了口气说，“呵呵，我决定了，明天一只真小蛇不会出现在粟融星的椅子上了，你等着被蛇咬屁股吧！”

他却仿佛没听见她说话一般，自顾自地继续说：“此其一。其二，营养费、精神赔偿这都是应该的吧？”

这是想讹她一笔了？她眨了眨眼：“粟老师，你看起来不像没钱的人啊！”

“其三……”

“还有其三？”她认定他是想讹她了，他一定是睚眦必报，变相给粟融星报仇。岁月真的是把杀猪刀，杀死了她那个温暖的小许哥哥！

“其三，如你所说，我还不是那么缺钱，所以其一和其二对我来说没什么意义！”

这人从来就不像正常人那样说话。

“那……那你到底要怎样？”

“我做人比较喜欢……”他停顿了一下，用思索的语气道，“以其人之道还治其人之身……”

这话的意思……涂恒沙琢磨了一下，莫非他要咬回来？她再次偷瞄他，又低头看看自己的手腕，干笑两声：“你看我的胳膊又干又瘦，也没啥好啃的是不是？不如啃猪蹄来得爽快啊！这样吧，我下回买一堆卤猪蹄，让你过足磨牙齿的瘾！Q弹鲜嫩，还补充胶原蛋白呢！”

“建议倒是不错……”

“就这么愉快地决定了！”她一拍手，算是拍了板。

“我还以为你明天要煮蛇羹呢！”

“哈哈！怎么会……怎么可能！你听错了！”反正没录音，她不承认说过就行！

他微微一挑眉毛，倒是不再说话了，默默地开车。

粟融归的车上挂着几个蝴蝶车饰，有亚克力内嵌蝴蝶标本，有玉雕蝴蝶，还有编织蝴蝶、绣品蝴蝶。她上次坐他的车时就注意到了，此刻按捺不住好奇地问：“粟老师，你很喜欢蝴蝶吗？”

他的微信头像也是蝴蝶呢！

“谈不上喜欢。”他淡淡地说道，终结了话题。

涂恒沙抿抿嘴。

短暂的沉默之后，他的声音再度响起：“蝴蝶经历黑暗和蜕变会长出翅膀。”

混着淅沥的雨声，他的声音莫名多了些沙哑，像磨砂纸轻轻擦在她的心尖上。

涂恒沙的眼前出现一行工整的字：“蝴蝶经历过黑暗和蜕变终于长出美丽的翅膀，我们经历过跌倒和受伤会长得更壮！小蝴蝶，加油！”

她扭头看着他：“你说一句‘小蝴蝶，加油’！”

“干什么？”

“你说！好不好？”她语气颇为迫人。

他沉默了一会儿，终于说道：“小蝴蝶，加油！”

蓦地，她的眼里浮起水雾。那个她臆想的，无数次在她难过和低落的时候给她鼓励，在她的幻想里笑着和她说“小蝴蝶，加油”的小男孩突然有了实影。就好像一个模糊不清的梦，骤然之间云开雾散，梦里的一切看得清清楚楚，可是她又怕它始终是个梦，手一触便烟消云散……

她迷迷瞪瞪地伸出手，指尖触到温热，真实而干燥。

他开着车，神色一僵。

她沉浸在小哥哥的梦里，指尖缓缓挪动，从他温热的侧脸滑到下巴的胡楂，他的胡楂扎手的触感让她觉得惊奇。她五岁以前的记忆已没那么清晰，五岁以后的生活里已经没有了亲密的男人，原来这就是胡子……是不是爸爸的胡子也是这么扎手？

“摸够了吗？”车忽然一停，僵冷的声音响起。

涂恒沙一窘，手停在他的下巴上，一如平时托着棒棒糖的下巴抚摸一样……

她的脸涨得通红，自己这只咸猪手在干啥？

“那个……我突然想起我爸了……”

粟融归的脸色更僵了些。

“对不起嘛……”她这回承认自己错了。

两个人就此聊天结束，再不用多话了。

车一直开到胡同里的小院前，她通知过樊越棒棒糖已找到，但樊越还没回来，只有许奶奶在家。

许奶奶看到棒棒糖跑回来，说道："哎哟，可算回来了！这大雨天的，弄了一身泥水！赶紧的，奶奶给你洗个澡。"话音刚落，她看见粟融归和涂恒沙一前一后地走进来，大喜道："呱呱、丫头！"

涂恒沙一听到"呱呱"这俩字就想笑，不过今晚已经把他得罪狠了，最好不要再招惹他，忙低头憋着笑道："奶奶，我去给棒棒糖洗澡吧！"

"我去！"某人硬邦邦地回了句。

奶奶笑了："都去都去，你们俩去！"

棒棒糖在外面流浪了大半天也累了，洗完澡，粟融归用吹风机给它吹毛发的时候，它便趴在那里昏昏欲睡。

涂恒沙坐在一旁，看着粟融归给它吹毛，有些难以置信。本来她也想参与这个工作的，但是被粟融归挤着挤着就变成了旁观者。他一脸的温柔和专注，她还只在他面对粟融星时看到过，仿佛给棒棒糖洗澡、吹干毛发是一件无比重要的事。

"粟老师……"她好奇地看着他，"你以前养过狗吗？"

他面色微滞，抚弄棒棒糖的手慢下来。

她知道他是不会回答了，又道："看起来你很喜欢棒棒糖啊！"

他终于开了口："有其狗必有其主！"

这话什么意思？

她正思索着，就听到一个字从他嘴里蹦出来。

"傻！"

结果她还没反击，打瞌睡的棒棒糖忽然睁开了眼，不依不饶地往他怀里拱，呜呜直叫，好像在表达自己的不满。

他忽然笑了，还亲了亲棒棒糖圆乎乎的脑袋："还是比主人聪明一些！"

涂恒沙惊呆了，完全忽略了他说的话，语无伦次地道："粟……粟老师……你……你……"

她无法形容他笑起来的样子，如雾散云开，庭院上空皎皎辉月的精华尽数洒在他的脸上，一时间时光停滞，周围一切黯然失色。可惜这笑容如昙花一现，过于短暂，她一开口便将他的笑容打碎了。

他抱起棒棒糖便走。

"哎！哎哎！"涂恒沙追上去，还陷在对于他的笑容的震惊里。

她上次来是将棒棒糖送给樊越养的，结果她发现她几天没来，棒棒糖并没有跟樊越住在一起，院子里居然多出一间狗舍，里面收拾得还挺精致。

"这个……我明天要跟越越说说，棒棒糖就是一只小土狗！"她在发现棒棒糖吃的狗粮是什么牌子后说。

并不是她瞧不起土狗，而是棒棒糖的生活水平突然发生了质的飞跃，它会不会膨胀啊？

“不必。”他说。

她和越越之间的事，要他来管？

“都是我买的。”他平静地说道。

“可这……这是我的狗啊！”他就这么据为己有了？

“那就卖给我吧！要多少钱？”

这话莫名地透着一股子霸气冲天的感觉，她干笑：“要什么钱啊，别开玩笑了，它也是我捡来的。如果不是我有病史，我就自己养着了！”

“确定不要钱？”他看着她，目光深邃。

“嗯……”有这样上赶着要给人钱的吗？她说：“不要，而且我是送给越越的，又没打算给你。”

他的眉梢便浮起淡淡的嘲讽之色：“把你的狗卖给我，比把你自己卖给我更实际。”

“什么意思？粟老师，我们说话能不能直白一点儿，这么拐弯抹角的，很容易让人误会，产生不该产生的联想！”她的言辞间已经隐隐有了怒气。

“还不够直白吗？”他站在几丛晚香玉旁，满身光华更甚于重瓣丰玉，“你是不是这些年过得不好？”

“没有！很好啊！”

“那为什么想着要进粟家当媳妇？”

涂恒沙差点儿吐出一口老血，这个糟心的误会是过不去了吗？

“粟老师！”

回想一下，她对他的态度从对小许同学的亲近友好，到对粟老师的尊敬有加，都算是战战兢兢不敢冒犯，可他是什么破态度？除了甩脸子就是批判打击。事到如今，还要继续在一个报社待下去，这样的误会就不能再继续了。

“粟老师，是这样的，其实我捡到棒棒糖那天遇到两只狗，棒棒糖又软又萌，招人喜欢，还会撒娇卖萌；另一只则凶巴巴的，我对它好，给它吃的，它生病我照顾它，它还对我凶，胡乱撕咬我，吃饱了一言不合就跑。你说我得多傻才会喜欢那只凶狗？”

哼！拐着弯骂人谁不会啊？以其人之道还治其人之身是吗？她也喜欢啊！

那只凶狗，不，那个尊敬的粟老师，居然没生气：“是吗？”

涂恒沙简直要怀疑他没听懂的时候，他又说了一句：“你难道不傻吗？”

吐血！

两人掰扯不清的时候，樊越回来了，冲进来就喊：“呱呱！你来了？”

涂恒沙郁闷了，她这么大个人戳在这里，她的闺密只看见了他！樊越什么时候跟他这么熟了？

跟樊越一起回来的还有她老公崔培，此时他的脸上更是一副“我老婆不能直视”

的表情。

“你也知道棒棒糖丢了吗？对不起，我没看好它……”樊越逮着粟融归便将棒棒糖丢的过程汇报了一遍。

涂恒沙奇怪了，棒棒糖好像是她的狗吧？樊越怎么一副完全对粟融归抱歉的样子！

“越越！”她不能沉默下去了，必须强调自己的存在感！

樊越这才对她一笑：“沙子，呱呱给棒棒糖买了全套的装备，还买了最好的狗粮！还有，呱呱也是你们报社的，你怎么不告诉我？他答应了帮你对付那个变态粟老师，替你出气！”

涂恒沙瞟了眼粟融归，好想告诉樊越他就是变态粟老师啊！

崔培却一脸便秘的样子，拉着樊越的衣服：“老婆……”

“哎呀，你回屋待着去，别影响我们说话！”樊越挣脱了他的手。

涂恒沙也无法直视了，崔培是老婆奴，樊越在这个家里简直无法无天，唯她独尊。

樊越继续追问粟融归：“呱呱，你是怎么对付粟老师的？”

崔培终于忍不住了，把樊越拽回自己身边，一脸“老婆你别再出丑”的表情，低声在她耳边道：“他就是粟融归啊！”

“啥？谁？”樊越一脸不可置信。

崔培索性不再和她解释，上前一步伸出右手道：“粟先生，没想到这么巧。”

听他老婆念叨了好一阵的许先生、呱呱先生、房东孙子，居然就是公司老总的二公子，他身为高管可真不称职。

且不说樊越的嘴张得能塞进一个鸡蛋，粟融归的神色也淡了下去，只是没表现出来，点点头说：“你好。太晚了，我就先回去了。”

涂恒沙原本是想留下来给樊越解释的，毕竟将樊越蒙在鼓里，她也是“帮凶”……

可是粟融归走的时候偏要把她也叫走，许奶奶便帮着孙子也让她赶紧回去，说女孩子太晚回去不好。

她不情不愿地出了院子，又被粟融归骂傻。

“我哪里傻了？骂多了真会变傻的，到时候你负责啊？”涂恒沙这辈子还没被人骂过这么多次。

“你不傻？不傻看不出崔培跟樊越有话说？”他上了车却不走，好像在等着什么。

涂恒沙皱皱鼻子，腹诽：就你聪明，就你会看，那你有没有看出来你每次骂我的时候我不开心？

她冲他做了个鬼脸，转身欲走。

“去哪儿？”

涂恒沙被叫住。

“回家，还能去哪儿？”

“上车！”还说不傻？

“我为什么要上你的车？”继续找骂吗？她可真不傻……

他顿了顿，慢悠悠地说：“免得有人说我一言不合就跑！”

她顿时乐了，到底谁傻？他这是承认自己是狗狗了吗？

她笑着趴在窗户上，离他很近很近，纵然胡同里光线昏暗，也能看得清他的脸上新冒出来的一颗小小的痘：“粟老师，我一点儿也不介意你一言不合就跑，你只要别胡乱撕咬我就行了。还有你最近火气有点儿大吧？我推荐给你一款很好用的祛痘贴啊！”

难得在言语上占了便宜，她的心情大好，乐得朝他挥挥手：“粟老师，明天见！”

说完她便自顾自地跑了。呵，粟老师也不过是纸老虎，撩撩他的虎须，他也不会把她咋样。如此想着，她便回头一看，只见他的车还停在原地，车灯亮着，一闪一闪的……

她转身而去，不再回首，却没有注意到另一辆车里，一双眼睛正盯着她。

樊越还没从许呱呱就是头顶一片草原的变态老男人的震惊中恢复过来，依着“老公永远是错的”的原则，冲崔培发火：“喂，崔小培，你知情不报该当何罪？害我出这么大洋相！”

崔培觉得自己很冤：“老婆，我也是才知道啊！”

“你还委屈了？”

“不，我哪里敢委屈啊！”崔培本来也没半分委屈的心思，反而很高兴，“老婆，你有本事啊，什么时候跟粟二公子关系这么好？那只狗是粟二公子的？咱们要好好照顾着！”

樊越身为八卦娱乐记者，对各种狗血剧情十分敏感，立马就想到了关键之处：“许？粟？别是后爹吧？”

“这你就不懂了，据说粟振待这个继子很好的。粟振那么爱做慈善的一个人，不知捐助了多少贫困山区的孩子念书，他还能对正宗改了姓的继子不好？”崔培心里高兴，拥住了樊越，“老婆，下次粟融归再来吃饭的时候告诉我，我和你们一起吃。”

樊越直翻白眼：“我说你想做出一番事业来，为什么不扎扎实实做事呢？老想去套近乎有什么意思？”

崔培一笑，捏了捏她的鼻子：“你不懂，我和你们记者不一样，你们只要跑到爆炸性新闻就火半年，我们这里有路子却可以少奋斗三五年！”

樊越哼了哼，表示自己听到了，却不想给回应。

崔培懂她，知道她这样便是答应了，笑着道："还有那只狗，既然交给了我们，就要负责养好。"

"那可是沙子的狗！"

如果涂恒沙听见这句，一定会泪流满面地说："姐，你可算想起这是我的狗了！"

崔培却道："现在不是说是粟二公子的狗了吗？你管它是谁的，好好养着就是！"

"知道了，我一定把它当爹似的供着！"

雨已经停了。

涂恒沙将粟融归的车灯远远甩在身后，跳上一辆公交车回了家，在学校路口的小吃店给妈妈买了一份生煎当夜宵。

她从小吃这家店的生煎长大，老板是个秃头胖爷爷，见了她就喜欢逗她，都逗了二十几年了。

胖爷爷给她多盛了半份："沙子，赶紧回去。这雨还得下呢！"

"好，谢谢爷爷！"她悄悄地多放了半份的钱，拔腿跑了。

胖爷爷拾起钱的时候笑着摇头说："这丫头！"

涂恒沙捧着还热乎的生煎先探个脑袋进家门，发现妈妈在数现金，于是想起该去看那个她称之为父亲的人了。

听见门声，舒慧抬头问道："沙子，这周末有空吗？"

"有的！"她忙道。

舒慧点点头没说别的，母女俩心照不宣。

自涂恒沙懂事以后就是她一个人去看父亲了，因为舒慧去了也没用，父亲从来不见她们母女。

她对监狱已经熟门熟路了，带着钱，在监狱内部的商店买了些东西，交给狱警后请他们转交父亲，又给他存了一笔钱。

和从前一样，狱警带给她的话是：她的父亲不愿意见她。

她点点头，习以为常地道："请替我告诉他，我和妈妈都好，无须挂念，好好改造。"

每次、每年都是一样的话，她自己都记不清说了多少遍。

就这样，探监算是结束了，她没能见上他一面。说实话，二十年过去，家里也没有挂着他的照片，她已经将这个男人的样子忘了。曾经墙上挂着他和妈妈的结婚照、他们一家三口的全家福，但自从他入狱，妈妈得抑郁症之后，她就把关于他的一切都收起来了。

她不想他、不怨他，更不会恨他。

从小便和母亲相依为命，她生命里最重要的人就是舒慧。“父亲”于她只是字典里的一个词，记忆里她不曾感受过父爱的温暖，也就不会有对父爱缺失的哀怨。至于他留给她的羞辱、他犯的罪，他自己用一生的自由去偿还，与她何干？

有时候她也觉得自己是不是有些冷血，可转念一想，不然她能怎样？伤春悲秋、怨天尤人都改变不了现实，不如无爱无怨地平稳度日。

父亲是陌生人，探监寻常得如同工作，这样就好。只是每个这样的日子舒慧都会情绪低落些，涂恒沙便早早回家陪妈妈。

舒慧颇有些仪式感地做了满桌的菜。

涂恒沙早就习惯了，坐下来埋头就吃，还大赞妈妈的手艺。

舒慧看着若无其事的女儿，唉声叹气地道：“沙子，我和你父亲对不起你，你要托生在一个好点儿的人家多好……”

涂恒沙知道，这必然是她妈妈找人给她介绍对象，人家嫌弃她有个坐牢的爹了。

她没心没肺地笑：“妈，你说什么啊，换个人给我当爸妈的话我就不存在了！”

舒慧看着她，眼神里满是愧疚。

“妈！”涂恒沙放下碗筷，搂住舒慧的脖子，“你放心吧，我一定把自己嫁出去，还要拐个好男孩回来一起孝顺你，不信等着瞧吧！”

舒慧勉强一笑，但内心还是愁云难散。

“沙子。”舒慧又摸出了一沓钱，“这个钱，给你奶奶寄去吧。”

“妈，我有钱，这个月我已经寄过了。”

每隔几个月，涂恒沙都会给父亲的老家寄钱，尽管她从没见过奶奶。她一直以来都是用最原始的邮政汇款方式寄钱，因为奶奶既不会上网，也不懂网银和移动支付。

奶奶不会到城里的家里来，母亲也从不带她回去，老家还有哪些亲戚她都不知道，只记得小时候家里条件似乎还不错，住的是大楼房，学校这个宿舍是后来才搬进来的。她隐约还有些印象的是，大房子卖掉是为了给老家的亲戚治病，为此父母还曾大吵过一架，后来父亲便入了狱。老家那个亲戚的病她也不知道有没有治好，妈妈从此再也没提起那件事，家里的生活条件也一落千丈。

“再寄些吧，整寿了。”舒慧把钱塞给她。

她这才明白舒慧的意思，是说老家的奶奶今年整岁生辰，也不知道奶奶到底几十岁。

“好。”她应了。

有时候，顺即是孝。

母女俩正说着话，涂恒沙的手机来电话了，是陈琦打来的，让她立即收拾东西前往火车站准备出差，这次她要配合的文字记者仍然是粟融归。

涂恒沙放下手机便开始收拾行李，匆匆忙忙地和舒慧说：“妈，我要出差了，不知道要去几天，给奶奶的钱我会抽时间去寄的。”

“你没空我就自己去吧，在外面注意安全！”舒慧瞬间帮着她拾掇了一大堆衣服出来。

涂恒沙暗暗好笑，只好把那些衣服又拿出来：“妈，轻装上阵，这些都不必了！”

舒慧只好叹气：“你从来就不像个女孩子！”

看着女儿的平底鞋、运动休闲装，她实在苦恼，又想起女儿的终身大事，更加头疼了。

涂恒沙背上背包，抱了抱舒慧：“妈，你放心，我走了啊。”

她也想做公主，但出于工作原因，这样穿更方便，不然她要踩着高跟鞋往水里、火里去？

陈琦给她发来了车次信息，让她自己先买票。

她一看时间不多了，买了票便直奔火车站，赶在最后两分钟上了车。她也不知道粟融归在哪里，找到自己的座位后，给他发了条信息。

“怎么是你去？”这是粟融归给她回的信息。

她完全可以想象粟融归说这话时的表情和语气，这得多嫌弃她才会是这样的态度？就算他再讨厌她，工作上的配合也不至于这般排斥吧？她上回跟着他去南县采访水灾灾情又没坏他的事。

她嘀咕一句“好女不跟男斗”，合上眼睛准备休息，听陈琦的语气就知道这又是一场硬仗。

手机在手里嗡嗡振动，粟融归连续发来了四条信息：

“回去，换个人来！

“该死，火车开了！

“下回接任务能不能带点儿脑子？

“坐在哪儿？”

她只回了最后一条信息，把座位号发给了他。

她闭上眼睛继续养精蓄锐。不多时，身边传来熟悉的声音，她睁眼一看，旁边的人起身走了，某人大马金刀地坐了下来。

车厢里空气并不那么好，他一靠近，分明很淡的青草香被她的嗅觉无限放大，她的呼吸瞬间便被这气味堵得满满的。

她深深吸了口气，这可比那些泡面味、脚臭味好闻多了。她忍不住偏了偏头，朝着青草味的来源凑近了些，谁知他的胳膊一抬，准确无误地撞上她的鼻子。

她捂着鼻子痛得吸气，眼泪都快掉下来了。

他颇有些无语："你还真是……跟棒棒糖一个属性啊？"

棒棒糖也喜欢趴在他怀里到处嗅。

她眼泪汪汪的，心想她跟棒棒糖完全不是一个待遇呢，他多宠棒棒糖啊！棒棒糖走丢那晚，他身上那件白T恤上有好几个泥爪子印，一看就是棒棒糖抓的。换成是她，哦不，不可能有换的机会，他都不许她靠近。

所以他坐过来干什么？

"等会儿到了金县，你把设备给我，自己回去。"他不由分说地把她护着的设备拎到了自己手里。

她眨了眨眼。她是领了任务来的，刚到就回去，那她是回去上班呢，还是在家休假啊？回去上班的话，她有什么脸面对陈琦？

他似乎看懂了她的心思，改口道："那就在酒店待着，哪里也不准去！"末了他还补充，"老实点儿！"

"粟老师，虽然我是女孩，但我并不会拖你的后腿。"她下意识地便认为他是在嫌弃她，"我能跑、能扛，业务能力强，晨江要我的时候是考察过的！"

他板着脸丝毫不给她留情面："服从安排，也是业务能力之一。"

"你也不是我们主任……"她小声嘀咕。

他这下火了："我说你到底有没有脑子？主任给你分配任务，你不会拒绝吗？次次都这么好说话？"

等等，她怎么听出些不一样的意味，难道他的意思是这次的采访任务不一般？

"那你跟我说说，到底是怎么回事啊？"

他眼里快喷火了："合着你连采访内容是什么都不知道就来了？"

她睁着一双大眼睛："不是有你吗……"

时间紧急，陈琦什么话都没来得及说，只说让她见了粟融归问他就行。

粟融归将陈琦骂了一千遍，明明他说了要派个男的。可他再看一眼她那双透着傻气的眼睛，小白兔一般无害的表情。他不忍直视地闭了闭眼，她根本不像个能扛着设备跑的记者。

"金县附近的金属矿开采，导致周围几个村子的尘肺病人数量近年剧增，因为索赔和赔付的问题，这次企业和工人之间起了大冲突……"粟融归说着，像是想到了什么，目光突然变得幽远。

"有人受伤了吗？"她等不到下文，也没注意到他的眼神，接着问道。

"嗯。"他的目光还有些飘忽不定，最后落在她的脸上——白皙的皮肤，鼻头红红的，是他给撞的……

她下意识地摸了摸鼻子，觉得粟老师这一刻的眼神有些奇怪。

"后来又病过多少次？"他的声音也跟他的目光一样，有些飘忽不定。

"啊？"

他如梦初醒般说道："那边环境不太好，你就待在金县县城里，哪里也不要去了。要听话！"

涂恒沙发现他最近多了一个口头禅：要听话。

乖，要听话，别瞎跑；乖，一次不能吃太多，要听话；洗干净就漂亮了，别乱动，要听话；奶奶的东西不能乱咬，知道吗？要听话……

可那是对棒棒糖说的，他突然对她说这句话，直接将她麻得打了个哆嗦。她看惊悚片似的瞪着他，怀疑他是不是被人魂穿了？

他被她看得直皱眉："这又是在犯什么傻？"

涂恒沙说："不是……粟老师……我觉得我大概是受虐体质，还是比较喜欢你对我横眉冷对或者不理不睬……"

"要听话"之类的恐怖片台词还是留给棒棒糖或者粟融星吧……

他瞬间变了脸，双唇紧闭，再不说话。

涂恒沙缓缓松了口气，他可算正常了，果然她还是更适合这一款……

到达金县的时候是半夜，涂恒沙在一片淡淡的青草香里靠着车窗睡得很香，直到感觉脸上阵阵发疼——她生生被人拍醒了。

她睁开眼，看见粟融归手里拿着一个文件夹，毫无疑问，刚才他就是用这个打她的脸的！

"下车了！"他绷着脸，把文件往电脑包里一塞，拎着器材起身就走了。

她蒙了一会儿，跟着他下车，很想跟粟老师谈一谈：粟老师，虽然我有点儿受虐体质，但不等于喜欢被暴力！

粟老师严格奉行她要求的横眉冷对原则，迈开大长腿将她甩在身后一米的距离，领着她进了酒店。

办理入住的时候，有一男一女排在他们前面。男的在办手续，女的低着头，皮肤微黑，穿一件露肩的梅子色裙子。裙子略紧，并不是那么合她的身。

"这边来。"前台的另一个服务员道。

这是对涂恒沙和粟融归说的。

涂恒沙便把身份证交给粟融归，让他一起办理。

服务员很利索，什么问题都没问，一会儿就办好了："房间在三楼，这是房卡。"

涂恒沙这才发现只给了一张房卡……

"不是，我们要两间房。"涂恒沙忙道。

"那没有同一楼层的两间了。"服务员道。

"没关系、没关系……"涂恒沙取了服务员手里的房卡，"你再开一间。"

旁边那一对儿的房间也开好了，男的拿到房卡后什么也没说，女的则默契地跟着他走了。

待粟融归取到房卡后，四个人差不多同时在等电梯，那女的一直垂着头。

那一男一女的楼层和涂恒沙的一样，电梯到达的时候，女人终于抬起头来。涂恒沙第一次看清女人的长相，她化了妆，突兀的是化妆手法比较稚嫩。

她只看了一眼，毕竟盯着人看不礼貌。在两人出电梯后，她和粟融归挥挥手："粟老师，先休息了，晚安。"

她走在那对男女身后，眼看着两人在某个房间门口开门进去了，再一找自己的房间，就在他们隔壁。

她走入房间，准备洗个澡就休息。然而等她洗完澡出来，隔壁房间就传来奇怪的声音，她一个未婚女子凝神听了一会儿后终于明白是什么声音了，不由得暗暗吐槽这酒店糟糕的隔音……

涂恒沙盖上被子打算蒙头大睡。

可有些声音，你越不想听，听觉系统偏偏越是对它敏感，就算蒙着头，那声音还是一声高过一声地往她的耳朵里钻，闹得人无法入睡。

她怀疑自己是在车上睡多了！

几番辗转后，她掀开被子坐起，在隔壁此起彼伏的声音里直吐气，懊恼之下，拿起手机拨了粟融归的电话。

"喂？"

电话那端传来的声音有些沙哑，涂恒沙莫名地将这声音与隔壁男人的声音混到一起了……

她立马把电话挂了，觉得自己挺蠢的，这种事给他打电话干什么？让他去隔壁敲门警告还是和自己换房间？前者蠢，后者尴尬。她还是自己忍了吧！

她打算继续蒙头大睡。

她刚躺下不久，门铃响了。

她探出头来问："谁呀？"

"我！"

她把人给招来了？

外面的人已经由按门铃转为敲门："开门！"

她从床上蹦起来，扑过去刚把门打开，他就闯了进来四处查看。

"你……你在找什么？"她小步跟在他身后。

因为房间里多了个人，隔壁的声音都不那么明显了。

他自然是什么都没找到，回过头来问她："有什么事吗？"

"那个……"她是有事，可也不好意思开口，踌躇半天，憋出一句，"我……认床，想看看你睡了没……"

他的脸瞬间变得跟铁板一样。

"呵呵……没事了……你走吧……"她赔着笑说道。

“涂恒沙！”他咬着牙叫她的名字。

他这一脸被戏耍的表情瞬间让涂恒沙矮了半截，只能伏低做小地道：“在……粟老师……臣在……”

不知道是不是她的模样取悦了他，他转而别具意味地打量着她。

恰在此时，隔壁传来一声高昂的叫声……

好了，就是这样了……涂恒沙一脸破罐破摔的坦然。

粟融归也明白了是怎么回事，模样比她更坦然。

涂恒沙顿时哼了一声，他的反应一看就不是好人，至少他这亩地的头茬菜已经被人拔了，虽然这跟她并没有什么关系，可她莫名就是不开心。

“涂恒沙！”他叫着她的名字，“下次打电话，请你务必至少说一两个字，让我明白你这儿没有发生命案，否则就喘口气让我知道你还是活的！”

她皱着鼻子，嗯了两声。

“这是什么意思？”是敷衍？

“就是嗯的意思啊！”就是鄙视的意思！

他默默地看了她两眼：“睡不着的话去我房间睡吧！”

他把房卡给她。

“哦……好……谢谢啦！”她真不想在这儿被噪音骚扰了，毫不犹豫地接了房卡就跑，跑到门口突然想到，如果粟老师听一夜这声音会有什么反应……她一时心血来潮，回头就问：“粟老师，你等会儿听了睡不着怎么办？”

他瞪着她。这句话里暗含的意思太多，她到底是哪个意思？

她很认真地点点头，用眼神和他对话：“就是你想的那个意思，据说男人比较难以克制。”

他扬扬眉直接问：“那你有解决的办法？”

她再次猛烈地摇摇头，一溜烟地跑了……

跑出房间的一瞬间，她隐约听到身后传来一声颇为无奈的叹息。

“涂恒沙，你是女的……”

女的怎么了？她管不了那么多，一头钻进电梯上楼了。

粟老师的房间……刷开门的瞬间，她竟然有些心跳加速，好像进入了一个隐秘的空间，马上就要发现重大秘密……

粟老师的房间呀！她不由自主地眯起眼，自己都不曾察觉那藏不住的雀跃和小兴奋，忍不住这儿摸摸，那儿瞅瞅：粟老师的电脑、粟老师的衣服、粟老师的毛巾、粟老师的牙刷、粟老师的刮胡刀。

粟老师用的是什么牌子的沐浴乳会有淡淡的青草香？她凑近一看，哦，酒店的……

她觉得自己笑得像个傻子，不明白自己为啥这么高兴，就觉得这么闯进来，好像闯进了粟老师的世界里那扇紧闭的门，一下子与粟老师离得很近。尤其是当她甩掉拖鞋钻进被子里的时候，想起粟老师是在床上被她召唤出去的，被子里属于他的气息熟悉又有些陌生，她竟然更加睡不着了……

和粟老师的气息翻来覆去做了好一番斗争，她不知道是什么时候睡着的，更不知道睡着以后她的唇角都含着笑。

结果，她开始做梦了……梦里粟老师抱着她做的全是那些不可描述的事，她的梦里全是粟老师的气息，而且粟老师很凶猛地咬得她喘不过气来。她紧紧地抱着他，快要窒息了，觉得粟老师再不放开她，她就会窒息而亡……

砰砰砰的敲门声响起时，她骤然惊醒，整个人都卷在被子里，脑袋被捂得密不透风。她紧紧抱着的是枕头，难怪在梦里要窒息了。

敲门声骤然停了，她坐起来准备起床，门却从外面打开了。粟融归一阵风似的冲了进来，见到她坐在被子里睡眼蒙眬，斥责顿时朝她喷过去："睡觉也能睡得这样死？我敲门至少有十分钟，你在梦里是去环游地球了吗？这么久都没回来！"

服务员拿着房卡，战战兢兢地从盛怒的粟融归身后探出头，远避战火："先生，门开了，没什么事的话我先走了……"

粟融归没说话……

服务员机灵地理解成默认，风一般地闪了。

涂恒沙下意识地往后缩了缩身体，自以为离风暴远了些，小声嘀咕："没有环游地球，只不过环游……"

她上下打量了他一番，后面的话自然不敢说出来，脸却泛起红晕，梦里种种，焚身焚心啊……

"说什么？大声点儿！"

这口气，跟上学时老师骂调皮男孩一样……

她壮了壮胆，大声控诉："都是你，如果不是你在梦里那么对我，我怎么会醒不过来？"

粟老师当然不知道他在梦里是怎么对她的，打她了？骂她了？还是对她横眉冷目了？但不管是怎么她了，这话都浑蛋得可以！

他毫不犹豫地朝她走过去。

涂恒沙以为他要揍自己，头一缩就钻进了被子里。

"我数三下，给我出来。"他站在床边说。

涂恒沙死死地抱着头不出去。

然后，她就感觉两只大手使着蛮力三下五除二将她从被子里拽出来，紧接着整个人都被他提了起来。

"你要干什么？"她大喊。

他拎着她往门口走："以后在你记得带脑子之前，不要和我一起出来！"

难道是她想出来的吗？不是陈琦分配的吗？

这句话还没说，门一开，她被他扔出了门外……

没错，她穿着睡衣、光着脚就被扔了出去……

她使劲儿拍门，门开了，她的拖鞋和房卡被扔了出来，而后门关上了。

这回无论她怎么拍里面的人都不肯开门了……

她气得想一脚踹上去，脚都抬起来了，想起这是酒店，脚在半空中停住。

这时门从里面再次打开，粟融归换了衣服，提着设备走出来："回你自己的房间待着去，不准出酒店半步，否则等我回来打断你的腿！"

这叫什么话？他也太暴力了，她妈妈都没这么凶过她。

她义正词严地说："粟老师，你这样下去会找不到女朋友的！"

他冷漠地道："谢谢关心，只要某人不要恩将仇报我就谢天谢地了！"

她还没来得及反应，一团东西被他扔到了她的怀里，而后他便步履匆匆地走了。

她低头一看，扔给她的是一袋口罩……

他急着赶任务去了，所以根本没给她说话的时间，人一转眼就不见了。

她琢磨了一会儿才明白过来"恩将仇报"四个字的意思，他还是以为她要以身相许报他的救命之恩啊！

粟老师，你这样自我感觉良好你奶奶知不知道？

她沮丧地趿拉着拖鞋回到房间，结果更沮丧了，因为她的记者证和身份证都被他搜走了，她这下想出去私自行动都不行了。

明察不行，那就只有暗访了！她的耳边不禁响起粟老师临走时的警告，她可不信他真的敢打断她的腿……她再低头看看怀中的口罩，暗暗自喜：如果粟老师真的不准她出去，给她口罩干吗？

她的耳边再度回想起他在火车上莫名其妙的问题：后来又病过多少次……

莫名的，她的心里便涌起了暖意。她第一次被人骂，还暗暗地开心，所以粟老师到底是记得她还是不记得？

她一边胡思乱想，一边已经换好衣服，背着包出了门。

金县周边的有色金属矿藏丰富，这些年来的开采给周边的村民增加了一条就业的路，许多青壮年劳力都加入开矿工人的队伍里。最初几年大伙儿只看到了矿工的薪水和收入，近年来爆出尘肺病，大家才知道这份钱是拿命在赚的。

尘肺病又叫肺尘埃沉着病，是因职业活动中长期吸入生产性粉尘或灰尘，并在肺内滞留，造成以肺组织弥漫性纤维化为主的全身性疾病。

这种病的可怕之处在于现阶段没有根治的办法，治疗只能暂时延长患者的生命。初时患者出现咳嗽、咳痰等呼吸系统疾病的症状，后来便会出现许多病症，尤其是硅肺病，大部分硅肺病人最后都会因为无法呼吸而被活活憋死。

因为粟融归不打算让她参与这个采访，所以她对金县尘肺病的具体情况并不了解，只能从网上查询。

她没有记者证，穿着牛仔裤和T恤，背着双肩包，像大学生一样进了金县附近的一个村子——柳下村，当然也没有忘记戴上粟老师留给她的口罩。

刚到村头，就听见村里传来一阵吵闹声，她循着声音而去，只见一栋农家屋子前，村民里三层外三层地围着，吵闹声正是从里面传来的。女人尖锐的骂声尤其刺耳："让你不要脸，让你没男人就活不下去，让你见个男人就……"后面的话骂得越来越不堪入耳，伴随着骂声的还有啪啪啪的打人声。另一个女人拖长了声音哭喊："别打了、别打了，要打就打我吧，我把我这条老命赔给你们赵家！放过她吧，这么打下去是要打死她啊，再怎么她也是我身上掉下来的肉啊！"

涂恒沙忙问旁边的女人到底发生了什么事。

女人一口唾沫吐在地上，表达了自己强烈的鄙视和愤恨之情："不要脸的女人，男人病了就起了外心，跟人鬼混，叫婆婆捉奸在床了。真是个贱女人，臭不要脸。"

一个个脏字往涂恒沙耳朵里灌，涂恒沙忙打断她的话："病了？什么病？"

女人打量着她："你不是本地人吧？"

涂恒沙摸了摸脑袋："哦，是的，我是外地的，来找我同学！"

"哦，难怪呢。唉，咱们这村子苦啊，男人都得了怪病，叫什么硅肺病，身体一个个都垮了，喘口气都难。医院也治不好，大把大把的钱花出去也没见谁治好了。"

人群里传来一阵喧哗声，随即便是女人高昂凄厉地哭喊："闺女，你别吓唬娘啊，你这是要干什么啊！"

"哎哟，这是耐不住打要寻短见啊！"女人忙挤进人堆里去看了。

涂恒沙也赶紧找了个空当往里挤，边挤还边听见有人说："还好意思寻死，这在旧社会可是要浸猪笼的。咯咯咯……"

他说着话，显然有些中气不足，还一个劲地咳嗽。

涂恒沙已经顾不得去找寻说话的人了，因为挤进圈子里后她被眼前的一幕镇住了：地上横卧着一个瘦削的年轻女人，全身被扒得只剩内衣内裤，身上一道道的是杖打后的血痕。地上有一根扁担，想来女人身上的伤就是被它打的。而年轻女人的额头上还有一道伤，正流着血，再看看墙壁上沾着的一点儿血痕，所以，刚才这阵纷乱是因为女子撞了墙？

此刻，女子正被一个上了年纪的女人抱着，便是喊着"闺女"的那个人了，那是女人的母亲吧？只是，年轻女子一张麻木茫然的脸上空睁着一双空洞的眼睛，好像已被抽去灵魂的躯壳，无论母亲怎么在她耳边哭也没有反应。

而旁边另一个女人叉着腰再次破口大骂："死？就你这双破鞋，死了也是丢人现眼，要死死远点儿，别脏了我赵家的门！"

围着看热闹的人有男人也有女人，涂恒沙有些不忍，一个女人在光天化日之下近乎全裸地被人"参观"，无论她做了什么也不该这么没有人权。

涂恒沙刚想站出去劝人把女子的衣服拿来给她穿上，就听见一阵孩子的哭声传来。

屋里跑出来一个哭着喊妈妈的男孩，朝女子奔过来，跑至半途却被骂人的女人给抓住了。她不但不让孩子再跑，反而揪着男孩的胳膊狠狠地对男孩道：“你妈不要你了，不准过去！”

男孩哪里肯依，顿时大声喊着“妈妈”，还哭着说：“妈妈穿衣服，羞羞脸，阿宝给妈妈拿衣服穿……奶奶放开……阿宝给妈妈穿衣服……”

是的，男孩手里拿着一件女人的衣服。

骂人的女人正是男孩的奶奶，也是地上年轻女人的婆婆。她一把抢过男孩手上的衣服朝年轻女子啐了一口：“穿什么衣服？脸都不要了，还要什么衣服！”

男孩哭得更厉害了。

年轻女人听见孩子的声音，麻木的脸上才出现一丝生气，茫然的眼睛也有了聚光点。她慢慢地朝男孩看过去，却也只是看着男孩在奶奶手里挣扎，看着看着，无神的眼睛里便渐渐聚起了水雾。

年轻女人的母亲更是哭得眼泪鼻涕乱流，一只手护着女儿，一只手扯着自己的衣服给女儿遮羞。里三层外三层围观的人始终只是看热闹，不时还有人唾骂年轻女人，无一人施舍给女子一块布。

涂恒沙终于忍不住冲了上去，挡在年轻女人身前，虽然她身形瘦小，但能遮住多少是多少。她说道：“大娘，这样可不好！”

她叫的是女子的婆婆，赵家女人。

自这女人教训自己的儿媳妇以来，还没人出来说过半个不字，一听这话，她便炸了：“怎么不好了？你又是谁，这破鞋还找来帮手了啊？”

“大娘，不管怎么着还是得让人先把衣服穿上！”涂恒沙道。

女人瞬间怒了：“果真是不要脸的人找来的帮手，我教训她还要你管闲事？她都不要脸了，不知道脱给多少男人看过了，还穿什么衣服！”

小男孩被奶奶这么一吼，连哭都忘了，顶着满脸泪水直打嗝。

涂恒沙早就注意到旁边还坐着一个瘦削的男人，面色透着不健康的苍白，时不时咳嗽，眼里全是阴郁——她猜这是女子的丈夫。

“大娘，她不要脸是她的事，可您家里不是还要脸吗，就这么着，不是丢您家的人吗？”

“我家丢什么人？我不承认这不要脸的东西是我家的人。”说着，女人又啐了一口。

在一旁一直冷着脸的男人终于开了口：“把人扔进去，咯咯……”

“这种女人你还……”

“扔进去，关起来，还嫌脸没丢够？咯咯……”男人说着剧烈地咳嗽起来，喘息不止。

赵家女人一听便慌了，松开了孙子，去给儿子抚背顺气。见男子喘得厉害，她的眼泪也一把一把地掉："好好好，听你的，你别急！别急行吗？"

小男孩已经拿着衣服跑到了妈妈身边，笨拙地要给妈妈穿衣服。女人的妈妈接过来，一边流泪一边帮女儿穿，一件睡裙总算遮住了身体。

男孩却突然问："妈妈，为什么要脱给男人看？"

女人怔住，蓄在眼里的泪大颗大颗坠下来。

女人的妈妈却哭着道："阿宝不能这样问妈妈！不能啊！"

"行了，都给我进去，丢人现眼。"赵家女人一手把男孩拉开，拽起女子往屋里拖。

"阿云！阿云！"女子的妈妈抱着女儿不松手。

不知从哪里出来几个女人，七手八脚地将母女俩拉开。叫阿云的女人倒也不挣扎，麻木得如一具尸体，任由她们将她拖进了屋里。

房门砰地关上。

没了热闹看，村民便纷纷说起闲言闲语，不外乎阿云不要脸，离不得男人，还有男人幸灾乐祸，嘲笑赵家男人没用，有鼻子有眼地说某天阿云拦着他，勾引他摸她的胸……

阿云妈妈气急，拿起扁担就打了上去，骂他胡说八道、断子绝孙。

男人边跑边笑："你家阿云犯贱还不让人说啊？"

众人也不过嘻嘻哈哈一笑，便都散了。剩下阿云妈妈扔了扁担，一屁股坐在地上哭。

太阳热辣辣地烤着大地，地面烫得打个鸡蛋都能烤熟。

涂恒沙上前叫了声婶子，扶她起来到阴凉处，把自己没开瓶的矿泉水拧开递给她。

女人哭了一上午，骂了一上午，也求了一上午，着实又累又渴，拿着水就咕噜咕噜喝了起来，喝完又开始抹眼泪。

"婶子，到底是怎么回事啊？"涂恒沙试着问道。

阿云妈妈大概也是憋了太久无人倾诉，这一上午又闹到情绪崩溃的边缘，涂恒沙一问，她就哭着说了："人人都说我闺女是坏女人，谁又知道她的苦啊！没错，她是不好，做错了事，可我这当娘的不是外人，总是心疼她的……"

原来，阿云娘家姓葛，嫁给赵家男人赵俊后，也有过一段幸福的日子。毕竟两人是自己处对象后彼此情投意合才结的婚，虽然日子不富裕，但两人务实勤快，公婆也好相处，小日子也算和和美美。

阿云的公公和赵俊都在矿上做工，跟村里的男人一样，那时候大伙儿只将这个作为谋生的好差事——就在矿上，不用外出打工怎么不好呢？直到几年前村子里开始有人查出病来，那时候阿云已经怀上了孩子。

就在阿云分娩那个月，阿云的公公确诊尘肺病。天顿时塌了下来，紧接着赵俊也确诊了。原本算不上殷实的家陷入巨大的恐慌，钱如同流水一般砸进尘肺病这个坑里，阿云的月子都没坐好。

从那以后，婆媳两人成了家里的主要劳力，没日没夜地干活挣钱，每挣一分钱都攒起来治病，阿宝长到这么大都没喝过几回牛奶。最让人绝望的是这么多钱砸下去，病却不见任何好转，反而一点儿一点儿继续恶化。两年前阿云的公公病逝，击垮了这个家最后的希望……

“治不好的，花再多的钱也治不好的……可是，谁又能说不给治，都是活生生的命啊。我自己家里也是一样的情况，阿云她哥也不知道能活到哪天……生病的人苦，身边的人也苦……明知道治下去是死，可是哪怕能拖着他多活一天，我这个当娘的豁出命都愿意……”葛大婶泣不成声，“阿云犯了错，我知道，可我也知道她不想苦下去了，她还年轻，还有一辈子可以好好过。但她终究是错了，所以我也不怪亲家，亲家的苦就是我现在受的苦……我只怪……只怪上天为什么要造这样一个病，让我们大家都活不下去……”

从葛大婶断断续续的哭诉声里，涂恒沙大致了解到葛云是熬不住这样没有希望的苦日子，跟别的男人好上了，想带着孩子跟人离开。村里这样的情况从前就偶有发生，因为一旦患尘肺病，男人大多便不能人道。从前都是看别人家的热闹，事不关己的时候人人都暗暗庆幸，谁知老天爷却是不愿意放过任何一个人。葛大婶只是不明白，这些男人不偷不抢，老老实实地干活挣个体力钱，到底犯了什么错，老天爷要这么惩罚他们？

不过，葛大婶家的情况稍微好些，葛云的哥哥葛庄患尘肺病二级，在积极地配合治疗；葛大爷身体还算健康，还能在地里伺候庄稼作物；葛庄的媳妇在县城里打工，每月收入也不错。只要家里还有点儿钱，人还活着，就是有希望。

葛大婶是哭着走的，临走还谢谢她给的水。

涂恒沙心情沉重，继续走访了一下午。粗略统计，这个村子里有大约一半的男人患病，另一半要么是没去矿上做工，要么就是进矿的时间不长，现在他们都是谈矿色变。

涂恒沙也见到了好些病人，他们大多有体力劳动者所具有的典型特点：皮肤黝黑、外表粗糙，但不再有体力劳动者所具有的强壮，有的只剩一具灰败的躯壳。

他们有的人喘不过来气；有的人捂着胸口呻吟；有的人咳个不停；有的人坐在家门口的阳光下发呆，用手指去捉阳光，无论家里人怎么叫他都听不见……

她还见到了葛云的哥哥葛庄，到葛家时，葛庄正在咳嗽，咳着咳着便吐出一口血来，殷红的颜色触目惊心。

可葛庄是乐观的，听葛大婶说了今天上午的事，他还对她笑了笑，因她帮妹妹说话而感激：“我们村的男人活得不容易，女人更不容易。”

轻飘飘的“不容易”三个字道尽人间疾苦。

他们这种病的痛苦，涂恒沙能感受一二。她也曾被类似的病痛折磨很多年，但还是不能和他们的病相比。

她表明了自己记者的身份，虽然拿不出证件，但是村民是淳朴的。她说，他们便信。

“记者？记者好啊！”葛庄的眼里露出光芒，“请你们记者好好……给报道一下，大家……都说我们得了这个病后矿上的人要负责任，要赔钱给我们……可是矿上的人不肯赔，去要钱的孤儿寡母还被他们打了，我妈……我妈都受了伤！”

葛庄说话本就接不上气儿，一下说这么多，一口气上不来，差点儿厥过去。

“唉，胳膊哪里拧得过大腿。”葛大婶在一旁一边给儿子顺气，一边叹息，“这矿就是村主任的亲戚开的，还不是他们说了算！”

“她是……是记者……帮……我们说话……”葛庄喘着气努力说道。

葛大婶流着眼泪看着她：“姑娘，你要帮我们申冤啊……”

听着这句朴实的话，涂恒沙凝噎。

“我会认真调查，努力为你们发声！”她关了录音笔，没有设备，在取得葛庄的同意后，用手机拍了几张照片，“你们一定不要放弃希望，好好治病！”

“会！玲玲……辛苦……”葛庄说。

葛大婶抹着泪解释：“玲玲是我儿媳妇，在县里打工赚钱给他治病，他心疼媳妇辛苦，一心想要好起来给媳妇分忧。”

葛庄用力地点头。

“如果矿上能赔偿些，儿媳妇也不用那么辛苦……”葛大婶叹气。

涂恒沙回到酒店的时候，天色已经黑了。到酒店后，她去两个房间都打探了一下，确定粟融归还没回来。

她那颗悬着的心总算落了地。

她自己都不懂这是什么心理，她又没有理由害怕他，就算他是首席记者，也不能成为她怕他的理由啊。

她回到房间把今天采访的内容整理了一遍后等着粟融归回来，他才是真正深入矿区的人，最了解情况，她答应了要替葛庄发声，所以等他带回一线消息。

然而她等到九点，粟融归还没回来。

她今天一天都在村子里忙，就吃了顿早餐，这时候已经饿得前胸贴后背。她不再等他，出去吃了个饭，给他打包了一份后又回到酒店。

巧的是，她又看见前一天遇到的那个女人了。女人还是穿着那条梅子色的裙子低着头走路，仍是跟一个男人一起，只不过今晚的男人已不是昨晚的那个……

女人倒是没发现她，低着头跟着男人进了电梯。

所以这是……她心里有个猜测，只是不知道这与酒店是否有关系。

这一趟出来，她遇到的事儿可真不少！

粟融归一个晚上都没回来，涂恒沙试着发消息、打电话联系他也都无果。第二天她便再度去了其他村子，情况与柳下村大致一样。

如此，直到第三天晚上，粟融归才风尘仆仆地回来，一回来就直接来敲她的房门。

涂恒沙大吃一惊，道："总算回来了！再不回来我还以为……"

"以为我以身殉职了？"他板着脸，将设备放下。

"这可是你自己说的……"她嘀咕着，屁颠屁颠地接住他放下的东西，"我也不知道你今天回来，前两晚我都给你买了饭，你都没回，今天就没买。现在什么吃的都没有，你饿不饿？我只有糖了……"

她放下东西摸出几颗糖来。

对于她这种随时随地都能摸出糖来的行为他已经习惯了，很是无语地问："你这么爱吃糖，你妈妈不警告你会长虫牙吗？"

涂恒沙想了想，那个时候妈妈自己都不太好，哪里会关注到这些小事？不过她没这么说，只眨了眨眼，道："我偷偷吃，妈妈不知道呀！"

说着，她剥了一颗糖递给他。

他转过头去，表示很嫌弃。

涂恒沙也不恼，自己吃了糖。

其实，这几天因为几个村子里尘肺病人的事，她的心情一直很低落，可是看到他回来，她莫名地平静了不少。就如上次在灾区时一般，他和几个解放军在水里救了人后苍白着脸从水里走来，她紧紧揪住他衣服的那一刻，哪怕没有言语甚至没有目光交流，可她就是觉得那一刻的感情他一定是懂得的。

天大的事，还有人在和她一起承担，尽管他们共同承担的只是一项任务，尽管他从没给过她好脸色，但她知道在这些任务里，他们的感情是共通的，她所想的一切他都明白。

"发什么呆？你了解到些什么？"

他的声音打断她的思绪，她颇为惊讶地道："你怎么知道我出去了？"

他板着脸说："我走之前怎么跟你说的？"

人在故弄玄虚的时候会显得高深莫测，如果他告诉她他是怎么知道的，她就会觉得没啥了不起了，因为她成天一副神神道道的样子看起来就特别像大神。

至于他走之前说的话……

涂恒沙乖巧地转身把自己的电脑拿给他看："你不是问我了解到什么吗？我走访了二十五户人家，搜集了四十个病人的实录，这是整理好的原始材料。"

“嗯。”他接过电脑，目光还在看着她，也不说话，俨然就是“你还没回答我的问题”的意思。

她努努嘴，讨好的一套本领信手拈来：“粟老师，不如这样吧，您不是还饿着吗，您先看着，我去给您买点儿吃的。”

她觉得这三十六计里，最有用的就是走为上计了，她甚至还用上了“您”这样的尊称以示自己的诚心和敬意！

“我不饿。再说我们可以叫外卖！”

他刻板的语气和看穿一切的眼神，压得她脚步都挪不开。

她眨眨眼：“那粟老师，您三天没洗澡了，不然您先回房间洗洗再看？”

话说他三天没洗澡也没有味儿，还是清清爽爽的，怎么会有这么精致的男生！

“你为什么对一个男人洗澡的问题这么关注？”他一本正经地说道，“涂恒沙，你又忘记我的警告了。”

警告？什么警告？他警告她的事情太多了，时不时地要翻出来考她一番，她哪儿知道是哪件事。

“那……那……”她摸了摸自己的头发，她也不好打发他这么一尊大神，颇为苦恼地道，“那您一定累了呀，早点儿回房间休息吧。”

“涂恒沙！”他直呼她的大名，“你一再想赶我走，难道不是做错了事心虚？”

他不就是想打断她的腿吗？她把腿一伸，表情视死如归：“打吧！”

她已经洗过澡，穿着睡衣睡裤，睡裤刚好及脚踝。她一伸腿，裤子就往上缩了一些，露出一截小腿和光着的脚丫。她常年穿长裤，腿上的皮肤跟风吹雨打的脖子和手臂不同，用“莹白如玉”四个字形容她的腿一点儿不过分。脚趾上却有多处疤痕，脚底也有厚厚一层茧，这算是记者脚了，全是跑采访跑出来的，但并不影响她脚形的可爱，纤秾合度。

他转开了眼：“念你还记得我的话，这次的账记下了！以后一起算！”

涂恒沙也弄不清自己到底欠他什么账了，反正他记下的事儿多了去了，就这一本糊涂账，得过且过，混一天是一天呗！

“还有，涂恒沙，记住我的警告！”

完了，他又来复习了。

“哦哦，记住了。”

虽然她连他的警告是什么都不知道，但这个问题很好回答的，比如小时候班里调皮的男生犯了错，老师问知错了没，男生们都齐刷刷地点头：“知错了、知错了。”

他们根本没想过错在哪里，但只要“知错了”老师就会放过。

但显然粟老师不是一般的老师，她的小心思从来都不能逃过他的眼睛。他瞪着她：“说一遍，我的警告是什么？”

谁告诉她答案是什么？上课答不出问题还能有个枪手在底下提醒，这会儿哪儿有枪手啊？

他显然看穿了她的迷惘，有种深深的无力感，加重语气道："我是一个工作和私人空间分得很清楚的人……"

"我希望我工作以外的时间和空间不会被一些莫名其妙的人和事打扰。"他一提醒她立马就背出来了，她小时候背课文是很厉害的。她无辜地眨眨眼："可是粟老师，我并没有用工作以外的事打扰你啊？"

这回轮到他无语了，硬邦邦地蹦出几个字："叫外卖！"

"哦……"她感觉自己好像又犯了错之后，立马听话地拿出手机，虽然不知自己又错在哪里，"你要吃什么？"

她一直觉得自己算是一个聪慧的人呀，却怎么总是听不明白粟老师的话？

他已经开始看她电脑上的材料了："你吃什么给我点一份就行。"

"可是我不吃呀。我已经吃过啦！"她说话的时候以长长的语气词结束，莫名地让人心口发痒。

"再吃一份！"

"粟老师你是认真的？"

"对。"

"那……你请客？"

"嗯。"

他总是这么……惜字如金。

她琢磨了一下，这大晚上的，还是别吃大餐了："那……叫酒店煮两碗牛肉面算了？"

"嗯。"他不知在她的材料里看到了什么，皱起了眉头。

她也不知道他是不是对自己的工作不满，收了声，老老实实地缩到一旁去了。

时间仿佛静止了，她坐着坐着便蜷到了床上，抱着被子静静地凝望他。他则端端正正地坐在桌前，一页一页地翻动她电脑里的东西。

从她的角度只能看到他的后背和他的后脑勺，他似乎永远都是这样一板一眼、严苛端正。她从来没见过他的双肩垮下来过，也从不曾见他塌过腰。

他的背永远挺得这样笔直，就不会累吗？他独处的时候也是这么端正吗？

想到这儿，她才突然察觉她跟他在这样一个画面里同框的气氛总是很奇怪，尤其她还是这么一副慵懒的样子，会不会显得很随便？可是分明是他闯到她房间来的啊……

她立马坐得端正了，还把睡衣拉整齐，可思维已经发散出去，再也收不回来。她忽然想到了为什么她会觉得这气氛很奇怪，因为这气氛和她脑海里存储不多的、关于父亲的某个记忆片段重合了，也算是她的童年里极少的温馨记忆之一。

记忆里的父亲晚上也常常扑在书桌上忙。妈妈要么说爸爸在算账，要么说爸爸在学习，让她别影响爸爸，然后搂着她坐在离爸爸不远的地方，手里拿个编织的东西，织一会儿后看看她或者看看爸爸。

那是一家人在一起才有的温暖和亲近。

想到这里，她捶了捶脑袋，觉得自己真是失心疯了，家人之间才有的气氛竟然联系到他身上，他可是一个对她有严苛警告的人。

“在发什么傻？”安静的空间里突然冒出一个声音。

她已经摸透了粟老师的套路，他要么不开口，开口必训她，她若是有胆子把刚刚想的说出来，一定会被训。她甚至已经想到他训自己的话：涂恒沙！我警告过你什么？

“我没想什么，就是想爸爸了！”她脱口而出，绝不能承认自己刚刚想的事和他有关。

如果他没有记错，这是她第二次看着他想爸爸了，到底是他长得格外老，还是因为……不，看她的样子，她其实才是那个什么都不记得的人。

涂恒沙已经看出他的脸色不妙了，以为暴风雨又要来临，服务员在这个时候拯救了她——门铃响了！

“我去开门！”她嗖的一声跑到了门口。

粟融归倒是大开眼界，以前总觉得形容人跑得跟兔子似的是一种略微夸张的说法，没想到还真让他看到现实版了。尤其她一头毛茸茸的头发乱蓬蓬的，穿着一身卡通睡衣就这么从他眼皮子底下溜过去……

这是一种什么心情？他设想了一下，就跟一只不知天高地厚的兔子在猎人面前蹦跶一样一样的……

服务员把餐车推进来走了，“兔子”狗腿地帮他把椅子挪到餐车旁，还请他坐下，给他倒了一杯水：“我之前烧的，还温着呢！”

好吧，如果真有这样一只成了精怪的兔子这般讨好猎人，猎人应该不忍心剥它的皮、吃它的肉或者把它制成腊兔。

涂恒沙一点儿也不晓得粟老师在想剥皮抽筋的事儿，在粟老师对面坐下：“其实酒店的面一点儿也不好吃，没啥味道，我煮的面条才好吃呢，得到我妈和越越认证的好吃。我就是不会擀面条，不过这并不影响我水平的发挥，就算方便面我也能煮出独特的味道。”

她自小就学着照顾自己和妈妈，复杂的东西做不来，简单的饭食就靠她自己评估，已达到炉火纯青的段位，比如鸡蛋汤、西红柿炒蛋、蛋炒饭……

粟老师端着一张脸：“所以，你是想煮面给我吃？涂恒沙，你好像又忘了，我们之间还没熟悉到你煮面给我吃的地步。”

她差点儿被面汤呛到，谁要煮面给他吃？她只是想聊天而已，算了，终归是她记性差，忘了粟老师有个特别的技能：聊天死。

她还是埋头吃面吧，她也有个特别的技能：好吃的她能吃饱了再吃三口，不好吃的也能吃三口后再吃个饱！

没办法，这是她从小养成的习惯——浪费可耻。

尽管这碗面味道不敢恭维，她仍然吃得很是欢快，以致粟老师产生了怀疑："这面……很好吃？"

"嗯。"她含着一口面拼命地点头，珍爱生命，远离聊天……

有时候人也是很奇怪的动物，听她这么一说，又看她吃得实在欢实，粟老师再吃面时也觉得……好像的确还凑合。

两人正在各自的碗里埋头苦吃，走廊里传来一阵凌乱的脚步声，还有这层房间门被挨个敲响的声音。

涂恒沙曾经是娱乐记者，好奇心、瞎凑热闹都是她的……嗯，"职业病"。她正想打开门看看发生了什么，她的房间门也被敲响了。

她刚想去开门，却被人一把拽住，一股大力将她往后一甩。粟老师的身影便从她身边掠过，抢在她前面到了门边，颇为小心地打开了门。

门外站着的居然是警察。

在出示警官证后，警察要检查他们的身份证。

他们把身份证和记者证都拿了出来。

"原来是记者！"警察将证件交还。

"是，我们在商量稿子的问题。"粟融归解释。

警察点头："打扰了！"

警察转身离开，涂恒沙从粟融归身后探了个头出来望向敞开的大门，只见警察带了好几个衣冠不整的男女从走廊上走过，其中就有她之前遇见的穿梅子色裙子的女人。

"又是你！这是第几次抓你了？今天是这个酒店，明天是那个宾馆！"警察的声音响起。

涂恒沙不知道这是在说谁，但是也确定了自己之前的猜测——这个女人是在做身体交易！

粟融归把门关上，转身就沉着脸训她："你这脑袋里都装了些什么？"

她蒙了，又怎么了？

"大晚上不管是谁敲门就开门是吗？你到底有没有脑子啊？"

好吧，她已经被粟老师训麻木了，完全自动过滤了他的指责，指着门小声说："那个人……"

"谁？"他蹙眉。

"就是那个女人！我们第一天来这儿的时候遇到的那个女人，穿梅子色裙子那个，被抓了。她……"涂恒沙有点儿不好意思说，但一想自己是记者，什么场面都见过，“她……是在卖淫……”

“嗯。”他表示自己看见了，也听见她说的话了。

“可是……我总有一种说不出来的感觉。”她的眉头蹙了起来。

“那还用说？”

所以，这天儿又聊不下去了！难道正常不应该说“你先说说”？她忘了，粟老师是绝对不会捧哏的！

她绕到他跟前：“粟老师，这个人我几乎每天见到，你不在这三天里，我就见了两次，她每次都低着头，穿着同一条裙子。”

他的目光看向她。

她于是明白了，这等同于粟老师在说——请往下说！

“我的直觉告诉我，这个人不是单纯的卖淫女，或者应该说她是不是有苦衷，她每次跟男人来宾馆都低着头，可见她自己也觉得这是一件丢人的事，还有她每次都穿着同一条裙子，是不是……没有第二条适合的裙子？”她赶紧说出自己的观点，生怕停顿一下粟老师就没耐心听下去了。

“所以你是闲得慌准备做另一个专题了吗？”他没有表露出丝毫有兴趣的样子，在电脑前重新坐下。

“不是……”她忙道，“我就是……就是说一下自己的猜测。”

“你想说她也许是迫于生活的压力去做错事？”

“对，也许她是不得已的呢？”难得粟老师肯跟她探讨话题，她积极地说道。

“涂恒沙你记着，我们这一行讲究的是证据，你的直觉还是让它赶紧睡觉吧。这个世界上没有谁活得那么容易，但对就是对，错就是错。”

“可是，这个世界也并不是简单的黑和白、是和非就能说清的啊，是非黑白之间的界限本来就是模糊的，它们之间还有一条灰色的线。人性也是复杂的，不是说谁做错了一件事就要完全否定这个人。”

“所以，我们的工作就是彰显黑白、明证是非。”

“可是你自己也说过，文章里不能有太多私人情绪，你的黑白论、你的是非观，那只是你的东西。你怎么保证你的就是正确的，别人的就是错误的？那只是你的私人观点。”

他回头看她：“身为一个记者，连正确的是非观都没有的话，你是不是该回炉重造了？再说咱们没有人审稿吗？”

涂恒沙觉得他的言论和他的为人一样冷硬无情。涂恒沙想起了葛云，她也是一个犯错的女人，但目睹了那场没有人权的打骂后，涂恒沙心里对葛云也有诸多同情。

“你看到葛云的事了吗？”她问。

“嗯。”

“你怎么看？”

“值得同情，但错了就是错了。”

比意料中的答案好了那么半点儿，她还以为会听见他这个超级大直男说出葛云婆婆那套说辞。她也承认葛云这事儿做得不对，但葛云也的确是个可怜人。

“如果是我……”他忽然又开口。

“什么？”

“没什么。”他又不说了。

“什么呀？”

他看着她：“如果是我……明知不能呵护或者保护一个女人，那就放手。没有希望地纠缠比残忍地放弃更残忍。”

她还是第一次听粟老师说这么感性的话，震惊得眼睛都直了。

他说完之后反而有些不自在，挥挥手说：“你早点儿回房间去睡觉！”

可这里明明是她的房间，粟老师糊涂了吗？

她不知道自己后来是怎么睡着的，本来她在床边坐着，后来就迷糊了，偶尔能隐约听见键盘敲打的声音，可这并没有让她清醒。

她醒来的时候看了看手机，早上六点的房间安静异常，好像昨晚的键盘声都是在梦里。

她坐起来才看见趴在桌子上睡着的人，原来他也是会累的，也是会弯下脊背的……

她悄悄地下床，抱起被子，把被子轻轻地搭在他的肩膀上，而后轻手轻脚地去了洗手间。

他却猛然抬起了头。

当他是死的吗？这么重的一床被子压下来他还不醒？

可是这话他也骂不出来，甚至没有在她盖被子的时候“醒”过来。

四年级以后就再没有人这样待过他。那年小狗被打死后，他生了一场病，高烧烧得迷迷糊糊。家里给他请了医生，也开了药，可是药是他自己吃的，夜晚做噩梦醒来后被子掉在地上，也是他一个人默默地抱着枕头哭。那时候他的母亲在陪着粟融星睡觉，因为怕吓着粟融星。

他理解她，可是也只能理解她。

涂恒沙从洗手间出来的时候，房间里已经没人了，被子被放回了床上，还铺得整整齐齐的。

她顺手打开电视看今天的早间新闻，本地电视台正在报道——昨晚公安扫黄，抓捕了数名卖淫女。屏幕上对抓捕的人打了码，但她还是一眼就认出了那条梅子色裙子。

她的手机恰在此时响了，是粟融归打来的电话。

“下来，我们换酒店！”粟融归简单命令后就挂断了电话。

她没有时间也没有问原因，快速收拾好东西就下去了，粟融归已经站在酒店外等她了。

“为什么？”她背上背包问道。

粟融归毫不客气地把设备往她身上一挂：“酒店停业整顿。”

“哦……”本就是她自己的东西，她一点儿没觉得粟融归这么做没有绅士风度和不懂得怜香惜玉。

他领着她去了县里最好的一家酒店，入住后仍打算出门。

“你去哪儿？带上我不行吗？”她追着疾步行走的他。

“不行，你好好在房间待着！”

“那你这些天到底采访得怎样？能说说吗？”

“回来跟你说，如果你比棒棒糖更乖一些的话！”他进了电梯，临走还甩下这么一句话。

粟老师不带她，她只好自己想办法。

这一回，她想到去医院采访一下医生，以便对这个病有更多了解。

她本想到医院后再约具体的采访医生和采访时间，然而到医院后什么都来不及做，就听见救护车鸣叫着驶来，并且停在了急诊科前。

她看见从车上下来的人是葛大婶……

她心里一惊，立时奔了过去。

眼看一群医生护士簇拥着一张病床进了抢救室，眼看着葛大婶哭着被拦在抢救室门外，她跑上去看着紧闭的抢救室，也不知道该问什么、该不该问……

涂恒沙扶住了葛大婶，递给她一瓶水。

葛大婶抬头看是她，倒在她臂上大哭，这一回，是连水都喝不下了……

“姑娘，姑娘啊……我家葛庄这回怕是挺不下去了……吐了一盆的血……一盆啊……”葛大婶哭得上气不接下气。

“上回我看他还行呢……婶子您别急，您先坐下，等下葛庄出来，您还得存着力气带他回家呢。”这种时候，她觉得自己劝慰的话都十分贫瘠，也只能陪着葛大婶暗暗祈祷葛庄没事。

葛大婶哭着道：“今儿早上……就是今儿早上看电视新闻……看见他媳妇……”

说到这里，葛大婶忽然住了嘴，接着继续大哭起来。

说了一半的话突然打住，涂恒沙今早也是看了新闻的，突然那个身着梅子色裙子的女人出现在她的脑海里，可是马上又被她驱逐出去，不会的、不会的，怎么会？自己实在太会脑补了，得臆想症了吗？

等待的时间很漫长。

但结果总会出来……

当医生从里面出来，摘下口罩，抱歉地对葛大婶摇摇头时，葛大婶惨叫一声，晕了过去。

涂恒沙看着医生的白大褂上那一片鲜红的血迹，一句话也说不出来。

当天回到宾馆，她坐在房间里发了很久的呆，那个咳着喘着的青年，提起媳妇眼里有光的青年，曾说过要快点儿好起来去照顾媳妇的青年，就这样从这个世界上消失了……

天黑的时候，粟融归还没回来，她不想一个人待在宾馆房间内，就在门口等他。

他说过，如果她像棒棒糖一样乖的话，回来就告诉她采访的内容。

虽然他总是很凶，说话却是算数的。

楼道里有个小沙发，她站累了的时候，就蜷缩在沙发上。

粟融归回来时，一出电梯就看见这么个人儿。本就小小的一个人，缩在沙发里时更小了，她看见他的瞬间，眼睛里迸发的光芒当真跟棒棒糖看见他时一样——就像看见了亲人。

他皱了皱眉。他到底做了什么能让她产生这样的错觉？他怎么可能是她的亲人？

但他避都避不了，她已经跑了过来，跑到他面前，仰着头看着他，眼睛湿漉漉的，好像下一刻就要掉眼泪。

他暗暗叹了口气，一如既往地板着脸说："说你要像棒棒糖一样乖，你还真跟棒棒糖一样啊？"

她站在他面前，低下头，咬着唇。

情况好像不太对。

"怎么了？"他想象了一下棒棒糖眼睛湿漉漉地朝他奔过来的画面，到底没有再凶她。

"我一点儿也不喜欢来晨江后这两次大的采访任务。"她吸着鼻子说。

他打开房间门："进来说吧。"

她跟在他身后进去，望着他宽阔的背，那种熟悉的感觉又来了——她等了这么久，就是等他回来告诉他一声，今天一点儿也不好。

她在他房间的沙发上坐下。他拉了把椅子，坐在她对面："今天去哪儿了？见到了什么？"

"他死了……"涂恒沙捧住小茶几上的空杯子，"我不喜欢看人死，特别不喜欢……"

"谁死了？"他从她手里把杯子抽出来，想倒杯水给她，发现房间没烧热水，只好作罢。

"葛庄啊，吐了很多血。上次阿瓜牺牲，我也难过了很久。我最怕看着人死了，在病痛和生命面前，人是如此的渺小而无助。我几乎是眼睁睁看着他们没的，而我什么也做不了。这种感觉一点儿也不好……"她又去捧杯子，却捧住了他还没从杯子上撤走的手。

他的手一僵，倒也没抽出来，反而是她自己，察觉后缩回了手。

“涂恒沙。”他也收回了手，坐直，“所以我们才要努力让更多的‘葛庄’免于同样的命运。别说我们什么也做不了，我们的力量的确有限，但即便是萤火之光，也要将这光燃到极致，让更多的人看到希望。”

涂恒沙听着，仿佛也看到了希望，虽然仍然为葛庄的去世难过。

“你这几天到底怎么样？上次连续三天都没回来，是进展得不顺利吗？”她问。

“嗯，是不太顺利。孙玉林一直找不到，以各种借口不接受采访。”他看了她一眼，明白她不知道孙玉林是谁，“孙玉林就是金海矿业公司总裁，是柳下村村主任的小舅子。”

“那你去柳下村找村主任了吗？”

“找了，这几个村的村主任我都找了，金海公司也派了部门经理出来应对我的采访，还带我参观了矿山和公司。”

“结果怎么样？”她看粟融归的脸色就知道情况不怎么样了。

“结果一切看起来都没有问题，孙玉林的公司设备合格、工艺走在行业前端、防护措施比较完善、个人防护用品发放到位，每周还组织工人开会学习安全生产和健康知识，工人还有定期体检。村主任也表示村里出现这么多尘肺病人，他作为村主任很心痛，还说如果这个责任是孙玉林的，他一定不会包庇，准保会叫孙玉林负起责任，但孙玉林跟这批病人没有关系。他说孙玉林是三年前才接手的，这批工人跟孙玉林的公司没有劳动关系，他们的劳动合同都是跟前一个公司签的。孙玉林来接手时这些人已经离开矿山了，即使有一部分留下来，后来也都慢慢离开了矿山。出于人道主义考虑，孙玉林还给了补偿。总之按他们所说，孙玉林是个大好人，金海公司是良心企业，得病的工人纯属无路可走，才在无理闹事。”

“矿山还有工人？柳下村不是已经谈矿色变了吗？”

“有！”他沉默了一会儿，“还不少。”

“都是周围村子里的人吗？”

“有周围的，也有外面来的。”粟融归的眉头习惯性蹙起，“我总觉得这一切都过于完美和完善——无懈可击。”

“你是说过于完善反而会让人觉得粉饰太平吗？”涂恒沙斜着眼看他。

他没留意她眼神里的意思，嗯了一声回应。

涂恒沙撇撇嘴说：“你自己说的，咱们这行讲究的是证据，不是直觉。”

他一愣，眼神渐渐变了。

她迅速蹿出老远。

他坐在原地，看着她动如脱兔的行为，索性双手抱臂打量她。

她伸手在他们之间一划，好似这样便划出个楚河汉界来：“你……你自己说的啊！”

他不说话，仍是这样看着她。

“那……我……我们来谈谈之前那家公司吧！”她赶紧转移话题。

“之前的采烨公司已经在孙玉林接手之前宣告破产，负责人赵烨早已不知所终，我这几天还去寻找这个人了。”他暂且……放过她了。

“那接下来你打算怎么办？”她隔着“楚河汉界”问他。

“你过来说。”

她摇摇头，坚决不肯。

“过来。”他还招招手。

她愈加坚定地不过去。他那个样子，完全就跟逗棒棒糖一样！

“你回来了，那我就回房间了。”好像她在他房间门口发了这么久的呆，就是等他回来一样。可是，真的就是等他回来呀……

“不难受了？”他的声音从身后传来。

“嗯！”她的脚步顿了顿。

其实她想说：看见你回来，跟你聊聊，就没那么难受了。

不过，她不会再这么说了，因为粟老师不喜欢。于是她回过头，脸上有着故作的轻松：“我想着，我这会儿去美美地吃一顿，就不会难受了！嗯……还要去买些糖，我的糖吃完了！”

对啊，一定是今天糖吃完了，她才觉得特别难过，以至于要来等他。所以他也有糖果的功效？

她偷偷瞟了一眼粟老师，马上闭上眼睛。怎么可能？他那张板着的脸应该只会倒胃口吧？怎么能跟香香甜甜的糖果比？

粟融归见她一副辣眼睛的表情，还以为自己衣冠不整呢。他低头检查一番，发现并没有问题，脸一沉：“吃饭去。”

和粟老师单独吃饭，若是初来晨江的涂恒沙一定雀跃不已，但现在……她觉得这并不是那么愉悦的一件事。有一个随时会骂你的老师盯着你，谁也不能好好吃饭。

不过涂恒沙显然低估了自己吃饭的能力，到后来粟老师真的停下筷子盯着她了。

“粟……粟老师……”她反思是不是自己的吃相不太好看？

“没事，吃吧。”他重新拾起筷子，顿了顿，又加了句，“棒棒糖在食盆里吃狗粮的时候也跟你一样。”

她索性就当他夸她胃口好了。

结果矜持端正的粟老师的胃口也好了，多添了一碗饭！

两人回去的时候经过超市，涂恒沙还进去挑了糖。

“哎，你看，”涂恒沙惊讶地指着棒棒糖区，竟然看见了彩虹棒棒糖，“好多年没见了，还以为不生产了，你还记得……”

她的兴致忽然间败了下去，他当然不记得了，她真是白问……

“走吧。”她悻悻地前去付钱。

“不买？”他追问。

她摇摇头。她喜欢的是糖，并不一定非彩虹棒棒糖不可；就像她念念不忘的小许同学，没有他后她的生活也照样过。

粟融归站在她身后看着她坚定大步向前的背影，接起了一个电话。

正在排队买单的涂恒沙感有人拍她的肩膀，回头一看。

粟融归急切地对她说：“我要出去，今晚不回来，你自己好好待在房间里。”

她点点头，还没来得及说话，他就快步离开了超市。

冲着他这番模样，涂恒沙就知道，他没有将调查的内容全告诉她。她倒并非怪他，只是有些担心，记者有时候真不是一个安全的行业，尤其是掌握太多秘密以后。

涂恒沙再次走访了柳下村。

葛庄的遗体已经从医院拉回来了，村里正在办白事。

涂恒沙跟村民们聊起了采烨、金海前后两家矿业公司的事，也聊到了劳动合同和大家的伤残鉴定。

村民一聊到这些，话匣子就打开了。

“什么两家、三家，这个矿倒是有好几家公司掺和，但最终都是一条线上的，采烨公司的老板和金海的老板都是老熟人。”

“合同？我们都是老实人，哪里晓得什么合同？”

“原来倒是签过合同，那合同上写了什么我们也不懂，签完了就不知道合同去了哪里。我们找金海的老板要，孙玉林说那是采烨的事，他不知道，还说知道我们是金海的老工人，才让我们这些想留下来的继续做事，还说我们忘恩负义倒打一耙！”

“对啊，谁不知道这些人连同四个村的村主任都是一个鼻孔出气的，开矿的钱，几个村主任没有分到的话说出去谁都不会信！”

大家七嘴八舌说了很多，但都只是口头之言，没有半点儿实据。

“你看，那就是村主任，还在假惺惺地掉眼泪呢！”有人指给她看。

涂恒沙看见一个干瘦的中年男人，穿着也很朴素，正在灵前掉泪，还在安慰葛大婶。

“你看他穿得简朴吧，全是假象，他儿子其实在美国留学。”村民愤然地道。

葛大婶整个人都是蒙的，眼前是谁在跟她说话、说了些什么，她全都不知道，只有眼泪流不尽。直到村主任走了，她还在发呆。

当然，她也听到了葛庄之死的真正原因：被活活气死的，而且是被他的媳妇活活气死的。他在城里那个所谓打工养家的媳妇，不过是在当妓女而已，被警察抓了还上了电视，村里人都知道了。葛庄就是看了电视后吐了很多血……

此时原本还有些喧闹的灵堂突然安静下来，所有人几乎都往一个方向看过去。

涂恒沙也随着他们的目光往前一看，只见门口站着一个穿梅子色裙子的女人……

她还是穿着那条梅子色裙子，不一样的是，此时女人的头发散着，也没化妆，微黑的脸上颧骨凸出，十分憔悴。她的裙子还是脏的，一块块的污渍很明显，干瘦的手指紧紧抓着裙摆，整个人如同在风中颤抖的残花。

她一步一步走向遗像。遗像是葛庄健康时的照片，白净、微胖，笑容灿烂，看起来很干净。

她走到一半，看清楚葛庄的照片后却不再走了，扑通跪在地上，一头乱发披散，伏地不起。

“你给我滚。”一声炸雷般的怒吼声响起，只见葛庄的父亲葛大叔拿着一根扁担冲了出来。

这吼声把葛大婶都惊醒了，一看是她，顿时双腿一软，哭倒在地：“你怎么还有脸回来，你不是被抓起来了吗？你怎么不坐牢啊，杀人偿命，你害死了我儿子，你给我儿子偿命啊。你怎么可以这么不要脸？”

那边，葛大叔已经一扁担打在女人的背上，砰的一声，可见用了多大力气。女人的背顿时垮了下去，整个人蜷在地上。

涂恒沙想起了葛云，那个被赵家羞辱的女子，当初也是这般无助而麻木，而葛大婶在一旁心痛地哭。

今天的这个女人，怕是连一个为她哭的人都没有了……

扁担接二连三地落在女人身上，她却始终一声不吭，一如那天的葛云。虽然看不见她的脸，但她弯曲的身子和一动不动的模样，也如那日的葛云般绝望。

“打，给我狠狠地打，打死她，我们全家给她偿命就是了。儿子都没了，我们还活着干什么？”葛大婶吼一声，哭一声，与地上的女人沉默的绝望相对，是另一种绝望。

对于这种家庭伦理纷争，村民习惯了围观，也不便插手。可再这么下去，这女人真会被打死。

涂恒沙冲上去拉住葛大婶：“大婶，不能这么想啊，你们可不能就这么丢下葛云不管，葛云可怜着呢。没有你们的看顾，以后还不知怎么过日子。你看，你们俩还在，今天这个日子她都没来……”

如果上前直接劝人别打了，只怕会引起反感，她只能走曲线了。

葛大婶倒是被涂恒沙这话吓到了，似乎也是在这个时候才注意到自己家女儿没来。她也跟涂恒沙一样想到了那日被羞辱的女儿，再看到伏在地上一动不动的儿媳妇，好似幻化成了葛云，被赵家人拿着扁担脱光了打……

她流下了一串又一串眼泪，嘶哑着嗓子从喉咙里憋出一句：“老头子，别打了，让她滚，滚得远远的，再也不要出现在这个村子里。”

葛大叔打得狠了，一时还停不下来。葛大婶上前拽住他，哭道：“别打了……就当……就当为阿云积德吧……”

葛大叔的手臂僵在空中，他愣了愣，狠狠啐了自己的婆娘一口：“你还有脸提那个不要脸的！”说完他又踢了地上的女人一脚：“滚！滚得越远越好！”

女人趴在地上不动，还是涂恒沙将她连拉带拖地弄了出去。

农村人的白事没那么多讲究，就设在自家的堂屋和晒坪。涂恒沙将人拖出去以后，女人开始自己走，毕竟才被那般打过，走得很艰难。

涂恒沙不放心，一直跟着她，却见她走到了屋后。

屋后种着几棵梅树，她站在其中一棵树下不动，而后缓缓地靠在了树上。

伏天并非梅花盛开的季节，梅树枝叶碧绿，女人站在树下，干瘦的身体弯成一根老梅，与这树倒显得浑然一体。

涂恒沙没出声，女人却说话了：“我名字里有个‘梅’字。”

所以，这是她总穿梅子色裙子的原因吗?

“这第一棵树是他跟我结婚时为我种下的。我们俩虽然都是农村出身，也没上过大学，但是他很懂这些浪漫的事情。他说每年都给我种一棵树，等我们老了，这里就会变成一片梅花林，一定很美很美。到时候我们就带着孩子、孙子，一块儿在梅树下吃饭喝酒……”

这个美丽的故事被她干涩的嗓音说出来，就好像新的琴手拉着一把二胡，有着一种撕裂的美。这让涂恒沙屏住了呼吸，不忍打断她的话。

“平时要做事，为了方便，我不喜欢穿裙子。这条裙子是我嫁过来的第二年他送我的生日礼物，我就在生日那天穿过一次，我也只有这一条裙子。后来……”她瘦削的脸上滑下两行泪水。

人压抑到极致的时候总需要一个倾听者，有时候这个倾听者不必是熟人，这也是很多人愿意在网上向陌生人讲述故事的原因，反正彼此不认识，听过了也就算了。

涂恒沙这个职业，倒是使她成为一个非常合格的倾听者。

一个合格的倾听者知道该在什么时候给予回应，在什么时候保持沉默。而叫梅的这个女人，显然不需要得到回应。

“我的公公婆婆侍弄土地和一个小果园，他在矿上做事，我在县城里的餐馆打工。他病了以后就在家休息，地里只够自给自足，小果园这几年一直卖不起价，我在餐馆打工的收入也十分有限。健康的时候没怎样，总觉得明天充满希望，人一病，就什么希望都没了……有一次收工晚，我被一桌客人逼着喝了一杯啤酒，就一杯啤酒……”她闭上眼说不下去，眼泪哗哗地流，“后来我知道是好几个人……”

她紧咬着牙齿，整个腮帮都在颤抖。

涂恒沙咬着牙，眼泪也哗哗地流下，见她这样，上前扶住她：“不说了，别说了……”

“不……”女人的痛楚让她整张脸都扭曲了，“我想说，我这样一个女人，再不说以后也不会跟人说了……那一次在我醒来后，他们扔给我一笔钱，警告我不许去告……我知道这很不要脸……但我选择了收钱……不去告……再后来……”她停顿了好久，才啜泣着道，“再后来……人的心思一歪，就自然有人引着往歪路上走……我找到了一种比在餐馆打工来钱快的办法……他们都以为我在县里打工，阿庄常常以有我这样的媳妇为傲，很多次回家面对他充满歉意的脸，我都恨不得去死。我想向他忏悔，可我没有勇气……今天就在这棵树下，如果他的灵魂还没走，我跟他说声对不起，我只希望他下辈子健健康康的，遇到个好女人，再不要遇上我了……”

女人说完之后顺着树干滑下，蹲在地上抱着树哭。

涂恒沙站在她身后，找不到任何语言来回复她的这番哭诉，耳边回响的只有葛大婶的质问：为什么？这究竟是为什么啊？

两个人就这么在梅树下，一个蹲着、一个站着，一个哭得压抑、一个默默流泪。

“你……以后打算怎么办？”最后，还是涂恒沙先开口了。

梅跌坐在树下，抬起头，脸上满是绝望。

“离开这里，开始新的生活吧，到一个没有人认识我的地方。”

涂恒沙也蹲了下来，扶住她的肩膀。女人盯着涂恒沙的手，涂恒沙以为她嫌自己冒犯了，忙缩了回来。

梅却流着泪，满是自嘲：“你不嫌我脏吗？”

涂恒沙愕然。

“我都嫌自己脏。我穿着他送我的裙子去做最肮脏的事，你说我是不是天下最脏的女人？就是跳进村外的柳树河也洗不干净了……”

涂恒沙听她的语气激越，吓了一跳：“你千万别……”

“你怕我想不开？”女人一头撞在树上，“我还真想就这么跳进柳树河……”

“你……”

“可是我怀孕了……”女人突然又哭又笑起来，“我怀孕了……你说可笑不可笑……可耻不可耻……我还不知道孩子的爸爸是谁……”

涂恒沙这回是真的被惊到了。她一个未婚女孩，年纪轻轻，也没办法在这个问题上给出合适的建议。

“他还真是命大啊……我公公这么打我……他还稳稳当当的一点儿事没有……”梅捶打着自己的肚子，“我不知道打了他多少次……他就是不肯下来……不肯……”

涂恒沙被吓到了，赶紧抓住她的手：“你别，这样对你自己也不好……”

就算她不想要这个孩子，也可以去医院啊。

梅被她揪住手以后怔怔地看着她，流着泪问：“你说，我该不该留下他？”

这个问题真是太难了，不是一个外人能帮着出主意的，但是涂恒沙还是壮着胆子说了心里话："这个……我觉得……单身母亲很难……孩子长大以后要面临的问题也很多……其实对你来说……没有他，你重新开始也容易些……"

女人点头，目光竟有些狂乱："是……我也是这么想的。我都去医院了，可他……我这辈子就这样完了，我也不想再用自己的脏身体去祸害别人……如果把他生下来，是不是也能跟我做个伴？可是我又害怕，怕自己看着他，就等于看着自己的罪孽，你说我该怎么办？怎么办？"

"你……"

"你说怎么办？怎么办呢？"女人反反复复地问着这句话，好像陷入了无限循环的幻境再也出不来了。

"你……你没事吧？不如我陪你去医院？"涂恒沙小心地问道。

梅一听"医院"两个字，马上一惊："不，我不去打胎，不去……"

"不，我们不去打胎，我只是……"

梅却不听她的了，自己艰难地站起来："我走了……"

听见这三个字，涂恒沙心里酸极了，扶住她问："你去哪里？我陪你去吧……"

梅摇摇头："我要去很远的地方，再也不回来了……再也不回来了……"

"可是……"涂恒沙有些不放心。

"我没事，就是挨了几扁担，没什么大不了，以前有些客人……"她没说下去，含着泪看着涂恒沙，"你是个好姑娘，我记得你。"

"嗯？"

"第一次在宾馆里，你偷偷看我，我也看到了你。我好羡慕你。"她眼里一片迷茫，"我和阿庄第一回也是这样，我害羞又欢喜地跟在他后面，那个时候多好啊……"

她甩开涂恒沙的手，踉踉跄跄地往屋前奔去。

涂恒沙追上去，可一个拐弯，就看不到她的踪影了。

对于村里的地形，涂恒沙远没有她熟悉，房子靠房子、树叠树，再加上篱笆庄稼地的，她找了一圈竟没找到，最后站在一块玉米地里，冲着天空喊："你要好好的，不管怎么样，都要好好的……"

她的喊声惊起鸟雀三两只，却无人再回应……

从此，她再也没有见过这个叫梅的女人。

后来的很多时候，涂恒沙会想起这个人，总觉得不见也是好的。也许她真的到了一个完全陌生的地方，开始了新的生活，有孩子陪着她，抑或没有。

第四章

愿与你从清晨，到日暮

涂恒沙都不知道自己是怎么回宾馆的，眼前总是晃动着一幅画：碧妆梅树，歪曲干枯的女人——梅背影倾斜，与横疏梅枝融为一体。

她在电脑里记下了今天的故事，想把这个故事说给粟融归听，而后下楼去大厅等他。

夜幕低垂，她没有等到粟融归，却等到了一个意想不到的人——柳下村村主任。确切地说是村主任和好几个她不认识的人。

看样子房间是开好了的，他们直接往电梯走去，途中还听见村主任叫另一个人的名字：玉林。

玉林，孙玉林，一直对粟老师避而不见的孙玉林！

"玉林，不是让你暂时别回来了，怎么你还跟赵烨一起回来了？"村主任说。

孙玉林、赵烨……烨？采烨公司的负责人？他们居然都凑到一块儿了！

孙玉林摆摆手，示意他们暂时别说话。

几人下了电梯进入房间，赵烨啐了一口："来了个记者，有点儿厉害，居然到处在找财务老于，我感觉怕是要出事！"

"老于不是早走了吗？他现在在哪里？找到了吗？"村主任一听眉毛都竖起来了。

"不知道，现在我们都不知道他去了哪里，所以才着急。"孙玉林掏出一支烟，点了半天没点着。

"你们几个呢？怎么看？"村主任问的是另外三个村的村主任。

而这时却响起了咚咚咚的敲门声。

"谁？"孙玉林凑到门口探问。

"服务员。"门外传来女人的声音。

“干什么？”

“送水。”

孙玉林正在火头上，的确需要喝水灭灭火。于是他先开了一道门缝，看见是一个瘦瘦小小穿着宾馆制服的姑娘后才开了门，姑娘手里捧着两瓶矿泉水和一个果盘进来了。

“水果是赠送的，请你们慢用。你们有这么多人啊？需不需要再来几瓶水？”服务员放下果盘和水问道。

“不用了！”孙玉林拿了请勿打扰的牌子挂在门上，“出去吧，不要再进来了。”

“好的。”服务员赶紧出去了。

门关上，门外的服务员快步走到拐角处的楼道，靠着墙壁松了一口气，快速脱去服务员的衣服。

假扮成服务员的人正是涂恒沙，她之前还有些担心，怕村主任在村子里见过她，现在看来是她想多了。葛庄的白事上那么多人，她也不曾在村民中露面，他又怎么会留意到她这样一个不起眼的丫头？

她看到这些人的电梯停在这个楼层后立刻跟着上来了，本来守在一旁想办法，恰好看见服务员上来送水和果盘，便使了个法子，替服务员把水送了进去，同时送进房间里的还有她的录音笔……

她不敢松懈，立即下楼，到前台在同一楼层又开了间房，拿着房卡便进了房间。

不知道这些人会在宾馆停留多久，她的房间在孙玉林的房间前面，他们要走，必须经过她的房间。她搬了把椅子坐在门口，把门打开一条缝，关注着门外的动静，同时发了一条消息给粟融归：“孙玉林和赵烨，还有村主任都在宾馆！”

粟融归回复得很快：“在房间里待着，一步也不要离开，不准贸然行事！”一条信息发过来后，他又追加了一条，“你的任何举动都有可能破坏我的计划，老老实实地待着就是帮了我最大的忙。”

她摸着下巴琢磨：这都已经贸然行事了可怎么办？难道她再去把录音笔拿回来？

此时，他又发了一条消息过来：“这一次我是认真的，你敢离开房间半步，我回来真的打断你的腿！”

她发现粟老师有时候也具备夺命连环 call 的特质。

而另一个房间里的谈话还在继续。

“那个姓粟的记者快把矿山翻个个儿了，不说矿山工人了，许多早八百年不干了的工人他都找到了，采烨从前的工头、管理人员都被他找过，被他不知从哪里查出老于这个人物来！”孙玉林悻悻地说道。

“这个人是《晨江日报》的首席记者，我跟你说过有点儿厉害的。”村主任皱着眉，“你们说，老于不见了人影，是不是被他找到了？”

“你问我我问谁？”孙玉林看向赵烨，“问你啊，当初老于不是你善后的吗？”

“还说这些有什么用？”赵烨狠狠地吸了口烟，“当务之急是我们的账！当初所有的账都是老于做的！虽然封了他的口，他也把账全部交给了我们，但是他的存在就是一个威胁！如果真的让那个记者找到他，是个大麻烦！”

“我已经让人在四处寻找老于和他的家人了，就看我们和记者谁先找到了。”孙玉林道。

赵烨吸着烟，惴惴不安地道：“你说，老于会不会还在怨恨我们，最后把我们都招出来？”

孙玉林很是气恼，瞪着他：“当初四家合伙做矿山，大家都相信你，让你当法人。你倒好，弄出事故就算了，出人命也就算了，还马马虎虎地留下这么多尘肺病人的后患！一个矿山给你做，你给我挖得跟蜂窝煤似的，我这几年全给你填窟窿了。”

赵烨很是无辜：“你也说了是四家做生意，当初你老婆也在公司里，所有决策都是大家一起定的，有些建议还是你老婆提的。比如事故发生的时候瞒着不报上去，这不是你老婆提的？你老婆不是和你在家商量后来提的？”

“你……”孙玉林气得说不出话来。

“行了、行了，先别窝里斗行不？”一个村主任站出来说，“当初咱们说好了是四家一起，那有什么事就四家一起面对，自己先乱了阵脚能解决问题？”

“是啊！”柳下村村主任也说，“还有当初那个事故，再也不要提了。本来就出了安全事故，你们还隐瞒不报，现在过去了就过去了，再捅出来没准要坐牢的啊！”

“不是我们想捅出来，如果被记者找到老于，咱们的底裤都要被人扒掉，你们别忘了做假账破产也是要负法律责任的！”赵烨抓着孙玉林的袖子很是慌张。

孙玉林气得一甩袖子，走到门口打开门往左右看了看，确定没有人之后，关上门咬着牙道：“我就不该接你的烂摊子。”

“孙玉林……”赵烨听了这话不干了，“话不能这么说啊，你接手这个烂摊子赚了多少钱你心里没数我心里还有数呢。再说了，你不接这烂摊子，你老婆没责任？谁还能跑得了不成？”

“怎么说着说着又吵起来了？咱们不是来吵架的，不是说好来商量对策的吗？”其中一个村主任说道。

“还有什么对策？关键就是老于啊，找到老于，想办法堵住他的嘴。你们最后一次知道老于的消息是什么时候？”孙玉林问。

大家都不说话了。

“别告诉我是三年前？”孙玉林生气地道。

“就是三年前……事情一了，谁还愿意再看到他，欠他一条人命呢！”赵烨嘀咕。

几个人都不说话了，闷着抽了会儿烟。

“去找吧，都去想办法。还有当年那几个死在矿上的工人家属，只怕他们拿了钱还要反水。”孙玉林挥挥手，“都别浪费时间了，那个记者在满世界找我，我就不出去了，先在这里休息一个晚上。你们有了信告诉我，我找时间走。”

“也在找我，我也不出去了……”赵烨说道。

孙玉林鄙视地看了他一眼：“出息！”

涂恒沙一直惦记着她的录音笔，也惦记着屋子里的几个人，守在门口不敢离开。直到听见走廊传来几个男人的低语，她分辨出其中好像有柳下村村主任的声音。估摸着几个人从她的房间门口过去了，她才将门多开了一点儿，探出头去看。果然看见村主任和三个男人的背影，只是不见孙玉林和另一个人，她猜测是赵烨。

这两人还在房间里，她怎么拿出她的录音笔？不可能再装服务员去服务了，人家挂了免打扰牌子，而且没有任何要求，唯一的机会就是明早打扫房间。

她正琢磨着，手机忽然振动起来。

屏幕上居然是粟融归的视频邀请，成天冷着脸，跟他说句话像管借他十万块钱似的粟老师居然会和她视频？

她战战兢兢地颤着手接通了视频通话。

为啥颤抖？她怕啊，怕对面是不明生物，毕竟这太不符合粟老师的风格了。结果，屏幕上还真出现了他的大头。

“粟……粟老师……”她都吓得结巴了。这比她刚刚进去放录音笔还吓人！

“在房间？”他在那边问。

“嗯……”她还举着手机在房间里转了一圈，展示给他看。

“嗯。”

然后他就不见了，屏幕也黑了……

这倒是挺符合他的风格，只是，他这么看看她是为啥啊？

粟老师发来的消息给她解了惑：“我查查岗，看你有没有遵守纪律。”

原来他还是怕她乱跑破坏他的计划。

他又发来一条消息：“今晚我不回来，你自己要小心。”

她赶紧回复：“好。”

她还送上一个乖乖的表情。

结果换来他的斥责：“工作交流，不许发表情！”

她发了一个省略号。

然后粟老师给她上了一课：“有话就说，省略号此处使用不妥，身为一个文字工作者，需要我帮你复习复习省略号的用法吗？”

她简直要翻白眼，快速打了几个字：“粟老师晚安，另外我是摄影工作者！”

就此终结聊天吧。她还有一句话没告诉他：谢谢酒店，每个房间都长得差不多！

她将手机甩去了一边。

的确有些晚了，房间里的两个人仍然没出来，她不敢去床上睡觉，万一他们半夜走了呢？幸好她有原来当娱乐记者时通宵蹲水泥管道盯人的底子。她就打算趴在门边盯梢了。

早上七点的时候，她听见咔嚓一声轻轻的关门声。有点儿迷糊的她瞬间清醒，走廊上随即响起轻微的脚步声。她还是等脚步声经过门前以后，打开门悄悄一看，果然是孙玉林和另一个跟他年纪相仿的男人走了。

她庆幸自己还留着昨天的服务员制服，立马换上了。

不多时，她看到一个服务员往孙玉林他们的房间去了。她从容地出门，也跟着进了房间："哎，查房呢？他们忘了点儿东西，让我上来拿。"

"你拿吧。"服务员忙着收拾床铺，没有起疑。

不是一个部门，职员又新旧不断更替，服务员也有不认得的员工。

涂恒沙轻轻呼了口气，取了之前藏着的录音笔就快步走了。

接下来她把自己关在房间里听录音，录音笔并没有清晰地把每个字都录下来，有些内容还模糊不清，但仅有的内容已经可以说明很多问题了。

她开始给粟融归打电话。而已经下楼的孙玉林和赵烨却在这时返回，孙玉林边走还边埋怨赵烨："你说说你能成什么事？这么大的人总是丢三落四，当初我们是瞎了眼选中了你。"

"行了，少说两句吧。"赵烨理亏，也无法反驳。

两人回到房间，服务员还在打扫，回头一看脱口而出："回来找笔的吗？刚才有同事给你们拿下去了。"

孙玉林和赵烨对视一眼——找笔？

两人立刻感到了不对劲，孙玉林道："知道，我们还落下了充电器。"

他使了个眼色，赵烨迅速拿了充电器。两人从容地走出房间，一迈出房间门后两人就狂奔起来。他们以最快的速度冲到前台，孙玉林问："你们有没有一个个子瘦小的服务员？"

前台很蒙地说："这样的人很多啊！"

孙玉林急了："你们客房服务的有多少服务员，都拉来让我看看！"

"先生，这……不合理。"

从来没有客人提出这样的要求。

"我们丢了东西，现在怀疑是你们的客房服务员偷走了。"孙玉林沉着脸威胁道。

"这……那可以叫保安，也可以报警……"

"来不及了，我们要赶飞机。有人进入过客房，我认识的，你让我看看有没有这样的服务员就行！或者你告诉我，昨天是哪个服务员送水去七一二房间的。"孙玉林态度愈加强硬。

这个要求前台还是满足了他们，打电话问过客房部后，很快一个矮胖的服务员跑了过来，承认是自己，但是她的脸上一片慌乱。

这明显就不是之前进房间的那个服务员。

“既然是你，为什么后来换了人，那人是你们酒店的吗？”孙玉林喝问。

“不……不知道……”矮胖服务员低下头，脸涨得通红。

孙玉林本就是人精，还有什么不明白的，想了下，从手机里找出一张照片给前台看：“这个人，见过吗？”

“见过……”前台点点头，“住……住我们酒店。”

也许是酒店现在出了错，也许是被孙玉林吓着了，前台忙不迭地点头。

孙玉林一下就找到重点了：“他是一个人还是跟人一起？”

“和一个女孩子，”前台恍然，“就是一个个子瘦小的女孩子！”

孙玉林眯了眯眼，眼睛里闪过一股狠意：“住哪个房间？”

前台总算找回了节操，摇摇头：“我们不能泄露客人信息。”

孙玉林正要发火，赵烨拉住他的胳膊缓缓摇头，目光朝矮胖客房服务员一斜。

两分钟后，孙玉林和赵烨重新出现在七楼，朝其中一个房间奔过去。

“就是这间。”赵烨指着房间门牌。

孙玉林一咬牙，狠命一脚踹开门。

门内响起一声椅子倒地的响声，门应声而开，两人冲进房内，目之所及并没有看到人影。

两人把每个可以藏人的地方都搜了个遍，也没找到人。

孙玉林气得一拳砸在桌上：“蹚过了大江大河，在水沟里翻了船！”

“怎么办？”赵烨很紧张，如果那支所谓的笔真是什么录音笔，那真如孙玉林所说，他们的底裤就要被人扒了。

“不惜一切代价也要找到她。”孙玉林咬牙切齿地道。

此时的涂恒沙已经跑出了酒店，上了辆出租车，跟师傅说去柳下村。

多亏她机警，在房间里刚要给粟融归打电话就听见有脚步声传来。她到门口偷瞧，果然是那两人回来了。她关上门，电话也顾不得打了，当听到门外两人急奔的脚步声就知道大事不好，趁着他二人下楼还没再次返回的间隙，迅速离开了酒店。

她当下第一件事就是通知粟融归！

她先把录音文件备份上传，然后传给了粟融归，并且立即拨打他的电话，现在只祈祷他快点儿接！

“喂？”

耳边传来他的声音，她终于松了口气，情急之下也顾不得喊粟老师了，“小许”

二字脱口而出："小许，我给你发了个录音文件，你确定一下收到没，再看看能不能打开。"

"你……"

"不，你暂时别打断我，马上看手机，我发消息给你。"她挂了电话，飞快地在手机上输入："里面有几个村主任、孙玉林和赵烨的谈话录音，我已经听过了。矿山一直是这几个人在做，几年前应该是发生了安全事故。他们隐瞒不报，还做假账让采烨公司顺利破产，赵烨从台前走到了幕后，换了孙玉林到前面来，但他们的利益一直是绑在一起的。你现在一定要确认你收到文件而且文件正常，有任何问题立刻打电话跟我说，我再发一次给你。如果在线传送实在有问题，我的电脑和手机里都有备份，但是现在我要找个地方把电脑藏起来，我怕他们找到我……"

她打一句发一句，刚发到这里，手机响了。

"你做了什么？现在又在干什么？"他的呵斥声传来。

"我给他们录了音……现在……现在……在出租车上……准备去柳下村……"她猛然想起他的纪律，顿时结巴起来。

他果然怒了，训斥声震得她耳膜颤抖："涂恒沙，你脑子有问题，耳朵也有问题了？我跟你说过什么？纪律呢？你全忘了，还是没听见？"

涂恒沙觉得，再被他这么训下去，耳朵真要出问题了……

"别说这些废话了，现在最重要的就是，我把证据传给你了。你先确认一下，我想想……我先把电脑藏在柳下村，如果你的音频文件打不开，就去柳下村找电脑啊。"

"你去哪儿？"暴喝声再次传来。

"我说了去柳下村藏电脑啊！对了，我得分开藏，我把地点发给你，然后我自己另外找地方待着，到时候再联系你！"她把电话挂了，发消息给他："录音笔我藏在葛家房子后面的第三棵梅树底下，电脑藏在赵家屋后的大柴堆里！"

她想着证据和她必须分开，否则万一她被找到，证据也就保不住了！

然而她刚发完消息，司机就来了一个急刹车。

涂恒沙的头撞到前排座椅上，抬头一看，只见车已经在去往柳下村的路上，郊区路窄人少，挡在车前的是几个混混。

她预感到不妙，以最快速度给粟融归发了一串数字——她乘坐的出租车车牌号，告诉他她已遇险，然后飞速发了个定位给他，并且一键删掉了和他的消息记录。

她刚做完这件事，混混已经围上来强行打开了车门。

涂恒沙手里的手机瞬间被抢走。

她很明白现在的形势，就算她和司机两人一起反抗也打不过这几个人，更何况司机并不是那么勇敢的人，已经在车门打开的瞬间举起了双手。

"就是她，下车吧，就不要让哥们动粗了。"一个混混看了看自己的手机屏幕，说道。

涂恒沙猜测孙玉林在本地也算得上地头蛇，但没想到这么厉害，居然搞到了自己的照片。

她用余光看了眼电脑，顺从地下了车，把电脑遗留在车上。

一下车，她就被那几个人控制了，完全无法抵抗地被拖上了一辆面包车，并且被绑了起来，还被封住了嘴。

只是她没想到，那几个人还把司机也拎了下来，同样绑了手脚，同样封了嘴。

面包车所走之路越来越偏僻。她生平还没遇到过这样的事，不是不怕，但还是不断地给自己壮胆——现在是法制社会，他们总不能把她怎么样，不过是逼她交出东西罢了！

车行驶了许久，一直开到矿山，那些人将她和司机揪下了车。

她呼吸一向敏感，一下车就感觉到这山里的空气跟外面不一样。

她被扔进了一间废弃的工棚，仍然被绑着手脚，司机却不知被他们带去了哪里。

木头的工棚里连地板都没有，直接建在矿山上，铺了一层干稻草，除了几件男人的脏衣服，别的什么都没有。空气里充斥着一股臭味，有一扇小窗被几根木条钉死，透过木条间的空隙可以看到外面被割裂开来的灰白色天空。

她被推进工棚的那一刻，那几个混混就把门给锁上了。外面不时有人说话，证明他们一直在看着。

她的手脚都不能动，一时间她也没想到逃离的办法，屁股底下硌得疼，她挪开些一看，是几块石头。

不知过了多久，门开了。她坐在地上，看着投在地面上的长长的人影，抬头一看，孙玉林站在门口。

孙玉林这个人长得人模人样、文质彬彬，乍一看会以为他是个斯文的读书人，但他此刻背光站着，阳光被他的身体挡在门外，整个人罩着一层幽暗的阴影。涂恒沙莫名感到一阵阴寒之气。她下意识地缩了缩身体。

“姑娘，别怕。”孙玉林抬脚走了进来。

涂恒沙没有说话，被胶带封着嘴，也不能说话。

孙玉林招了招手：“让她说话！”

抓她的混混上前，撕去了她嘴上的胶带。

孙玉林便在她面前蹲下了，啧啧两声：“我说你这是何苦呢？娇滴滴的小姑娘不好好在办公室坐着吹空调，不好好地嫁人享福，跑到这里来受这份罪！”他回头又对那些混混说：“你们也是！我是怎么跟你们说的？要你们把记者同志请过来，用请的，你看看你们，这么粗鲁。这可是我的客人，惹得我的客人不高兴了，我也就不高兴了。”

“是，老板。”混混们默契地回答。

孙玉林对涂恒沙一笑："这样吧，我这个人一向讲道理、通人情，你这么千里迢迢、费尽心力，还担惊受怕地拿到录音也不容易。我们做企业的尊重所有人的劳动付出，你的录音笔已经在我手上了，你再给我你的账号，我将你十年的工资打到你的卡上以尊重你今天的劳动，怎么样？"

涂恒沙是连人带背包被抓来的，录音笔在背包里，背包已被他们抢走，所以毫无疑问，录音已经落到他们手中。只是不知道粟融归收到的文件是否有效，也不知道他是不是已经找到出租车拿到了电脑。

孙玉林已经拿到了东西，却还要给她钱……

她倒是相信他的话是认真的，这笔钱不过是给她的封口费，让她从此闭嘴，再也不提此事。

她只当不懂，也不表态，看孙玉林要如何。

"呵呵……"孙玉林笑了笑，"你们这些文化人啊，都狡猾，我不知道这个录音你到底复制了几份，我也不想知道。左右你说的没有实话，我只是给你提供一条你好、我好、大家好的路，你嫌钱少我还可以再加，哪怕你让我孙玉林养你一辈子都可以……"孙玉林说到这里，眼神带着莫名的意味在她的脸上打量，末了还轻佻地用手指挑起了她的下巴，"你这样清秀又勇敢的小姑娘，我还真有点儿兴趣……"

涂恒沙只觉一阵恶心，用力地扭开了头。

孙玉林便笑得更肆意了："不过我也不喜欢强迫人，你不如考虑和我交个朋友，双方获利。天气预报说今晚会下雨，我这矿山上没准会发生山体滑坡什么的，美丽女记者为了调查矿山尘肺病也许就死于意外，以身殉职了……"

"你这是威胁我？"涂恒沙没料到这人如此大胆，竟然还想杀人灭口。

"不敢。"孙玉林笑道，"其实说白了，第二条路对我来说更有利，一了百了、永无后患，但是……我这个人比较珍爱美好的事物，说风雅一点儿就是怜香惜玉，这么个美人就这样和这矿永远在一起未免可惜了些……"他站起来在她面前踱来踱去，"当然，你也可以选择假意顺从我，我放你走了之后再出尔反尔。不过我相信聪明人不会这么做的，我们混江湖的最讲究信用，背信弃义的下场是很惨的，而且对付这种人的法子……那我们可多得很，绝对是你一个娇滴滴的姑娘想不到的……"

涂恒沙只觉得这个人可怕极了，笑里藏刀、阴狠狡诈。她这辈子都没遇到过这样的事，饶是她再如何强撑也是脸色发白。

"呵，我还是吓着你了。"孙玉林笑了，"不急，你可以再考虑一下。既然来我这儿做客，我总得尽地主之谊，山里没什么好东西，粗茶淡饭别见笑。不过你考虑的时间也不能太长了，得在晚上下雨前想好，不然山体滑坡时间到了，我可就没法子救你了……小姑娘，我是怀着极大的诚意来和你谈合作的，希望你不会让我失望。"孙玉林说完转过身吩咐："好好招待，不能得罪，你们亲自喂她吃，让她感受一下我们山里人的热情好客！"

涂恒沙简直想啐他，什么热情好客，还不是要绑着她怕她跑了，还“山体滑坡时间到了”，山体滑坡难道还能预约？

孙玉林走了，有人端了饭进来，当真喂给她吃。

她没有拒绝，孙玉林留给她时间考虑，她在这段时间里得养精蓄锐，想想法子。

赵烨在外头站着，里面的动静都听得清清楚楚，见孙玉林出来便有些不满：“干什么留着这个后患，放她走你真的放心？不如……这山里神不知鬼不觉，谁也不知道……”

赵烨做了个手刀。

孙玉林对赵烨很是不耐烦，转头瞪着他：“你去动手？”

赵烨一怔，先露了怯：“我……我……”

“窝囊废！”孙玉林恨声道，“不过一个年纪轻轻的丫头，就能把你吓成这样！现在关键是姓粟的那个记者，已经有确切的消息传来，你的好财务老于已经被他找到了。当务之急就是留着她用来制约姓粟的，解决了姓粟的，一个黄毛丫头还不好解决？”

“那……姓粟的会来？”赵烨担心地问道。

“来不来都无所谓了，反正我已经放了话出去，高价废了姓粟的和老于。他来，我就在这里废了他，他不来我就在外面废了他。但只要这个黄毛丫头在我们手上，总多一个控制他的筹码。”孙玉林凌厉的眼神闪过狠意，“这条路，从几年前你隐瞒不报矿山的事故开始就不能再回头了。你不想吃牢饭，就收起你的
屃样！”

涂恒沙被关在工棚里是不知道具体时间的，孙玉林给她的最后限期是今天晚上。时间紧迫，她一直都在思考逃生的问题，被人喂饭的时候都在想，能不能放倒喂她饭的人？先不说能否放倒了，即便放倒了也走不出去吧。

她左思右想，都觉得要从这里跑出去太难，而在她冥思苦想的时候，她突然打了个喷嚏。

她怔住，有种遥远而又熟悉的恐惧感渐渐将她包围，在连续打了好几个喷嚏以后，她感觉鼻端有湿润的液体流了出来。

她想她必须得快点儿想办法了……

在这个什么都没有的工棚里，她连擦鼻涕都要像个孩子那样随意乱抹，总不能用男人的臭衣服来擦吧，她接受不了。她注视着地上的稻草、碎矿石和碎木条，脑中灵光一现，一个念头飞快闪过。她不知道这个想法是否能行，只能试试。她的手脚被帮着。她只能挪动身体，僵硬地用脚圈了一小堆稻草，然后在地上找到了两块小矿石，开始用矿石擦火。

这可不是一件容易的事，她被绑着的手反着擦本就不好用力，更何况这还是个“技术活”。擦了十几次没有反应，她扔了石头另外寻找，如此反复，至少擦了上百次，才终于将稻草擦燃。

她忍不住连续打了个好几个喷嚏，觉得可能真的有些不妙了……她加快速度，在地上的草堆里找到一些碎木片，用脚将它们和稻草架在一起，点了个小小的火堆，反手开始用火烤绑着她的绳子。

原来被火苗舔舐的滋味这么疼！

她用力地撑开双手，尽量在两只手腕之间架出个空间来烤，但是火苗还是会烧到她的皮肤。

她咬牙忍着，实在忍不住的时候就挪开缓缓，而后再继续。怕燃起大火，她只敢在一旁空出一块儿地点燃这小小的一撮，眼看就要熄了，再加点儿草和木条，如此反复。

大颗大颗的汗水顺着脸颊往下淌，很多次她都觉得自己坚持不下去了，可一想到孙玉林的嘴脸，想到他扣着她的目的只怕和粟融归有关，她便坚定了信念。无论如何都不能让孙玉林得逞，不能等到晚上死于非命，她要活着，也不能成为粟融归的拖累，他会骂她的。

想到这里，她突然觉得委屈，此时此刻真正是生死攸关、烈焰焚烧了，她心心念念的居然还是他会骂她，可见这个人对她有多差。想着想着，涂恒沙觉得手上又疼得钻心，火苗好像烤的不是她的手，而是她的心、她的血、她的骨头。疼痛自腕间开始蔓延，她再也忍不住，一瞬间便哭了起来，偏偏还不敢哭出声来。眼泪哗哗地流，紧咬牙关也对抗不了这种疼痛，她狠命地咬住了自己的唇，好像咬得越用力就越能抵抗疼痛……

终于在她觉得这样的痛苦没有边际的时候，腕间力道一轻，有什么东西断了。

齿间满是腥甜的味道，她舔舔唇，血仍在往嘴里涌，不知道是呛的还是别的原因，她开始咳嗽。但她没有时间再纠结这些了，挣扎了几下，彻底挣脱了手上的绳索，举起双手一看，手腕上很大一块皮肤都烧伤了，各有一长串火燎的疱，严重的地方还露出了红肉。

难怪这么疼，她咳了两声，咬牙解开了脚上的绳子，先跑到窗户边往外看了看地形，然后将所有的稻草都归拢起来，全部引燃。

工棚里顿时燃起了大火，她躲到门后大喊："着火了！着火了！快来人啊！着火了！"

门立刻从外面被打开，她藏在门后，眼看着门外守着她的几个人一个不剩地全都冲进了工棚，往那一堆火里找她去了。她飞快地跑出门，并且顺手把门关上，扣上了锁扣。

接下来她便是不要命地跑。

这是孙玉林的山头，她也不敢走大道，净往偏僻的地方钻。山并不高，她却跑得有些吃力。

从打喷嚏、流鼻涕，到咳嗽，这是一个熟悉的流程，她心里有预感要发生什么，只能愈加拼命地冲，但渐渐有些力不从心。远远的，她已经听到山头传来的呼喝声，甚至能分辨出那是孙玉林的声音。

空气里的氧气仿佛越来越稀薄，她边跑边咳嗽，眼前的路全都在晃动。她怕，怕这条山路太长、太崎岖，她怕被孙玉林再抓回去。然而她最怕的还是身体里那个久违的小恶魔，让她根本就没有逃离的机会，随时将她击倒在这条路上，而她分明已经听见了小恶魔靠近的脚步声……

上天终究是眷顾她的，山下的公路在她模糊的视线里玉带一般晃动闪亮，她朝着那个目标拼尽一切力气奔去。

下山路不好走，她为逃避追赶选的又是偏僻小道，能跑的时候就跑，没路可跑的时候她就直接滚下去，就这样一路跑一路滚，终于一脚踏上了平地。

那一刻她已经咳得上气不接下气，仿佛有人紧紧锁着她的咽喉、压着她的胸，让她呼吸一口空气都变得很艰难。

她知道自己走不远了。可她必须继续跑，视线已经变得模糊，身上的衣服被汗水湿透，山风一吹，冷得发抖，双脚沉重得如灌了铅。可再沉重，她还得拖着脚步一直逃。她不能再落到那些人手里……

真的太难了，每吸进一口空气都像是最后一口，她捂着胸，意识也渐渐模糊起来……好像回到很小很小的时候，妈妈站在凳子上，把她自己挂进绳子里……

她看见一只胖乎乎的小手，手里捏着根彩虹棒棒糖，用稚嫩的童声在说："我奶奶说，难过的时候心里是酸的，吃颗糖就能变甜了……"

眼泪顺着脸颊往下淌，依稀听见一阵尖锐的汽车鸣笛，她便什么都不知道了……

医院。

粟融归的一只胳膊打着石膏，脸上、脖子上有多处血痕，在护士的帮助下穿上防护服走进重症监护室。

监护室的床上躺着上了呼吸机的涂恒沙。她还插着管，本就瘦小的身体这样躺着，平得如同没有了一般。

"她有哮喘病史，这一次在矿山粉尘过敏引起复发，情况有些严重，必须进重症监护室……"

医生曾这样对他说道。

医生还问他是她什么人，要叫家属来。可是到现在她住进监护室两天了，他还不确定到底要不要通知她的母亲。

她的脸上有多处刮伤，身上也是，两只手简直被烤成了猪蹄，不知道她在山上到底经历了什么！

他本就在回县城的路上，接到她的消息就马上往她定位的地方赶，赶到时只看见一辆停在路旁的出租车，车牌号和她报给他的一样，车里已经没有了人。

他当即报了警，然后自己驾着租来的车去找她。

这是个丁字路口，虽然他紧赶慢赶，但距离她发来最后一个语音消息也已过去了几个小时，这个时候她在哪里？她肯定不是去了柳下村，他在通往另一条道的路口找到了几颗糖，正是他陪她去超市买的，而这个方向是通往矿山的路。

他于是驾着车往这个方向追，从路口到矿山还真有些远，一路矿山连绵，他不知道孙玉林会把她藏在哪个旮旯里。

他对矿区其实还算熟悉，来了这么多天，找不到正主孙玉林，却用脚步丈量了各个山头，一路开车一路排查，经过一个又一个山头。

这么开过来太顺利，路上一点儿阻拦都没有，他便知道这样的顺利必然有陷阱，不过是引着他继续往前开罢了，那他便如孙玉林的愿往前开。

谁知道这个傻瓜居然能自己跑出来，还差点儿一头撞到他的车上，他被惊出一身冷汗。那时候他开得很快，远远看见一个摇摇晃晃的人便踩了急刹，可车还是滑出去很远，老天保佑没撞到她。

后来，便是一场硬仗。

那些人已经追上来了！他连叫救护车的时间都没有，抱着她就上了车，车门刚关上的瞬间，那些人就近在咫尺了。

他立即掉头往回开，车尾甚至还和他们的车碰上了。顾不得那么多，他一只手开车，一只手把平喘的药往她嘴里塞。是的，自她跟着他在这个县城下火车以后，他便备了哮喘药，还放了一些在她的房间里，她居然什么都没看到。

更糟糕的是，他开出一段路之后，前面有好几辆车来堵，他完全无法避开。他的车直接和他们的撞上了，挡风玻璃碎裂，车身遭遇重重撞击，他侧身将昏迷的她护住。

他一只胳膊剧痛，脸上头上也痛，但所幸她没有头破血流……

而这辆破车在撞成这样以后仍然可以开，就这样，他开着那辆破破烂烂的车在路上迎来了警察……

喽啰们都被抓了，孙玉林却没抓到，而他和她都躺进了医院。

“先生，时间到了。”

无数画面在他脑海里翻滚的时候，护士来提醒他。

他点点头，说了一声“谢谢”，走出监护室。

去往病房的路上，他从口袋里摸出一颗在她被绑的那个路口捡到的糖。

他捏了捏，剥开糖纸，将糖塞进了嘴里，用舌尖轻轻去舔。那是他小时候喜欢的动作，含一颗糖，慢慢地舔，甜味在嘴里久久不散。

这滋味已然阔别二十年。

“粟融归！”有人叫他。

他知道是谁，一口咬碎糖果，举目望去。粟融星站在病房门口，捧着一大束花，鲜红的玫瑰刺得他的眼睛微微一眯，他一口吞下嘴里的糖，一丝儿甜味也没感觉到。

“粟融归，你要不要紧？”粟融星飞快地跑了过来，想要抱他，隔着玫瑰花，她靠不进他的怀抱，同时看见他吊着的胳膊，大惊，“都这么严重了！”

她说着，眼圈马上红了。

“我没事。”他微微一笑。

“都这样了还说没事呢？”粟融星挽着他那只完好的胳膊，眼眶湿湿的，“还有你的脸会不会破相啊？”

“没关系。”他柔声说道。

粟融星往他肩上一靠：“就算真的破相，也……”

她说了一半没再说下去，偷偷瞟他一眼，抿嘴笑了。

挽着他进了病房，她把花插好，劝他：“你以后能不能别这么拼啊？家里人都担心着呢。你忘了那年你被人悬赏人头的事了？快把我吓死了！”

“我这不是好好的吗？”他躺回床上，指指柜子，“帮我把电脑拿出来。”

“还惦记着你的电脑。”粟融星虽然嘴上抱怨着，还是转身给他取了电脑，“我是认真的。粟融归，记者就是个玩笔杆子的，你又不是警察，早知道当记者也这么危险，当初我怎么也要说服你妈不让你干，就在自家公司多好。”

“你该在公司的。”他说。

“我不。”粟融星噘起了嘴，“就许你追求梦想，我就该在家吃闲饭吗？”

他示意她把电脑打开：“所以主编让你来，是让你劝我打退堂鼓的吗？”

粟融星愕然，最后笑了：“好了，当然不是，当我没说行了吧？对了，听说涂恒沙伤得很重，进重症监护室了？”

“嗯。”他的表情分明写着不想多谈这个名字。

粟融星笑了，还安慰他：“你就别生气了，她这个人就是这样成事不足，败事有余，带着她出来就等着被拖累吧，你的胳膊就是被她连累的吧？”

粟融归的眉头微不可察地一皱：“没，不关她的事。”

粟融星的笑容便收敛了：“是……是吗？”

“说正事儿吧。”粟融归将电脑搁在腿上，左手输入开机密码。

粟融星下意识地去看他的手指，他太封闭自己，电脑设密码、抽屉上锁、手机设密码，没有人能打开，他的心也是上了锁吧？

电脑开机的声音响起，粟融归的目光在她的脸上扫过。

她笑嘻嘻地撒娇：“我又没看见！”

“我把所有资料传给你，你先心里有数，就已有的调查写份稿。这件事里面还牵涉到孙玉林和赵烨隐瞒安全事故、做假账申请破产等一系列问题，这些属于刑事范畴，公安已经介入。你要跟公安配合，根据调查结果再做完稿。”他一边传文件一边说。

“是，我知道，我会去公安局的。还有，我能再去见见老于吗？”粟融星说起工作来也立即一脸认真。

“可以，但是……”粟融归蹙眉。

“但是什么？不信任我？”

“不是，我估计他已经藏起来了。”粟融归道，“当年赵烨的公司发生安全事故，死了四个人，其中就有老于的儿子。当时赵烨他们把事故瞒了下来，找到死者家属私了的，一人补偿了二十万了事，老于就是在这件事上对这些人有了疙瘩，后来他们暗地里又给了老于一笔钱封口。当年做假账的事也是老于一手操作的，所有的内幕他都清楚。赵烨的公司破产以后老于也就藏了起来，我下了很多功夫才找到他，也下了很多功夫说服他，才从他那里拿到资料。包括当年死的其他三个人的家属，我都去走访了，但这对老于来说更不安全了。现在孙玉林和赵烨不见了，老于出于自身安全考虑也会再藏起来。”

尽管粟融归只是轻描淡写，但粟融星已颇感惊讶：“好惊险，这个过程一定特别难、特别紧张刺激吧？粟融归，我真心佩服你，什么时候你能带着我一起做个类似这样的调查啊？太牛了！”

粟融归看了看她，没说话。

“好了，我知道，你们都怕我吃苦！”粟融星嘻嘻一笑。

“回酒店去写稿子吧。”粟融归道。

“不，我就在这里写，边写边陪你。”粟融星把自己的电脑抱了过来，还指了指桌上的汤煲，“你饿不饿？我来之前在县里的餐馆买的鸡汤，这个破县城里连个像样的餐厅都没有，也就这家看起来干净些，你将就着喝点儿。”

“不饿，我刚在食堂吃过。”粟融归闭上眼睛。

“食堂的饭菜怎么能吃啊？又难吃又不卫生，还有那么多病人聚集在食堂里，也不知道有多少传染病。”粟融星一听就瞪了他一眼，“以后都别在食堂吃了，我来照顾你吧。”

“不用，我自己可以走。”粟融归轻声道。

“那也行，我们俩一起去吃。”粟融星满意了，坐下来将电脑搁在床上，就趴在他旁边看资料。

他闭着眼，忽然道：“稿子一定要署涂恒沙的名字。”

“粟融归！”粟融星起初反应很激烈，可一想也对，涂恒沙的确参与了这次调查，而且还受了伤。粟融归为人正直又磊落，怎么会占小姑娘这种便宜？于是她释然了，很乖地答应了。

“还有……注意一下保护相关民众的隐私，不必提的就不要提。”他有些不放心，睁开眼道。

“知道了，”粟融星笑了，“你就休息吧，我连这个都不懂还当什么记者啊！”

涂恒沙在重症监护室躺了一个星期，转入普通病房的时候粟融星已经回去了。关于尘肺病的调查掀起了轩然大波，各界人士都对这个问题十分关注，粟融归、涂恒沙、粟融星三人的履历表上都多了十分耀眼的一笔。

但涂恒沙对这些还一无所知，转入普通病房的她睡了醒，醒了睡，一直不是特别清醒，一会儿看见粟老师穿着一身墨色衬衫清清冷冷地看着她，一会儿看见童年的小小许对她说：“小蝴蝶，加油！”一会儿她又感觉小小许胖乎乎的手在抚摸她的脸，一会儿听见妈妈叫她的名字：“沙子、沙子……”

她不知道哪些是梦、哪些是现实，应该都是梦吧……

真正清醒过来，是感觉到唇间有温热的湿润感，她觉得渴，舔了舔，干涸的嘴里顿觉滋润。

有淡淡的声音响起：“渴了？喝水吗？”

很熟悉的声音。她睁开眼，粟融归的脸上还有血痂，墨色衬衫衬得他一脸严肃。

她打量四周，确定自己是在医院，点点头，的确渴得厉害。

“可以起来吗？”他倒了杯温水问她。

她怯怯的，心里打着鼓，还是点头，没敢再看他。

他便把病床摇了起来让她半躺着，拿着勺子喂到她嘴边。

她哪里敢让粟老师给她喂水。她这一病又没有病坏脑袋。她清楚地记得前账还没了呢，看他的脸色多难看就知道了！

“我……我……自己喝就可以……”她伸手端住杯子。

他便依了她，只等她喝完后递给她纸巾。

“谢谢粟老师。那个，粟老师，”她捏着纸巾，耷拉着眼皮，“我的录音文件你听过了没有？我这次应该没有拖你的后腿吧？我……我……孙玉林那些人现在怎样了？”

她都不知道该怎么说了，这回不用粟老师打断她的腿，她就把自己给折了，也不知道粟老师看在她捡回一条命的分上，能不能不怪她。还有她昏倒后发生了什么事、怎么来的医院，她全然不知道。但是她决定不冒死问这个问题了，该知道的时候她自然会知道的，反正没死就好了。

他一张脸绷得很紧：“公安介入，孙玉林等都被捕了。”

涂恒沙缓缓呼出一口气，用命拼来的录音总算没有白费。

粟老师的脸色更沉了：“别以为自己立了功，不用你出马，我也已经调查得清清楚楚，而且证据确凿。但是你出来不听指挥，把我的叮嘱忘得干干净净。”

涂恒沙是有几分不服的，小声嘀咕：“你又不带我出去，我出来又不是游山玩水住酒店度假的！”

“说什么？大声点儿。”粟老师抬高了声音。

她哪里还敢大声，抿紧了嘴，委屈劲儿又上来了。她不知道自己哪里错了。她是记者，是来参与调查的，他却把她关在酒店里，就怕她拖他的后腿。他从来都瞧不起她，从第一次跟他去灾区出任务时就是这样。这次她弄得连小命儿都快没了，还不是拜他所赐，如果他带着她一起行动，哪里会出这样的大事？她不懂，他为什么就这么不待见她，就算怕她借着他的救命之恩黏着他不放，那她也已经表明立场了，为什么还要这样对她，连工作都不愿和她一起呢？

“怎么不说话了？”粟老师逼问，“以后还敢不敢擅自行动了？”

她咬了咬唇，眼圈都红了，性子里的小固执却上来了：“我……我是记者。我是来寻找真相的，是来为公理和正义发声的，当时那种情况换成任何一个记者都会像我那样做，我没有错。”

“你还没错？你……”他气得话都说不出来了。

涂恒沙觉得他被自己气得不轻，可话都说出去了，索性倔强到底。她抬起头，一双红通通的眼睛对上他：“就是没错，下一回你带我出来还扔下我自己单独行动，我还会这么做。”

“你……”粟融归咬牙，觉得这家伙怎么能这么气人，就像棒棒糖，有时候不许它做某件事，它偏要去做，还冲他汪汪直叫，惹得他只想挥巴掌。可这巴掌挥不下去，最终只能憋着自己，他从牙齿缝里挤出几个字：“涂恒沙，我真是上辈子欠了你的。”

涂恒沙不懂他何出此言，愣愣地看着他。她睫毛上还挂着一颗泪珠，俨然一副棒棒糖做错了事在他面前装乖巧的样子。

他一看她傻乎乎的样子，更无语了。她每次发病都倒在他面前，难道他不是欠她的吗？

他念在她刚刚从鬼门关回来，脸色微缓：“但愿你没有病坏脑子。”

这话她可以自嘲，但不允许别人说，但是她在粟老师面前一贯没底气，刚才那番作为已经豁出了她的全部勇气，此时她也只敢拿小眼神瞪他，表达她的不满。

“别瞪了，本来就丑，这样更嫁不出去了。”

结果这话直接将涂恒沙给刺激奓毛了，她到底哪里让他这么看不顺眼了？

“粟老师，我丑、我笨、我嫁不出去，那都是我自己的事，并不需要你操心。你还是关心关心自己的嘴吧，这样下去可是要找不到女朋友的。”说完她转念一想，他对别人也没这样毒舌，尤其对他妹还宠得不行，单单就是针对她，心下更难过了。还指望他怜悯一下她好不容易捡回的小命，是她自己想多了。再一想，她这条小命其实还是他捡回来的，没有他，她五岁那年大概就不在了……

她莫名地想起了这么多年的不容易，眼眶再次泛红。

她觉得自己也太不争气了，分明是想在他面前要强，可每回都没成功，还动不动就想哭。这么多年她都不是一个爱哭的人，可在他面前又忍不住想哭。这到底是怎么回事？

“我……我是怎么到医院来的？”她想起要问清楚这个了，联想他说的上辈子欠她的话，莫非还是他救的？

他脸上写着“你没有猜错”几个字，然后还低头看了看自己挂着的胳膊。

她一早就注意到他的胳膊了，本来还想表示一下报社新人对老师的关心，但后来话题就跑偏了。她红着眼问：“不会是救我时伤的吧？车上那人是你？”

她记得那时候孙玉林的人在追她，如果真是他救下她的，那必然有一场恶战……

“所以，你说你不需要我操心，你看看可能吗？”他脸上的表情好像是在说“你的命都是我的”……

涂恒沙蓄在眼眶里的泪瞬间流下来了：“那怎么办，我也不想要你救，为什么要遇上你？为什么不是别人？你以为我想吗？”

他无语，扯了张纸巾给她擦眼泪，低语从他喉间滚出来，带着微微的沙哑：“你怎么这么傻……”

骤然的靠近和他指尖的温柔，让她暂时忽略了这个“傻”字，只沉浸在自己的苦恼里：“欠你的这辈子都还不清了，我也不想啊……”

“记着吧、记着吧，都记在账上，以后慢慢还……”指尖的泪水却越擦越多，他道，“我说你，你先别哭了行吗？你这才好呢，别激动……”

“我也不想哭啊，我这辈子都没这么哭过，还不都是你欺负人。”她闭着眼睛哭，还不忘控诉，控诉重逢这么久以来他对她的偏见。

他轻轻咳了一声：“别哭了，你不哭的话我送你个东西。”

这是什么操作？她抽噎着睁开眼。

要拿出这个东西来，对他来说还真有点儿难。他又咳了咳，终是别别扭扭地掏出一根彩虹棒棒糖来，就是她之前在超市看见却没买那种棒棒糖。

和五岁那年一模一样的棒棒糖，只是当年那只白胖胖的小短手变成了十指修长、骨节分明的大手。

涂恒沙的耳边仿佛又响起孩童稚嫩的声音：“我奶奶说，难过的时候心里是酸的，吃颗糖就能变甜了。”

如果说这句话是咒语，治愈着后来二十年里她所有的伤痛和艰辛，那和他的重逢就是解咒的契机。童话里的王子和公主相遇后解开咒语，沉睡的公主醒来，和王子一起过上幸福的生活。她也是解咒，只是结果截然相反。

“要不要？”他把棒棒糖塞进她的手里。

不是的、不是的，当年的小男孩不是这么做的。她把棒棒糖还给他，摇头。

“这是怎么了？不要？”

她垂下眼。

“真不要？舔一口！”他给她剥开糖纸。

她伸手阻止了他：“我真的不要了……”

“为什么？”他停下了剥糖纸的手。

她沉默了一会儿，小声说：“我只要小许同学的糖，不要粟老师的。”

话音落下，病房里是良久的沉默。

她始终不敢抬头看他，直到头顶传来重重的呼吸声，有手掌落在了她的头顶，青草香若有若无地在鼻端飘着，还有那句有些模糊不清的呢喃。

“你怎么这么傻？”

她忽然又想流泪了，虽然她不愿意承认，但她就是这么傻的人。

傻者，痴也。

他的手摸着她的头，又柔又暖。这种温柔和温暖比他凶她更能招泪，她今天真成泪人了……

“我是粟老师，也是小许，你记着。”他一声轻叹。

她往被子里缩，躲着他手心的温暖和淡淡的青草香，这话他早说过了，后面还有一大串附加内容，一条条跟铁的纪律似的，她都记得呢。

“又怎么了？”

“你不是小许！”她说完，把被子一盖遮住了脑袋。

“出来！”他的语气不由自主地加重了。她本来就喘，这么憋着会不会又呼吸不过来了？

她露出眼睛和鼻子，眼睛却闭着不愿睁开。他刚才还说自己是小许，这么快就变成粟老师了，川剧变脸都没这么快，她再也不相信男人的话了。

“累了？想睡觉？”他问。

她闭着眼睛不理他。

“也行，你好好休息，刚恢复不要太辛苦，不要再哭了，有事叫我，我就在这里。”他也不管她是不是搭理自己，嘱咐道。

她暗自腹诽：就是有你才招我哭的，鬼才叫你。

“怎么又把脑袋藏被子里了？给我出来！”他头疼地想，怎么会有这么不听话的小孩。

不听话的小孩其实挺累的，这么闹了一通，稀里糊涂又睡着了。

后来涂恒沙慢慢知道了她想知道的所有事情，粟老师一五一十说给她听了。

那篇报道她也看了，是粟融星执笔的，写得还算透彻，分寸也得当，显然是经过粟老师润色的。署名多了个粟融星，排在第三。

“我俩都受伤住院了，后续跟公安的配合和采访都是融星去的。”他对这个多出来的名字这样解释。

涂恒沙不是一个特别在乎这些虚名的人，任务完成就好，目的达到就好。

“这篇报道登出以后，金县的事得到了各界的广泛关注，触犯法律的归法律管，尘肺病人的诊断证明、工伤认定、劳动能力鉴定以及后续谁来负责的事都会很快有个结论。他们的伤残补助金、医疗费、社会保险金，等等也会在不久的将来落实，还有一些社会慈善人士都在为他们发声，也有募捐，会有越来越多的人关注这个人群。”他简单地总结了报道的影响。

涂恒沙点点头：“这就是我们这次调查的意义所在了，如果真的能给这个人群一些帮助，我们……也算值得了。”她看着他受伤的手臂。

“嗯，对了，你昏迷不醒的时候，柳下村还有人来看过你呢。你如今在大伙儿心中可是个英雄，他们很感激你。”

涂恒沙缓缓摇头：“英雄谈不上，我答应了一定会为他们发声，我就怕自己做得不够好，辜负了他们的委托。”

“很好。”他简短地道。

“嗯？”他不是一直在批评她吗？批得她都要怀疑人生了！

他扭开脸：“还算不错，但是不听指挥的行动只此一次，下不为例。”

她皱了皱鼻子，就知道表扬不会来得那么容易，肯定有下文。

他见她完全不放在心上的态度，便板起了脸：“涂恒沙，你有多少笔账记在我这儿了你知道吗？”

“知道了。”

“其他的我都能做主，就是通知你家属这件事，我不确定要不要告诉你妈妈。路途遥远，我觉得跑一趟也很辛苦，就没说。”从他一个大男人的角度是这么考虑的，可他也担心小姑娘年纪小会不会比较想家人。他并不知道在他没看见的这二十年里，她是多么独立而坚忍地在成长。

她点点头，肯定他做得很对。她绝不会让妈妈担心的。

人都有娇气的小时候，小时候的号啕大哭、无理取闹、无限放大自己的小小委屈，都只是为了让妈妈知道；长大后，风雨兼程、磕磕绊绊，哪怕伤得千疮百孔，也只会笑着跟妈妈说：我一切都好。

而她的长大比寻常人来得更早，早到她几乎想不起她是否也有过无理任性的小时候，应该也是有过的吧……

“我们什么时候回去？”她这个病主要靠养，出了重症监护室这几天已经好得差不多了，倒是他的手还吊着。

“后天。明天出院。”他的手横竖就是吊着，回去和在这里没有太大区别，就是她的哮喘，医生说她最快也得明天才能出院。

“我们……不是很急吧？”她问，“再往后推迟一天回去怎么样？”

“已经买票了，你还想干什么？”他用探究的眼神盯着她，这家伙又要出什么幺蛾子？

"我想去柳下村看看。"她小声地提要求。

他绷着脸，在她觉得可能要求获准无望的时候，他松了口："明天出了院就去，我陪你一起，后天准时回家。"

彼时已是傍晚，他和她在金县医院的小花园里遛弯。

夕阳西下，金县的天空半壁都是金红色。花园不大，郁郁葱葱，来来往往都是散步的病人和家属，特别是有些头发花白的老夫妻相互搀扶，因为一方有恙，走得极慢。斜阳落在他们身上，在鹅卵石的小路上投下长长的影子，余晖环绕，连白发都泛着金光。

此情此景，他突然冒出一句"后天准时回家"，乍一听竟让人产生一种他们要回的是一个家的错觉。

她悄悄瞟了他一眼，见他绷着下颌一丝不苟的样子，忙把自己的小错觉给压下去。

他们年轻，脚程快，很快走到一对老夫妻后面。老奶奶应是脑出血后在做康复，老爷爷如同教小儿走路一样耐心，一步一步地陪着她从头学步："真好、真好，咱们真能干……这一圈走完，回去就给个奖励……"老爷爷一抬头，看见跟在后面的他们，扶着老奶奶往一边站，"来来来，咱们让人家先过，别挡着人家的路了。"

"没事啊，老爷爷，我们也慢慢走，挺好的。"涂恒沙笑着道。

作为一名摄影记者，她的职业病是见到有所触动的画面必然要拍下来。这次没带相机，她用手机拍了一组图后发了条朋友圈："愿与你从清晨到日暮。"

发完之后，她感慨："一辈子能与一个人从开始一直走到生命结束，真是不容易。"

说完她没听见有人回应，一看粟老师也在手机上忙活，伸头一看，好像是在评论她的朋友圈。她赶紧看手机，果然一条回复跳出来。

"等你的小命能留到那时候再说！"

她抓狂了，他果然是个不会聊天的，随时随地不忘往人痛处戳。这么美的画面，这么美的配文，他回这一句也太煞风景了。

她不高兴地加快了步伐，冲到前面去了。

前面是急诊科，她眼神一晃，好像看见一个熟悉的身影，连忙跑上前去看个仔细。果然那女人是葛云，正抱着孩子急匆匆地往急诊科里赶。

涂恒沙想叫一声葛云又怕惊吓到她，干脆默默地追着她去了。

等涂恒沙追进急诊科时，葛云已经挂好了号，坐在候诊室里候诊。涂恒沙的出现竟然让葛云大惊失色，脸上满是警惕与恐惧。

"你……你想干什么？"葛云紧紧搂住孩子，浑身都在抖。

她怀中的男孩露出半张脸，小手指着涂恒沙："阿姨……"

葛云连忙把他的手抓回来，紧张地往涂恒沙的身后望。她见没有其他人，才没那么慌张。

正好叫到她的号了，葛云抱着孩子，低着头准备进诊室。忽然她又回身，猛地跪在涂恒沙面前。

涂恒沙被吓了一大跳，赶紧上前扶她："啊？你这是干什么？"

涂恒沙的手碰到孩子，觉得孩子身上烫烫的，应该是发烧了。

"你是一个有良心的好人，那就求你不要告诉任何人见过我……求你……就当从来没见过我……"葛云身体的重心靠在涂恒沙身上，她已经开始流泪。

"你……你先进去给孩子看病吧。"涂恒沙脑子乱糟糟的，她使劲拉葛云起来。

"你答应我、你答应我，求求你。"葛云抱着孩子，身体往下坠，大有涂恒沙不答应她就不起来的架势。孩子在这样的拉扯下哭了起来。

涂恒沙很无奈，护士连叫几遍号，也出来看情况了，她只好道："好，我不说、我不说。你快带着孩子进去吧，别耽搁了。"

现在她还有什么不明白的，明显是葛云私自带了孩子出来想偷跑。

"那我就信你了……"葛云站起来，含着泪抱着孩子看病去了。

涂恒沙回头，看见粟融归站在急诊科门口，她快步走过去拉着他离开："你刚刚都看见了，那就是葛云，明天我们去柳下村，还是当什么都没看见吧……"

要她开口告密，她说不出来，但这样瞒着好像对赵俊又不公平。人生总有那么多两难的时候，她有些迷惘："粟老师，你说我这样做对吗？"

"别人的对错，你不用扛到自己的肩上。"

"嗯？"她听不明白，仰头看向他。

夕阳又落下了几分，他的侧脸在暗色黄昏里显得愈加棱角分明："在我看来，葛云是不对的。但这是她人生的选择，以后要为她的行为负责的也是她自己，跟你没有关系。你只要遵从你的本心就行了，想怎么做就怎么做。"

当然，多年以后，粟老师无比后悔自己在这样一个黄昏一时昏头说了这句鸡汤，因为这句话成了某人任性胡闹不听话时的免死金牌：这可是你自己说的，人要遵从自己的本心，我想怎么做就怎么做……

涂恒沙这时候还没想到这句鸡汤这么好用，一心只在思考第二天去柳下村时会是怎样的情形。

他们是下午去的柳下村。

他们进村后，明显地感觉到村里的气氛和从前有些不一样了，虽然病人的病情不会在那么短的时间内有所好转，也许有些人的病是否能治好仍然是未知数，但每次博弈的小胜利总能给人们多带来一点点希望。

粟融归是开车载她去的，还买了满满一车营养品，分到每家也没多少，但仅仅代表个人心意，就像走访旧友一样，总不能空手上门。

村民们是淳朴的，有人对他们好，他们便真心感激，也会实心实意对人好。涂恒沙答应帮他们发声，她做到了，回馈给她的便是村民们的热情。每家都给了特产，也不是什么值钱的东西，农家土特产，和她一样给出的是热乎乎的心。

涂恒沙再三推辞，强调自己不方便带回去，但这样热乎的心是推不掉的，推拒过甚反显生疏，最终她还是收下了。

他们最后去的赵家，让涂恒沙惊讶的是昨天还跪在她面前乞求她别泄密的葛云，居然又带着儿子回来了。但是明显赵家不让她进门啊，赵家屋门紧闭，她坐在赵家屋檐底下的小凳子上搂着儿子。小家伙病还没好，蔫蔫地伏在葛云怀里。葛云的妈妈葛大婶则陪在她身旁，一脸愁苦。

这可就奇怪了。

葛云看了她一眼，头埋得更低了，葛大婶也不说话。

因有人来，赵家婶子开了门，看见葛家母女还在这儿守着，觉得自家的丑事又被看了去，十分气恼。她上前一把抢过男孩："孙子给我留下，你自己给我滚，我赵家要不起你这样的媳妇。"

葛云反应过来孩子被夺，下意识便去抢。

赵家婶子一掌把她推开，把孩子塞进了屋里，转身就对涂恒沙道："正好，你们是记者，横竖我赵家的家丑也遮不住，你们干脆来评评理，别总认为我赵家刁钻刻薄，虐待儿媳妇。她成天这副可怜兮兮的样子，别被她骗了去。"赵家婶子看向葛云："姓葛的，你嫁进我们赵家，我们自问从没亏待过你。阿俊生病，你不能共患难要走，我们生气，没错，是打你骂你了。怎么着？到现在我们也没觉得错。你家里也有个跟你差不离的嫂子，现在你们能体会我们赵家的心情了吧？亲家母，你说是不是？"

葛家如今比赵家更惨，儿子撒手而去，儿媳妇成为村里最大的笑料。葛大婶完全抬不起头来不说，丧子之痛已将她催老了十岁，短短几天而已，头发就白了一半。此时她被赵家逼问，也一句话说不出来，只是抹泪。

赵家婶子又道："葛云，你在外面养男人也就算了，你要跟人私奔从赵家逃走也算了，你还把我赵家的独苗也偷走，可就太不地道了。现在野男人不要你，你又死皮赖脸地回来，你这脸皮还真是铁皮烙的。你还以为人家男人真要和你过日子啊，不过见你是破鞋随便穿着玩玩，好好的男人怎么会要一只破鞋？我赵家也不是捡破烂的，你滚吧！"

赵家婶子把事情说完，砰地就把门关上了，也没管涂恒沙还在外面。

赵家对涂恒沙一直不咋待见，不知道是不是第一次来赵家的时候她帮葛云说话了，如果不是涂恒沙在尘肺病调查中尽心尽力险些送了命，赵家婶子没准连个好脸也不会给她，当然眼下也算不得多好……

葛云这时候却站了起来，恍恍惚惚地往前走。

葛大婶大声喊她："阿云、阿云，你去哪里？"

葛云仿佛没听见一样，单薄的身子像一片枯叶往前飘。

知女莫若母，葛大婶预感到了什么，猛追上去抱住葛云就大哭："阿云，你可不能想不开，你哥没了，我和你爸只有你了……你要再有个三长两短……我和你爸也不活了……"

葛云单薄的身体顿时在葛大婶怀中瑟瑟发抖。娘俩软倒在地，相拥着哭泣，一个默默流泪，一个哭声震耳。

这真是一个尴尬的场面。

涂恒沙想把东西放在赵家后就离开，赵家的门又打开了，这次出来的人是赵俊，还领着孩子……

葛云看见孩子，流泪的脸又有了生气，她叫了声"阿宝"。

赵俊身后，赵家婶子也跟了出来，急得直跳："你把阿宝带出来干什么？"

赵俊把孩子推向了葛云。

葛云一下就将阿宝抱住了。赵家婶子要上前去抢，被赵俊伸手拦住。

"滚。"赵俊的脸上笼着一层浓浓的青气，"带着你的野种滚，以后不要再让我看见你。"

"你在说什么？"赵家婶子惊叫，"阿宝是我们赵家的孙子，独苗。"

"什么独苗，她跟人生的野种，赵家宁可绝后也不给人养野种。"

葛云脸色煞白，本像个游魂似的毫无生气的人因为这句话气得全身都在颤抖："赵俊，你……你不要太过分，你血口喷人。"

赵俊先是剧烈地咳嗽了一阵，咳得青白的脸都泛了紫："你不要……以为我不知道，你跟你的野男人……是同学。跟我结婚前就不清不处的……拿我当接盘侠……在你眼里，我赵俊就是这么个孬种吗？"

"不是，"葛云气得眼泪扑簌簌直掉，"我对不起你我承认，可是你不能这么说儿子，我敢百分百保证。"

"百分百保证？难道你嫁给我的时候是第一次吗？从结婚第一天起我就……就背着个乌龟壳……我闷在心里不说……不代表我不介意……葛云你个贱女人……果然婚前婚后一个样……水性杨花不要脸。我赵俊真是瞎了眼……才……才会娶你回家……还给你……给你养野种。"

葛云抱着儿子跌坐在地上，眼里死灰一般绝望，但仍然流着泪力抗争："是，赵俊，我葛云不要脸，对不起你，对不起你们赵家，可是儿子是无辜的。我跟他是同学，但我们婚前没有……我跟他没有肮脏的事，不信你可以带阿宝去做鉴定，看看他到底是不是你的儿子。"

"不必了，"赵俊又是一阵剧烈地咳嗽，"我这个身体经不起折腾……我是男人……是不是我的种难道我还不清楚？我只……只相信自己的眼睛看到的……葛云……你偷男人总没有错，赶紧带着你的野种滚……离开赵家。”

涂恒沙听了这话有些按捺不住了，站出去就想讲话。粟融归迅速拉住她，朝她摇了摇头。

她很不赞同粟融归的态度。葛云背叛赵俊她信，可说阿宝不是赵俊的儿子，她就不信了。

葛云有勇气提出做亲子鉴定就能笃定阿宝是赵俊的儿子，难道不应该相信科学吗？但粟融归拉着她的手不放，而且一再用眼神给她施压，她想着自己在他那儿还欠着老账，这种行动不听指挥的事她决定等一等，看看情形再说。

可赵家婶子听到这里，哪里还能忍，作为母亲，她是百分百相信儿子的。想到自己当心肝宝贝似的疼了几年的孙子——赵家的独苗，竟然不是老赵家的种，她撕了葛云的心都有了，当即气得拿了把大笤帚便朝葛云挥过去，连同阿宝一起都被笤帚打中：“我打死你，打死你这个贱女人。”

赵家婶子边骂边打，哪里还顾及是不是打到孩子。反正不是老赵家的孙子，不知哪里来的野种，打死活该。

场面一团混乱。

葛云再没机会解释，唯恐打到孩子，将孩子整个护在怀里，任笤帚落在自己身上。葛大婶心疼闺女和外孙，一边哭喊着“亲家母不能这样啊”，一边扑到葛云身上，自己来挨打。

“妈，别打了、别打了……”赵俊发了一通脾气，又开始喘个不停。

赵家婶子最疼的始终是儿子，扔了笤帚来照顾儿子。

赵俊看着她，眼圈也是红的：“妈，咱回屋去，再也不要看到这些恶心肮脏的人。”

“好、好……”赵家婶子听了直流泪，“以后咱们相依为命，再不要看见这些人。等你的赔偿下来，娘再好好做工，赚很多钱把你的病治好。我们再讨一房媳妇，讨一房干干净净、规规矩矩的好女娃……”

赵家婶子宽慰着儿子，也宽慰着自己，扶着儿子进了屋，关上门。

葛大婶搂着闺女和外孙哀号：“这都叫什么事儿啊！”

葛云则抱着儿子默然站起，瘦弱的身体透着一抹坚忍。

“阿云……”葛大婶分外担心闺女想不开。

葛云却露出一抹凄迷的笑容：“一个说要带我远走高飞给我幸福，到头来不过是骗我身体的色鬼，我带着阿宝在县里躲了三天，躲到阿宝生病发烧，就为了等他带我走，最后等来他的嘲笑，原来已经玩腻了，要我别痴心妄想；一个发誓一辈子对我好，没结婚天天约我去小河边毛手毛脚，结果结婚没见红，现在说我婚前就对不起他……我算是看透了男人！可是怪谁呢，妈，你说怪谁呢？”

“怪……怪命啊……”葛大婶早就接受了命数这一说，儿子早逝、媳妇不贞、女儿不幸，一切都是命运的摆弄。

“不，怪我自己……怪我自己糊涂啊……”葛云抱着儿子，脚步却坚定了不少，“妈，不要怨别人，也不要怨命了。总归是女儿做错了事，错了就要受惩罚，就当这是给我的惩罚吧。以后为了阿宝我也要好好改过、好好做人、好好当一个妈妈……”

葛大婶就怕女儿想不开，听女儿这么说，马上激动地应道：“好，只要你好好的，怎么样都好……你爸和我都还能做事，我们三口人还是养得起阿宝的，咱们这就回去好好过。”

自始至终，涂恒沙和粟融归都是形同虚设的观众，完全插不上话，也无须他们插话，这本就是别人的故事。

之前还闹腾腾的赵家晒坪，瞬间只剩下沉默着的她和他，安静得好像刚才的一切都不曾发生过。

涂恒沙一时转不过弯来：“这……这……”

“走吧，回去。”她站着不动，他便拉着她走。

“这个赵俊有点儿过分了，葛云是背叛了他，可把气撒在小孩子身上就不太好了吧？”她很不喜欢赵俊的行为，尽管之前很同情他的遭遇，“对了，你为什么阻止我？就该让葛云去做鉴定证明她的清白。”

粟融归把她拉走塞进了车里，自己也跟着上了车，对她的这番评价只给予了一个字作为回复：“笨。”

“我怎么又笨了？”她觉得每天时不时被他骂一下笨，她真的会变笨。

司机慢慢起步，开着车往村外而去。

粟融归点醒她：“你没看出来赵俊是故意的吗？”

“什么？”涂恒沙还真没想过这一层。

因为自己身患不治之症，所以赶走老婆和孩子，只为他们能摆脱自己这个累赘，过上更好的生活？

涂恒沙脑补了一出偶像剧剧情。

“没错。”粟融归肯定了她的猜测，“虽然赵俊的赔偿会下来，赵家婶子会努力做工给赵俊治病，但赵俊的明天仍然是个未知数。葛云和孩子跟着赵俊在未来很长一段时间里还是会过得很辛苦，更重要的是这样的辛苦未必会有一个好结果。赵俊自己也恨这样的现状和自己吧，所以不如放老婆孩子一条生路。葛家葛庄不在了，家里没有了病人就没有了负担，葛云带着儿子回葛家，会比在赵家过得好。”

这话涂恒沙听着不舒服：“什么叫葛庄不在了，没有病人就没有负担？这话的意思，如果家里有个病人就巴不得他早点儿走吗？”

“抬杠呢你这是？”他摇头，她到底是小孩。

其实她比他小不了几岁，两人的身世也有相同之处，只不过他从小寄人篱下，少年老成，过早成熟，而她野生野长，保留了许多烂漫的性子。他看她便总觉得像看着小孩，难怪她总看着他想起她爸。

“不是抬杠，你这话给人的感觉就是这个意思。”也许是因为她自己从小就是个病号，所以对这个话题分外敏感。

“你还小，见得少，不明白一个病人对整个家庭来说意味着什么，有时候……听着残酷，但无论对病人自己还是家人都是一种解脱。”

“我还是觉得这种说法有些……冷血。”她想了想，用了这个词，“我从小就有病，是不是没有我，我妈会好过些？我妈也有病，但是我从来就不觉得是负担。只要她还在这个世界上，不管她是什么样子，对我来说都够了，只要她在。”

她是经历过差点儿失去妈妈的惊吓的，如果妈妈不在了，那这世上就只剩她一个人了……

她用悲伤的语气认真地评价他：“你不懂。”

“你妈妈也有病？”他倒是从来不知道。

“嗯，不过已经好了。”是她从五岁起就陪着、照顾着治好的，“所以没有人比我更有发言权，对家人来说，只要还活在这个世界上就是最好的陪伴。”

他怔了一会儿，没有再说话，只伸手摸了摸她的头发。

而她没有反应，住院这么久，一直是他俩相互照顾，难免有这样的触碰，她好像已经习惯了。

车经过小河边的时候，涂恒沙突然看见河岸上站着的人：“咦，那不是……不是赵俊吗？”

从赵家到河边有一条小路可以直接穿过，不像他们上公路还要绕弯才能出村，所以赵俊比他们先到小河边。

这一刻，涂恒沙百分百相信了粟融归的推断。

河边的赵俊久久凝视着清凌凌的水面，耳边似乎响起银铃般的笑声，还有女孩清脆的呼唤声：“阿俊，阿俊快来。”

河里水花翻动，年轻的姑娘臂膀雪白，在水中如人鱼一般破水而来。

他满是病态的脸上露出淡淡的微笑，认识她的时候正是暑热，那年他才二十二岁，就在这条小河边，只是这柳树河的水带走的又何止是夏天。

“阿俊、阿俊。”远方传来他妈妈的呼唤。

耳边响起妈妈的话：“以后咱们相依为命，再不要看见这些人。等你的赔偿下来，娘再好好做工，赚很多钱把你的病治好。我们再讨一房媳妇，讨一房干干净净，规规矩矩的好女娃子……”

呵，媳妇吗？他再也不会娶了。至于病，真的能治好吗？

可是人活着总要有些盼头不是，他已经没有了，但妈妈得有！

“妈，我在这儿。”他转身朝妈妈走去。

“跟你说了不要去河边，危险。”赵家婶子只是担心儿子想不开罢了。

“妈，我没事。”他说。

不过河边他也不会再去了，阿云，再见，我从来就没有怪过你，你想要的我给你，儿子、自由，我都给你。也许方式不那么好，可我没用，只能做到这样了。恨我吧，这样你会过得快乐一些……

涂恒沙和粟融归回到酒店的第一件事就是卸下土特产，然后打包寄回去。

涂恒沙瞄了一眼他填的快递单，收件地址写的是羊肉疙瘩胡同。

“你全寄给奶奶啊？”她问。

他填单的笔一顿，嗯了一声，脸色微沉。不然他还能寄去哪里呢？粟家是看不上这些土物的。

涂恒沙是敏感的，明显感到他变了脸色，只是不知自己哪里又说错了惹他生气。

粟融归侧目，遇上她水汪汪的眼睛，眨巴眨巴的，仿佛颇多期待。若是棒棒糖在他面前露出这般神情，他已经伸手去摸了，但她……到底觉得一声嗯太冷硬了些，缓和了语气：“回去后要不要去奶奶家吃饭？”

“好啊！”她眼睛一亮，原来他没生气啊！

她大病初愈经不得劳累，今天去村里转了一圈，回来又捯饬这些土特产，也有些不堪负荷。

他听着她呼吸渐乱，神色一凛就要领她去医院。

“没关系，我吃儿点药，回房间躺躺就好。”她对自己的身体状况还是清楚的，“哪有那么虚弱，又没有过敏源，就是累了，你跑完长跑喘不喘啊？”

他斜睨她一眼：“不喘。”

真是完全不能好好聊天的一个人！

她的确累了，回房间也顾不得满身的尘土就躺到了床上。

她的药该怎么吃，一天吃几次，他如今已经分得清清楚楚，拣了出来，端着一杯温水走到床前。

她斜靠着被子，懒懒的不想动。

“来，先喝一小口润润喉。”他把杯子举到她的唇边。

她眼睛半合着抿了一小口，又忍不住多喝了一口。

天色已经有些暗了，房间里还没开灯，她觉得这时候的他十分好看。暮色的遮掩下依然是峰峦起伏的轮廓，峰影便只剩了俊秀，模糊了攻击性，一双黑漆漆的眼睛在没有光的暮色里格外明亮，眉毛里隐藏的那颗小痣都不那么清晰了，就好像粟老师和小许的界限也不那么明显了……

“张嘴。”他把药丸送到她的嘴边。

她张开嘴，他的手指把药丸送进她的嘴里。

“喝水。”温水再次送上。

其实她也记不得是从哪天开始他们就变成了这样。分明刚醒来的第一天，她还战战兢兢地不敢让他喂水，后来不知怎么就习惯成自然了。

她想起来了，是有一天她挂着吊瓶自己逞能要吃药，结果没端稳打碎了水杯，药撒了一地不说，她急着去接杯子，针头都蹦出来了，然后挨了他一顿训。接下来吃药喝水的事就都被他接手了，她胆敢说个“不”字，又得挨一顿训。

粟老师训起人来还是十分可怕的……

“怎么，又想起你爸爸了？”他早就注意到她的眼神了，一直盯着他看，每回她这样看他定然没好话，他都能预测了。

“不是……”她微微踟蹰了一下，“粟老师，你今天真好看。”

她多实诚，从来都说他好看，不像他，动不动就说她丑。

这么直白地夸奖，他也是鲜少听见，估计除了她，别无二家了。

“吃药吧！”他将最后一粒药送进她的嘴里。

这话接的，怎么像在骂人呢？

她张口去含药，却一口将他的手指也含住了。

她呆住了，连吐出他的手指都忘了，一直含着。这算什么，算非礼粟老师吗？

妈呀，她会被他当成色狼而挨揍吗？要挨揍的话应该不是今天，估计又得记账，等她好了一起算了。

她在这儿戏精一般心理活动无数，粟老师却镇定自若地抽回了手指：“你这习性真是跟棒棒糖一模一样。”

为了表示她跟棒棒糖不一样，她不得不补充一句：“粟老师，你的手指没你的手臂好吃……”

棒棒糖会咬人，棒棒糖会评价吗？

他气得笑了：“见过欠账的，没见过还自己主动翻旧账的，生怕我忘记了是吗？”

她在床上打了个滚：“粟老师，你还是忘了吧。”

她不想翻旧账，就想给他一个差评！

“要睡了吗？我准备叫餐吃饭。”

她打了个哈欠：“我先歇会儿……”

“盖被子。”

“嗯……”她应着，却没有动。

有人走过来替她把被子展开，轻软的被子落在身上，她又打了个哈欠，更困了。

她的睡眠质量算不上好，具体表现为多梦。

而这一次，她的梦十分可怕。

不知道是不是白天讨论过生死，她居然梦到了妈妈！妈妈坐在高楼的边缘，小小的她爬上顶楼去找妈妈，看到的却是妈妈纵身一跃从楼顶跳下。她撕心裂肺地大哭，喊着妈妈。不知谁把她抱到了楼下，妈妈躺在血泊里，周围的血流成了小河。

“妈妈、妈妈，妈妈不要，妈妈醒醒……”她是这样哭喊着醒过来的。

醒来的时候有人坐在她的床边，一只手轻拍着她，让她醒醒。

这个画面似曾相识，不一样的是梦里妈妈跳楼的悲痛如此真实，真实到她几乎分不清是现实还是梦境。

她坐起来用床头酒店的电话立马打给了妈妈，当电话那头传来妈妈的声音时，她泪如雨下一个字也说不出来。

他从她手里接过电话，对电话那端说：“对不起，我打错了。”

这样才算把大晚上这个奇怪的电话给搪塞过去。

“怎么了？这大半夜的，也不怕打电话回去吓着人？”他在她身边坐下。

“几点了？”她问。

“半夜十二点。”

她没问为什么半夜十二点他还在她的房间里，她只觉得这个时候她很想抱抱什么东西。

如果是在家里就好了，她可以抱抱毛绒熊；如果越越在就好了，她可以抱抱越越。

可是她眼前只有粟老师……

她吸了吸鼻子：“粟老师，我觉得我可能又要对不起你了。”

“这话怎么说？”

她鼻头酸酸的：“我……可不可以抱一下你？”

这和对不起有什么关系？

她已经扑入他的怀里：“我也没有办法，谁让这个时候除了你没有旁人呢？我也不想又多欠你一笔的，不过反正欠你那么多了，不欠二主也好……”

“所以如果是别人你也随便就抱抱了？”他的一只手僵在空气中。

“没有别人啊，我还没抱过别人……没试过，我不知道……”

他僵着的手这才缓缓落下，搁在她的背上。

“梦见什么了，这么害怕？”

“梦见……”这个梦可怕得让她连说出来的勇气都没有。她的脸颊贴着他的衣服，柔软的纤维深处散发着青草的气息，她蹭了又蹭，傻乎乎地问他：“粟老师，你现在是小许吗？”

奇怪的丫头，提个问题都这么奇怪，他顿了下：“是。”

“小许……”她立即换了称呼，“粟老师问我，我这些年是不是过得不好。我不愿意告诉他，我告诉你好不好？小许……”

他真的哭笑不得，这话听起来他就是个人格分裂症患者。

“小许，我这么多年过得很好……”

她话匣子的开头让他颇觉意外，他以为她从噩梦中醒来，又这么哭天抹泪地求抱抱，要给他讲一个悲伤的故事，没想到她开口却是“过得很好”。

“小许，你看我是不是看起来很弱小？其实并没有，我五岁就可以自己煮饭、煮面条。我上回跟粟老师说我煮面煮得很好，他不信，你信不信？”

再这么下去，他都要以为粟老师和小许是两个不同的人了：“我信。”

“我就知道你比粟老师好。”

人格分裂的是她吧？

“我和妈妈相依为命……”她开始跟他讲她和妈妈的故事。

他凭想象就可以猜到一个五岁的小女孩和一个不太健康的母亲一起生活的情形，但是从她口中说出来却充满乐趣，没有抱怨，没有伤感，说的全是她怎么学着去生活却闹出不少笑话的事。

她很认真地说：“小许，你得庆幸你是现在认识的我，我可以煮很好吃的面条给你吃，如果是从前，那你就沦为我的小白鼠了！”

“嗯……”

“当然也会有困难，可是每当这个时候，我都会想起你写的那段话，你说‘蝴蝶经历过黑暗和蜕变终于长出美丽的翅膀，我们经历过跌倒和受伤会长得更壮！小蝴蝶，加油’，你还记得你写过吗？写在一本笔记本上，记不记得？你那时候的钢笔字还没有现在写得好，虽然也很好。”

“嗯……写过的吧……后来不见了……”他含糊其词。

“就是我捡着了。”她的眼神里便有了些小得意，“我现在还保存得好好的，你要的话，我下回带来还给你。”

“嗯……不用了吧！”

“好，那我就保存了。”她说着又叹了口气，“可是我还是会害怕，最害怕的就是妈妈会离开我，妈妈对我来说很重要、很重要，是我唯一的亲人。”

“所以刚刚你梦见妈妈了？”

“嗯……”她点点头，想起梦中所见仍觉恐惧，情不自禁地往他怀抱更深处拱。

他的胳膊收紧了些：“不会，不会离开，都不会离开的。”

她再次点头：“小许，那你呢，你这些年过得好不好？”

“我也好。”

“我常常想起你……对了，我有很多你的东西……”她一件一件地数给他听。

两人说着话，不，应该说是她一个人说，他听。怀里的人声音越来越小：“小许很好，以后你就是小许，不是粟老师了好不好？”

莫名其妙的要求，可他居然莫名其妙地说了个“好”字。

“饿不饿，吃点儿东西再说？”

他想起她还没吃晚饭，却没有人再回应他。他低头一看，她果然趴在他的胸口睡着了，乱糟糟的头发戳着他的脖子和下巴。

“涂恒沙，沙子。”他轻唤她的名字。

“嗯？别吵……”她闭着眼睛嘀咕，“小许，你身上的味道真好闻……”

涂恒沙第二天早上醒来的时候把自己卷在被子里，半天不起床。

粟融归将药丸放在桌上，手里端着一杯水：“再赖下去火车要赶不上了！”

“你放着，我自己来……”她在被子里说。

她太不要脸了，昨天晚上对粟老师投怀送抱不说，还直接跟粟老师睡在一张床上。天啊！她把粟老师睡了，这个认知让她今早成了鸵鸟……

昨天晚上那个人一定不是她……不是她……

黑夜，你是魔鬼吗，为什么让一个矜持的女子性情大变？

粟老师可不知道她这些心理活动，直接下了最后通牒：“我数三下，你再不起来我就不客气了。一、二！”

他数到“二”的时候，一颗毛茸茸的脑袋从被子里探了出来，这个发型，他忍不住要闭眼睛，真是惨不忍睹：“这么丑，还不快去收拾收拾。”

涂恒沙是抱着脑袋进浴室的，太阳真是让一切无处遁形，昨晚的小许又秒变粟老师了……

等她收拾整齐了出来，药丸、水，还有粟老师已经在等着她了。

张嘴、吃药、喝水，她像电脑程序一样一丝不苟地完成。

“先回去看妈妈，陪妈妈吃饭，第二天我们再去奶奶家。”他领着她上火车的时候叮嘱她。

她昨晚没睡好，这时候一个劲儿地打哈欠，猛点头。

见她这样，粟融归只好把她的背包也拎到自己肩上扛着：“别闭着眼睛走路，到车上再好好补个觉。”

她果真是上车就睡，坐着睡的时候头特别容易歪，歪着歪着就歪到了他的肩膀上。她顿觉舒服了，蹭了蹭，安安稳稳地睡了起来。

她感觉迷迷糊糊中还被他喂了药。旁边坐着的大叔笑他来着：“小伙子，对女朋友不错啊！”

她那一刻便十分清醒了，坐直身体后一本正经地解释：“大叔，我们不是男女朋友。”

彼时他手里还有一堆药丸，只听他说了一声“张嘴”，她习惯地张开嘴。粟融归把药丸一起塞进了她的嘴里，一整瓶水对着她的嘴灌，把她噎得眼泪都快出来了。

话说从前都是一颗一颗喂的，她悲愤地用小眼神瞪他。

对面的大叔看得哈哈大笑：“小姑娘，你该。”

男人果然都帮着男人，男人都不是好东西。

中午他们买了两份饭搁在小桌板上，她坐着等吃饭，结果半天没动静。她打量着他，见他满脸严肃。

她恍然大悟，粟老师作为一个伤残人士揭不开塑封。回想住院那些天粟老师对她的照顾，凶则凶矣，但吃药、吃饭、喝水都是喂到嘴里的。她欠粟老师的已经太多，是时候回报他了。

她赶紧恢复了狗腿属性，帮着他把饭打开。结果，他还是不吃，而且又不说话了。

她想了想，莫非嫌弃自己报恩做得不到位，毕竟他对她那么周到。于是她也试探着喂到他的嘴边，他张口就吃了。

涂恒沙这时候明白了，粟老师就是在求回报。

没关系，粟老师，小沙子绝对是一个知恩图报的人。她格外殷勤起来，可想了想后又十分认真地跟看着他俩笑的大叔解释："大叔，我们真的不是男女朋友。"

这个原则问题一定要澄清的，粟老师最讨厌她和他套近乎，最担心她要嫁给他，可是严重警告过她的。不澄清这个问题，粟老师势必要大怒，她已经能摸清粟老师的套路了。

可是她还是太天真了，她对粟老师的了解远远不够！谁能告诉她，她这一路殷勤地喂一个伤残人士吃饭，又没有得罪他，火车上这之后的时间他却再也没有理她，隔壁大叔还一脸"你该"的表情，她好想问问她到底做错了什么。

他们下车后，她的背包和设备也没有荣幸地再挂到粟老师的肩膀上，她不仅要自己扛着，还要苦哈哈地迈着她的短腿追着粟老师健步如飞的脚步……

粟老师说好要做回小许的，结果……男人的话真的不可信。

她一路疾走也没法跟上粟老师的步伐，所以那种粟老师突然停住脚步，她一头撞到他背上的美好桥段并没有发生。粟老师停住脚步的原因只是到站口了而已，更重要的原因是出站口有花枝招展的粟融星在等他……

"粟融归。"粟融星看见他后兴奋地跑过来，直接挽住他的胳膊，"终于回来了，你这胳膊还没好呢。"

涂恒沙背着包拎着设备小跑着过来，那两人已经手挽手走了……

她再跟上去，粟家的司机开了车过来，两人直接上车走了，粟老师好像完全忘了她这个小跟班。

她喘着气，抹着汗水坐地铁去了……

第五章

但愿我之匮乏，你都拥有

粟家。

粟融归一进家门便感觉到了家里热闹的气氛，今天人都在。

尚清梅直接迎上来，查看他的手臂和脸："怎么弄成这个样子？一个玩笔杆子的，回回出去不是跟打仗似的就是跟破案似的，你一个小记者，把自己当成什么人了。"

粟融归也没辩解，任由尚清梅数落。

尚清梅说着说着又回到了老话题："就这样的工作，有什么值得留恋的！不如回来帮你爸爸！"

"二哥这样的人生才精彩啊，"家里最小的宝贝——傻白甜粟融宇说话了，"在家吃闲饭当富二代有什么意思，我就羡慕二哥。"

"羡慕你个头，你给我消停点儿，少出幺蛾子。"尚清梅立马杀伤力十足地把小儿子的气焰压了下去。

就连粟振都说话了："融宇玩够了也该收心了！"

粟融宇吐吐舌头，什么都不说了。

粟融宇是家里最小的，也是挨骂最多的，无论是尚清梅还是粟振教训他都毫无顾忌，十分随心所欲。这种随心所欲带着一种奇妙的亲密感，因为是两人亲生的，只有亲生的才能无所顾忌。这一点连粟融星都颇为羡慕。

粟振对粟融归却评价颇高："融归做的事情我看很好，你们那个报道我看了，很有意义。我包括你们能有今天的生活，得感谢国家、感谢政策、感谢政府，现在已经不用再为温饱问题担忧了，而且还过得很富足。那我们也要做更多对社会有意义的事来回馈，造福民众、推动社会发展。融归和融星现在做的我就很赞成，你们放心大胆地去做你们想做的事，有爸爸我在后面给你们做后盾。"

“爸，您又来上课了，能不能不要在吃饭的时候开课啊。”粟融星提意见。

餐桌前还坐着两个人——粟融理和辛绾，粟家长子和长媳。

粟融理继承了粟振所有的优点，长相出色、外形儒雅，无论是在粟振公司还是自己投资的公司都经营得风生水起。辛绾则举止娴静、姿容婉丽，随意一坐都宛若古典画里的人物。粟振亲自挑的儿媳妇，非常符合他对儿媳妇的标准。

这两人在一起可谓绝配，但粟融归鲜少见到两人交流，辛绾的安静和分寸使其从不多说一句废话。

粟融理此时说话了：“爸可不是开课，这次爸爸看了你们的报道，已经让我策划成立一个尘肺病基金了，可以说是实力支持你们了，真是你们最坚强的后盾。”

“真的，爸爸？”粟融星大喜。

粟振笑了：“当然是真的，不过也不算纯粹支持你们，回馈社会，帮助更多需要帮助的人最重要！”

“爸，您真是太伟大了。”粟融星扑了上去，抱住粟振的脖子，在他的脸上亲了一口。

粟振高兴地哈哈大笑。粟融宇也跟着乐了：“爸，那我也想做有意义的事情，我想去援非。”

“你给我老老实实待在家里。”粟振听了小儿子的话，立马变了脸。

“就知道您偏心，”粟融宇小声嘀咕，“全家最不受宠的就是我！”

“好了，吃饭了。”尚清梅提醒这聊天聊到忘记吃饭的一家子。

富贵荣华、繁花似锦，这便是粟家。

在这样的喧哗里，只有两个人从头到尾一言不发，一个是辛绾，一个是粟融归。

粟融归不说话，是因为习惯了沉默，而辛绾是为什么，他也不得而知。自从这个大嫂嫁进来，他还没与她说过一句话。

吃完饭回到房间，他躺在床上摆弄手机，他不是手机控，平时很少把时间浪费在手机上。

门开了，有人不敲门就进来了，在这个家里只有一个人会这么做——粟融理。

粟融归将手机一翻，屏幕朝下搁在床上。

“这次怎么弄得这么狼狈？”粟融理大大咧咧地在他的床上一躺，风度全无。

粟融理在这个家里是个特殊的存在，比他大两岁，当初他跟在母亲的身后小心翼翼地来到这个家的时候，站在台阶上的除了粟融星，还有粟融理。

帮粟融星整他的人是粟融理，在学校非要充大哥罩着他的人也是粟融理；抢他东西的人是粟融理，狗狗被打死那天将狗狗的铃铛拾回来的人也是粟融理；做坏事栽赃给他的人是粟融理，事后悄悄把最喜欢的球鞋送给他的人也是粟融理；站得远远的打量试探的人是粟融理，渐渐在他的房间横冲直撞的人也是粟融理。

彼时他们都是愣头青一样的少年，一个失去了母亲，一个失去了父亲，经过长时间地观察、试探，最后缓缓靠近，相互取暖。

男人的友谊往往来得更艰难，却也更容易。

“怎么不说话？”粟融理真是受够他的沉默了，“我说这个家真待不下去了，老婆不说话，弟弟不搭理，我真要憋死了好吗？”

粟融归转身：“那你找爱说话的去。”

粟融理偏要贴过来：“我偏要找你。”

“走开，压到我的手了。”粟融归很是嫌弃。

“我今晚跟你睡吧？”粟融理干脆开始脱衣服。

粟融归被彻底恶心到了：“去，赶紧给我滚出去。”

“又不是没一起睡过，”粟融理伸头往他的某个地方看，“还比过大小。”

没有比粟融理更不要脸的人了，他送粟融理一个“滚”字，将粟融理撵出了房间。

粟融理走之前还从门缝里送进来一句问话：“你长大些了没有？以前没我大。”

粟融理，你是一朵奇葩。粟融归伤着一只手也要用力把门关紧。

这个夜晚对涂恒沙来说是百思不得其解之夜，她到家以后还思索了整整一晚上粟老师这突然的变脸是为了什么，以及明天去奶奶家的约定还算不算数。

她正思考这个问题呢，手机响了，她一看是粟老师。

“喂？”她心里打着小鼓，实在不知道粟老师这么晚打电话过来干什么。

“吃药了吗？”那边传来粟融归闷闷的声音。

这种声音代表着一种气压，粟老师特有的气压。

“吃……吃了……”她不由自主地结巴起来。

“在干什么？”

这问题问得多无聊，她回道：“跟……跟你打电话呢……”

“嗯。”

嗯，没下文了，她倒是想起纠结了一晚上的问题：“粟老师，你今天……今天为什么突然生气了啊？”

“生气？没有。”

“没有？”那……那她在火车上遇到的是另一个粟老师吗？

“早点儿睡。”

“好……”

所以，他打电话来没事吗？

“明天别忘了去奶奶家吃饭。”

“好！”

“早点儿去！”

“哦……好……”

“带棒棒糖遛弯儿！”

原来他是要使唤她。

电话挂断了，她心头的两件事也解决了。第一，粟老师没生气，第二，明天去奶奶家吃饭。她抱着被子笑眯眯地睡了。

因为粟老师说了要早点儿去，所以第二天涂恒沙起了个大早，还去市场给奶奶买了水果，给棒棒糖买了它喜欢的口粮，将寄回来的土特产分出一些给越越带去，然后告诉妈妈要出去一整天，便出门了。

粟老师来得比她还早，她到的时候奶奶正在院子里修剪花草，看见她来挺高兴。

她陪着奶奶聊了一会儿，听说粟老师在房间里写毛笔字，她就决定不去打扰了，毕竟粟老师的脾气实在不大好，她去扰了他没准会被撕了。

所以她就找越越聊天去了，两个小姐妹一聊就是一个上午。中午奶奶叫她们吃饭时，她俩才发现时间过得这么快。院子里摆了饭菜，四个人围坐在六人位的桌子旁。

粟老师的脸色果然不太好，涂恒沙感觉到了危险信号，选座位的时候离他远远的，免得被风暴刮到。

她刚坐下还没拿筷子，就听粟老师威慑力十足的声音响起。

“涂恒沙，去拿个勺来。”

“我去，哪儿有让客人去的。”奶奶给他使眼色，对女孩不能这样啊。

“奶奶，让她去。”粟融归端端正正地坐着。

涂恒沙在他面前向来是个㞞的，被他这么一命令，立马站起来了：“我去、我去，奶奶，我年轻腿脚快。”

她一溜烟跑去厨房拿了两个勺。

她刚搁下，粟老师又说了：“别坐，再去拿碟生抽。”

涂恒沙犹豫了一下，在奶奶准备起身的时候按住了她：“我去、我去。”

如果这就是粟老师在逼她还账的话，那她就还好了，再说她是个记恩的人，就冲粟老师两次救了她的命，还亲自一口饭一口水地照顾她的分上，这些小事她任由他差遣又如何。

接下来就热闹了……

“涂恒沙，给棒棒糖装碗吃的。

“涂恒沙，这个淡了点儿，取盐来。

“涂恒沙，筷子掉了，取双筷子来。

“涂恒沙……”

总之，这顿饭吃下来，她的名字出现的频率比棒棒糖汪汪叫的次数还多，再看不出来他是故意刁难她，那大家就是傻子了。

在他以汤冷了为由，让她重新去厨房热一热的时候，一直看戏般看傻了的越越悄悄离席跟到厨房问情况了。

“你们粟大神这么折腾你，你到底怎么得罪他了？”越越低声问道。

涂恒沙忧伤地把汤倒回锅里：“我如果知道的话，还会这么苦哈哈的吗？”

樊越也是服气了，得罪了人还不自知，沙子这是越混越回去了：“沙子，你可一直都算机灵的啊。”

“有吗？我觉得我越来越蠢了。大概我的长相和粟老师的眼睛八字相克吧，只能这么解释了，他就是看我不顺眼。”

樊越拍拍她的肩膀：“看来我们上次的推断没错，你们粟老师真的就是个……内分泌失调的老男人……虽然年纪看起来不那么老，但生理功能应该老了，这种病找个女朋友就能治好。你帮帮你们粟老师，没准儿你就解脱了。”

“怎么帮？介绍女孩子给他？可惜你已经结婚了。”涂恒沙慢悠悠地搅着汤，“再说了，他这个脾气，除了我能容忍他，谁能受得了？”

她也是看在他是她救命恩人的分上才容忍他，她的命都是他救的，还有什么不能做？

樊越捂着嘴笑了：“那你就吃点儿亏，给他做女朋友，拯救他的灵魂，也算拯救世界，你不入地狱谁入地狱。”

涂恒沙的嘴巴都张大了：“你别开玩笑了，给他做女朋友，我是嫌命长吗？不，我想好好活着。”

而小院外面，粟融归也在经历着一场苦口婆心的劝诫。

“呱呱，人家是女孩子，对女孩子不能这样的……”奶奶快要愁死了，孙子这样子，一看就是找不到女朋友，“你不是说你们俩一起去采访了吗？你手伤成这样都是人家照顾的吧？你不好好谢谢人家，还这样折腾人。呱呱，今天奶奶买错菜了，不应该买猪蹄补你的手，应该买猪脑花补补你的脑啊。”

奶奶急得直摇头。

“奶奶，你放心吧，”他劝慰奶奶，“我有分寸。”他说着站起来，“我去看看！”

“快去！”奶奶只差轰他起来了。

厨房里，涂恒沙和樊越正在秘密地就他的女朋友问题进行热烈地讨论。涂恒沙将热好的汤盛起来端了出去，走到门口，她倒吸一口冷气，手里的汤碗差点儿掉在地上。粟老师什么时候来厨房了，那他又听了多少？

“粟……粟老师……喝汤……”她把汤碗举起来，恨不能遮住自己的脸。

粟融归微抿薄唇，沉默了一会儿，道：“来陪我写字。”

“不喝汤了？”

樊越也从涂恒沙身后探出脑袋，写字？

他眉头一皱："我的胳膊这样吊着，怎么磨墨？过来给我磨墨！"

涂恒沙觉得自己好像又明白了那么一点点，原来粟老师是需要人去打扰的啊！是她领会错了！莫非这是粟老师不高兴的理由？

她放下碗，跟粟融归出去，大叹："粟老师，以后有什么话咱们能直说吗？这样猜来猜去猜你的心思，我好难啊！"

两人说着到了书房。

书桌上摆着他未写完的一张小楷，一笔一画工工整整，很是好看。

他指了指墨，提笔继续写，她忙开始磨墨。

"你很关心我的终身大事？"他写着字，忽然问道。

她正全心全意磨墨，被他的话吓一跳："不、不、不，没有关心。"

她哪里敢关心他的终身大事，这不是他最反感的吗？

"听说……"他缓了缓，将下一个字写完，"做我的女朋友会短命？"

她恨不得把自己隐匿起来，这就是一道送命题："那个……开……开玩笑的……"

"你放心……"他又写完一个字，"我的女朋友会长命百岁的，不劳你记挂。"

所以，他有女朋友了？涂恒沙觉得自己的重点完全错了，可还是没能按住这颗八卦的心，眨巴眨巴眼睛："你有女朋友？谁啊？"

粟融归没有回答。

"她长什么样子？"她的小许有女朋友了，她该祝福的，为什么心里还是有点儿酸？

他皱着眉说："丑！"

她顿时又为小许同学感到遗憾。虽然她觉得自己身为女生，还对女生的相貌有偏见是不对的，但这是她的小许啊，她的小许就该配乖巧小美女才对，就跟老母亲选儿媳妇一样，可小许同学为什么总跟不漂亮的女生有缘？

刚想到这里，她就连呸了几下。她这是什么毛病，粟老师是魔鬼吗？她已经被粟老师洗脑了，自动把自己归到不漂亮那一类，她明明是漂亮可爱的小仙女。

他觉得她这个反应也是挺奇特的，好奇地问："这是什么反应？"

"哦，我就是松了一口气……"她不能表露心里的酸意。

"松气？"她说话也变得深奥了吗？

"那啥……丑的女朋友，那就证明不是我了。"她压着心里小小的酸意，一脸"我不丑，我是小仙女"的表情。

这个回答……真让他一口气憋在胸口，上不来下不去，最后反倒笑了。

他笑完之后把笔搁下，招招手："你来写。"

"我？"她指着自己，"我写不好！"

"写不好才要练，过来。"他让开了位置。

她写毛笔字还是小学上写字课时的事，她的字就跟鬼画符似的，现在……好吧，她也有点儿兴趣。

她拾起他的笔，翻开另一张纸，临摹他刚才的字。

“先把笔拿对，笔都拿不好怎么写字？”他在一旁看，在她写出第一个字之后，闭上眼睛，给了四个字的评价，“字如其人。”

她搁下笔，义正词严地道：“粟老师，你可以侮辱我的字，但不能侮辱我的颜值。”

他嗤笑：“活宝，赶紧写。”

他抽了一本书，坐在一旁看。

时间突然慢了下来，黄花梨的书桌上铺开一裁生宣，漆烟墨一点如漆，字字叠生。屋子里刚燃过艾草，香味儿不曾散尽，与那穿透窗格的午后阳光交织成繁缠冗错的斑驳光影。屋里有一排黄花梨书柜、雕花多宝槅，他坐于其间捧着书卷，她写完一页抬头，便觉得时光已错乱。

“写好了？我看看。”他走过来，另取了支笔，在她的那篇小楷上细看了一遍，实在没能找出一两个字可供圈点，“你确定……是临摹的我的字？”

他把两张摆在一起对比。

她知道差得有点儿多啊！

“再写。”他另铺一张纸。

“啊？”她看看时间，“不，来不及了，我要跟越越去看电影。”

他的脸色立刻变了：“不是让你今天早点儿来吗？”

“我……来得很早啊。”

“早去哪儿了？”

难道他不知道她在和越越聊天？

“不写完两张不许出去。”他将他的字往她面前一摆。

她就奇了怪了，凭什么，她爹都没管过她练字。

“粟老师！”她气哼哼的，“你说话不算数。”

“怎么不算数了？你写完就可以走。”

“你说过的，以后就是小许同学，再也不变回粟老师的。你就那天晚上在床上那一会儿是好人，第二天早上起床就变了。”因为是控诉，所以她拔高了嗓音，十分气愤。

粟融归被她镇得半晌说不出话来，又好气又好笑：“小姑娘，话不可以乱说……”

“我哪里乱说了？你们这些臭男人就会花言巧语，过后就翻脸不认人。”

她的话还没说完，门就被推开了。奶奶捧着一盘瓜乐不可支地闯了进来，直接盯着涂恒沙的肚子瞧。

涂恒沙被盯蒙了，她的衣服上吃东西时沾了油吗？

奶奶放下瓜盘，喜笑颜开地扶着她坐下，笑眯眯地盯着她上上下下地打量。

涂恒沙被盯得瘆得慌：“奶奶……”

奶奶摆摆手，笑呵呵地道："丫头，我们家呱呱的脾气有点儿奇怪，不过没关系，奶奶站在你这边，我帮你教训他。以后他有什么不好，你尽管告诉我，我给你出气。"

"奶奶？"涂恒沙虽然一直都觉得奶奶是个善良的人，但是这样大义灭亲好像有点儿热情过头了。

呱呱同学才真是头疼，奶奶这明显是误会了。

"奶奶……"他有心阻止一下奶奶的发散思维。

奶奶便收起了笑脸，严词批评呱呱同学："呱呱，这就是你的不对了，丫头是女孩子，女孩子就要宠着，哪儿有让人不停干活的？这字儿能认会写就行，丫头不愿意练，那就不练呗。你真有爱教导人的心，等以后生了孩子，你好好教孩子就行了，折腾丫头干什么？"

涂恒沙觉得奶奶真是她的知音。

她用力地跟着点头："对啊，粟老师，我又不是小孩子了，你突然间父爱爆棚的话就赶紧生个孩子教他吧。"

粟融归看着她，脸上的表情渐渐变得别有意味，当下也不说话了，唇角带着若有若无的笑意。

涂恒沙只觉得粟老师变脸可真快。

奶奶听得满意极了，拉着她的手，轻拍她的手背："还是丫头懂事。丫头，相信奶奶，呱呱从小做什么事都认真，绝对不会是不负责任的人，也不会翻脸不认人，奶奶一定会给你做主的。"

涂恒沙点点头，还横了粟融归一眼："听见没有，奶奶说会为我做主的。"

"傻瓜一个。"粟融归不得不叹息了。

"奶奶，你看他又骂我。"涂恒沙觉得这回自己找到靠山了。

奶奶听了直接一巴掌拍过去："让你还不管住嘴，赶紧给丫头道歉。"

粟融归往椅子上一坐，说："对不起。"

虽然听上去不是很诚心，但涂恒沙已经很满足了，毕竟能让粟老师说句对不起很不容易。她一看时间，马上道："奶奶，我跟越越看电影去了。"

"好，去吧，晚上早点儿回来吃晚饭。"奶奶笑眯眯地道。

涂恒沙觉得有点儿不好意思："这……多难为情啊，奶奶。"

"这有什么难为情的？奶奶这儿就跟自己家一样。去吧去吧，快去快回。"奶奶笑着说道。

"那……那好吧……"她瞟了一眼粟融归。

奶奶拍拍她："还看他干什么？奶奶说了算，快去吧。"

"好嘞，那我去了，奶奶拜拜。"

涂恒沙的脚步声渐渐远了，粟融归捏了捏眉头："奶奶，您误会了，我跟她……”

奶奶一听就不高兴了：“呱呱，我知道现在时代不同了，你们年轻人都开放得很，但我看沙子不是随随便便的女孩，既然跟人家女孩子有关系了，就好好在一起，可不兴随便玩玩那一套，再有……你们……”奶奶迟疑着，最后还是笑眯眯地说了，“你们在一起……没有避孕吧？不用啊，奶奶这么大年纪了，一直担心能不能有看见重孙这一天……”

“奶奶……”粟融归就知道是这样，哭笑不得，“奶奶您真的误会了，我跟她并没有发生过什么，我们只是工作关系，真的。”

“工作关系要一起睡？我刚刚都听见了，你还想瞒着我呢？”奶奶不满地戳他的脑门。

“奶奶，真的，没有一起睡。只是同一个房间，什么都没发生。”

奶奶的眼睛都瞪大了：“同一个房间还什么都没发生？我说呱呱，你不是……奶奶是不是得给你补补呀？”

粟融归简直要吐血：“奶奶，她并不是我女朋友。”

奶奶看着他叹息道：“呱呱，你从来没有带女孩子来奶奶这里，你也从来没有这样笑过……更没有这样凶过谁……”

他怔然。

门外又响起了脚步声，随即门被敲响，许奶奶打开门，门外站着涂恒沙。

“奶奶，我是来跟您告辞的。越越不去看电影了，她突然有工作要出去，谢谢您的招待，午饭很好吃。”

“不是说好吃晚饭的吗？奶奶都准备好菜了。越越不去看电影了，那呱呱陪你去啊。”奶奶回身拉起孙子，“他在这儿闲着也是闲着，还碍我的事，年轻人就该多出去走走，在家不是写字就是看书，跟老头儿似的！”

“我……”

“快去。”奶奶直接把他推出了门。

两个人在门外站着不动，彼此都没看对方一眼，要多别扭有多别扭。

奶奶着急道：“去啊。”

涂恒沙忽然灵光一闪，上前挽着奶奶的手：“奶奶，您也去吧，我们一起去看。”

“我？”奶奶连连摇手，“我可不去，不去不去……”

但最后奶奶还是换了衣服，被涂恒沙挽着笑眯眯地出门了。粟融归吊着一只胳膊跟在后面。

奶奶笑得眼睛都眯成缝了：“我得有好几十年没看电影了，最后一次看电影，还是刚生了呱呱他爸的时候，他爷爷陪着我去看了一场……后来……唉，也不知这几十年都忙了些什么，好像再没有时间去看电影、逛街了。”

涂恒沙笑了：“奶奶，那我以后常常陪您去看电影，我就经常陪我妈妈去。奶奶，下回我介绍我妈妈给您认识吧，然后咱们仨一起玩。我不忙的时候还陪我妈妈去爬山郊游，还摘野菜回来吃呢。”

“好啊，”奶奶听得舒心极了，“我从前也爱摘野菜吃，我做的野菜饭可好吃了。我是南方人，年轻的时候一到春天，小河边的野蒿子长得绿油油、鲜嫩嫩的，摘回来洗干净，揉出汁，掺进糯米里，再拌上腊肉、豆干、花生米，一定要蒸。哎哟，奶奶一蒸这饭，整条胡同都香了，他爷爷在世的时候就好这一口。等明年春天到了，奶奶去寻这野蒿子来做给丫头吃，一定要野生的才好吃。”

“好啊，奶奶，到时候我陪您一块去吧……”

粟融归不出声，却在后面默默地将每个字都听了个清楚，初时听她和奶奶说得高兴，心里还有点儿酸。爷爷不在以后，奶奶一个人太孤独，是他这个孙子做得不够。可听到她要介绍她妈妈和奶奶认识的时候，先是失笑，而后突然想到什么，皱起了眉头。

涂恒沙却没想到呱呱同学这么笨，不知道怎么买电影票，也不知道网络购票怎么取，看个电影全是她在跑腿。当她捧着两桶爆米花回到奶奶面前时，奶奶笑着摸她的脸：“我家呱呱太笨，辛苦丫头了，以后丫头教教他。”

“不辛苦，奶奶。”被奶奶这么一说，她都不好意思嘲笑粟老师了。

电影院里，许奶奶坐中间，她和粟融归分坐奶奶左右。他们看的是喜剧电影，许奶奶从头到尾笑个不停，就连笑点比较高的粟融归也咧了几次嘴，只不过粟融归想起奶奶在书房说的那些话，心头也冒出一句话来：奶奶这些年也从没有像今天这样开怀……

涂恒沙是笑得最傻的一个，好几次都直接笑倒在奶奶的肩头。奶奶每次都只是摸摸她的脸，无比疼爱她。

从电影院出来，涂恒沙和奶奶两个人的脸颊都红扑扑的。

奶奶一看时间：“哎，得赶紧回去做饭了，你们吃了早点儿回去，明天得上班了。”

“不做了，我们在外面吃吧。”粟融归说，“有家离这儿不远的餐厅还不错。”

粟融归说的餐厅是一家老店，装修得跟羊肉疙瘩胡同里的院子很像，古香古色。

奶奶十分惊奇：“这家店还开着呢。”

“奶奶以前来过吗？”涂恒沙一脸听故事的表情。

她喜欢听老一辈的人说话，在卖生煎的胖爷爷那里她也是这样，总觉得老一辈人每三句话里必有典故，很有意思。

“来过，”奶奶打量着餐厅的环境，“从前呱呱的爷爷约我出来吃饭就常来这里，呱呱他爸爸和妈妈定亲也是在这里办的……”

她说到这儿，许是想起儿子已去，儿媳已改嫁，如今不再适合回忆这一段，便不再提了。其实亲人早逝、物是人非是一件悲伤的事，但老人家不愿意自己的心情影响两个年轻人，笑了笑，开始和涂恒沙介绍这家店的来历：“听说祖上是内务府的……”

“奶奶，这些我都不知道，您从前都没跟我说过。”粟融归颇觉奇怪，这丫头倒是十分有老人缘，哄得奶奶什么都跟她说。

奶奶听了，嗔他一眼：“就你，三棍子都敲不出一个响来，我怎么跟你说？聊天聊天，要能聊到一起才算聊天，跟你，一句话过后就没话说了。”

涂恒沙忍不住笑道：“是啊，奶奶，他就是话题终结者。”

话题终结者便索性不打搅一老一小聊天了，全程当听众，用一只手为她们服务。

上菜的时候，粟融归神色一肃，敲掉了涂恒沙准备夹菜的筷子。

“干什么？”涂恒沙瞪他，不会又要她去跑腿吧，这是在餐厅。

“药呢？带了吗？”

涂恒沙的气焰立刻下去了：“我……以为回家早，打算回去吃的。”

“你怎么总这么不长心呢？”

粟老师的训话又要开始了，这回还是她自己马虎，都没理由回嘴了……

奶奶忙出来救场：“行了、行了，回去吃也可以的，丫头回去奶奶打电话提醒你吃。”

“奶奶，您别惯着她，吃药这种事还要您打电话提醒。都二十几岁的人了，真不知道怎么长到这么大的。”

“我会吃的好吗？二十几年也没出过问题……”她小声嘀咕。

“还没出问题？这次的问题还不大？别忘了，你的小命已经丢两回了，是我给你捡回来的。你的命已经算我的了，你没有权力糟蹋，请务必珍惜。”粟老师把筷子都搁下了。

她被他救了两次命，在命这个问题上，他的确很有发言权。她就不明白了，平时聊天逼他说四个字以上都难，怎么训起人来就能滔滔不绝？

“回去记得吃，晚上我打电话查。”

好说歹说，他总算放过了她。她呼了口气，冲奶奶吐了吐舌头。

奶奶被她逗笑了，这顿饭得以继续下去。

吃完饭回到胡同已经月上梢头，奶奶没多留他们，只握着涂恒沙的手笑：“真是个可人的丫头，奶奶真想把你抢回家来给我当孙女。”

“奶奶，我就是您孙女啊，我的命……嗯……他都说了已经是他的了……”她努努嘴，再挤挤眼睛。

奶奶笑出声来：“傻孩子，你就是奶奶的孙女了。”

“奶奶，您今天也累了，我们走了，下周再过来看您。”粟融归道。

“你们也别总惦记来看我，你们好好的我就高兴。”奶奶松开涂恒沙的手。

“下周来，她说她会煮面条，下周来让她下厨。”粟融归不叫她的名字，听上去很别扭。

涂恒沙没啥感觉，还猛点头。

奶奶笑："好，下周奶奶等你们。"

粟融归手有伤，没开车过来。但天气很好，月明天高，白天的暑气已然褪尽，夜风一吹，空气里有淡淡的玉簪花的香味，很适合散步。

"走一段吧。"他说。

"嗯。"正好她晚上吃得有些多，也想走走消食。

走了很长一段路，他们都没有说话，却并不觉得尴尬。

夜晚的胡同比白天更多了些许韵味。家家闭门，留一盏黄灯，偶有一户人家檐下悬一对儿红灯笼，仿若点亮了通往尘封岁月的门，每走一步，便走过一个深宅大院的故事。门内是故事里的人，门外是琢磨故事的人。

他一步一步，缓步方正。她小步跟随，踩着他身后的方砖，数着走过的灯笼，跳踩着他的影子，竟也颇为得趣。

"走路就好好走，小心摔着。"他的声音混在玉簪花香满溢的空气里，便是责备也不那么明显了。

"走得好着呢。"她脆嫩的声音在夜风里飘来，竹深泉响一般。

他反手将她从身后提溜出来，让她走在自己身侧："今天……谢谢你。"

"嗯？"

"谢谢你让奶奶这么开心。"夜色遮掩下，他唇角的微笑浅若无痕。

"哦，这有什么值得道谢的？我还要谢谢奶奶给我做好吃的，给我讲有趣的典故呢。对了，"她好奇地看着他，"你从来没在外面看过电影吗？"

"嗯。"

"那你休息的时候都做些什么？"

他想了想："旅行、帆船、跳伞、攀岩、蹦极、滑翔……"

她不禁咋舌："乖乖，不是天上飞，就是水里冲，再不然就是悬崖上挂……你不怕吗？"

"不怕。你怕？"

她连连点头："我怕，怕死……"

他刚要笑她，就听她又道："我死了不要紧，只是没有人陪妈妈了，妈妈怎么办啊？所以我其实很爱惜我的小命的，粟老师，你不用成天担心我把小命玩没了。"

他脸上淡淡的笑容渐渐收敛，空气重新凝重。良久，他才说道："以后每周抽一天来陪奶奶，行吗？"

"行啊。"她毫不犹豫地答应了。

"陪奶奶，也练练毛笔字。"过了一会儿，他又补充道，"不许老在樊越那边聊天。"

"为什么？"

“让你来陪奶奶的，不是来陪樊越的。”他的言语间有了不耐烦。

她瞬间觉得这玉簪花、红灯笼、深宅门，所有的意境都没了：“那我练毛笔字也不是陪奶奶啊！”

“就是不准整天待在樊越家。”

“不讲道理。”她看粟老师根本不是要她来陪奶奶，是要折磨她。

“不准就是不准。”

“凭什么，你又不是我爸妈，也不是我的部门主任。”

“凭什么？就凭……”

“凭什么？”

他沉着脸说：“总有一天你会知道我凭什么。”

她不以为意：“我不想知道。”

他不明白自己怎么会无聊到和她玩这样的斗嘴游戏：“你知不知道你这样不听话的样子让人很想打你一顿？”

“你敢，我告诉奶奶去。”

他嗤笑，她现在觉得自己找到靠山了，硬气起来了？

“走累了没有？要不要坐车？”

“不累。”

“还是坐车吧。”他招了辆车，和她一起坐进车里。

“你……你坐进来干什么，我们不顺路的。”她被迫往旁边挪。

“我去那边有点儿事。”他一本正经地道。

“哦……”

这一路坐车原本彼此沉默相安无事，涂恒沙突然想起一件事来：“粟老师，是你请我去陪奶奶的对不对？”

“嗯……”

“那……那可不是我借机跟你套近乎，你的警告这次不能用，我没有要打扰你工作以外的时间和空间。”

粟融归脸上的线条在黑暗中渐渐收紧。

“听见没？记住啊！别老骂我！”

粟老师的下巴线都要绷断了：“下去。”

涂恒沙被突然而来的厉声吓了一跳。

“师傅，麻烦停车。”

司机不知道发生了什么，靠边把车停下。

“下车。”

涂恒沙气得不行，打开门跳下车：“下周你请我我也不去了。”

她头也不回地往前跑，一看，原来已经到学校路口了。

“先生，那现在……”司机问。

粟融归的目光从跑远的那个人身上收回：“去羊肉疙瘩胡同。”

车又开回了胡同。

粟融归下车，重新走进奶奶的小院。

奶奶都要睡了，打开门见是他：“呱呱，你这是……”

两个小时后，他才从小院出来，手里多了一枚小小的镏金珐琅镶珠边发梳。

夜愈加深浓，古巷里灯已寥寥，他一个人走着，目光深沉，红灯笼倒映在他的眼里，如跳动的两团火焰。

他掏出手机，翻到一个号码拨了过去。

涂恒沙正躺在床上拿着手机刷新闻，突如其来的电话打断了画面，她看了一眼后，挂断了电话。

手机上来了条消息：“有任务，接电话。”

好吧，她公私分明，再来电话的时候她就接了。她不说话，那边也不说话，就这样僵持了好几十秒。

“任务呢？”她憋不住了。

“吃药了没？”

他好像还在外面，伴随他的声音而来的还有汽车的鸣笛声。

“吃了，任务是什么？”

“任务啊……”他慢慢地道，“下周来陪奶奶别忘了……”

她上当了，正要挂断，听他又道：“别挂，奶奶多喜欢你，你忍心让奶奶失望吗？”

他又掐中她的软肋了。

“那要看你的诚意了，好好想想怎么贿赂我，我满意的话，就答应你。”

这种感觉有点儿太好，好到让她得意忘形，没想过激怒粟老师是怎样的后果。

不过粟老师那边竟然心平气和地答应了：“好。”

涂恒沙自己都惊讶了。

“早点儿睡吧，明天见。”

涂恒沙握着手机，好半天都没反应过来，刚才打电话那个人是粟老师没错吧？

胡同小巷里的粟老师收了手机，大步流星地离去。

粟家。

夜深了，已是一片寂静。粟融归打开门，黑暗中突然传来一声大喝，而后一个黑影直撞过来，将他整个人都撞歪了。

“啊？粟融归，对不起，我不小心的，有没有撞到你的手？”灯打开，粟融星急忙来看他的胳膊。

“没事。”他已站稳，往楼梯走去。

“咦？这是什么？”粟融星突然道。

他脸色一变，回过头，只见粟融星从地上拾起了一枚小发梳。

“好漂亮啊，送给我的吗？给我好不好？”粟融星捧着发梳爱不释手。

“不行。”他毫不犹豫地拒绝了。

粟融星大吃一惊，她从小到大在粟融归这里提要求就没有被拒绝过。

“这个发梳是我奶奶的，是当年我爷爷送给我奶奶的结婚纪念礼物。”他见她这样，又解释。

“这样啊……”粟融星觉得似乎不好意思再讨要，但又不甘心，“那……那我真的很喜欢……粟融归，你……你能借给我玩几天吗？”

粟融归的眉头渐渐蹙起：“融星，如果你喜欢，我下次给你买个新的，这个真的不行。”

粟融星什么好东西没见过，这么个小发梳还真不算什么，但她的心理就是越得不到越想要，所以拿着这个小发梳竟舍不得放下了，手指摩挲着：“我就喜欢这个……这个小蝴蝶的造型很可爱……那我给奶奶买个新的，买一整套，这个留给我好不好？粟融归……”

“什么东西融星要不给她？”尚清梅的声音响起。

“是这个……”粟融星惯常会利用尚清梅，无论什么事，尚清梅铁定会站在她这边。她跑过去把发梳给尚清梅看：“我喜欢这个，粟融归说是他奶奶的，不能给我。我都说了买一整套新的跟奶奶换都不行，我真的特喜欢这个。”

尚清梅一看：“这有什么换不换的，他奶奶这种玩意儿多得很，几大匣子呢，喜欢拿着玩就行了。”

“谢谢阿姨。”粟融星瞬间得意了，冲着粟融归笑。

粟融归的脸色略沉，他径直走到粟融星面前：“拿来。”

粟融星的脸色都变了：“粟……粟融归。”

“粟融归，”尚清梅也生气了，“你怎么对妹妹呢？妹妹要你个东西你都不肯给。”

粟融归也不争辩，只是绷着脸不退让。

粟融星看着他，目光里透着可怜，眼泪都要流下来了。

“粟融归，赶紧回房间。”尚清梅是真的生气了。

客厅里的动静惊动了粟振，他也出来问情况：“这是怎么了？”

尚清梅不愿意让粟振知道这事是因为前婆婆的东西引起的，遮掩道：“还不是融归，当哥哥的还要惹妹妹不开心，没事了，我让他好好反省反省。融归，还不回房间去。”

粟融归站着没动。

粟振是聪明人，怎会看不出端倪，干脆问女儿：“融星，你说到底是怎么回事。”

粟融星只好把发梳拿出来，将事情又说了一遍：“爸，我就是喜欢这个……我也知道是奶奶的东西……可是我买新的跟奶奶换还不行？”

粟振的脸一沉：“还给融归！”

粟融星噘着嘴就是不愿意。

“还不还给融归？”粟振也拔高了声音。

粟融星嘴一瘪，眼眶一红，用力将发梳往粟融归身上一砸，转身便跑了。

发梳掉在地上，啪的一声，一颗珠子掉了，在地板上打转。

“这……”粟振一看，很是无语，“这孩子真是。融归，融星这脾气，我会好好说她的。至于这个首饰，我认识几个老工匠，到时候我带你找他们去修补。”

粟融归拾起发梳和珠子，低声道：“不用了，爸。我明天去买新的送给融星，是我不好，让融星伤心了。”

粟振笑了：“你就是太懂事了，融星就爱凑热闹，别管她。回房休息吧，你的胳膊要好好养养。”

“谢谢爸，那我回房间了。”他从尚清梅面前经过，低头道：“妈，晚安。”

尚清梅板着脸没理他。

他顿了顿，上楼去了。

待粟融归的身影不见了，粟振才道：“你也是，孩子们的事让孩子们自己解决，他们都这么大了，你还掺和干什么？”

尚清梅在丈夫面前倒是十分娇柔：“我还不是怕委屈了融星，融归是男孩子，耐摔耐打的，女孩子就不同了。我又是继母，她受一点点委屈我都如坐针毡。”

“你啊，就是想得太多，走吧，都休息吧。”粟振揽过她的肩。

粟家的夜晚算是真正到来了。

第二天，粟融归打开房门，门口便站着粟融星。她的眼睛肿着，显然昨晚哭过，此刻脸黄黄的，看起来颇为憔悴。

她低着头，吸了吸鼻子：“粟融归，你是不是不喜欢我了？”

他沉默了片刻：“当然不会。”

“我还以为……还以为你该讨厌我了……”粟融星哭出声来，本就漂亮的小脸蛋梨花带雨，看起来十分可怜。

“没有，是我不好，今天下班我陪你去逛街，你挑个喜欢的礼物。”他温柔地说道。

“我不要礼物了，只要你不生我的气。”粟融星说着一头扑进他的怀里，“粟融归，是我不好。我知道那是奶奶的东西，对你很重要，我不是有心摔坏它的。”

“嗯，我知道。”他低声道，“下楼吃饭吧，该上班了。”

“好，只要你不生我的气，怎么都好。”她破涕为笑，挽着他的胳膊下楼了。

楼下的粟振见他们手挽手下来，揶揄尚清梅：“你看看孩子们多好，就你瞎操心。”

尚清梅微微一笑：“是，你说的全是对的，都是我不对。”

“看看、看看，还不服气。”粟振指着她笑。

尚清梅笑着，神色却并未放松。

早餐后，家里大大小小都出了门，尚清梅叫上司机：“载我去一个地方。”

她要去的地方是羊肉疙瘩胡同。彼时樊越和崔培都上班去了，许奶奶一个人在家，听见响动出来一看，怔住了：“是你啊……”

尚清梅今日的打扮很是华贵，一身手工绣牡丹花的改良旗袍，通身戴着翡翠，一进院子就让司机往里搬东西，各种山珍滋补品，件件价格昂贵。

“清梅，你这是……”老太太对于这个再嫁之后从未登门的前儿媳妇如此大阵仗地前来很是疑惑。

尚清梅却只是指挥司机搬东西，许奶奶便回了屋倒了两杯茶，这时东西也搬得差不多了。

许奶奶请他们喝茶，司机没得尚清梅的许可不敢喝，他也颇有眼色，眼见尚清梅有话要说，搬完东西就悄无声息地出去了。

尚清梅也没喝茶，甚至都没坐下来，笔直地站着，下巴微扬，神态端庄。

“母亲。”她并没有像从前那样叫许奶奶，但也没有不顾教养，一声“母亲”算是全了从前的婆媳情分，“按理来说我的名字已经跟“许”这个姓没有关系了，但我不是一个绝情的人。在许家生活了近十年，我见了您，我的教养约束我叫不出其他称呼。”

许奶奶听着，却是不知该如何答了。

“我知道，您现在一个人生活孤独，融归是您的孙子，您挂念他、想见他，解您晚年寂寞，我也理解，所以融归背着我来看您，我也睁一只眼闭一只眼，只当不知道。但是我这么体谅您，可否请您也体谅一下我？我在粟家并不容易，粟家家大业大，我一个带着拖油瓶的孀居女人，能嫁进去就已经费了九牛二虎之力。外面多少年轻貌美的女孩子盯着这些事业成功的男人，哪怕年过半百都不在乎，我跟她们比已经没有优势了。我在粟家每时每刻都如履薄冰，可我这样难都要走下去还不是为了融归吗？我是他妈妈，这个世界上没有谁比我更希望他好，可是您作为他奶奶，除了满足您那点儿想念孙子的私欲成天撺掇着他来看您，还做了什么？”

“我……我没有啊……”许奶奶被尚清梅这一番指责，眼眶都湿了。

尚清梅转过脸：“别做这副可怜样子给我看，融归就是看不得您这副样子才总是挂念您。可是一个已经改嫁的女人被丈夫知道总是跟前夫家里有瓜葛，夫家的人会怎么想？您不但不会为我们着想，还总是添乱，给融归带那么多菜是让粟家的人觉得粟家亏待了他以至于连顿饭都没给他好好吃？您那点儿东西、这一座大院子和老爷子留给您的财产，我和融归既然出来了，就没想过再回来拿。我们不眼馋，您就好好留着。他也是小孩子不懂事，拿回去一个小玩意儿还引起了我们粟家的矛盾。”她打开包，拿出一张卡，“我这次来是想最后一次告诉您，虽然融归是许家的后代，但是他身上有一半是我的血，是我从鬼门关走了一圈才生下来的。他是我的儿子，而且他现在已经改姓粟，从他九岁开始就是粟家在养着他，供他上最好的学校，粟家孩子有的他没少过一星半点儿，可许家除了给他一半血什么都没给。生恩大不过养恩，当然我并不怪许家，如果那个短命的不死，我们也能有个长长久久的好日子，可是他死了，要怪只能怪命。这里有张银行卡，密码是一二三四五六，里面有一笔钱足够您养老，当然您并不缺。这些东西您多吃点儿，自己长命百岁，以后就不要再来打扰我们母子的生活了。如果您真的爱融归，您就该知道真正的爱是放手，让他在粟家安安分分地待着，让他以后能分粟家一杯羹。”

说完，她将银行卡放在桌上，快步走出了院子。

许奶奶已经听得呆了，待想起来拿着卡去追时，只远远看见一辆车驶出了巷子。

她突然之间好像老了十岁，精神头全无，慢吞吞地走回院子，坐在阳光下拿着那张卡发呆。

晨江日报社。

这个晨会开得令人振奋，周主编在会上总结了粟融归和涂恒沙的这次采访，对他们在金县的表现大加赞赏，尤其对涂恒沙这个新人多加肯定，涂恒沙简直就是整个晨会的焦点。当然周主编也没忘记后来才去的粟融星，着重表扬了粟融星对新闻热点的敏感度以及文笔的可圈可点，三人算是在晨会上出尽了风头。

散会后，涂恒沙抿着嘴红着脸，一半是兴奋，一半是不好意思。郝仁第一个来到她身边，向她竖起大拇指：“女英雄，刮目相看。”

涂恒沙悄悄吐了吐舌头，冲他挤了挤眼：“完全是运气，真的是运气。”

“说起运气啊，”郝仁努了努嘴，“另有其人。”

涂恒沙一看他努嘴的方向，粟融星正和粟融归并排走在一起。

涂恒沙一看过去，就被粟融归捉住了，她想起昨晚的事，冲他做了个鬼脸，回到自己的座位上。

回来开工第一天，她先打开今天的晨报浏览，突然被一个醒目的大标题吸引——“尘肺病村的女人们，你们可以回家了”。

她脑袋里哄然一响，立即看了下去。

这篇报道是之前尘肺病报道的后续，写的就是她采访过程里出现过的女人，写她们的辛苦和坚忍，其中典型的例子是葛云和梅。

两人的遭遇被写得十分详细，还附了大量照片，都是她当初采访时拍的，有单独的女人照，有葛云被赵家人脱光了殴打的照片。名字用了化名，照片打了马赛克，可这马赛克打得认识她们的人还是能认出来。梅被公安抓走的那条新闻截图也放上来了，梅子色的裙子在其中十分显眼。

文章的最后还表示，尘肺病的问题已经在解决之中，请离家的她们回家，尤其提到出走的梅，提到她的孩子，提到孩子出生以后将面临的许多难题。表示梅可以联系报社，报社会尽量帮助她正常生活。

然后呢？然后就对梅进行追踪报道和正面采访，可是这样她们还能过正常的生活吗？

她翻看了手机 APP 上的新闻，新闻是今早才发出去的，这个时候已经爆了。

这篇报道可比尘肺病那篇还火，再翻看下面的评论，已经分成了两派掐架。大部分都是骂这两个女人的，极尽恶毒污秽之词，让涂恒沙简直无法看下去。

而这篇报道的署名仍然是三个：粟融归、涂恒沙、粟融星。

办公室的电话这时候响了，郝仁去接的，接后回过头说："沙子，找你的。"

涂恒沙放下手机去接电话，那边传来一个有些耳熟的女声。

"你是那个记者？"

"是，我是。"涂恒沙想说对不起，可是又怕自己奇怪的言行引来其他人的关注。

"我想……想请你们把那篇报道删了……"梅在那端哭泣起来，"我那天不应该跟你说那么多的……我是太难受……太难受了……才忍不住说了出来……我现在后悔了……"

"你……还好吗？"涂恒沙觉得心口随着梅的哭声阵阵闷痛。

"不好，我不想让我的事被全国的人知道，我不想被那么多人骂。我打电话来不是想要帮助，我不需要，我可以靠自己活下去。这次我不靠出卖身体也能活下去，但是我不想在新闻上看到我，不想我被现在这个地方的人认出来。他们都在议论我，太难听了，说得太难听了。我知道是我自己不好，怨不得别人说，可是我想重新开始，请你们……请你们删了新闻可以吗？"

"我知道了，对不起。"

涂恒沙很难受，小时候她一直没有朋友，上初中的时候得到一个新朋友的亲近，彼此都把自己最深的秘密拿出来交换，她告诉了对方她的悲伤。结果第二天所有人都知道她爸爸是杀人犯，新的一拨嘲笑和鄙视甚至欺辱暴风雨般涌向她，这种感觉叫被背叛，从此她再也不轻易交朋友。

到底还是把这声对不起说了出来，她本想解释，这篇报道并不是她写的。可是那又如何，终归已经报道了，已经对梅造成了二次伤害，她解释了就能让梅不那么难受吗？更何况梅的事从头至尾就只跟她说过，说起来主要责任还在她。

她的异样让粟融星看出了不寻常，立马拔高声音问道："涂恒沙，是谁的电话？"

涂恒沙把电话挂断，没有回答。

"是不是那个叫梅的？"粟融星快步走了过来。

涂恒沙转过身取了一份报纸举在手中，大声质问："尘肺病村的女人这篇报道，是谁写的？"

没有人正面回答。

粟融星脸上露出一个高傲的笑容："怎么了？"

涂恒沙的目光在粟融归和粟融星的脸上来回扫视："我就想知道，是谁没经过我同意乱用我电脑里的东西，粟老师，是你授权的吗？"

她想这篇文章应该不是粟融归写的，他还吊着一只手，但是粟融星的稿子都是经过他的眼睛和润笔才发出去的，所以这件事未必与他无关。而且在她住在重症监护室里的那几天，她的电脑都是他在保管。

面对她的质问，粟融归竟然没有回答。

郝仁走上前来："你冷静点儿！"

"我冷静？这件事我做不到冷静。我的名字出现在署名的地方，我觉得耻辱。"她用力将报纸砸在地上。

粟融星被这句话激怒了："耻辱？涂恒沙，别把自己说得那么高尚，你别忘了你以前是干什么的，说得好听是娱乐记者，说得不好听还不是挖人隐私的狗仔？怎么换了个地方就忘了本，觉得自己瞬间高大上起来了。再说这篇报道哪里有问题了，今日热点第一，比之前尘肺病的报道还要受关注，相关人也用了化名和马赛克处理，哪里有问题？"

"是，相关人用了化名，打了马赛克，可是你这样报道出去经过人家同意了吗？人家愿不愿意你报道？你还让人主动联系你，联系了你之后你好继续当面采访，跟踪报道，到时候又是一篇高流量文是吗？"涂恒沙气得声音都破掉了。

"对，没错，我就是这么想的。"粟融星吵架是从不输的，"那又怎么样？做媒体的不写高流量文还做什么媒体？你不写高流量文你在当狗仔的时候是怎么引爆娱乐圈的？不愿意报道就不报道了是吗？孙玉林那伙人还不愿意你报道他们呢，你还拼出一条小命去取证，害粟融归断了一只手！大家都是记者，彼此彼此，你有什么脸来说我？"

"孙玉林他们一样吗？他们的行为已经违法了，可这些女人本来就是可怜人，人家本来都要好好重新开始做人了，你又来掀起轩然大波，她们还怎么生活？如果生活给她们的是第一次伤害，那么你给她们的就是第二次伤害！"涂恒沙耳边响起梅的哭诉声，心中更是难受极了，她无形之中竟然做了自己最讨厌的人！

"伤害？可怜？违法？"粟融星冷笑，"别忘了，卖淫也是违法的，通奸就是要受道德谴责的，这样的人也配说可怜和伤害？也是，你们这种生活在底层的人的确比较能相互理解，不过我还是要劝告你，你现在好歹也是晨江的记者，虽然薪水不高，但好歹工作高尚，别哪天缺钱了，忍受不了生活的伤害就去卖，那时候可没人会同情你了。"

涂恒沙觉得她这辈子还没见过比粟融星更让人气愤的人，就连小时候背叛她的那个"朋友"都比不过粟融星。

她气得全身哆嗦，什么都不想再跟这个人说，抡起巴掌只想狠狠一巴掌扇在这张讨厌的嘴巴上。

然而巴掌是扇出去了，但是没有打中她的目标，也没有她期待中的一声脆响。只听砰的一声闷响，这一巴掌打在了粟融归的肩膀上。

是的，尊敬的粟老师插到两人中间，替粟融星挨了这一掌。

“呵……”她气笑了，冷笑。挺好，粟融星当真是他的宝。

“涂恒沙。”粟融归单手抱着她，叫她的名字。

场面太激烈，以致粟融星都没发现他的这个动作。

“别叫我。”涂恒沙现今觉得这两个人就是一丘之貉，恶心至极！

而这个时候，粟融星一耳光扇了过来。因为涂恒沙被粟融归抱着，连躲闪的余地都没有，眼看这一耳光就要扇在涂恒沙的脸上，说时迟那时快，横空出来一个人架住了粟融星的手。

“郝仁，你这个贱人。”粟融星见竟然没有打到涂恒沙，气急败坏，另一只手一爪子就挠了上去，直接将郝仁抓了个大花脸。

“融星。”粟融归这才去抓粟融星。

“都给我安静下来，这是在闹什么？”随着一声呵斥，周主编出现了：“涂恒沙，你跟我来。”

这正合涂恒沙的意，她也正想找主编。

她看都没看粟家这两个人一眼，转身跟着周主编走了。

郝仁摸了摸脸上的血痕，松开了粟融星。

粟融星却反手又是一个耳光打过去：“跟涂恒沙一路货色，别以为我不知道你们勾搭成奸了，不要脸的东西。”

郝仁正在气头上，一听这话，一把掐住了粟融星的脖子：“你的嘴巴给我干净点儿，别以为我不打女人，也别以为人人都要迁就你。你在家人面前是宝，在别人眼里就是一坨屎。”

郝仁也没用多大劲，但足以让粟融星面红耳赤喘不过气来。

粟融归这才走过来，劝郝仁放手。

郝仁瞥了粟融归一眼，将粟融星往他的身上一推，指着她警告：“粟融星，我郝仁从来没有指人的习惯，今天就指着你了。你给老子听着，老子早就看你不顺眼了，你在我脸上这一挠，我给你记下了，今天我暂时不讨回来，但是老子就无条件站涂恒沙这边了。你怎么着？以后别让我再看见你欺负涂恒沙，否则老子见你一次打你一次。你家有钱怎么了，老子不怕，大不了这份工作不干了，我光脚的不怕穿鞋的，你给我小心点儿。”

粟融星这辈子还没吃过这样的亏，更没有人敢威胁她，郝仁气势汹汹的样子也的确有些吓人，她当即趴在粟融归身上哭：“粟融归，你看他、你看他欺负我……”

粟融归眉头一皱，面无表情："行了，回去坐着吧。"

"粟融归。"粟融星脸一垮，连粟融归都不帮她了吗？

"粟融星。"他如她一般叫她的名字，也不说其他，只面色严肃。

"好，你们都欺负我，我做错什么了？我只是写了一篇文章，我是为了我自己吗？这篇文章为报社带来了多高的流量和点击量，我还把你们的名字都署上了，这也是主编签了的。我如果有坏心，就只署我自己的名字不好吗？结果呢？"她气得转身就走，"我也找主编去。"

剩下粟融归和郝仁正面相对，粟融归看着郝仁的眼里没多少善意，郝仁更是不屑与他多话，只道："想为你妹妹报仇，我随时恭候，但也请你管好你妹妹，我们人穷，但是拳头硬。"

说完他将身边的椅子用力一拖，椅子直接撞上粟融归的膝盖。

粟融归疼得眉头微微一皱。

而粟融星已经到了主编室外，趴在门上听里面的动静。

涂恒沙站在主编对面，怒气未消："周主编，我现在要求撤回这条新闻，而且我们还要登报道歉。这不仅仅是我要求的，也是被采访人要求的，这篇文章已经给被采访人带来了困扰和痛苦，人家已经打电话过来说明了。再说粟融星用的所有资料都是我的，她在用之前没有征得我的同意，我不同意她把这些都发出去。"

"小涂，你那个时候在住院，你也知道新闻最重要的是时效性，不能等你出院再发啊。而且虽然没有经过你同意，但是这个采访是你和粟融归一起去的，当时是以为粟融归同意了就是你同意了啊。"周主编耐心地跟她解释。

涂恒沙的猜测得到了证实，心里凉了半截："呵，粟融归同意了，他凭什么同意？他有什么权利同意？所有的东西都是我的，梅和葛云两个人都是跟我谈的，粟融归连她们的面都没有见过，他有什么资格说同意？现在我明明白白地说清楚，我不同意把她们的故事刊登出来，她们自己也不同意，所以我请求撤回。"

"撤回？怎么撤回？纸质版都已经印发出去了，还怎么撤回？这是不可能的事。"周主编已露出不愿再谈下去的样子，"至于粟融星，她的出发点是好的，她也是想帮助这些尘肺病村的女人，当然同时这也是一篇高流量的文章，所以这事就这么着吧，以后注意就是了。你先出去吧，同事之间要以和睦为重，你又刚来，更要懂得团队协作的重要性，不要过于年轻气盛。"

涂恒沙站着没动："周主编，我是怀着对您无比的敬仰来到晨江报社的，不管您曾经作为一名首席记者在这个行业里精彩绝伦的表现，还是后来成为主编带着晨江的记者写下一篇又一篇震撼人心的文章，都是我记者生涯里的标杆。但是我没想到居然有这么一天，您也沦为流量的奴隶，为了流量，连底线都不要了吗？"

周主编啪的一声拍在桌上："涂恒沙，你在胡说什么呢？"

"我说什么不重要，重要的是刚刚梅打电话来，哭着求我把新闻删了，她说她想好好活下去，她说她不想听周围人不堪入耳的议论，她说她后悔把这些事告诉我。我不知道梅的心理承受能力怎么样，人言可畏，积毁销骨，我真担心明早起来的新闻，会有女人跳楼而亡，到那个时候我们就真成了吃人血馒头的了。您不信的话就去看看来电显示，您回拨过去亲自问问梅，看看她是不是这么说。”涂恒沙指着门。

门外的粟融星听见了，默然离去。

“那你说怎么办？这都已经印发出去了怎么办？”周主编沉着脸问她。

“我知道纸质版的已经没办法了，但是网络的还可以删除，另外登报道歉，一定要道歉，致歉书我来写。”她小小的身体站得笔直。

周主编想了想：“我考虑一下，你先出去。”

“周主编，谢谢您，真诚地希望不要考虑得太久，您也说了新闻的时效性，再拖下去，舆论的雪球越滚越大。今天冒犯了，对不起。”涂恒沙绷紧的心总算缓了缓，既然他答应考虑了，总有希望的，“那……我先出去了……”

脾气发完了涂恒沙才觉得自己的后背都湿了，士气也低了下来。她悄悄打量了周主编一眼，见他没有继续发怒的征兆，便轻手轻脚地出去了。

然而她刚出去，就看见粟融星站在电话机旁打电话。

她走过去恰好听到粟融星在问：“你好，我找一下一个叫梅的女人……”

涂恒听得气不打一处来，上前直接抱起电话，一把扯掉了电话线。

“涂恒沙，你简直无理取闹。”粟融星又要发飙，可下意识地看了眼郝仁，瞬间又露了怯。

涂恒沙将电话一摔，回到自己的座位。

郝仁瞪着粟融星的眼神也收了回来，他低声问涂恒沙：“怎么说？”

“说考虑一下。”涂恒沙叹道，“说到底还是我自己的错，我的习惯不好，喜欢把见到的、听到的都记录下来。早知道这样，她们的事我就不记在电脑里了。”

“这跟你有什么关系？每个人都应该有底线不是吗？”郝仁轻蔑地瞟了一眼粟融星的方向，“有些人你不必怕，欺善怕恶的主。”

涂恒沙知道他意有所指：“她吗？我从来没怕过。”

涂恒沙只是觉得失望罢了，记忆里昨夜所有的流风月色和深宅旧灯都失去了颜色，想着那个在红灯笼的光影里跳着踩他影子的自己，她一时失神了。

周主编果然没有考虑多久，网上的新闻还真的删除了，至于道歉，他把涂恒沙再一次叫去了主编室。

“小涂，登报道歉这个事是不可能的，但是……”周主编顿了顿，“粟融星既然没有经过你的同意就用了你的东西，让她给你道个歉吧。”

“不用。”涂恒沙毫不犹豫地拒绝了。

“你……”周主编对她的耿直简直无语了。

“那就这样吧，周主编，我先出去了。”

她早就知道登报道歉不可能，也没抱这个希望。先提一个苛刻的要求，主编觉得达不到，然后退而求其次答应另一个要求的可能性就大多了，网上的新闻删了她的目的也达到了。毕竟报纸的发行范围有限，互动性也没那么强，没人能在报纸下评论，再过几天这件事就平息了。至于粟融星的道歉，她还真不稀罕，第一，粟融星绝不会真心实意向她道歉，这种虚伪的表面工作不要也罢；第二，有道歉就有原谅，即便粟融星肯道歉，她也绝不会原谅，所以不如省了这一步吧。

这场大戏在中午前总算结束了，让报社所有人看了个热闹，她其实也不觉得有多荣光。

去食堂吃午饭之前，她买了瓶酒精和外伤药，去食堂找郝仁。

郝仁已经在吃饭了，还给她打了份饭，见她来忙招手。

她走到郝仁身边，打开酒精瓶的盖子，用棉签蘸了酒精，让他别动，轻轻给他涂抹脸上的伤痕，很是内疚："这都一个上午了，也不知是不是已经感染了，现在抹药也不知道来不来得及。"

郝仁浑不在意："这点儿伤算什么，就你们女人喜欢大惊小怪。"

"女人怎么了？看不起女人？"涂恒沙拿手里的棉签用力蹭了一下。

郝仁哼了一声，夸张地叫："你看、你看，女人就是得罪不起！唯女子与小人难养也！古人诚不我欺！"

两人正说笑着，郝仁的声音突然打住了，目光看着食堂门口。

涂恒沙也往后一看，只见粟融归和粟融星来了。

"看什么看？人家是上层阶级，咱们不够资格看。"涂恒沙轻声道。

郝仁叹息："每个字里都是酸味。"

涂恒沙正给他涂药，当下就不爱听了："谁酸了？"

"真的不在乎就一个字都不会说，你管人家是哪个阶级，反正跟咱们无关。"

"本来就无关。你好好的别乱动，等下给你戳出血别怪我。"她再没看那两个人，愈加认真地给郝仁涂药，还小心地把血痕里的皮屑轻轻弄下去，"粟融星的指甲是有多锋利，跟小刀划的似的，真不疼啊？"

"疼啊，你给我吹吹呗？"郝仁道。

涂恒沙瞪了他一眼："你还是个婴儿吧？好了，可以了！"

她把药和酒精收起来，坐下准备吃饭，抬头一看，不远处坐着粟家两兄妹，某位尊敬的老师正看着她这边。

她暗哼一声，低头吃饭不理他。

吃完饭回去的时候，涂恒沙是惯常走楼梯的，郝仁也陪着她一起走。

"我说沙子，你这病我查了一下，可不能小觑，以后就不要再出危险的任务了吧？摄影部好几个人，我跟陈琦说说，照顾一下你。"郝仁边走边说。

涂恒沙也觉得无奈："其实已经治得差不多了，很多年没犯病了，这次也是因为粉尘……"

她刚说到这里，一个身影出现在前方的台阶上，挡住了他们的去路。

涂恒沙就像没看到吊着胳膊的粟老师般打算从他身边挤过去，结果被他一把揪住了。

"粟融归，你什么意思？要报复冲我来，打你妹的人是我，跟沙子没关系。"郝仁当即把涂恒沙往他那边拉。

涂恒沙示意他少安毋躁，指着粟融归拉着她的手，响亮地道："粟老师，道不同不相为谋，咱们不是一类人。你走你的康庄道，我过我的独木桥，你们这样的人我们高攀不起，借过。"

"我有话跟你说，让他先走。"粟融归拽着她的手不放。

"可是我不想听你说，有话你还是跟粟融星去说吧，好好安慰她，放手。"

他没有放。

"粟融归，"突然响起一个尖锐的声音，"你为什么跟她在这里？"

涂恒沙趁机一脚踩在他的脚背上，脱身飞跑上楼，郝仁也一步两级台阶地紧跟着她而去。

粟融星绕到她的继兄面前，瞪着眼质问："粟融归，你跟她有什么好说的？"

"你说呢？"他语气并不好，又硬又沉。

粟融星听不得他这样对她，霸道的性子蹿了上来："我怎么知道？我不许你跟她说话。"

"你不知道？你自己做了什么你不知道？"

突然拔高的声音严厉且带着威慑，吓得粟融星一颤。

"粟融星，下不为例。"他推开她往楼下走。

"你去哪里，粟融归你去哪里？"

她这是第二次见到这样的粟融归，第一次是她偷偷撬开了他锁着的抽屉。那一次他让她明白他是有着她不能触及的底线的，但后来十几年他对她百依百顺、娇宠无度，让她几乎忘了当日之事，此刻她终于想起粟融归的底线是不可触碰的。只是这次他的底线到底是什么？就因为她没经过他同意导出了涂恒沙电脑里的资料并且绕过他直接找主编签发吗？

她追了上去："粟融归，我认错行了吗？我错了，你别走啊。你手伤着，没我给你开车你哪儿都去不了啊，你等等我。"

粟融归没有等她，反而越走越快。

她追了半天，气得狠狠一跺脚，气鼓鼓地回去了。

下午上班的时候，粟融归才回来，回来后也是闷声不响地单手敲他的电脑键盘。

粟融星在椅子上坐立不安，终究还是忍住了不主动和他说话。他这样对她，她才不要理他，她要回去告诉他妈。于是下班的时候，她自己开车先跑了，也没等粟融归。

涂恒沙和郝仁一起从报社出来的时候，便看见粟融归站在路边等车。国槐郁郁葱葱遮住他头顶的天空，伸展出婆娑的姿态。他吊着一只受伤的胳膊，一身墨黑，如身旁的树干般静默。周遭车水马龙流动不息，夕阳下，他瘦长的背影在这苍郁高槐和流动的世界衬托下，竟然显得有些渺小和落寞。

涂恒沙只瞟了一眼便移开了目光，只是她要去搭地铁，必然要经过他所站之处。不想见，可是也没有理由非得她躲。

“要我陪你去搭地铁吗？”郝仁单身，就在报社附近租了套公寓居住，跟地铁站反方向，步行就能到达。

“不用，你回去吧。”涂恒沙不想麻烦人家。

郝仁倒是相信粟融归的人品，既然粟融星不在，那也没什么担心的：“那行，我先回了，明天见。”

“嗯，记得晚上再擦次药啊。”涂恒沙叮嘱。

“知道了。”郝仁回答得很敷衍。

“你不要这样不上心，小心留疤破相了，到时候可就找不到女朋友了。”她再次叮嘱。

“好。”郝仁已经转身走了，往后扬了扬手表示听见了。

这么大的声音，怎能不惊动树下站着的人？

涂恒沙回身的时候，他就在树下望着她，自然，她也看见了他。

只是他并没有像中午那样上前来拽她的手腕，对她说：“我有话跟你说”。

她脚步略略一顿，却也没有停留，径直走下地铁通道。

他没有叫住她，甚至不曾挪动脚步，就这样看着她的身影消失在地铁通道。他叫的车也来了，在他面前打着双闪，他收回目光上了车。

夕阳下，车朝着另一个方向驶去。

夜已经深了，粟家还亮着灯，粟融归还没回来。

粟融星在床上翻来覆去，又敲床垫又踢脚，不但睡不着，还一直在打粟融归的电话。可他始终不接，现在索性关机了。

她有些后悔了，早知道就不该跟他赌气，应该一下班就把他拉回来的。

而此时的主卧里，粟振已经睡着了，尚清梅却还眼睛亮亮的毫无睡意。儿子深夜未归，还一句话也不告知，这是没有过的事。但是她不敢让粟振知道，粟振最喜欢说的一句话就是家和万事兴。尤其他们这样一个复杂的家庭，她最怕的就是几个子女之间起争端。下午粟融星回来告这一状，让她既头疼又生气，不仅仅生儿子的气，也生粟融星的气。她进粟家这么多年了，把粟融星捧到了天上，可粟融星始终带不亲不说，还总是骄横跋扈地惹事。

结果两个女人这一夜都失眠了，因为粟融归竟然到早上了还没见人影。

早餐的时候，粟振问："融归呢？还没起床？"

"没，他……出差了。"尚清梅只能这样回答，可是哪次粟融归出差不告诉家里人？

"融归手还没好呢，又出差？"粟融理大爷似的把手上的空碗往旁边一让，辛绾就接了，给他盛了一碗粥。

"谁知道啊。"尚清梅含糊其词。

"不对啊，二哥昨晚还说今天要买礼物回来给姐姐呢。"傻白甜粟融宇咬着鲍鱼酥说，渣掉了满盘子。

"临时出差不行吗？"尚清梅顿时火了，"看看你的吃相，掉一地渣，你几岁啊？"

粟融宇只觉飞来横祸，嘀咕一声低头默默地吃自己的早餐。

粟融星则连早餐都吃不下，把碗一放提着包就走，心急如焚地赶到报社。一进采编平台，她就看见偌大的空间里，挤挤挨挨的办公桌中间坐着的那个人。

时间尚早，办公室里就他一个人，换了身衣裳，却还是黑的，有种遗世独立的孤寂感。

"粟融归……"她哽咽着，走上前去推他的肩膀，"你昨晚去哪里了？我都担心死了。"

他没理她。

她便将头搁在他的肩膀上："我错了，真的错了，你不要不理我，我以后再不会犯同样的错误了，你原谅我好不好？"

他端直了肩膀，将她的头轻轻推开。

"不。"她硬靠上去，"你不要推开我，你答应我，不再生我的气，我以后保证听你的话。"

门外传来说话声，这是有同事来上班了。

"你先答应我。"粟融星的眼泪都抹到他的身上了。

他终于叹了口气："先坐下吧。"

她忙问："你不生气了？"

"我说了，下不为例。"他的语气倒是没有半分松动。

"好。"她终于欢欢喜喜地坐到座位上去了。

涂恒沙来上班时，意外地发现自己桌上的各种稿纸、报纸底下压着一个礼物盒。这可太意外了，如果不是还附有一封信，上写"涂恒沙启"，她简直无法相信这是给她的。

礼物？她是一个很少收到礼物的人。

只是信封上那四个字的字体她很熟悉，应是粟融归写的，她拆了信，但是没动礼物。

信写得很简洁，寥寥数语，不过是道歉，他自己道歉，同时也替粟融星道歉。所以这个盒子里装的便是道歉礼物？

可惜她并不稀罕。她连粟融星的当面道歉都不稀罕，又怎么会接受所谓的道歉礼物，而且还是他给的。

她掂量了下盒子，小小的、轻轻的，随手扔到了一边。

后来她找了个时机，带着盒子堵到了他。

他的眼睛泛着红血丝，这是她和他的目光对上时她第一眼发现的，但她并没有继续关注这个问题，只是托着手里的盒子："这个，还给你。"

盒子完好无损，可见她根本就没打开看。

他默然，但是也没取回盒子。

涂恒沙直接将盒子往他吊着的那只胳膊上一放，盒子稳稳地摆在了石膏上。

"你没看信？"他问完后觉得这个问题白问了。她当然看了信，否则怎么会来找他。

"看了。"她说，"但是我还是不明白我收礼物的理由，也不懂你送礼物的原因。如果是为了你信里所说的道歉的话，那我就不能收下这个礼物了，因为我根本就不会接受你们的道歉，也不会对你们有所谓的原谅。无论你们道歉与否，结果都是一样的，那就是我讨厌你们，你们也讨厌我。既然这样，那就不必多此一举了。"

他眼睛微微一眯，捕捉到了这段话里的重点："你讨厌我？"

"是，明人不说暗话，我就是讨厌你和粟融星。"她一副坦坦荡荡的样子。

"你还真是直言不讳……"他的脸上笼着一层阴霾，"不是为道歉才给你的。"

"哦？那不为道歉，我更想不明白了。我们之间没那么熟，远远不到能互送礼物的地步，是属于喝杯水最好都要 AA 的那种，这礼物我就更不能收了。再见，粟老师。"礼物已还，任务完成，那她就不必再多言。

"等等。"他一只手抓住了她的肩膀，把她拉了回来。

"粟老师还有事吗？"她笑了笑，带着几分嘲讽，"是要教我怎么利用别人的隐私写高流量文吗？抱歉，我可不想学。你已经教出一个高徒了，该满足了。"

"你这张嘴……"他呼了口气，"真跟我不熟？"

"是的，不熟。工作以外的时间和空间相互不干扰的那种。"她这话说得极其顺溜，毕竟复习过好多遍了。只是她嘴上噼里啪啦说得痛快，心里却打翻了醋瓶子一般，酸气一股股往上冒。

他点点头，表情十分认真："那你还真是一个奇妙的人啊。"

这话从何说起？是褒是贬？

他轻言慢语地道："面对我这样一个不熟的男人，能让我给你喂饭，给你洗脚，能让我……看你胸口的痣。”

前面的喂饭、洗脚也就算了，“胸口的痣”几个字一冒出来，涂恒沙就火了：“那是个意外，你这个臭流氓。”

还不是她住院那段时间，两人差不多同吃同住，她又是病号，穿着宽大的病号服，有一回莫名其妙的病号服的扣子就开了好几颗……

他将盒子重新塞给她：“并不是我给你的，是奶奶给你的，谢谢你陪她。还有那篇文章的事，我并不知情。本不想跟你解释得这么清楚，因为总归是在我这里出的纰漏，我有错，再者我以为你总该会相信我，但你这性子……”

他摇摇头没再说下去，抬腿走了。

盒子又回到她的手里，耳边回响着他那句话：“我以为你总该会相信我……”

这话听着怎么这么别扭呢？

她回头冲他的背影喊：“你可真能护短，明明是你家粟融星的错，现在反过来责备我不相信你，难道还是我的错了？”

他回头，眼神很无奈：“傻。”

“我怎么又傻了？”她快要咆哮了。

他看着她：“你跟她怎么一样？”

她愣了一会儿，回过神来他已经不见了人影。

你跟她怎么一样，她跟粟融星当然不一样。对他来说，她是不能打扰他工作之外私人时间和空间的陌生人，而粟融星是他的宝贝妹妹，这样的不一样，还需要他来提醒吗？

她看着手里的礼物颇为懊恼，这盒子怎么又回到了自己手上？

粟融归总是要回家的。他几乎已经预见到母亲喷火的眼睛，耳边仿佛也响起了喋喋不休的斥责声。他皱了皱眉，脑门上好像有只手拼命将他往外推，可他终究还是硬生生往里挤，挤进了门内。

“粟融归，你先回房间休息会再下来吃饭。”粟融星刚得罪了他，现在都赔着小心。

他也没客气，沉着脸直接回了房间，在床上躺下。

有些累，毕竟一个通宵没睡，他闭着眼慢慢地便开始迷糊。骤然间，听到有人喊：“融归！”

他从半梦半醒间惊起，脑仁儿涨得疼，响亮的敲门声更是一声声砸在他的脑门上，像加了个金箍咒似的疼。

“来了。”他说，起身打开门。

尚清梅闪身进来，一如他所预料的那样，斥责扑面而来：“你怎么又惹粟融星？她在单位被人欺负，你不但不帮她，还帮着别人凶她，你是不是不想我在这个家里好过了？”

他闭了闭眼，为一句“是不是不想我在这个家里好过”，他忍了二十年。

“妈。”他睁开眼，眼里满是熬夜后的红血丝，“其实我并不是那么重要，你还有融宇不是吗？”

尚清梅愕然：“你什么意思？”

“我的意思是如果我的存在真让你那么辛苦，那不如这个家里没有我，反正你还有融宇……”

一个耳光重重地扇在他的脸上，指甲划破了他脸上的皮肤，火辣辣地疼。

“你个没有良心的白眼狼，我辛辛苦苦把你拉扯大，你就是这么回报我的，翅膀硬了想飞了是吗？你也不想想，谁把你的翅膀养硬的，供你吃供你穿，供你上最好的大学，你的书全读到狗肚子里去了吗？最基本的‘孝’字都忘记了？”

这就像一阵电闪雷鸣的暴风雨，他伫立在那里，像一棵被雷劈的树。

他的手机在桌上振动，是报社打来的电话。

“粟融归，赶快来加班，明早的内容要替换！”

“我马上来。”他提上包就要走。

“去哪儿？”尚清梅喝问。

“报社加班。”他疾步离去，没有停留。

粟融归出去时暮色刚刚降临，空气还是干燥微热的，却像是充满了氧气，吸一口，沁鲜直抵心窝。

他叫了辆车，往报社而去。他到了报社，除了本就在上班的晚班编辑，还来了好些人，其中也有郝仁。

主编看到他拍了拍脑门：“我真是糊涂了，忘了你的手受伤了，习惯性就把你给召来了。”

报社年轻一辈里最棒的记者和评论员，他又怎能不时时记得？

他却道：“没关系，我既然来了，能帮就帮点儿吧，给你们打打下手。”

涂恒沙是小跑着来的，冲进来的时候正好他出去，两人在门口撞个正着。涂恒沙一眼就看到了他泛红的侧脸以及脸上的指甲印，第一个揣测就是粟融星的杰作，腹诽了一句“活该”，越过他直接进去了。

大家开始全速加班工作，赶写评论、重写新闻、上传分稿、校对编辑、重编版面，再排版、校对、审读……

他们忙到最后已经凌晨两点了。

“饿了，去吃点儿东西吧，有谁要去？”郝仁发起了夜宵号召：“沙子，去吗？”

“我……”涂恒沙有些犹豫，“我还是不去了吧，这再吃个夜宵得几点了？晚上还有时间睡吗？明早又得正常上班。”

“去吧，离报社不远，小龙虾、炒河粉都特别好吃，一会儿吃完我送你回去。”

郝仁热情邀约。

“这个……”她实在不太想去。

“既然不想去就别去了吧。”一个声音这时候响起。

涂恒沙当即做出决定：“去，我去。”

郝仁看看她，又看看粟融归，笑了笑：“那走吧，还有谁要去，一起走。”

余下的人有的响应，也有的在犹豫。

“那就都去吧，”某个声音再度响起，“都去，我请客，今天加班我也没怎么帮到大家，这顿就算我的了。”

其实大家都有些奇怪，粟融归是鲜少参加他们这样的活动的，毕竟有一个吃穿都讲究精致的妹妹，这种大排档档次的吃食人家大小姐嫌脏。不过今天大小姐没来，所以粟融归就不用顾忌了吗？

涂恒沙郁闷，又不好再反悔说不去，只好别别扭扭地跟大家一起去了夜宵店。

粟融归性格内敛，但并不代表不通世故。既然说了他请客，那自然招待周到，待大伙儿都落座了，他自己便没凳子了，让服务员加了一张，就坐在涂恒沙旁边。

涂恒沙当真是要多嫌弃有多嫌弃旁边这个人，于是便决定恶心恶心他，点菜的时候便道：“哎，不知道鸡爪好不好吃啊？”

店家当然极力推荐自己的产品。

她转过头去问某个脸上明显添了新指甲划伤的人：“粟老师，你说呢？鸡爪好不好吃？”

“老板说好吃，那便好吃吧。”粟融归神色自若。

涂恒沙点点头，又问：“咦，你们家还有猪脸肉啊？”

“有的，我们家的腊猪脸可是特色，整个燕北就我们一家有，您在别家可吃不到的。”店家忙道。

涂恒沙点点头：“腊肉啊？”

“是的，自己老家制的，特香。”

“这个腊肉不知道是不是皮特别厚，”她转头又问：“粟老师，今晚是你请客啊，你来定。你说这猪脸皮是不是特别厚呢？要不要来一份？”

这话问得十分怪异，在座的听着都觉得有几分别扭。晚班同事觉察不出什么，但白班那几个是知道今早发生的事的，听到“猪脸皮”这仨字被反复提到，都已经不由自主地往粟融归的脸上瞧了，郝仁已经笑出了声。

涂恒沙就不信某人没听明白，但揣摩着某人即便明白也只能装不懂，难道还大动肝火来跟她争论他到底是不是猪脸？那可就正合她意了，反正出丑的也不是她。

果然某老师听了也只是风轻云淡地道：“既然是特色，那就来一份吧。”

涂恒沙一时快意了，见好就收，把菜单给了别的同事。

正当她心情舒畅地端着杯子喝水的时候，耳边一热，好像有什么东西靠近。而后便听见有人在她耳边说道："胆子倒是越来越大了。"

她皱了皱眉，好像是，她竟然敢这样嘲讽粟老师了……不过，那又怎样。

因为占了个小小的上风，她这顿夜宵吃得还算快意，尤其那盘猪脸肉又香又软，着实好吃。她一个人吃了小半盘，连郝仁都笑道："你点的，你多吃些。"

涂恒沙毫不客气，而且每吃一块还示威性地朝某老师看一眼，好像在说："你看我咬，我用力咬。"

她也不知道粟老师看见没，反正他表情淡淡的没啥反应。

夜宵吃完后更晚了，大家谢过粟融归迅速散了。

郝仁大声问："沙子，这么晚你还回去吗？不如去我家休息几个小时吧。"

她去单身男子公寓？涂恒沙绝对不会这么干的："谢谢了，我还是要回家，我妈会担心的。"

"那我送你，我给你叫个车。"郝仁拿出手机。

"不用送，我自己叫车。"涂恒沙不需要这种送来送去的行为，她从小就是傻大胆，不知道害怕，高中时走读，下了晚自习都是自己一个人走回家，其实也是因为她不能害怕。

在一旁买完单的某人开了腔："别送了，也别回家了。离这儿最近的是报社，回报社休息几个小时明早正好接着上班，不然送一个来回得两小时，谁都不用再睡觉了。"

说完他自己便往报社相反的方向先走了。

涂恒沙想了一下，不得不承认他的话有些道理。郝仁肯定会送她，等送完她回来就真没法睡觉了，而且粟融归走的又是和报社相反的方向……

"那我就去报社吧。"她说。

郝仁点头："也行，我陪你过去。"

郝仁一直陪她走到报社大楼，涂恒沙站住："可以了，我上去了，你也早点儿回去休息。"

郝仁家离得近，没必要在报社里耗着。

"嗯，好。"郝仁看了眼大楼里的灯以及值班人员，算是放了心，"那我走了，晚安。"

"晚安。"

粟融归其实去了酒店，彼时是凌晨三点半，打算冲个澡之后好好睡一觉，把昨天晚上的睡眠一起补回来。

他仰起头，花洒的水从头顶泻下，流经脸颊时还能感到些微刺痛。于是他任水流冲刷，淅淅沥沥的水声里仿佛还能听到那一声巴掌的回音。

他围着浴巾出去的时候，手机居然又在振动，这么晚还有谁打电话？

他快步走过去，拿起手机一看，居然是粟融珵那个鬼，不过心里的那块石头倒是落了地。

“喂？我已经睡了。”他就不明白了，这大半夜的，对面的鬼不好好抱着老婆睡觉，骚扰他干什么。

粟融珵在那边嘿嘿地笑：“睡你个大头鬼，睡了怎么接我电话？”

“被你吵醒的。”

“这话说的，好像你从前没吵过我一样。我有事问你，”粟融珵的语气神秘兮兮的，“你这连续几天都夜不归宿的，是有问题？”

“没有。”

粟融珵是有多无聊啊。

“别以为我不知道，你昨天一个晚上在燕北和南京之间跑了个来回。”

粟融珵是狗吗？

“我知道你去找谁了，易大师是吗？”

粟融珵这家伙到底是什么构造？

“哈哈，是不是在佩服我？”粟融珵大笑，“自家兄弟就不必了，你是找易大师修理那个被融星摔坏的首饰去了吧？”

“我睡了，再见。”他准备挂电话。

“别啊别……”那边传来疾呼，只是电话已挂断。

粟融珵居然不死心，接着又发了条消息过来：“你的手什么时候好？咱们说好的去征服雪山，今年还去得了吗？”

“不去了。”他躺在床上回消息。

“那什么时候去？明年吗？明年老爹要我当爹，我怕是去不了了。”

“再也不去了。”

他回完这个消息，把手机一扔，闭上眼，再也不搭理粟融珵。

第二个不睡觉的夜晚，他却毫无睡意，房间里安静得仿佛能听见他手表指针每走一步的声音。人生一步，表走一秒，又或者其实这世间从来便只有一人一表而已。

睡不着索性不睡了，他走到窗边拉开窗帘，纵然是深夜，这个城市依然满城灯火，辉映着狭小天空里的寥寥晨星。他站在黑暗的角落，天上有一颗流星划过，他心里亦有一缕光掠过，遂果断换了衣服，离开酒店。

凌晨四点，街上一个行人也没有。街灯盈盈闪烁，国槐树枝叶伸展将这灯火分割，陆离斑驳，清幽凉爽。

他行走其间，缓慢、坚定。

缓慢，从而思考；坚定，因为前方有光。

从酒店到报社，平日二十分钟的路，他走了快一个小时。从黑夜走到微光，亲眼看着远处的天空一寸寸灰亮起来，周遭的街灯一分分暗下去。

晨江报社里夜班的同事有条不紊地在工作，大办公室里某两张拼起来的椅子上蜷缩着睡着的她。

他脚步微顿，从柜子里找到一件工作服给她盖上，而后拉了一张椅子自己坐下。

空气里有淡淡的甜味，他这般靠着，居然在黎明时刻渐渐入眠。

涂恒沙是被办公室里的响动吵醒的，天色大亮，已经渐渐有人来上班了。

“涂恒沙，昨晚加班了？”摄影部主任陈琦见她醒了问道。

“嗯……”她坐直了，发现自己身上盖着的衣服，而且桌上有一份早餐。

“以后加班不回去的话，我那边有张沙发床，铺开了睡会比较舒服。”陈琦又道。

“好，谢谢。”涂恒沙觉得陈琦有时候是很矛盾的一个人，毫无疑问平时非常严厉，可是有时候又总在困窘时帮你。

身上盖着的是男款的衣服，她瞟了一眼远处正襟危坐的粟融归，再摸了摸装粥的碗，还是温热的。

她没有吃。

她不知道自己为什么要较劲。尘肺病村女人那篇文章的事他已经解释清楚了，他并不知情，那她就怪不上他，为什么自己还是一副不肯原谅他的姿态？其实他并没有欠她什么，可是她看见他心里就觉得不爽，找不到理由。

这种不爽一直持续着，她没有与他好好相处的打算，成天跟着其他记者出去跑新闻，也没有时间与他好好相处。

轮休前一日，涂恒沙又陷入了纠结。

本是约好一起去看奶奶，这种情况下还要不要去？

粟融归却在那日接到奶奶的电话，要他不要去看她了，她跟胡同里的其他老太太约好了去庙里烧香。

粟融归拿着手机摆弄了许久，终于还是发了条消息给涂恒沙：“明天不去看奶奶了。”

涂恒沙接到消息倒是松了口气。

既然他不去了，那她反而更方便去了，一来真是为了看奶奶，就算她和粟融归不睦，但奶奶是值得她真心对待的，她还不至于迁怒老人家；二来就是那个礼物，她已经拆开看过了，是一个很漂亮的蝴蝶边梳头饰，看起来很名贵，她不能收。既然是奶奶给她的，那就还给奶奶吧。再拿给粟融归，不外乎是两个人推来推去，她很不想和他再陷入这样的难堪。

第二天，她带着礼物前往羊肉疙瘩胡同。去之前涂恒沙和樊越联系了一下，得知越越今天并没轮休，崔培也是要上班的，所以奶奶是一个人在家。

院子的门是虚掩着的，涂恒沙在门外叫了几声奶奶，没有人应答。

“奶奶，那我进来了。”她推开院门进去，静悄悄的，不像有人的样子。

突然，呜呜两声，棒棒糖蹿了出来。

好些天没见到棒棒糖了，感觉它好像又肥了一些。她好笑地摸着它："得了、得了，给你带了好吃的，可是你不能再这样吃下去，得减肥了。"

棒棒糖却不像平日那样和她亲昵，而是咬着她的裤管呜呜直叫，好像要拖着她去什么地方。

她狐疑之下让棒棒糖带路，自己跟着走。

棒棒糖一直领着她到了奶奶的卧室门口，然后回头冲着她叫。

"谁来了？棒棒糖？"卧室门没有关，里面传来奶奶虚弱的声音。

"奶奶，是我。"她迈步进去，看见奶奶趴在地上，她大惊，"奶奶你怎么了？"

"没什么、没什么……"奶奶摆手，"人老了，不中用了，在屋子里都能摔着。"

"奶奶。"涂恒沙不知道许奶奶到底摔成什么样了，不敢轻易动她，摸着奶奶的手只觉得滚烫，再摸摸额头也烫得吓人，所以奶奶到底是生病还是摔倒了啊？

涂恒沙虽然焦急，却并不慌张，从小带妈妈就医的经历里有比眼下更让人害怕的场面。

"奶奶，我叫救护车来。"她始终握着奶奶的手。

救护车很快来了，医护人员将奶奶抬上担架，涂恒沙随着一起去了医院。

就诊的过程里，涂恒沙才知道原来许奶奶已经病了好几天。奶奶在诊所拿了药，但一直没有好转，昨晚更是发高烧了，今早强撑着起床屋里屋外地忙着洗漱吃药，突然感到头晕目眩，便昏倒在地了。

彼时除了棒棒糖身边再无他人，奶奶自己昏过去，又自己慢慢醒转，涂恒沙那时恰巧赶到。

所幸这次昏倒并没有摔伤，奶奶住进医院接受治疗。护士给挂上了点滴，奶奶一个人撑了太久，这时候大概有了安全感，又病又累，沉沉地睡去了。

涂恒沙守着奶奶，心中纠结到底要不要通知粟融归，她想不明白粟融归有什么大事要办，说好的来看奶奶也不来。

粟融归上午被尚清梅叫出去陪她参加某个沙龙活动，粟融星也跟着一块儿出来了。

说是沙龙，不过是富太太们的聚会，也有带女儿、儿子来的，聊天的、品酒的、打高尔夫的、打台球的，各自成群。

粟融归独自坐在角落翻着报纸和杂志。

另一处几个品酒的年轻男人聊着各种话题，从经济到国际形势，再到吃喝玩乐，有人瞟了一眼粟融归的方向："那就是粟振的儿子？他好像跟上学的时候不太像了。"

有人嗤笑一声："你说的是粟融理吧，他怎么会跟他后妈出来？这是现在这位粟夫人带来的拖油瓶。你刚回国，难怪对粟家的事不了解。"

"粟家怎么了？"

“粟家？挺好的，”有人笑容里带着戏谑，“就是这位粟夫人总有些用力过猛，不过粟振喜欢。至于这个拖油瓶……人家可是首席记者，怎么会和我们这些凡夫俗子同流合污。”

大家都笑起来，有人半开玩笑半认真地说：“得了，别得了便宜还卖乖。你们这些人，一个个都是混世魔王，从小就欺负人家，人家得敢跟你们玩啊。”

有人便笑着道：“怎么，听说粟夫人很喜欢你妹妹，这频频带拖油瓶出来是想把你妹妹配给她的拖油瓶儿子，你这么快就帮着妹夫了，看来是很满意这桩婚事啊。”

“胡说八道什么，就算我同意，我爸妈也不会答应。跟粟家联姻的话，粟融珵还差不多，可惜他已经结婚了。拖油瓶还是算了吧，穿上龙袍也不像太子啊。”

粟融归身体微倾靠在沙发上，手里的杂志被突然伸出的一只手抽走。

“粟融归，”粟融星出现，气呼呼地说，“你觉得付家那女的怎么样？”

他的表情淡淡的：“不怎么样。”

粟融星的脸色才算阴转晴：“真的？”

粟融归没再搭理她。

粟融星挤到他身边坐下：“哼，我现在才发现你妈是想撮合你和她，就她那个样子能配得上你？一张整容脸僵硬得笑比哭还难看，你妈也太没眼光了。”

他只是沉默着，不发表意见。

“哎，粟融归，我跟你说啊，你的婚事绝对不能听你妈摆布。”

他另取了本杂志，继续翻阅。

“我跟你说话你听见没有？”粟融星再次抽走他的杂志。

“嗯……”他应了一声，感觉到手机的振动，掏出一看竟然是涂恒沙的电话，他起身去接。

“谁的电话啊？”粟融星伸头看了一下来电显示，但他动作很快，匆匆一眼之下她并没有看清备注是什么人，只隐约知道应该不是她熟悉的名字。

粟融归已走到窗前，窗外高尔夫球场的碧草在阳光下绿得亮眼。

“喂？”他低声道。

“粟老师，你在哪儿？奶奶病了。”

“什么？在哪儿？你又在哪儿？”你又是如何得知的？心中有许多疑问，他脚下生风走得飞快。

在电话里来不及细说，涂恒沙只说了医院的名字。他三言两语间已经快走出会所。

“融归，”尚清梅追出来叫他，“你去哪儿？哎，你怎么这么不懂事啊，来这么久就自己待着，也不跟阿姨们聊聊天，也不去陪陪付小姐，现在又不告而别，越来越不懂礼貌……”

粟融归觉得好像有一群蜜蜂围着他嗡嗡叫，吵得他头昏脑涨。

他皱着眉说："妈，我先走了，有急事。"

"什么急事啊？又加班吗？你们领导也是，手受伤了还不让你休息。跟他说你要休养，正常上班不请假就算了，假日还不让休息……"

"妈，"粟融归觉得没必要再瞒着，"奶奶病了，我去看看。"

尚清梅一时无言，虽然讨厌他总去胡同，但病了的话还拦着他也实在不合情理。她怕把他逼得太过，于是道："那你看看去，我帮你跟阿姨她们说说。"

他哪里还管跟什么阿姨打招呼，自他九岁开始就对这样的聚会厌恶至极，在别人异样的眼神里如动物园的猴子一般被人戏弄询问，末了还要承受"原来不是粟家的"这种轻蔑与羞辱，他觉得每分钟都是折磨。

粟融星也跟了出来，问明缘由后倒有些庆幸——这样粟融归就不用再和那些女人应酬了。

粟融归打车直奔医院。在病房门口，透过半开的门，他看见躺在病床上熟睡的奶奶和坐在床边的涂恒沙。

奶奶的脸色很不好看，几天不见她像瘦了一大圈似的，怎么就病成这样了呢？

他心里一疼，正要推门进去，就看见涂恒沙用一根棉签蘸水给奶奶涂嘴唇。

那一瞬，他站在门口眼眶竟不自觉地湿润了。

他平复了下情绪，推门进去。

涂恒沙听见响动抬起头，见是他，竖起食指抵于唇边："嘘，奶奶一直睡得不安稳。"

奶奶的嘴唇异常干燥，皲裂起皮，涂恒沙把手里棉签上的水抹上去，浮起一层白沫。

他心中难受，上前另取了一根棉签，小声道："我来……"

她起身把位置让给他，低声道："我上午去胡同，棒棒糖咬着我的裤管带我去奶奶的卧室，然后发现奶奶倒在地上……"

"江子……"奶奶突然吐出两个字，"老许……去找找江子……"

粟融归的手一顿。

"奶奶一直在说胡话，反反复复念着江子和老许……"因为要低语，她和粟融归之间的距离越靠越近。

他点点头，老许是爷爷，江子是他父亲的小名。

"医生怎么说？"他压着声音问道。

"医生说感冒引起了并发症，怀疑是心肌炎，等着结果出来呢。"她想了想，觉得自己再说挺多嘴的，但实在忍不住，"粟老师，我觉得奶奶一个人住还是不合适，虽然说有樊越和崔培，但他俩工作都忙，出差连续几天不归也是常有的事。老人家万一有个什么意外，就是瞬息间的事，我觉得给奶奶请个保姆也好……"

她说着瞧了瞧栗融归的脸色，暗叹自己这个多管闲事的脾气，人家明明不喜她靠近。可转念一想，就算是为了奶奶吧，奶奶那么好的一个人，她把想说的说了也就问心无愧了。

他听在耳里，点点头，握住了奶奶的一只手。

奶奶在沉睡中也许是有知觉的，也轻轻扣住了他的手，依然在胡乱呢喃："老许……我对不起你……没照顾……好儿子……"末了她又低呼他的名字，"呱呱……呱呱呢……"

"奶奶，我在这里。"他低声回应。

许奶奶眼睛睁开了一条缝，模糊不清地说了句："呱呱，你回家……去……"

说完她撑不住疲惫，再次沉睡过去。

这一回奶奶好像睡得安稳些了。他见奶奶再没说胡话，才轻声问涂恒沙："你怎么会去看奶奶？"

涂恒沙的包里还装着那个发梳，但这个时候她哪里还好意思拿出来，也不好意思说自己是去还礼物的："我去找越越……"

这个答案明显有漏洞，她去找樊越能不事先确认樊越在不在家？不过这并不是重点，重点在于奶奶其实是在家的，而且昨晚就是病着的，这样病着还去烧香？所以，奶奶根本就是在骗他，不让他去胡同看她。若非今天涂恒沙不知什么原因凑巧去了胡同，那后果可能不堪设想。

"那……既然你来了，我就先回去了……"涂恒沙小步往后退。奶奶这一病，好像她心里那股堵着的怨气也跟着散了，回想自己陪着妈妈一路走来的艰难，她忽然觉得其实谁都活得不那么容易。

"等等。"他道。

"嗯？"她停住脚步，"有什么可以帮忙的吗？"

他一个男人，大概在照顾病人这方面不太擅长，她自小就照顾妈妈，如果他需要她帮助的话，她还是愿意帮他的，毕竟她喜欢奶奶，只不过他别误会自己是借机接近他才好。

他站起来，走到她面前。

他只是站着，什么话也不说。

涂恒沙要仰着头才能看到他的脸，不经意的一眼，发现他微红的眼眶。

"那个……你不要难过，奶奶不会有事的……"心中一个声音却在哀叹，他现在害怕奶奶离去的心情她完全感同身受，算了吧，不生他的气了吧。

话音刚落她便感到腰上一紧，身体跟他的身体紧贴，他的体温和衣服上传来的青草香味将她整个人包围。

涂恒沙的身体僵直。她不知所措。

她长到二十几岁，可以说栗融归是她唯一有过亲密接触的异性，从金县她住院时开始，好像还要更早，她也记不得是哪一天了，一切都来得那么自然。

可她还是会僵硬，直到他的下巴在她的头顶轻轻摩擦，他的声音在她的耳边压抑地响起：“谢谢你，小……”

那么轻那么模糊，她只听见一个“小”字，不知道到底是小什么，大概……是小沙子吧。

那一刻，她仿佛看见年幼的自己，她也曾一个人用幼小的翅膀呵护妈妈的生命。她与他说起时仿佛云淡风轻，可她自己知道，很多时候她多么渴望有一双坚实的臂膀将她拥抱，有人告诉她：沙子，不要怕，妈妈会好起来的。

可那个时候只有她自己，只有她用她瘦小的臂膀去拥抱妈妈，告诉妈妈不要怕，一切都会好起来的。

很多时候，他跟她真的很像……但愿，我之匮乏，你都拥有。

因为苦过，所以善良；因为疼过，所以包容。

无论怎样，他都是她的小许同学。涂恒沙到底还是伸出她比幼年时壮实不了多少的手臂，抚了抚他的背。

一个短暂的拥抱，他摸了摸她的头发后便松开了她：“你回去吧，谢谢。”

“你……太客气了。”连着两声谢谢，在他这里还真难听到，她理了理被他蹭乱的头发，“要不，我回胡同给奶奶收拾些生活用品和换洗衣服？”

“如果你方便的话，那真是太好了。”他把小院的钥匙给了她。

“嗯，我尽快回来。”她接了钥匙便立刻出发了。

她回到小院，棒棒糖一听见大门响便冲了过来，冲着她汪汪直叫。

她蹲下来安抚它：“好乖乖，你今天可立了大功了！奶奶没事，过些日子就能回来。你这段时间要乖一点儿，把家看好，知道吗？”

也不知棒棒糖听懂没有，呜呜叫了几声，围着她的脚打转。

她进入奶奶的卧室收拾东西。

这是她第二回进奶奶的房间，第一次就是之前发现奶奶倒在地上时，但那时心下着急并没有将注意力放在房间里，这回进来才看见墙上的照片。中间是两张男人的黑白照，一个年纪大些，一个正当壮年，她猜测这便是粟融归的爷爷和父亲。旁边还挂了好些照片，有泛黄的黑白照，应是年轻的许爷爷和许奶奶，有粟融归和他爸爸妈妈的合影，也有粟融归小时候拍的单人照，其中包括满月照、百日照、入学照，等等。她看着他戴着红领巾的那张照片忍不住微笑，这分明就是和她记忆中一模一样的男孩子——小许同学。

小许同学，你好啊。她用手点了点照片里小男孩圆圆的脸蛋。

在她心里，小许同学和粟老师从来都是分开的。

看完照片，她给奶奶收拾了几件换洗衣服，带上点儿生活用品正准备去医院，忽然发现奶奶这边的小客厅码着一堆补品。

要不要带点儿补品给奶奶吃？

她决定还是带去，哪些能吃哪些不能吃，到时候问问医生再说。

她拎着大包小包回到医院的时候，奶奶还在睡着，粟融归坐在一旁静静地看着奶奶。

她把东西整理好，并且告诉粟融归各种物品摆放在哪个地方，最后指着补品强调："病人不能乱补的，你给奶奶吃的时候要先问医生。"

"嗯……"粟融归原本还没在意，很随意地瞟了一眼柜子里的补品，就这一眼，突然觉得不对劲。

奶奶自己是从来不买补品的，家里的补品全是他时不时给买的，这些东西却不是他买的。

"这些……是在家里拿的？"他问道。

"嗯，在奶奶的小客厅里，很多，我就只拿了这几样。"涂恒沙见他表情不善，以为自己动了不该动的东西，"怎么了？"

他摇摇头："跟你没关系。辛苦你了，先回家吧。"

"那好……那你照顾奶奶，我先回去了，空了再来看奶奶。"

他听着涂恒沙的脚步声远去，表情也渐渐变得凝重，之前还不明了的一些疑问似乎有了答案。

奶奶这一觉睡得久，醒醒睡睡的，睁睁眼又睡过去，直到第二天清早才真正清醒。她醒来看见孙子坐在身旁，恍若仍在梦中一般，轻轻叫了声："呱呱。"

粟融归一直醒着，听见后立即握住了奶奶的手："奶奶，我在。"

奶奶的手已经不那么热了，他摸了摸奶奶的额头，也不再像昨天那么烫手。

奶奶这才相信不是梦，眼睛里露出一瞬的欣喜，可也仅仅是一瞬而已，那一缕光随即便沉了下去："呱呱，你来干什么，赶紧回去，回家去啊。"

"奶奶……"粟融归心里又涩又痛，"呱呱不好，呱呱让奶奶受苦了。"

"你这孩子，奶奶挺好的，"奶奶这时候也意识到自己在医院，"奶奶就是小感冒，别担心，赶紧回家去，奶奶等会儿就能回家了。"她眼见他胳膊吊着还要照顾自己，更是心疼，"呱呱，你自己都是伤病员。奶奶真没事，你再不回去，奶奶现在就回家。"

奶奶说着立即要起身，可哪里能起来，一坐起来就头晕目眩。

粟融归忙单手扶住她："奶奶您先躺下，我一会儿就走，一会儿就去上班。"

奶奶躺下去好一会儿才缓过来，慢慢点头："这才对，你也不用来看奶奶，奶奶挺好的，你好好工作奶奶就开心了。"

粟融归托着奶奶的手，额头贴上去，声音闷闷地传出来："奶奶，您不用操心，安心在医院住着。呱呱长大了，呱呱知道该怎么做。"

过了一会儿，来了两个女人，一个四十多，一个二十多，看起来干净且和善。

“奶奶。”粟融归托着奶奶的手介绍，“这个是小郭，是请来的特护，在医院住院期间她会照顾您。这个是钱嫂，也是来照顾您的，以后出院回家了，钱嫂便去家里照顾您。”

奶奶下意识地便要开口拒绝，被粟融归阻止了：“奶奶，您不是要我安心上班吗？如果没有人在您身边我是没有办法安心的，就算是为了呱呱，行吗？”

许奶奶终究没有再说什么，点点头同意了，却不愿孙子再因为自己而有所耽误：“那你快回去啊。”

“好，我就回去。”

他想起每次给奶奶打电话，问她好不好，她总是说好。就在前天晚上，她还说她好好的，要他别担心，这么多年的“好好的”，有几次是真几次是假？总归是他这个当孙子的不是，还是他没有照顾好奶奶。

细细叮嘱了小郭和钱嫂，他便去报社上班。

涂恒沙是看着他进办公室的，一直望着他走近。他在医院陪了奶奶一天一夜，样子有些憔悴，衣服也没换，脸上更是连胡楂都冒了出来，清风朗月般的人儿，生生多了几分沧桑的意味。

忽然她的视线被横插过来的粟融星阻隔。

“粟融归！你奶奶怎么样了？”粟融星问道。

“好些了。”他嘴里答着粟融星的问话，目光却越过粟融星朝涂恒沙看去，两人的目光在空气中交汇，他还微微一笑。

涂恒沙便莫名觉得他这句“好些了”是跟她说的。

她也笑了笑，好些了便好。

整整一天，涂恒沙都没能跟他说上话，要么忙着，要么便是粟融星在他身边。不过每次她无意中看向他的时候，他都会看过来，然后她再一笑，继续做她的事。

下班后，粟融归去医院看望奶奶。

医生已经确诊是心肌炎，叮嘱奶奶住院期间要卧床静养，出院以后也要在至少半年内不能劳累。

他一一记下，只是奶奶看见他来又是发愁，一再赶他走。

他知道是为什么，也没跟奶奶进一步说明，而是回了粟家。

此时已经过了晚餐时间，粟家人用过饭早已各自散了。尚清梅听见响动走下来，见是他忙问道：“融归，奶奶怎么样了？”

“还好。”他说完从她身边走过，打算上楼。

“哎。”

尚清梅叫他，他也没理，直接去了楼上粟振的书房。

他敲门后，里面传来粟振的声音：“进来。”

他推开门，见粟振正坐在椅子上看书。

“融归，回来了？”粟振放下书。

“是的。”他走进去，站到粟振面前，“爸，我有件事想和您商量。”

“哦？你说。”粟振颇觉讶异，这个继子来家里这么多年了，还从来没有主动跟他商量过什么事情。

“爸，我来粟家已经十八年了。我很感激您这十八年里视我如己出，抚养我长大，给我最好的教育，没有您就没有今天的我。”

粟振一笑：“这是怎么了？你不是叫我爸吗，当爸的自然要养儿子，你这么一说倒生分起来了，听着好像要跟我决裂似的。”

“不是，爸。”他既然已经决定，应答起来便也从容，“是我奶奶病了。”

“哦？什么病？住院了吗？需不需要我找个熟悉的医生？”

“不，谢谢爸，不用了，不是什么大病。只是这让我觉得奶奶年事已高，一个人住实在让人放心不下，我想……搬去跟奶奶住，但是我不会忘记您的养育之恩。”他说完便静静地等着粟振的回应。

“是吗？”粟振想了想，“我这里是没什么问题，孝顺本就是最基本的品德，你有这个想法我没意见。你再去跟你妈妈说说，免得她以为我容不下你。”

最后一句话，粟振带着开玩笑的意味说的，但其实也是他的做人准则。粟振一生好名誉，做慈善无数，对他这个继子也无偏见。粟振容不得品德有半点儿瑕疵，这也是粟融归先来找粟振的原因，因为粟振一定会同意。

粟融归离开粟振的书房后便回房收拾东西，其实也没什么好收拾的，几件衣服、一些资料、一台笔记本电脑，然后便是那一抽屉的东西。

他打开锁，缓缓拉开抽屉，这里装着他的秘密，装着他的二十年。

一抽屉的五颜六色、流光溢彩，是他死水一般生活底下流动的无声浪涛，是他平静外表下肆意生长的反叛逆草，也是他二十年乃至永久不可触及的梦。

他从没想过，会有梦想成真的一天。

他拈起其中一抹红色，对着光，光晕散开，红色透亮里仿佛有蝴蝶飞舞。

有人推门而入。

“粟融归，你不要搬出去。”

他收回手，立即关上抽屉。

粟融星已经站在了门内，目光盯着他的抽屉。

“为什么进来不敲门？”

粟融星对那个抽屉十几年的好奇心占了上风，见他是这样的脸色，明知不该说的话还是脱口而出：“你不让我进来，就是不让我看见你的秘密。”

“出去。”他说。

“我不出去。”粟融星反凑了过来，“粟融归，你有什么秘密不让我知道，我都没有秘密瞒着你，除了……除了有一个……”她脸上罕见地出现难以启齿的表情，“不然，我们交换吧，你给我看抽屉里的东西，我告诉你我的秘密。”

“我不需要知道你的秘密，”他断然道，“你先出去。”

“你……”粟融星跺脚，“我偏不出去，不出去你就不收拾东西吗？不收拾那就不走了？正好。”

他没说话，直接拉开抽屉。

粟融星的眼睛瞬间瞪大了。她眼睁睁看着他把一抽屉的东西直接倒进箱子里，而后合上了行李箱。这都一抽屉什么乱七八糟的东西啊？最醒目的是那至少半抽屉的发卡，五颜六色，各种材质和款式，她还以为是什么宝贝呢。

“这些……是谁的？”她颤着声音问道。

显然粟融归并不打算告诉她。

“是女生送给你的吗？哪个女生？女同学？”她并不记得粟融归跟女生有过来往，自他来到粟家开始，他从来都是独来独往的。

她忽然想起来了，粟融归每次出差回来都会给她带礼物，有一回趁他还在收拾的时候，她主动去翻他的行李，结果在他的行李中发现一枚发卡。小小的一枚，不起眼，看起来很廉价。她以为是给她的，非常嫌弃，扔回去表示不要。后来粟融归便哄她，给了她另一份精致昂贵的礼物，她才开心起来。原来那时候的那枚发卡并不是给她的……

她还想到拉着粟融归陪她去逛街的时候，在发饰店里，他会一直站在发卡柜台前……

“粟融归，你有喜欢的女生了？”她拉着他的胳膊，泪眼汪汪，“还是她们缠着你对不对，是不是外面那些不要脸的女生缠着你？”

粟融归抽出胳膊，拎起箱子大步往外走。

“粟融归，你不许走。”她追上去。

“去哪儿？”楼梯上传来一声呵斥，尚清梅挡住了他的路。

“粟融归要搬出去，阿姨你别让他走。”粟融星跑到尚清梅身边，一如往常，仿佛找到了救星。

“融归，怎么回事？”尚清梅的脸瞬间浮现暴风雨的前奏。

粟融归看着前方，目光似乎落在她的脸上，又似乎是看着她的身后更远的地方：“妈，我打算搬去跟奶奶住。”

尚清梅大怒，眼看就要发火，粟融归却在她开口前迅速道：“我跟爸说过了，他没意见。”

尚清梅被这话一噎：“你刚刚去你爸的书房是说这个事？”

“是的。奶奶年纪大了，一个人住不合适。老吾老以及人之老，爸对陌生人都抱有慈善之心，又怎么会不支持我尽孝？”

尚清梅气得连连点头："好，很好，学会利用你爸来压我了。尽孝是吗？你也懂得尽孝，那你最该孝顺的人是谁？是谁一把屎、一把尿把你养大，是谁给你吃、给你穿，是谁给你生命、供你上学，是我还是你奶奶？你要尽孝该给谁尽孝？"

"妈。"他闭了闭眼，再睁开，"我从来就没说过不孝顺您，我永远是您的儿子，这点是不会改变的。我只是搬出去住，雏鸟长大总有一天要离巢的不是吗？就算我们不住在一起，我依然可以孝顺您，对您好。况且现在奶奶年纪更大一些，更需要看顾。我是您教养长大的，您教给我的所有美好品德都不容许我抛下一个老人独居不管，您说呢？"

尚清梅一时无言，却更加气恼，连续说了几个"好"字："很好啊，用我教你的来反驳我，我真是养了个好儿子。不用说了，一句话，我不同意你搬走。"

粟融归看着眼前的人，轻"呵"一声，拎着行李箱拉杆的手越握越紧："融星，你先回房。"

"为什么？我不去……"粟融星往尚清梅身边靠近了些。

尚清梅一向是为粟融星撑腰的，当即就说了："有什么可回避的？融星就在这里。"

他倒是不惧："随意，我只不过是为您保留尊严。"

尚清梅脸色一变，强自镇定："融星回房。"

"我……"粟融星一向不听她的话，不过这会儿倒是多了个心眼，"好吧，我回房。阿姨你一定要把他留住。"

说完粟融星便上楼了，却在二楼拐角处藏了起来，倾耳偷听。

"怎么？莫非我还有什么把柄在你手里？学会要挟我这个当妈的了？孽子。"说到后来，尚清梅当真咬牙切齿。

孽子？

粟融归心里凉凉的："妈，您去找过奶奶，您跟奶奶说过些什么？我左思右想也想不明白您为什么要对一个老人这么狠，粟家是容不得半点儿瑕疵的，也更不希望哪天爆出当家夫人辱虐老人的新闻……"

他的话还没说完，又是一个耳光扇在他的脸上。

"好啊你，果真敢威胁我！我真是昏了头把你送去学新闻，现在成名记了，就要曝光自己母亲了是吗？你这书念得好，你口口声声的孝道也说得好！"

"行了。"楼底下客厅里响起另一个男子的声音。

粟融理和辛绾回来了。

尚清梅居高临下地看着底下这一对可用璧人来形容的小夫妻，如果说在粟家她还有所顾忌的话，那粟融理算是一个。

粟振前妻的这俩孩子，不是自己生的总归不亲，更别说用孝道来要挟。粟融星就是娇气，反正翻不出水花。粟融理不同，他是粟振以粟家接班人的标准来培养的，平日看着有些吊儿郎当，甚至一身花花公子的习气，但骨子里有着比粟振更具掌控力的魄力。毕竟她是粟振的妻子，没法了还能用女人那套来对付粟振，对于粟融理她却是一向抱着井水不犯河水的态度，她也知道粟融理和自己儿子关系不错，眼下粟融理是要多管闲事了？

“你们回来了？融理，我在教育融归呢。绾绾，今晚宴会好玩吗？”她笑吟吟地说道，换了一种语气，不过言下之意却是：我在教育儿子，你大少爷就别多管闲事了！

粟融理却不大上道，完全没领会她的意思，只笑着道：“融归学新闻怎么了？我觉得学新闻挺好的。爸都说了，咱们这一代人生活在最好的时代，就要为推动社会进步奉献自己的微薄之力。目前来看，我们几个就融归身为名记做到了这一点。我可就差太多了，虚长融归两岁，非但没什么建树，还处处是槽点，外面那些人谁不是看我的笑话，风言风语的也都是议论我，真是丢了粟家的脸，不然爸也不会三天两头要揍我，我这个给粟家抹黑的人可不是该揍。”

尚清梅听着这话，简直气得咬牙，粟融理这个笑里藏刀的东西，难怪外面的人都叫他笑面虎。这番话看似自贬，还不是在为粟融归撑腰？也就是在警告她别真闹出什么笑话来传到外面去给粟家丢脸，到时候粟振也要怪罪她了。

“融理说的哪里话？你可是我们粟家最有出息的孩子，外面的人说起你只有竖大拇指的，”她维持着一个继母的和蔼和优雅，转身对粟融归道：“融归，回房间吧。”

粟融归却提着行李往楼下走：“妈，我走了。”

“融归，你别忘了你是我血脉相连的儿子，你这样抛下母亲就不怕传出去遭人诟病吗？”

粟融归的脸上火辣辣的。他回过头：“妈，我永远都会好好呵护我们母子之间血脉的联系，希望您也能。”

“啧啧，”粟融理在旁边插嘴，“至于吗？不过是搬个家，随时都能回来，怎么就闹得跟母子决裂似的。融归，下回请我去你的新家做客啊。”

粟融归点点头，拎着行李走了。

尚清梅没想到被粟融理这么一搅和，粟融归真走了。一声“融归”卡在嗓子里没叫出来，因为她知道叫了也没用，只能看着儿子的背影出了粟家大门，而后气恼地转身上楼，脚步踩得木质楼梯砰砰直响。

二楼的拐角处藏着的人又多了一个。粟融宇正在跟粟融星嘀咕，听见脚步声近了，拽起粟融星飞快地跑开了。

粟融星还不乐意：“你拽我干吗？”

“老妈要发火，咱俩犯得着去送人头吗？”粟融宇一脸夸张的样子。

粟融星瞪他一眼：“你妈又不敢骂我！”

粟融宇无语，所以受伤的总是他！

客厅里只剩下粟融理和辛绾。

辛绾穿着一身一字肩小礼服，香肩似雪，容颜绝色。

粟融理闭上眼深深吸了口气："今儿用的什么香水？我早就想问你了，很好闻。"

辛绾也没说话，绷着脸提着裙摆上楼了。

"啧，我这又是哪里得罪你了？"粟融理想了又想，也没想明白。

哪料裙摆太长，辛绾虽然拎着，高跟鞋还是绊到裙边，一下跌倒在楼梯上。

粟融理三两步飞跨上楼，将她扶起来："摔着没？我说你这是何必呢？"

辛绾红了脸，在他的胸口捶了一拳，推开他走了。气恼之下，她却愈加显得娇柔妩媚、眼波似水。

粟融理看着，心里便有些痒，冲着她摇曳而去的背影喊了声："我马上回房。"

辛绾的脚步更快了。他吹了声口哨，去了粟振的书房。

"老爹。"他可比粟融归随意多了，一进去便一屁股坐进粟振对面的小沙发里，还跷起了腿。

粟振一看他这样就头疼："赶紧给我把腿放下来，到底你是老子还是我是老子？"

粟融理呵呵一笑，放下腿："融归搬走了。"

"嗯。我知道。"

粟融理当然明白粟振知道，不然闹这么大响动都不下去，就是故意的呗。

粟振道："他们母子的事，让他们母子自己解决。"

"已经解决了。"粟融理笑眯眯地说道。

"你瞎掺和了？"粟振皱眉。

"不掺和就没个安宁。"粟融理嘻嘻一笑，"她气得够呛。"

"什么她啊她的？她是你母亲，你又欠揍了是吧？"粟振火大，一拳砸在桌上。

"我就是见不得她对融归这样苛刻，再说了，我也没什么不敬之处。"粟融理的腿不由自主地又跷了起来。

一本书砸过去，粟振喝道："放下来。"末了他又训斥，"就得苛刻才好，我就是对你太放松了，你看融归品行多端正，再看看你，坐都坐不直。我这一脑袋头发早晚被你给愁白，还不快给我滚。"

粟融理起身，嬉皮笑脸地说："那我就滚了，至于她那里，今晚可就要辛苦老爹了。"

粟振气得拿起烟灰缸砸过去："老子也是你能打趣的？"

粟融理灵巧地躲过，留下一阵大笑声，推门出去了。

医院。

许奶奶已经吃过药、洗漱过，躺在病床上准备入睡了，病房门忽然开了。

许奶奶睁开眼，看见孙子面含微笑地走进来。

她还以为自己眼花，揉揉眼，可不是她的呱呱吗？

“呱呱，你怎么又来了？奶奶不是让你……”

“奶奶。”他在床边坐下，“呱呱以后会一直陪着您，再也不离开了。”

“你……”许奶奶不太懂他的意思。

“辛苦你们了，你们回去休息吧，晚上我在这里，你们明天再来。”他对特护和保姆说道。

“呱呱……”奶奶轻声叫他。

他轻轻摩挲着奶奶的手：“奶奶，我记得小时候您给我讲了好些胡同里的故事，孙儿今天给您讲故事，您累不累？想不想听？”

奶奶眼中含着泪花：“你这孩子……”

“那我开始讲了。”

他是记者，这些年跑了很多地方，也见过各地不同的风俗人情，他拣了些有趣的说给奶奶听，说到云南走婚的习俗时，奶奶乐了。

“你编来哄我的吧？”

“真的，奶奶，您养好身体，以后孙儿带您出去见识一下。”

“好、好……”奶奶笑着，眼中的泪却滚落下来。

他轻轻地给她擦去。

夜渐渐静了，在他的轻声细语里，奶奶不知什么时候微笑着睡着了。他给奶奶掖了掖被子，起身调了调空调的温度，坐在床边拿出了手机。

十一点，他的大拇指摩挲着手机屏幕，慢慢地摩挲着，好一会儿后将手机放下了。

他起身在病房里轻踱，窗外已是浓黑的夜，光影稀薄。他走了几步后又拿起了手机，解了锁寻到一个人，发了条消息过去：“睡了吗？”

他握着手机站在窗边等着，手机疑似振动了一下，他低头一看，推送广告的……

他将手机扔到了沙发上，亮着的屏幕闪现一条消息，他跨步过去。

某人回过来两个字：“睡了。”

他犹豫了一会儿，还是发过去两个字：“睡吧。”

涂恒沙其实刚上床，见他这样回复，觉得他有话要说，于是回道：“粟老师有事吗？”

他本来已经放下手机了，看见信息便又坐下来，靠着沙发，双腿伸直，难得地休闲。他慢慢一个字一个字地输入：“我在医院，怕睡迷糊，明早叫我起床。”

涂恒沙愣了一下，粟老师的生活能力有这么差，都不能自己起床吗？可是她两次跟他一起出任务都没看出来，再说还有闹钟呢。

她还没来得及回复，一条信息又发过来了。

“我搬出粟家了，以后跟奶奶住。”

她略微惊讶，不过却为奶奶高兴，也不多想了，爽快地答应下来。

那边的粟融归便看见两个字的回复："哦，好。"

哦？好？

涂恒沙打了个哈欠，确认手机设好了闹铃，将手机一搁，很快就睡着了。

她倒是心无旁骛，一夜好眠。

第二天她被闹铃吵醒，还迷糊着想起给粟老师打电话。

"喂？"那边传来低沉的男声。

"嗯……"人已叫醒，任务完成，她把电话一挂又睡过去了。

粟融归听着耳边的嘟嘟声，如果不是手机有通话记录，他都怀疑是否有人来过电话，这种叫醒方式太随意了些。

睡了一个回笼觉的涂恒沙最后是被妈妈叫醒的。家里满是鸡蛋烙饼的香味，她吸了吸鼻子，想起一个问题："妈，您说一个养尊处优的男孩子会不会照顾病人，会不会照顾自己啊？"

舒慧颇为敏感："认识什么样的男孩子了？"

"一个同事啊，"涂恒沙道，"也算是老师吧。"

舒慧一听是老师立马没兴趣了，自动将老师归为四五十岁的离异丧偶男人："男人哪里会照顾病人，都是粗心的，能把自己照顾好就不错了，通常连自己都照顾得乱七八糟。"

涂恒沙觉得粟老师还是挺会照顾人的，她住院那会儿他还将她照顾得挺好，而且会生火。不过她转念一想，妈妈的话也有道理。能生火烧水的粟老师未必精细，男孩子的确粗心些，比如她住院的时候，某老师倒是照顾她了，可她挨的骂也不少，而且还全都是吃的外卖……

她想了想，打电话给粟老师。

"喂？"那边很快就接了，声音像窗外下过雨的清晨，干净却透着冷冽。

粟老师这是不高兴了吗？难道是奶奶有什么事？

"粟老师，奶奶怎么样？"她忙问。

"不错。"

"粟老师，你和奶奶吃早餐了没有？"

那边好像顿了顿，然后传过来两个字："没有。"

她在金县住院的时候他都让送饭的准时来呀！

"这会儿外卖都还没开始。"

也是……

"那你等等吧，反正去报社会经过医院，我给奶奶带些过去。"

"好啊。"那边毫不客气地答应了。

舒慧对涂恒沙给老师及家属带早餐倒是没什么意见，叮嘱道："要尊敬老师，也要注意保持距离，到底是男老师。”

“知道。”涂恒沙忙着打包，“人家粟老师才不愿意和我拉近距离，恨不得跟我离得越远越好。”

“那一定是你工作不认真，表现不好。”舒慧眼看就要批评人了。

涂恒沙吐吐舌头：“妈，我走了啊。”

医院。

涂恒沙拎着早餐来到病房门口，轻轻地敲门。

门从里面打开，粟融归站在门内，背着光，脸上笼罩着淡淡的阴影。

涂恒沙举了举手里的老式保温桶，冲他笑：“早餐。”

他接过，侧身让她进去，许是角度转变，他的脸上像是染上了浅浅的云霞。

奶奶看见她特别高兴，招手让她过去，托着她的手摸摸手背，再摸摸脸颊，爱不释手。

身后响起某人清嗓子的声音：“奶奶，您别摸了，把她的妆摸掉可怎么见人。”

涂恒沙气得一跺脚：“奶奶，你看他，总是笑我丑。”

“不丑，”奶奶马上笑着道，“我孙女漂亮着呢，天生丽质，清水芙蓉就是说我孙女这模样的。他故意的，你别理他。我跟你说他小时候才叫丑呢，刚生下那会儿还是朝天鼻、猴子脸，丑得他爹都不想认他，连问好几天护士是不是抱错了，气得护士都让他爹去做亲子鉴定了。”

涂恒沙扑哧一笑，想想小时候那个白乎乎肉包子似的圆脸小男孩，还真没法和朝天鼻的小猴子联系起来。她回头偷偷瞧他，见他居然没生气，眼睛里好像蓄了两汪水，清润柔和，好似带着笑意。她真怀疑自己看错了。

不过她仍不解气，瞪着他：“别吃我的早餐，宁可喂狗也不给你吃。”说完她觉得不对，忙跟奶奶解释：“奶奶，我不是说您，我说他。”

“我知道。”奶奶笑着道，“就是辛苦你了，要上班，还惦记着给我送早餐。”

“不辛苦，我也是顺路。”她好奇心起，“奶奶，粟老师的生活能力是不是属于……”她压低了声音，“离开了家就只会吃外卖这种？”

奶奶刚要说话，就听一旁的某人咳了一声。

她回头道：“还不让说呢，作为一个记者，最基本的职业道德就是实事求是。”

他笑笑，是真的笑，这回她没看错，连他的眼睛都在笑。

奶奶便笑着说了：“不，他还会吃方便面。”

涂恒沙这回哈哈大笑起来，在南县被困的时候，他最擅长的技能就是烧开水泡方便粥。

接下来奶奶就开始实名爆料了，比如他不会洗衣服；把盐当成洗衣粉；有一回逞能要帮她做饭，结果没放水煮了一锅炒米；做西红柿炒蛋，把整个西红柿和没剥壳的鸡蛋一起炒……

粟融归又咳嗽一声。

涂恒沙大笑："粟老师，原来你是网红西红柿炒蛋的鼻祖啊。"

粟老师只能抚额。

涂恒沙起身，笑吟吟地开始给奶奶拿出早餐："奶奶，您看这个保温桶是不是很古老？我家只有这个了，还是我小时候买的，那会儿我就用这个给妈妈送吃的。"

她把粥盛出来，端给奶奶。

奶奶直叹："丫头小时候就这么能干了？"

"可不是，"她回头鄙视一下某老师这个生活渣："粟老师，早上外卖虽然没开始送，但是医院食堂有吃的，各种风味的美食都有，如果你不愿意下去买，还有小车推到病房来。"

"是吗？金县怎么没有？"他很是顺便地自己拿了块鸡蛋煎饼，"这个好吃，有奶奶做的味道。"

"那是当然，我妈妈的厨艺可好了，尤其是粽子……"她想起被他扔进垃圾桶的粽子，气不打一处来，完全不想再说话了。暗恼自己爱管闲事又容易原谅别人，但她不想当着奶奶的面和他吵架，默默地给奶奶把早餐放好，小声说："奶奶，我走了。"

"快去上班吧，呱呱也去，小郭马上要来了。"奶奶说道。

他们正说着，特护小郭就敲门进来了。

涂恒沙瞪了一眼粟融归，高抬着下巴刺他："狗。"

她说了早餐给狗吃的。

她居然敢骂他了！他一口吃掉最后一点儿煎饼，擦了擦手。她那个模样看在他眼里，就好像一只雄赳赳气昂昂的小狐狸，摇着尾巴昂首阔步地耀武扬威。至于老虎自然就是奶奶了，有奶奶撑腰，有恃无恐了啊！

地铁站。

涂恒沙和粟融归一前一后地走着。

她气鼓鼓地不说话，他也不说，只保持着一步的距离，始终稳稳地跟着。

她忽然想起了什么，在记忆里搜索了一圈，回头嘲笑他："粟老师，大少爷会不会搭地铁啊？"

"不会。"某老师将手里的地铁卡默默地塞回了口袋。

她一脸"奶奶说得没错，你果然是生活低能"的鄙夷："我只问你一句，为什么要扔掉我给你的粽子？"

她是一个快意恩仇的人，可以爱一个人很久，却不会恨一个人太长。就像她的小许同学，五岁记住了的人，一惦记就是二十年，以后还会记在心里，哪怕那个人已经变了模样，她记住的小许同学便是与粟融归无关。至于恨的人，她也是有的，比如那个背叛她的女同学，但恨过之后就忘了。

为什么要记住呢？记住仇恨就是记住伤害。或许别人只是伤她一时，她的恨却会伤害自己一辈子。所以她记得那年已是初中生的自己，当场便泼了那个女生一身墨，后来的岁月便选择遗忘，也不再来往。

粟融归扔了她的粽子，她不至于恨他，只是不再将他当小许同学那样亲近，或许因为他终究是小许同学，她心里始终存了原谅的余地。

此刻她想听他的解释。

他略略沉默，神色在人来人往的地铁站深沉幽暗。

她本来盯着他，等着他解释。这般对望之下，她的感知在小许同学和粟老师两个人之间来回游荡，莫名地委屈，低下头咬了咬唇。

她的后背被人重重一撞，将她直接撞到他的身上，他立即伸手抱住了她。

她下意识想要推开他起身，他的手臂却收得更紧，同时听见他在耳边说："对不起。"

仅仅就是一句对不起吗？她想要的解释呢？

"那不是我……"他说。

她糊涂了，不是他，那是谁？

"你说得对，我是小许同学，我记起来了。"

她怔在那里，迷糊极了。

"以后都是……"

她想着自己从一年级开始就满腔热忱追着的那个小哥哥，当终有一天真正站在他的面前，追来的却是那样的冷漠与残酷，她要哭了。

"来，教我怎么买票。"他拉着她的手排在售票机队伍的后面。

接下来她整个人都是浑浑噩噩的，糊涂又别扭地陪他买好票，和他一起过安检，再一起上车。

早上的地铁，人多得跟铁锅烙饼子似的，人贴着人。涂恒沙好不容易挤上去，后面的人却还在推，眼看着本就挤得密不透风的车里又拥进来一拨人，顿时胸腔都被压扁了一般无法呼吸，感觉内脏都要被挤压出来后，车才终于关上门。

涂恒沙费劲地挪了挪，调整了一下站姿，勉强能呼吸了。可偏偏有的人身上散发出一种密闭空间里让人不能呼吸的体味，涂恒沙已经习惯了，只略略屏住呼吸便不再有其他反应。

一只手掌突然按住了她的后脑勺，在她还没反应过来是怎么回事的时候，她的脸就被按在了一个胸膛上。顿时难闻的气味没有了，呼吸里满满的只有青草味，干净清冽。

大庭广众之下，她的脸不由自主地泛了红。

她动了动，却完全没法移动，只能认命地扭了扭头，用侧脸贴着他的胸口，让鼻子不被压扁。

她一直保持着这样的姿势，地铁微微摇晃着前行。她紧紧地靠在他的身上，和从前任何一次乘地铁被挤成人肉馅饼不同，没有不适，更没有厌恶。

原来世界上还会有这样一个人，你与他似乎生来便是亲密的，即便她嘴上说着讨厌粟老师，但她的鼻子、她的皮肤、她的神经……她所有的感官都出卖了她。

她真的不讨厌和他这样的接触。

在金县的医院、在此刻拥挤的地铁里，他们自然而然地贴合，好像很久以前他们便这般熟悉而亲密了。

有的人，一眼便是一辈子。

这句话她是有些相信的。

至少她一辈子也不会忘记小许同学，哪怕从不曾重逢，哪怕余生不再相见，她都会记得——在她还是五岁稚童的时候，有一个小男孩用一颗棒棒糖温暖了她的整个童年乃至少年。没有他就不再有涂恒沙这个人了……

小许、小许，我到底该不该重新遇上你？过去的这些年，我没有掉过一滴泪，自从与你重逢，我快变成水做的人了……

她习惯了做一棵疾风中的劲草，哪怕摇摇欲折，也牢牢抓住土壤，用力生长、永不放弃。从来没有人像现在这样，用手臂圈出一个避风港，让她这棵小野草可以站稳脚跟，不再摇晃。

地铁缓缓减速、停下，她没有因惯性往前倾，因为他一直支撑着她。

没有人下车，却又有新的一拨人挤进来。

地铁是个神奇的存在，明明看着已经连落脚的地方都没有了，可下一站只要有人挤，总是有人能挤进来。

因为新进来的这拨人，他们挪了挪地方，可只要一挪必定有人得寸进尺，就像堤坝开了个口子，人潮泄洪般地往这边挤。

他用一只手护着她，另一只手还打着石膏呢。

她顿时火了，老母鸡似的双臂一撑，护着他受伤的手臂："别挤了行吗？坐下一班行吗？这儿有人受伤了。你，就是你，你还挤，别再过来了……"

她弓着背、弯着腰，生生在人群中为他隔离出一个相对宽松的空间。

他怔怔地看着她，忽然想起从小到大那些生病的夜里，一个人躺在床上裹紧被子还冷得发抖的画面……

"傻，我没事的。"他低语，声音有些嘶哑。

第六章

从不曾忘记，何来想起

“粟老师，第一次坐地铁感觉怎么样？”出地铁口的时候，涂恒沙还走在他受伤的手那一侧，给他隔出一个安全的空间。

“不错，要谢谢你的……保护。”

涂恒沙翘起了唇角：“那是当然，有我在，绝不会让你受伤的。”

他看了眼她小小的身躯，忍住笑意。

“哎，粟老师，你可别不相信我，”她颇为不满，“你知道我是谁吗？我可是红柳路小霸王、四号线小泥鳅、传媒界小侠女，当然其他诸如菜市场小算盘、烹饪界小宗师、歌唱界小百灵、舞蹈界小天鹅之类的，就不必让你知道了，免得你觉得我显摆。”

他还是忍不住笑了，这还不叫显摆？红柳路是她家所在的那条路，想象她瘦得跟麦秸秆似的小身体，叉着小腰，晃着辫子称王称霸的画面，怎能不好笑？

彼时他们正好出站，清晨的阳光洒在他的脸上，为他的笑容镀上了金光，天地万物都失了颜色：“好，那以后就承蒙小侠女照拂了。”

“好说……好说……”她看着他的笑容喃喃地道，莫名地再度红了脸，“以后姐姐就罩着你了。”

他摸了摸自己的脸，低头问：“我脸上有什么？”

“没……没什么啊……”她能说你脸上有一个大写的“帅”字吗？

“那你有。”他低声说。

“有吗……哪儿……哪儿有？”她捂着发红的脸。

“有啊。”他一本正经的样子，“这儿……”

他指了指她的眼睛。

她立即捂住了眼睛，只张开手指露出一条小缝儿：“有什么？”

他的唇角微微一抿：“以后告诉你。”

她从包里取出小镜子仔细照了照，什么都没有，粟老师骗人。

她看着已经走远的粟融归，快步跟了上去："粟老师，我知道我的眼睛里有什么了。"

"什么？"

傻丫头莫非变聪明了？

"你看着我。"她拉着他在报社门口面对面站着。

"嗯……"他随她摆布，只等她的答案。

"看见没？看见没？"她指着自己的眼睛，"里面有个胖乎乎的只会嗷嗷乱叫的大笨白猪。"

她那两个水汪汪的瞳孔里，除了他的倒影还有什么？所以，他这是被她反将一军？刚好他今天穿白上衣呢……

"你们俩这是在干什么呢？"一个声音骤然响起，粟融星站在他们一米开外，似笑非笑："涂恒沙，你的眼睛里进沙子了吗？叫粟融归吹不成？"

"并没有进沙子。"涂恒沙若有所指地看了眼粟融归，笑了，"只是有只苍蝇突然飞进来了。"她揉了揉眼睛，"真不舒服。"

说完，她转身先进了办公楼。

"你说谁是苍蝇呢？"粟融星脑袋转了个弯，明白过来气得尖叫。

涂恒沙只当没听见，觉得好笑，这种事难道不是谁接话谁就承认了吗。她吐了口气，大步继续走，却听见后面粟融星娇滴滴的声音。

"粟融归，你怎么跟涂恒沙一起来的？"

正好电梯开门，涂恒沙干脆进了电梯，转身便看见粟融星挽着他的胳膊晃来晃去地撒娇，她想起那个要当红柳路小霸王的自己，忽然觉得有些好笑。

电梯门关，上楼，粟融归抽出手臂，轻声说道："嗯，我跟她一起去看奶奶。"

粟融星的脸都白了："什么？她凭什么去看你奶奶？她算什么东西？"

"是她救了奶奶。"他不轻不重地说，"没有她，也许奶奶……"他没再说下去，但言下之意不言而喻，"所以，她是我的恩人。"

他也进了大楼，不过没有等电梯下来，直接走了楼梯。

粟融星站在原地，气得又是跺脚又是甩包。

"沙子，快，快来。"郝仁一看到涂恒沙进门便用力招手。

涂恒沙还有些无精打采的："什么事啊？"

"快来看这家火锅店，刚才在路上接的传单，正宗内蒙古大刀羊肉，要不要去尝尝？"郝仁将一张广告单递给她。

她没什么兴趣，随意瞟了一眼。

"去吧，我一个人吃火锅很没意思，想多点几个配菜都吃不完，你就当日行一善了。"郝仁把美食诱惑改为装可怜博同情。

涂恒沙犹豫起来。

“是不是兄弟？”友情要挟都来了。

“唉，好吧、好吧，就当日行一善了。”

“成，那就今晚去啊。我跟你说，你看看这家的特色，挺多别人家没有的……”

两人围着广告研究起来。

粟融归进来时，便看见凑在一块儿的两个脑袋。

“涂恒沙。”陈琦喊道。

“在。”她忙站起来。

“今天上午有个重要会议，你忘记了吗？还不赶紧准备出发。”陈琦沉着脸呵斥。

涂恒沙看了下时间，因为要给奶奶送饭，所以她特意提前了很久出门，到现在也没到上班时间。不过她不敢顶嘴，马上准备器材去了：“郝仁，你快点儿。”

和郝仁一起去参加的会议忙了整整一上午，回来的路上郝仁在车上写稿。到报社后郝仁更是连午饭也顾不上吃：“沙子，我先整理采访记录了，你的设备给我，我给你带回去，你去食堂给我带份饭来。”

“好。”她也要剪辑照片和视频，打算带着饭回来和他一起吃。

已经过了饭点，食堂里几乎没人吃饭了，打菜的阿姨守着几盆剩下的菜，再没人来就准备收工了。

“阿姨，给我两份打包。”她说。

“没菜了，就这些。”阿姨用勺敲了敲菜盆。

“没关系，多来点儿饭就行。”她说着，感到有人站在了她的身后。

她回头一看，是粟融星……

她凭直觉就知道遇见粟融星没好事，暗暗郁闷今早出门没烧香。

“就吃这些啊？”粟融星嘲弄地笑道。

涂恒沙懒得搭理她，接过阿姨递给自己的饭盒准备走，粟融星却偏要纠缠。

“难怪，难怪想尽办法缠着粟融归，追上粟融归就能过好日子了，连救奶奶这样的招数都想得出来。奶奶为什么偏被你救了，不是你害奶奶生病的吧？奶奶什么时候生病你都算得那么准。你们这些女孩子，有点儿自尊心好不好，别看见一个有钱的男人就往上扑，想少奋斗二十年，我告诉你，没用的。我们家是绝对不会看上一个门不当户不对的儿媳妇的，你少做白日梦了。”

涂恒沙被她这套说法弄得烦不胜烦：“行了吧，谁稀罕你们粟家？谁又会喜欢那个怪脾气的粟融归？你们是不是都自我感觉太良好了？这到底是太有自信呢还是没有自信？还有你们粟家的钱没人眼红，你们自己好好抱着睡觉吧。”

谁喜欢那个怪脾气的粟融归？她只要她的小许同学！

“你……真的不喜欢粟融归？”粟融星不相信地逼问。

“不喜欢、不喜欢、不喜欢，够了吧？”她捧着饭盒绷着脸从粟融星身边快速走过，走出食堂直奔采编平台而去。

她没有看见的是有人迅速从门口撤退并闪至一旁藏了起来，直到她的身影看不见了，他才出来，正好与才从食堂出来的粟融星撞了个正着。

粟融星见到他很高兴："粟融归，刚才涂恒沙说不喜欢你。"接着她又说，"她以为她是谁？咱们家还轮得到她来挑？简直不识好歹。"

他抬腿就走。

"哎，粟融归，你等等我。"粟融星尖锐的喊声在安静的午后分外刺耳。

采编平台里，涂恒沙和郝仁坐在一块儿，一个忙着在噼里啪啦地打字，一个忙着修照片剪视频。两人手边各放着一份饭，良久才吃上一口。

郝仁写完一小段，盯着电脑检查措辞与错字，同时拿起筷子去夹菜，眼睛却没看，一时筷子伸到了涂恒沙的碗里，低头来吃的时候才发现自己弄错了。

"这……对不起啊，看来是我眼馋你的菜了……"他发誓他真不是故意的。

涂恒沙也无奈，总不能让郝仁再还回来，只好顺着他的意思开玩笑："吃吧，谁让本姑娘人美菜都香呢。"

郝仁低着头笑："见过夸自己的，没见过把自己和菜一块儿夸的，莫非你也是一碟菜子？沙子，若你是菜，你是什么菜？"

涂恒沙想了想："反正不是大刀羊肉！"

郝仁这回大笑起来："可千万别，就算你是大刀羊肉，我也不敢吃啊。我还是吃青菜吧。"

他低头把这一筷子菜吃了。

粟融归从外面进来正好看见这一幕，两人说说笑笑，而郝仁在吃她饭盒里的饭。

他的下巴绷得更紧了。

下午，涂恒沙和郝仁一起把今天的新闻做了出来，因为要把讲话内容都详细报道出来，所以郝仁的这篇稿子很长。可上传后又被返回来修改了几次，到下班时间了，郝仁的新闻稿还在改。

涂恒沙的照片和视频都没问题了，可她还是在一旁等着郝仁，不为吃饭，毕竟这个采访是他们一起做的。

粟融星准备下班，上前来邀粟融归："粟融归，你今天回家吃饭吧，就算不在家里住，回家吃饭还是可以的，我爸、你妈，还有我哥都挺惦记你的。"

"不了，奶奶还要吃饭。"他淡淡地拒绝了。

"这样啊……"粟融星嘟嘟嘴，"那……那我陪你……"

"你回去吧，我自己打车去医院。"他打断了她的话。

粟融星有点儿心虚。

她的确是不便去医院见他奶奶的，因为她小时候有一回跟踪粟融归去他奶奶家，他奶奶拿糕点、水果给她吃，可那些糕点看包装就是便宜货，不知道是在哪个小作坊里买的，从前她妈妈可是不准她吃这种东西的，会吃坏肚子，水果也不知道洗没洗干净，反正她是不会吃的。可他奶奶非给她吃，她觉得没准他奶奶的手也脏，还来摸她的衣服，她恶心，所以就把水果和糕点都扔到地上了。并且她还告诉粟融归这些东西都脏，不能吃，这个院子也脏，以后不要来了。她那个时候都是好意，可他却生气了。

总之他奶奶的那个家，她再没去过。她不能再去，也不愿再去。

“那……我送你到医院楼下，然后我自己再回家？”她小心地询问，毕竟童年时的事谁都没忘记。

“不用，你回去吧。”他的脸色有些冷。

她怕他又想起小时候的事，不再跟他胡搅蛮缠，自己回家了。

很快，除了晚班同事，采编平台里就没什么人了。

“涂恒沙。”

这一声呼喊响起时，涂恒沙还在帮郝仁一起看稿子，被吓了一跳。

却见粟融归走了过来，动手把她中午搁在一旁的饭盒收走扔掉了，还数落她：“你在家里、在外面都是这么不爱收拾的吗？”

涂恒沙愣住了，她在家不爱收拾，他是怎么知道的？

“一下午饭盒都搁在这里，也不觉得臭？这也得等我来收？”他板着脸又道。

“哦……”她为什么觉得此情此景有点儿雷人呢，伸手把郝仁的剩饭盒也收了递给他，“那……这里还有一个。”

他的脸顿时绷紧了。

不对，这是粟老师生气的前兆。她醒悟过来这样使唤粟老师做事好像不太好，忙捧着饭盒起身说：“我自己去、自己去……”

不料他的脸又黑了几分，他到底怎么了？

“拿来。”他接过转身就去扔了，扔进垃圾桶时还发出一声巨响。

涂恒沙又糊涂了，请他扔他生气，不让他扔他也生气，他又不是善变的小姑娘。

“行了，回家。”他去洗了洗手才回来。

“可我……”她瞧瞧郝仁，郝仁还在忙活呢。

郝仁忙里偷闲抬起头笑眯眯地说：“她答应陪我去吃火锅了，你要不要一起去？”

“涂恒沙，奶奶还在医院等饭吃呢。”他严肃地道。

涂恒沙抿了抿唇，那句“是你奶奶，不是我奶奶”怎么也说不出口，今早奶奶还拉着她的手舍不得放呢……

“走吧。”他直接过来拉走了她。

她被拽得拼命挪动两条腿才能跟上他的步伐：“郝仁……”

她想说“郝仁对不起了”，可是还没来得及说完已经被拽进了电梯。

“还喊呢？”他松了手，皱眉俯视着她，“就这么贪吃？”

“哪儿是贪吃啊？”她揉揉手腕，这力气大得都把她拽痛了。

“那是什么？”他脸色黑黑的。

是什么？是义气啊。

她挥挥手：“你不懂。”

他养尊处优，为人又冷漠，大约不知道义气为何物。

他的脸色更黑了，黑到了一定程度，他就不想说话了。

两人还是挤地铁去的医院，人比早上稍少些，一路倒也顺利，只是出站后忽听他说：“今天中午我也没吃午饭。”

涂恒沙琢磨了一会儿道：“其实你虽然搬出来了，但还是可以跟粟融星一起去吃饭的，我觉得她还是很愿意和你吃饭的。”

他闭嘴了。

涂恒沙想起奶奶说的那个只会吃泡面和外卖的呱呱同学，于是好心劝他：“粟老师，其实不管是几个人，都要好好吃饭的，就算是一个人也可以叫外卖，实在不行泡个面也比饿着强，容易得胃病呢。”

“好了，别说了。”

这个话题可以到此为止了。

两人默默地走了一会儿，他忽然问道：“你跟郝仁的关系很好？”

“嗯。”她坦然承认，“报社里就他跟我最好了！”

话题再次终结。

“你喜欢他……那样的人？”

“嗯。”涂恒沙毫不犹豫地点头，“郝仁为人仗义磊落，这样的性格最可靠了，他会在任何你需要的时候挺身而出帮助你。另外他开朗又阳光，还很风趣，总能说笑话逗你笑，跟他在一起特别轻……松……”

涂恒沙说着说着，声音小了，因为粟老师不知道啥时候走到前面去了。她挠了挠头，站在原地不知所以然……

他走了一会儿发现她没跟上来，回头阴森森地说：“还不走快点儿。”

她冲他做了个鬼脸，说好的以后都是小许同学呢，他又骗人。

“带我去食堂打饭？”他在前方边等她边说。

“去吧、去吧……”她反正也习惯这个阴晴不定的粟老师了。

她领着粟老师一步步教他在食堂买饭的步骤，虽然觉得自己宛如领着个巨婴，却也颇为耐心：“就是这样了，这有什么难的？”

她发现自己两手提满了饭盒，而粟老师买一盒付一盒钱，现在趾高气扬地走在前面当甩手掌柜……

原来他只是需要一个搬运工啊。

“粟老师，这不公平。”她拎着东西追过去。

粟老师回头道：“这是惩罚。”

她不屑地哼了哼："所以说这就是你和郝仁的差距了，我和郝仁出去，他绝对不会让我当苦力的。"

粟老师的神色黯了黯："看来惩罚还不够重。"

粟老师真的是魔鬼。

"在嘀咕什么？"

真是神奇了，她心里想什么他都知道："粟老师，你会读心术吗？"

"嗯，所以别想着骗我。"

他们走进住院部的电梯，她问："粟老师，那你现在来猜猜我在想什么？不如顺便打个赌啊，猜不中的话你得认罚。"

"行啊，你输了怎么办？"

她想了想："如果我输了，我就答应你一件事，如果你输了……你就在大办公室所有人面前叫我姐姐。"

"行啊，那我猜了？"他老神在在地看着她，"你想的是，粟老师猜错了。"

她这是给自己挖坑，如果她说粟老师说错了，那就是粟老师猜对了；她如果说粟老师猜对了……

她咳了一下，觉得自己在粟老师面前总能变傻，这种游戏属于小时候脑筋急转弯，她怎么就不提防着点儿，三十六计，赖为上："粟老师，我要告诉你一个决定。"

"你打算要赖？"

若非她还算个唯物主义论者，她真的要相信粟老师会读心了。不管唯物还是唯心，先抵赖再说，她有预感，粟老师一定会给她出个大难题的："那……那可不可以？"

她没想到粟老师很好说话，电梯门打开，他出去的时候说了声："当然可以。"

她瞬间觉得粟老师也是好人了："粟老师，你这是在向郝仁学习吗？"

谁知这话一出，粟老师立马又黑了脸："不可以，先记下这笔账，以后再找你讨。"

粟老师，你果真是善变的小姑娘……

她立马蔫了，到病房还有些无精打采的。奶奶一眼就看出来了，笑着问："丫头这是怎么了？呱呱惹你不高兴了？"

"奶奶，"呱呱同学表示抗议，"我才是您的孙子。"

"那丫头也是我孙女，"奶奶笑着嗔怪他，又面向涂恒沙道："丫头告诉奶奶，呱呱怎么欺负你了？"

"奶奶……"她刚要说，又觉得没脸把过程说一遍，自己输在智商欠费，只好呵呵一笑，"奶奶没有的事，只有我欺负人的，哪儿有人欺负我的。"

红柳路小霸王的气势不能输！

奶奶哈哈大笑，既然丫头没觉得委屈，那她这个老太婆就不多事了。

"奶奶，吃饭吧，都是这丫头挑的菜，说清淡，适合您现在吃。"粟老师还在奶奶面前给她卖了个好。

她皱了皱鼻子："奶奶，我去打个电话。"

晚上她不回去吃饭，得和妈妈说一声。

"去吧。"奶奶笑着道。

涂恒沙走出病房的时候还听见奶奶在和粟融归说："你叫丫头一起吃饭就去吃食堂？忒傻了。"

涂恒沙来了兴趣，想听听粟老师怎么说，于是趴在门边偷听。

粟融归顾左右而言他："奶奶，我今天跟那丫头来回都坐的地铁。"

"这坐地铁跟吃饭有什么关系？"奶奶问出了涂恒沙想问的话。

"我第一次一大早像今天这样和那丫头去挤地铁，人很多，挤得透不过气来，有些人身上还有味儿。可是看着他们每个人都在为了生活和未来奔波，忙碌而充实，并且充满希望，我觉得很有趣。包括今天去食堂买饭，我以前偶尔也在单位食堂吃，可都没有今天这样的感受。他们有的人是相携而来，一个人虚弱，另一个人就是他的支撑，有年轻人，也有老人，还有年轻人扶着老人的；有的是一个人来的，吃得急，狼吞虎咽吃完就走了，脸上全是焦虑；有的人打了饭坐在椅子上盯着饭菜发呆，一口也没吃，盯着盯着眼泪就流下来了；有的人却满脸欢喜，说这是在医院的最后一顿饭了，明天就出院了。奶奶，我觉得这才是生活，并非只是活着。酸甜苦辣、喜怒哀乐，希望、绝望，都是生活的组成部分，这样的日子才有烟火气。"

他娓娓道来，平淡却又深刻。她趴在外面听得呆了，觉得他在念一段诗，又像是在朗读一篇散文。

"烟火气"，很美的三个字。难道他以前的生活没有烟火气吗？

奶奶笑着道："烟火气也好，喜怒哀乐、酸甜苦辣也好，它们一直都在这个世上，只不过你从不去辨认罢了。"

"是啊，我还是记者呢，其实从来都是机械地去完成任务，并没有真正睁开眼来好好看看这个世界。烟火气，我觉得这个气息很好，我想过有烟火气的日子。"他握住了奶奶的手，"奶奶，让我留在胡同陪你吧。"

许奶奶看着他叹了口气，终究没有再说什么。

他看了一眼掩着的门："以后会带她去吃好的，今天就当委屈她了吧。"

趴在门外的涂恒沙隔着门冲他吐舌头，说得好像她很贪吃似的。她觉得食堂就很好，耳边却仍在回荡着他的话：酸甜苦辣、喜怒哀乐，希望、绝望，都是生活的组成部分，这样的日子才有烟火气。

世事本就如此，高大上的粟老师竟然现在才总结出来。

她找了个角落打电话，电话通了，舒慧却好像在那边正跟别人说话。

"妈，您跟谁说话呢？"涂恒沙听见那边传来一声门响，像是关上了门。

"哦，沙子啊。"舒慧在那边道，"是不回来吃饭吗？"

"是啊，您在干什么呢？吃了吗？"她寻思干脆等会儿给妈妈带外卖回去得了，一个人就别做了。

“正准备吃啊。”舒慧在那边叹道，“我说你啊，自己在外面吃饭告诉我一声就行，不用给我叫外卖，我自个能煮。”

她什么时候给妈妈叫外卖了？

“哎哟，你个倒霉孩子，”舒慧在那边惊叫起来，“你还叫逍遥庄的外卖呢？这得多少钱啊？多贵啊。你说你这孩子，手里有点儿钱能不这么糟蹋吗？”

还是逍遥庄的外卖……

她连逍遥庄的门朝哪边开都不知道，怎么会给妈妈叫这家外卖？分明不是她叫的，那又是谁？她简直想问妈妈，是不是人家送错了。她朝病房门瞅了一眼，有些不相信自己的猜测。

舒慧在那边数落了她半天，最后逼问她：“我说你听见没有啊？”

“听见了、听见了。”她忙道。

“以后可不许这么浪费了。”

“好，妈，我晚点儿回来，您吃完饭早点儿休息啊。”她叮嘱道。

“嗯，你也别太晚，女孩子走夜路不安全。”

“好。”她应了，挂了电话后回到病房。

病床前，粟融归正将饭菜放在奶奶面前的小桌上，奶奶见着她就说：“好了？快来吃饭，这食堂的菜我瞧着也还行，不过是病人饭，煮得太软了些，下次叫呱呱带你去别的地儿吃。”

“奶奶您先吃。”她帮着把筷子递到奶奶手里，转而悄声问粟融归：“逍遥庄？”

他笑了：“想去吃？”

“才不呢，是不是你？”

他点点头，算是承认了。

“你什么时候订的餐啊？我怎么不知道？”

他不是一路都跟她在一起吗？

“嗯，你当然不知道，那时候你还指使我给你扔垃圾呢。”

“你在报社就订了？”她在他耳边问道。

他再度点头。

“可是……你怎么知道我家的地址啊？”

“你不是说我会读心术吗？我看看你的心就知道了。”

他纯粹在胡扯，唯有奶奶看着两人咬耳朵的样子偷笑。

“你也不先跟我说一声。”不管怎样，她心里还是很舒坦的。

他与她妈妈素未谋面，却懂得关心人，只是这种只做不说的毛病是怎么来的啊？

“呱呱就是这样的人。”奶奶笑着把一大块鸡胸肉夹到涂恒沙的碗里，“嘴巴笨，不会说，只晓得傻乎乎地去做。”

他们正吃着饭，病房里进来两个人，粟融归叫她们“小郭”和“钱嫂”。他道：“吃过饭了，今天辛苦你们了。可能还要麻烦你们一会儿，我等下要出去一趟。”

钱嫂犹豫了一会儿，还是问了：“粟先生，明早和明晚还是不用来送饭吗？”

粟融归无语。

涂恒沙无语。

“我是想，今天本来都买好菜了，你说不用送，都浪费了，如果不用我做饭的话，那我明天就不买菜了。”钱嫂以为自己说错了话，颇为紧张地解释。

“送吧……”粟融归觉得有两道目光快把他的脸戳出洞来了，咳了一声，转向涂恒沙：“快吃，吃完我送你回去。”

回去的路上，涂恒沙小脸绷得紧紧的：“粟老师，你可真不地道，明明有保姆可以做饭，还故意折腾我！”

不是她不愿意帮着照顾奶奶，而是粟老师是骗子，而且是惯犯。

一场秋雨一场凉。

白天还暑意颇浓，夜幕一降临，迎面而来的风里便携着丝丝凉意。深吸一口，属于夜晚的各种气味顺着呼吸道直往心肺里钻，街边小店的煎饼果子味、烤串味，还有不知哪里飘来的重庆老火锅老油香，混在高指数 PM2.5 的雾霾空气里，将整个胸腔都撑得满满的。街上来来往往的行人、堵得挪不动的车流，这个城市的喧哗和拥挤，从没像此刻这样明显。

一个人的心是空的，世界再挤也填不满；一个人的心满了，世界空无一人也是满的。

他不徐不疾地迈着步子，刚好和她略有些忙碌的步伐一致，听了她的控诉，他眯了眯眼睛：“你不是还欠我好几笔账吗？”街灯下，他歪头看向她，目光灼灼，“你没啥可以用来还的，只好以身抵债了。”

她看见他眼里那一抹一闪而逝的戏谑，知道他是在开玩笑，琢磨了一下，很诚恳地道：“粟老师，奶奶这么久一直一个人住，你想多一个人在她生病的时候陪她，我很理解，也很愿意，但是你可以直说，不用搞那么多弯弯绕绕。”

他微微点着头：“你很聪明。”

她一笑，正要自得一下，却又听他继续道：“也很傻。”

她这颗小钢炮被激怒了，刚要发火，他突然伸手将她额头的乱发拨弄了几下：“傻挺好的，人不需要太聪明。”

她顿时真傻了，只觉得他掌心里也是有他独特的气息的，在她周围萦绕，久久不散。

她的脸忽然红了。

说来也奇怪，在金县住院的时候，什么亲密的举动没有过，怎么她最近老因他这些小动作脸热？她抬起头偷看他的侧脸，也看风中婆娑的树叶，忽然想起一句话：心不动，万物皆不动。

他拨弄着她的刘海，说了句：“怎么不别起来？”

她的发质很是不同寻常，跟她的性格有些像，看起来细细的、毛茸茸的，却很不柔顺，看上去总是乱糟糟的，尤其刘海，总是随风变换出各种奇怪的姿态。小时候，妈妈总用个小卡子把她的刘海别起来，但小女孩那样可爱，她这么大把年纪了还那样打扮，她疯了吗？

她拍开他的手：“别弄乱我的发型。”

他忍不住笑了：“就你这一头草，还叫发型？”

“草怎么了？草也是有尊严的。”

他忽然道：“别起来好看。”

“咦？”她的脑袋关键时刻没有糊涂，“你难道还看过我别起刘海的样子？”

他不语，眉目轩朗，舒展柔和。

“是不是见过？是不是？”她绕到他身前，不依不饶地追问。

他低头想了想，道：“嗯，也许梦里见过吧？小姑娘坐在台阶上，傻乎乎的，看起来好像要哭，留着娃娃头，戴着一枚红色的小发卡，可怜兮兮的。”

不知不觉两人已经走到地铁口了，涂恒沙惊得瞪大了眼睛：“那就是我啊，是我，你真的梦到我了吗？你还给了我一根棒棒糖，后来我晕倒了，是你和你妈妈送我去医院的，你都梦到了吗？”她激动得失控，抓着他的衣服，眼泪都飙出来了，“这些你全都梦到了吗？是吗？是不是？”

他没想到她这么大反应，神色微滞，而后伸手去擦她的眼角，手指被染湿：“是……都梦到了。”

“小许……”她突然扑进他的怀里，抱着他的腰哽咽道，“我就知道你会想起来的，我就知道你不会忘记我的。小许，我是涂恒沙，是你救过的那个小姑娘，你终于想起来了。”

夜色下的地铁口，人潮涌动。她就这样抱着他，天地无物。

他的手缓缓覆在她的脑后，脸上浮现一抹苦涩的笑容。

从不曾忘记，何来想起？

“小许，你什么时候有时间去我家做客啊？我妈妈一直很感激你当年救了我，常常念叨救命之恩没法报呢。”她从他怀里起来，发现周围异样的目光，脸生绯色，低下了头。

“是要……去见你妈妈吗？”他忽然有些僵硬。

“是啊，我妈妈想谢谢你。当然，如果你觉得不自在，我也可以带我妈妈出来。”她笑起来，眼角还有泪光，明月含珠一般动人。

“好……好啊，都可以。”他清了清嗓子，掩饰他的不自在。

“那就说定了哦。”她笑得眼睛都弯了，“等奶奶出院以后再说吧，现在你也没精力。我回去先跟妈妈说，妈妈一定很高兴。对了，已经到地铁站了，我回去了，你也回医院吧，我不用你送。”

“不，我陪你回去。”他坚持。

“真的不用，我五岁就自己坐公交了，现在哪里还用送来送去的，耽误时间。拜拜，小许，明天见。”她挥挥手，因为心情好，蹦着跳着下了台阶。

他却紧跟着她下去。

“真的不用，你快回去吧。”

他走在她身边，轻声道：“那时候是因为你没有人陪啊。”

涂恒沙彻底傻掉了。

后来的她一直都处于浑浑噩噩的状态，他跟她说什么，她也云里雾里的不知道自己回答了什么。直到回了家把自己关进房间里，她脑袋里还是一团乱麻理不清楚，从在南县见他第一面开始至今，种种片段混乱不堪。他说他从不记得她是谁，他说他的私人空间和时间不能被无聊的人和事侵犯，他用冷漠和粗暴将她逼得越来越远，可是他也说他以后只是小许……

樊越的电话在这个混乱的时候打来，问她奶奶住在哪家医院，两人聊了聊奶奶的病情，在快要挂电话的时候，涂恒沙急忙喊道：“越越……”

“怎么了？”

她欲言又止。

“沙子？是不是有事？我今天听你说话就觉得有些不对劲。”樊越问道。

“越越……”她迟疑着，“我……”

“说啊，你要急死我。”

“唉，”她叹了口气，“越越，其实我是一个很少主动去争取什么的人，生活给我的我就接受，但凡需要……需要勇气的事，我一般都先打了退堂鼓，除了工作。”

“傻丫头，你是恋爱了吧？”越越一语中的，在那头大笑，“无言以对了是不是？你可不是但凡需要勇气的事都打退堂鼓，你什么都不怕，你只是害怕与人交往，凡是要与人深入交往的事你都会打退堂鼓。我能成为你的朋友，算是我们缘分很深了。”

涂恒沙承认樊越说得没错，她看似开朗活泼，但这只是表象。她的内心是孤独的，她跟人基本都保持着泛泛之交，除了樊越。这是一种自保式的处世之道，若说这世上什么人能伤人至深，不过最亲近之人。所以一律都远离，便无人能伤了。

“沙子，那个人是谁？”樊越在那头八卦起来。

一个名字在舌尖打转，她怎么也说不出来，踌躇了半天，她还在迟疑：“我也不知道是不是……”

“你可真是傻大姐。”樊越显然被她气着了，“沙子，你不想说他是谁没关系，我再问你，他对你来说重要吗？”

“重要啊。”她不假思索地回答，“很重要、很重要。”

“人品怎么样？”

“应该还算好吧，正直……”她回想了一下他一板一眼的样子，如果他人品不好，也不会救一个素昧平生的女孩。

“那就行了啊。”樊越道，“沙子，我知道你习惯了一个人去面对生活里发生的一切，我也知道你在怕什么。可是，有时候有些事情不是一定要先看到结果再去考虑怎么做，如果结果可以预见，人生还有什么意思？何况我们也没有这个能力预见明天会发生什么，所以把今天过好就行了。只要今天是开开心心的，那我们就顺从自己的心意。”

“可是……”

“傻沙子，咱们不能因为怕噎着就不吃饭，因为怕摔倒就不走路，人生一步一步走，摔倒了爬起来就是。”

“那……你对崔培有信心的吧？他一辈子都会像现在这样对你好是不是？”

樊越笑了：“我不知道。我说了，谁也不知道明天会发生什么，我只知道他今天对我很好，明天会怎样我没想过。如果真有一天他对我不好了，那也没关系，我还是我，而他也是真的对我好过。”

涂恒沙呼出一口气。

“沙子，是不是你新单位的同事？”樊越的八卦心又起。

“啊？”她眼前晃过粟融归的模样，支支吾吾的。

“那就是啦，哈哈，明白的。沙子，开心就好。”

姐妹俩叽叽咕咕开展了一段午夜热聊，说了半天还舍不得挂电话，一直聊到涂恒沙都觉得不好意思再霸占樊越了：“算了不说了，再说崔培得恨我了！”

“目前他还不敢，哈哈。”

话虽如此，两人还是挂了电话。

那边樊越被崔培搂入怀里，顺带还被崔培幽怨地控诉：“终于聊完了？把老公晾在一边半宿不说，还跟人胡乱说我以后会对你不好！”

樊越嘻嘻一笑：“说的是‘假如’，睡了，好困。”

她打了个哈欠，趴在崔培的怀里几乎是立刻就睡着了。

而这边的涂恒沙就没那么容易入睡了，翻来覆去，眼前全是某个人的身影在晃动，而且不再是幼时的影像，全是重逢以后的画面，冷漠的、凶狠的、温柔的、霸道的模样。重逢时日虽短，却有许许多多的回忆，点点滴滴，历历在目。她明明曾决定要离陌生冷漠的粟老师远远的，明明最初的最初只是怀揣着对小许同学的感激，可不知什么时候这个人在她的心里撒了一颗种子，这个夜晚开出旖旎的花朵，混乱又美丽。

是在金县住院时，他给她喂饭、洗脚的时候吗？是在南县时，他虽然凶巴巴却挺身挡在她和王某之间的时候吗？是他抚弄着她的刘海，说别起来好看的时候吗？还是在地铁里，他将她护在胸口的时候？

憎恶一个人的时候，那个人处处是恶，好也是不好；心向一个人的时候，那人便处处是好，不好全都淡化不见，想起的全是他的好。

涂恒沙第二天早上起床的时候眼底发青，双眼泛红。

她对着镜子叹气，还连打了好几个哈欠。

失眠？她二十几年生命里头一遭。

舒慧见她这样，不禁问："昨晚是加班了还是看书看晚了？"

她想了想："算是……加班了吧……"

"什么叫算是？加班还有算不算的？"舒慧将手里剥好的鸡蛋喂到她的嘴边。

她张开嘴咬了一口，摇摇头："不要蛋黄。"

舒慧嗔了她一句："还小呢？还撒娇！赶紧吃了。"

涂恒沙无奈，梗着脖子咽下，喝了一大口水才把卡在喉咙里的蛋黄冲下去。本想跟妈妈说救命恩人的事，可经过昨晚乱糟糟的一夜，她又决定暂时不说了。

她一路打着哈欠去医院，进病房的时候被粟老师嫌弃了。

"这副鬼样子，昨晚是去偷鸡了吗？"

涂恒沙眨眨眼："不，你错了，我昨晚把一个人偷去我家了。"

这家伙的脑洞永远这么莫名其妙。

"你不想知道偷的是谁吗？"果然和他说话很费劲，永远是她自己接梗。

"谁呀？"他显然对她的胡言乱语抱着敷衍的态度。

钱嫂已经送了早餐来，他忙着把早餐端给奶奶，虽然只有一只手好用，也挺利索。

涂恒沙眼睛亮亮的，凑到他耳边要细说。他却道："鬼鬼祟祟的干什么？大声说。"

"你。"她果然大声说了。

粟老师："……"

许奶奶："……"

钱嫂："……"

小郭："……"

许奶奶最先反应过来："呱呱，你昨晚在丫头家睡的？"

呱呱同学似笑非笑地看着她，好像在等她解释。

沙子同学心中有鬼，脸渐渐泛了红，然后不依不饶地贴在许奶奶身上："奶奶，呱呱可坏了，逼着我工作了一晚上，写稿、剪辑、修照片……"

许奶奶糊涂了，看着粟融归，犯了愁："真的？"

钱嫂也看着粟先生，琢磨着：粟先生看起来不傻啊……

粟融归哭笑不得："奶奶，您听她胡说，昨晚我不是在医院陪您吗？"

"是吗？我以为你早上来的。"奶奶的语气有些失望，她末了又补充，"呱呱，其实奶奶没什么事了，晚上你不用再来了。"

他微微笑了笑，没反驳奶奶，却也没打算按照奶奶说的做。至于昨晚，若非送涂恒沙回来后被妈妈一个电话叫回粟家折腾了半宿，他又何至于半夜在奶奶睡着后才来医院。

想起昨晚的事，他微微皱了皱眉头，不过也只是瞬间而已，转眼便风轻云淡了。他眼前是涂恒沙泛红的脸颊，像窗外天边的朝霞一样明丽。

她注意到他在看她，凑上去问："是不是觉得我其实还算得上貌美如花？"

他笑了："看你的脸，红得像猴屁股。"

涂恒沙："……"

许奶奶："……"

钱嫂和小郭："……"

许奶奶头疼，总算知道自己的孙子为什么一把年纪还找不到女朋友了，忙给孙子补救："沙子，你别听他胡说。他一向喜欢说反话，不好意思夸女孩子漂亮。"

"是吗？"涂恒沙将信将疑。

粟融归最近各种单手技能熟练度不断提升，说话间他已经剥了一颗水煮蛋递到涂恒沙嘴边。

涂恒沙在金县住院的时候他一直都是这么喂的，倒也颇为习惯，加上一晚上没睡人有些昏昏沉沉的，所以虽然已经吃过早餐了，但喂到嘴边的食物，她下意识便张嘴咬了一口，还没忘记说："不要蛋黄。"

粟融归没说啥，抖了抖，把整颗蛋黄抖到了自己的碗里，将剩下的蛋白塞进她嘴里了。

钱嫂做的早餐还是挺丰盛的，但许奶奶只喝粥，边喝边看着两个小青年笑。涂恒沙浑然不觉，只是想起他在金县第一次见她吃鸡蛋时，一巴掌把她的鸡蛋打落，还把她训一顿，说什么怎么这么任性，明知道鸡蛋不能吃还吃。那会儿的他凶巴巴却也有点儿傻乎乎的，他并不知道她对鸡蛋不过敏。她自己也觉得奇怪，小时候她照顾自己那段时间哪里懂那么多，该吃的不该吃的一股脑儿吃下去，就这么野蛮生长着，也真是幸运。

想着想着她就乐了，傻乎乎地笑。粟融归东塞一点儿西塞一点儿，涂恒沙明明吃过早餐了，还被他塞了好些。两人起身一块儿准备去上班的时候，涂恒沙觉得自己的肚子都鼓起来了。

"吃太多了。"她斜眼睨着他，神色幽怨。

他正有话要叮嘱钱嫂，听见她说话，先回答她："有一种动物，给多少吃多少。"

"别说了，我知道你说的是什么。"

奶奶笑了："丫头就是要多吃些，太瘦了，胖一点儿更好看。"

"再胖点儿……那不是更像那种动物了吗？"粟融归打量了她一眼。

"粟老师。"

粟老师却对钱嫂说："钱嫂，明天的鸡蛋别用白水煮了，蒸芙蓉蛋吧。"

"好。"钱嫂应着。

涂恒沙想起自己没吃的那个蛋黄，回头看了一眼他的碗，里面空空如也，所以是被他吃掉了？她有些心跳加速。

他们等地铁的时候，涂恒沙心里还一直对一件事情耿耿于怀，在网上搜了张图片，拿给他看："你看，她漂不漂亮？"

图上是一个女明星，非常漂亮。

他站在她身后，她的一举一动丝毫不落地看在他的眼里，从她开始搜图片的时候就看着的，此时瞟了一眼："漂亮。"

涂恒沙更郁闷了，粟老师的审美没问题啊，也并不是奶奶说的那样喜欢说反话。

地铁来了，她和他随着人流挤进车里。

站在人群中再次被挤成夹心馅饼，她和他正面相贴。

她想护着他的胳膊，他阻止了她："不用，自己站好就行。"

她仔细看了看，好像的确不能伤到他，她自己也很疲乏，便作罢了。

地铁开了，有些摇晃。

她本就有个毛病，坐车的时候容易睡着，昨晚一宿没睡，这会儿微微晃着，她站着都昏昏欲睡了。她起初还强撑着，驶出两站后便撑不住了，上下眼皮开始打架，人也迷糊起来，而后一头栽在他的胸口。

她赶紧站直，逼着自己清醒，可没过多久又迷糊过去了。

如此反复，他按住她的头让她靠在他的胸口上："睡吧，看在你昨晚忙了一晚上写稿、剪辑，给你靠着睡。"

终于有了支撑点，舒服多了，她打了个哈欠，就此安心地迷糊下去。却听他又道："这会儿睡一下，因为到报社以后你又要开始写稿、剪辑了。"

她到报社就清醒了。

不清醒不行啊，因为要出去跑新闻！

她最近总和郝仁一组，在外跑了差不多一整天，回来还要剪视频、写稿，果真应了粟老师那句话。

晚上她加完班离开报社时，已经月上中天了。

她打着哈欠，揉了揉脸，强行驱走瞌睡。

"聊聊天吧，不然你站在这儿就睡着了。"郝仁说。

说起聊天，她倒是想起一件事，忙把早上搜到的那张图拿出来问郝仁："你看看这张图，美不美？"

"美啊。"郝仁实诚地回答。

"那你看看我，我怎么样？"她指了指自己。

"你和她比？"郝仁觉得这是一道送命题，瞌睡都被吓跑了。

“嗯，你觉得我跟她比，差在哪儿？”

“这个……”郝仁斟酌着言辞，“没法比啊，气质不同，她是美艳型的，你是可爱型的。”

涂恒沙沮丧了：“大家都说当你实在找不到词来夸一个女孩相貌的时候，就夸她可爱。”

“不是啊，沙子，你也很漂亮的，这是事实。单看脸的话你跟她各有千秋，真没太大差距，没准你上个妆比她还上镜呢。”

“那差在哪里？”她停下脚步瞪着他，大有“你不说出来就不让你走”的意思。

郝仁瞄了一眼她的胸前：“这个……女人和女人的差距……大概也就是大肉包子和小馒头的差距啦……男人没有不爱大肉包子的……”

“郝仁！”涂恒沙领悟力惊人，瞬间明白了他的意思，剐了他的心都有了。

郝仁撒腿就跑，刚跑出去几步就停了下来，因为粟老师站在街灯下。

一定是街灯的光偏冷色系的缘故，不然为何粟老师的脸色看起来那么阴沉，跟抹了锅底灰似的。

“粟老师，你怎么来了？”涂恒沙颇为惊讶，“脸色这么不好，奶奶还好吧？”

“嗯，很好。”他闷闷地回答。

“粟融归，你是来加班的？不用了，已经结束了，大伙儿都走了。”郝仁的脸色和他相反，笑容洋溢。

粟融归的脸绷得紧紧的，他看向郝仁的眼神也冷冷的。

“走，沙子，我陪你回家。”郝仁笑道。

“不用了。”粟融归直接牵住了涂恒沙的手，捏了捏，说道，“手这么凉？入秋了，晚上要准备一件外套。”

“哦……”涂恒沙又打了个哈欠，继续迷糊中。

倒是郝仁看了看粟融归的手，笑容里便多了些别样的意味：“没错，多带件衣服有备无患，毕竟我们谁也不知道明天是什么天气，没准一夕之间降温也说不定。”

粟融归双眼微微一眯：“你管太多了。”

“是吗？”郝仁嗤笑，“我倒觉得粟大神你管得太少了，到底是没考虑到，还是想到了也无所谓，就不清楚了。”

“与你无关，不是吗？”粟融归的语气愈加冷冽。

“为什么跟我无关？”郝仁笑道，“秋天到了，马上冬天就要来了，谁不爱花啊。”

“你们……在说什么？”涂恒沙在打了一个哈欠后迷惘地问道。

“在说天气呢，跟你没关系。走吧，回家。”粟融归拉着她往地铁站走。

“你别说，这天儿是真的越来越凉了。”夜风一吹，穿着短袖的涂恒沙手臂上起了一层鸡皮疙瘩。

“粟融归，”郝仁的声音在后面响起，“对我们记者来说，这个世界上没有秘密，希望有一天你能扛得住这个秘密。”

涂恒沙回头：“郝仁，你说什么秘密？”

郝仁咧嘴一笑：“我有粟老师的限制级视频，你信不信？”

涂恒沙仰头看着粟老师。

粟融归一脸严肃：“不信。”

涂恒沙的重点不在这里，她回头对郝仁喊：“明天发给我看，不，回去就发，我要看。”

粟融归：“……”

“涂恒沙，你的脑袋呢？”他用力将她拉下台阶。

涂恒沙没忘记跳起来冲郝仁挤眼睛。

“以后不许跟郝仁接近，听见没？”粟老师已是十分严厉。

“为什么？就因为他握有你的……嗯……秘密吗？”限制级视频几个字，她还是不太好意思说。

粟老师的脸僵得跟僵尸有一比：“涂恒沙，你每天都不带脑子出门的吗？”

她撇撇嘴：“我带没带脑子出门这个问题咱们暂且不讨论，但很明显有的人是不带眼睛出门的。”

“说谁呢？”

“谁接话就说谁呗。”她哼了哼，“就连郝仁都说我好看，还说化个妆比明星还上镜，就某些人天天说我丑。”

他气得直接松开她的手揪住她的耳朵：“郝仁的话也能信？他句句都是假话。”

她横了他一眼，拍开他的手：“我就爱听假话怎么着？”

他终是被她气笑了，语气也柔和了些：“好不好看有这么重要？”

“以前我觉得没那么重要，但现在觉得重要了。”

其实漂不漂亮真的不重要，只是希望对你来说，我有那么一点点重要而已……

“好了、好了，好看的、好看的。”地铁来了，他拉着她上车。

她刚决定欢喜一会儿，就听他又道：“跟棒棒糖一样，好看又可爱。”

男人果然喜欢大肉包子啊！

临近深夜的地铁上，已经没几个人了，两人找到座位坐下，涂恒沙盯着面色已转柔和的他，嘀咕：“粟老师还是多笑笑好，不然这大晚上的板着个脸，能把僵尸招来。”

她坐在座位上，双手撑着下巴打了个大大的哈欠。

“很想睡觉？”他问。

“嗯。”

“睡吧，到了我叫你。”他抬了抬自己的肩膀，示意可以借给她用。

她用她的小眼神表示了一下她的骄傲——坚决不靠！可地铁一出站就晃得她要进入梦乡，她坚持了几次骄傲后，便不知不觉踏踏实实地靠在他的肩膀上睡着了。

她作为媒体人，上班这几年加班实属常事，为了某个大料连续几天不睡也是有过的，常常会在这样的深夜一个人坐地铁回家。可是再累也从来不敢在地铁上睡实了，因为她从来都是一个人，怕坐过站，也怕丢东西。

这还是她第一次可以踏实地在地铁上睡觉，完全不用担心，她甚至因为睡得太沉，发出细微的鼾声。

也许身边的人换成郝仁，她也可以这般安安稳稳地睡觉，如果越越和她一起，她同样可以好好睡，也许没有他，会有另一个人陪着她，她同样可以这般安心。但那么巧，偏偏就是他，那么多重要的时候乃至性命攸关之时，都是他。

一次又一次的巧合，是否就叫作命中注定呢?

她已经睡熟，停止了思维，不再思考。梦里梦外，只有淡淡的青草香。分明初秋的夜，却春暖花开，一路旖旎。

她到站的时候是糊涂的，下地铁是糊涂的，从地铁站一路跟在他的身后走回家也是糊涂的，直到她到家躺在床上了，还是糊涂的，糊涂到她甚至忘记了他在学校门口跟她说了什么。

她清醒了二十年，从不曾糊涂过，生活也不允许她糊涂。

可偶尔这么糊涂一次感觉也不错，就像挑着一副很重的担子翻山越岭走了很远的路，突然有个人将她的担子接过去替她挑了一程，她糊里糊涂地跟着挑担人的脚步走，累的同时也松了一口气……

糊涂是福，关键是有一个能允许你糊涂的人。

第二天早上，涂恒沙和平常一样去上班，路过医院顺便去看了奶奶。

病房里颇为热闹，还在走廊上就听见粟融星的声音了，涂恒沙迟疑着还要不要进去，毕竟她和粟融星撞在一起绝不会是一件愉快的事。

可这时候病房的门却开了，是钱嫂从里面打开的，看见她便笑了：“姑娘来了。”

所有人的目光便看向她这里，也包括粟融星。

她只好走进去。

粟融星也是刚来，手里提着个保温桶，原本笑吟吟的脸见到涂恒沙以后瞬间垮了下去：“涂恒沙，你来干什么？”

涂恒沙根本就不愿意搭理她，更不愿意当着奶奶的面和她发生不愉快。涂恒沙皱起眉，想着如何转圜的时候，粟融归走上前来。

“今天怎么这么早就来了？吃早餐没？”他站到她和粟融星之间，挡住了两人看向对方的视线。

“吃了。”看在粟老师和奶奶的面子上，她就不跟粟融星计较了。

“什么叫今天这么早就来了？难不成她天天来？”粟融星虽然不懂事，但也顾忌这是医院，没有大呼小叫，只把粟融归拉过去低声问道。可紧皱的眉头、扭曲的鼻子，表明她很焦灼。

“嗯。”粟融归不否认，“不能吗？”

“当然不能，”粟融星急了，将他拉得更远一些，“粟融归，你不懂现在这些女孩子的套路，借着探望奶奶，一步一步靠近你，讨奶奶的欢心，然后就想将你拿下，继而就能嫁进我们粟家当少奶奶享清福了，可有心机了。”

“这个不必担心。”他看着那个被粟融星称为有心机的女孩，“粟家的始终是粟家的，是你们的。”

“什么意思？”粟融星瞪着他，“你也是粟家人。”

他沉默了，没有再争辩。

“粟融归，我一直把你当成自家人。”她的自家人的含义和他理解的又有所不同，想到这儿，她的眼神里便多了一丝丝羞意，末了她又补充，“我们一家都把你当家人。”

粟融星拉着他在一边说话，涂恒沙已经坐在奶奶身边了，递给奶奶一杯温水：“奶奶，好像您今天早上的药还没吃呢。”

粟融星一看就火了，使劲拽粟融归，咬着牙轻声道：“你看看、你看看，你看见没有？我没说错吧，这不是耍心机讨好奶奶是什么？”

他看着奶奶和床边的她，目光柔和：“奶奶的确很喜欢她。”

他没有像粟融星那样刻意压低声音，虽然声音不高，但也足以让房间里的每个人都听见。奶奶从来都是笑呵呵的，至于涂恒沙听见后，还回头瞪了他一眼。

粟融星气得心里直冒酸水儿，讨好奶奶嘛，谁不会！

她昂着头端上了自己带来的保温桶，往床边一站，恰恰挡在了涂恒沙前面，把奶奶面前的位置给抢了，直逼得涂恒沙站了起来，给她让了位。

粟融星说话的声音又娇又软：“奶奶，我可是您亲亲的孙女。您看看，我一大早起来给您熬的补身体的鸡汤，放了正宗野生老山参和各种名贵补品药材，光这碗汤可就得值上万块了，奶奶我对您好不好？”

许奶奶越过粟融星，看了看不远处的粟融归，有些无奈，却依旧慈祥和蔼地笑着点头：“好、好……”

粟融星高兴了，对一旁的钱嫂道：“你是保姆吗？把碗拿过来，我给奶奶喝汤。”

钱嫂的脸便有些不太好看，虽然她是保姆，但粟融归和涂恒沙以及奶奶一直待她客客气气，“请”和“谢谢”这些礼貌用语就没停过。虽然她觉得他们实在太客气了，完全不必这样客气，可被人这样趾高气扬地呼来喝去心里也不舒服。尽管她没表露出来，但递碗过去的时候也透着不情愿。

然而递出去的碗被粟融归接了，放在了一旁。

“粟融归？奶奶要喝汤呢。”粟融星娇声道。

“奶奶现在体弱，虚不受补，这些大补的东西吃不了。”他的声音淡淡的。

“啊？”粟融星扫了一眼那些早餐，“那……每天吃这些怎么行？这也太糙了，奶奶还是病人呢，得加强营养。不如我每天给奶奶从家里带早餐吧？家里做得精细。”

钱嫂的脸彻底垮了——早餐就是她做的。

“融星！”粟融归的脸色也变得不大好看，“早餐是钱嫂根据医生的建议一大早精心准备的，请你尊重一下别人的劳动。这样的早餐很好，虽然简单，但是我很喜欢吃。现在我每天都是吃这些，肠胃也很舒服。”

粟融星马上想到小时候的事，脸上立刻堆起了笑容：“我并没有说这样的早餐不好。粟融归，我是为奶奶着想，这样的早餐我也喜欢吃呀，我看这个蒸蛋就不错。正好我没吃早饭呢，奶奶，就把蒸蛋给我吃了吧？”

奶奶的笑容有些僵硬。可她还是和蔼地点点头：“吃吧，喜欢吃就多吃点儿。”

涂恒沙站在一旁觉得好笑。她认为自己该找个地方好好笑一笑了，于是强忍着不笑出声来：“奶奶、粟老师，我先上班去了。”

“那走吧，我也上班。奶奶，我晚上再来。钱嫂、小郭，辛苦你们了。”粟融归说完和她一起走出了病房。

粟融归和涂恒沙就这么一起走了。

粟融星还抱着保温桶呢，下意识地跟着往外冲，冲了几步觉得不对劲，跑回去放下保温桶，匆匆留下一句：“奶奶，我也去上班了，下班再给您带好吃的来。”

转瞬间粟融星的身影也消失了，要到手的蒸蛋也没吃，只留下一阵香水的余味儿。

涂恒沙和粟融归走楼梯，粟融星追出来的时候已经看不见他们了，只好自己搭乘电梯下楼。电梯一层一停，途经其中一层时却传来十分吵闹的喧哗声，职业的本能，她跨出电梯围观去了。

粟融归跟着涂恒沙一起走楼梯离开医院，直接进了地铁站。

涂恒沙瞟了他一眼：“咦，你怎么不跟粟融星一起？”

粟融归没正面回答她，问了个毫不相关的问题：“今天在家真的吃过早餐了？”

“嗯。”末了她又补充，“我每天都在家吃过的。”

“吃的什么？”

涂恒沙就奇怪了，粟老师的话题可真无聊啊。

“鸡蛋、牛奶、生煎。”虽然无聊，她还是愿意告诉他的，并且挺愿意多说几句，“每天早上一个鸡蛋，还是水煮蛋，我妈铁打的纪律，必须吃。”

自从发现她吃鸡蛋不过敏之后，妈妈就定下纪律。

“在家吃鸡蛋也不吃蛋黄？”

她摇摇头，叹息：“我妈才不惯我的臭毛病，必须吃。”

他便不说话了。

“说起来还是你好说话，我说不吃，你就真的帮我吃了。”涂恒沙想起那天吃鸡蛋的事，嘻嘻一笑。

“是吗？”地铁刚开走一班，他们排在了队伍最前面，尤其是她，都站到线外面去了。他伸手将她拉回来：“就不该惯你的臭毛病。看着脚下。”

“小许，小许同学。”她在他面前笑，像朵小小的太阳花，“问你个问题好不好？”

“不好。”

她皱着眉瞪他：“不按套路出牌的人一点儿也不可爱。”

“老有问题要问的人最可爱。”

她听了又展开了笑颜，粟老师的夸赞可真难得。

“那……我问了？”

他目光柔和，没说不许。

这便是默许了，她低头瞄了一眼地上的黄线，脚尖一点点往前探：“小许，有一条线，我有点儿想跨过去，你要不要一起？”

“什么线？”他亦低头，看着那只穿着板鞋的小脚。

恰在此时，地铁呼啸而来。

她缩回脚往后退了一步，来不及说出答案。

地铁停下，门打开。

他和她并行，手臂在空气中半环，将她与身后的人隔出一个空间，护着她上车。

难得的是早班车也有了座位，她坐在座位上，呆住了。

勇气是一个奇妙的小东西，有时候来得那么突然，蓄势万千，热血冲顶，就这么雷霆万钧地来了。可泄去时也如此彻底，一旦被不期之扰打断，便浩浩汤汤瞬间消失得一干二净。

此刻的她如泄了气的皮球，再说不出卡在喉咙里的几个字。

她习惯性地摸了摸口袋，摸出一颗糖，剥了一半的纸，正要往嘴里送。突然伸过一只手，把她的糖抢走了。

她怔怔地看着他，只见他把糖吃了，腮帮子一鼓一鼓的。

“你不是……不吃糖了吗？”她嘀咕。

他却没直接回答她的问题，反而说了一段莫名其妙的话：“小许会带着你跨过每一条线。毕竟你这么笨，走丢了怎么办？”

第一次，她没有因为他说她笨而奓毛，也没有反驳，心头无端涌起酸酸的湿意，又有些潮暖，这是一种从未体会过的陌生感觉。

她呆了半天，摸出一大把糖让他选：“还要不要吃糖？”

他伸出手停在她的手掌上空，看着她又瘦又小的一只手上躺满着花花绿绿的糖果。

她以为他不知选什么口味，一一给他介绍：“这个绿色的是哈密瓜味的，橙色的是橘子味，粉色的是草莓味，这个红白相间的是荔枝味，这个是太妃糖，有夹心，还有这个……”

她的指尖在糖果堆里点来点去，一一说给他听。

本以为他会不耐烦听这些，她偷瞥一眼却发现他听得很认真，顿时开心了，像在与小伙伴分享自己的秘密一般。

她从没与人讨论过哪种糖好吃，也没人可以讨论。妈妈对她爱吃糖的习惯很是“鄙夷”，说她是长不大的小孩；至于越越，不爱吃糖。

“你给我推荐哪个口味？”他居然也很认真地和她讨论。

她想了想，挑出荔枝味那颗，眉眼间有几分狡黠：“荔枝味好不好？”

他笑着问：“你不喜欢荔枝味？”

她面色微赧，好像没有人请人吃东西给自己不喜欢的……

“给我吧。”他一颗一颗地把荔枝味的都挑走了。

“这种糖是各种口味混在一起卖的，总有几款不喜欢的味道。”她把余下的收起来。

“还有什么是你不喜欢吃的？”

“薄荷，完全不甜，怎么能叫糖？”

他点点头：“明天把荔枝味和薄荷味的都挑出来给我。”

“真的？好啊。”

她从没想过与人讨论这些无聊的话题都这么有趣，也没想过每天乘坐的拥挤枯燥的地铁都变得充满乐趣，她甚至隐隐希望地铁一直这么行驶下去，不要停下。

朝九晚五，采访剪辑，一模一样平淡如水的日子，却好像有人在水里加了一勺糖，每一口都变得有滋有味。

几天后，晨江新媒体部那边推出了一则新闻：男子筹善款二十万，却不用于治疗患绝症的妻子。

新闻记者是粟融星，事件发生的地点就是奶奶住的那家医院。

涂恒沙想起粟融星这几天频频跑医院，原来还有这么一件事。

她仔细读了一遍新闻，大约说的是一对平凡夫妻，妻子身患绝症，在网上发起了筹款，一共筹到二十余万，丈夫却给妻子办了出院手续，用这笔钱带着老婆和孩子四处玩，并没有用于给妻子治病，还附有妻子发的朋友圈，是和孩子在迪士尼乐园拍的。

这样的新闻毫无疑问很容易爆，新闻一上线，底下的评论很快就破万了，并迅速上了热搜。

半天之后，评论、转发就破了十万，许多大号都跟着转发，一时成为今天的热点。

评论里一边倒地在抨击这个丈夫，抨击这一家人，直接谩骂、冷嘲热讽都有，无一不是在谴责这种挥霍或者说糟蹋民众善心的人，连小孩都被骂了。

对于这件事，虽然涂恒沙也常常去医院，但并不了解事情的始末。

说实话，在某些方面涂恒沙还是很佩服粟融星的。

在晨江，粟融星虽然不像粟融归一样是首席记者，但她很善于把握民众的痛点和爽点，总是能写出爆款文章——这是她的工作能力，毋庸置疑。

下午，这则新闻评论破了二十万，各大自媒体纷纷转载，影响力甚至超过了之前那篇尘肺病村的女人。

涂恒沙关上电脑页面，叹了口气。

郝仁就坐在她身边，听见后问她："怎么？有什么异议？"

这个事也是报社内部的热点，大家都在讨论，他不用问就知道涂恒沙为什么叹气。

涂恒沙摇摇头："没异议。我只是觉得现在网络发达，舆论有时候变得有些可怕。"

"纸媒的时代已经过去了。"郝仁道，"我们得靠着这发达的网络吃饭呢。"

"我知道摄影记者的时代也过去了，自媒体、广大群众反而比我们摄影记者更先一步拿到现场影像。这是好事，但没准哪天我的饭碗就丢了。"她半开玩笑地说道。

"所以你在为你的饭碗叹气？"郝仁笑着问道。

"没有。"涂恒沙想了想，才道，"一个记者能采到一条火爆全网的新闻是本事，有的人一辈子也遇不上一次，但这种火爆让人害怕。可能是我想多了，我们的笔，不，现在得说键盘，是双刃剑，能救人也能杀人。"

"不用想那么多。"郝仁道，"每个人都有自己的准则，有所为有所不为，实事求是、问心无愧就好。"

她摇摇头，再次叹息。自己手中的键盘可控，但舆论的发酵控制不了，谁也不知道一条爆了的新闻中，当事人一夕之间"红"遍全网以后会面对怎样的生活，无论这个新闻是正面颂扬还是负面揭露。

不过她觉得自己的确想多了，他们不就是吃这碗饭的吗？如郝仁所说，问心无愧就好。

新闻里的女病人叫佩佩，转发的自媒体便将这个事称为佩佩事件。

佩佩事件还在继续发酵。

在诸多网友要求公布捐款账目的时候，粟融星发了关于佩佩事件的第二弹，即后续调查：自募捐发起之日起至今，佩佩住院的花费以及佩佩娘家和婆家家庭情况的调查。

在这一弹里，已经能明显看出募捐款数目和佩佩所花医药费差额很大，至少还有十几万元没有用在治疗上，佩佩就出院了。

而在她的家庭情况调查中，她的婆婆和父亲都有电话采访录音。

她婆婆表示，家里并不富裕，为了佩佩的病已经花光了积蓄，不打算再治下去，因为再花钱也是治不好的。至于募捐款，她则表示不知道这件事。

而佩佩的父亲只说了一句话："已经尽力了。"

仅此而已。

在粟融星的调查中，还报道了佩佩家庭其他成员的情况，娘家有个哥哥在某私企上班，家中有个儿子，嫂子做小生意。婆家则还有个弟弟，未婚、无业。

新闻最大的爆点是婆家的一个购房合同——婆家于一周前在某四线城市购买了一套小户型的房子，付了房子的首付款。

新闻里没有做任何引导，但大多数网友的评论自动脑补，将这笔钱与募捐款挂上了钩，于是掀起轩然大波。指责声如洪水一般铺天盖地，也有人说这笔钱未必是募捐款，没有证据证明。但马上就有人反驳，既然有钱买房子，那又何必让大家捐款?

于是反驳声盖过了所有声音，很多人要求佩佩和她的老公站出来给大家一个交代。

但是佩佩一家三口消失了一般，粟融星都没能找到他们。

涂恒沙除了每天浏览这个新闻以外，并没有花过多的心思，甚至没有跟粟融归讨论过。她在某一天把她不喜欢的荔枝味和薄荷味糖果带来给了他，看着他悉数收起来，这种欢喜就好像小时候在树洞里藏宝贝分给小伙伴的感觉一样。

她把这种感觉说给他听："我和越越就有一个秘密基地，我们还说好有什么秘密都放到里面，有什么想说却又说不出口的话也写好放进去。如果有一天我们吵架了，或者分开了，或者把彼此弄丢了，就去秘密基地找回最初的我们。"

"哦？这个基地在哪儿？"他饶有兴趣地问道。

"秘密基地，秘密，懂吗？"她瞥了他一眼，"都说了是秘密，怎么能让你知道？"

"小许也不能知道吗？"

"不能。"她摆摆手，"不过小许同学，我们可以有自己的秘密基地。"

他笑了："不用。"

"你不愿意吗？"她有些失落。

"不是。"他欲言又止，到底没说出来。

她当然不依，一路缠着他。

他才勉强开口："小许是不会跟你吵架的。"

"对啊，只会教训人呗。"她又不是没被他骂过。

"以后不会了。"

"真的？"他说过好几次"以后"，她都拿小本子记着呢。

"真的，一定。"他十分笃定地说道。

"可是……也许有一天小许又把涂妹妹忘记了呢？"她心里还是酸酸的。

他失笑："不会，小许……不会再把涂妹妹弄丢了。"

这句话他说得很轻，到最后几乎听不见了。

她竖着耳朵没有错过，心下欢喜。

彼时正是晚上她在医院看了奶奶后准备回家，粟融归送她。

两人走在医院里，夜风轻拂，凉爽舒适，天边的月亮只有四分之一个圆弧，黄灿灿的悬挂在墨蓝色的天际，她仿佛闻到桂花的香味。

"快到中秋了，不知道中秋节奶奶能不能出院。"

"能吧，"他看着自己的手，"那时我的石膏也可以拆掉了。"

两人正说着话，一个小孩突然慌慌张张地跑过来，边跑边回头，也不看前面的路，结果一头撞到涂恒沙的身上。

涂恒沙被他撞得往后退了几步，被粟融归拉住了。

小孩也摔倒在地上。

"你没事吧？"涂恒沙赶紧过去把小孩扶起来。

孩子一脸惊慌，连连摇头。

"你怎么了？爸爸妈妈呢？"

这么晚了，孩子一个人在医院跑，还这么慌慌张张的，怎么能不让人起疑。

孩子却只是摇头，一脸吓坏了的样子。

这就更不能让孩子一个人乱跑了，涂恒沙牵着他的手："走，我带你找爸爸妈妈，或者去找警察叔叔送你回家。"

"不……不……不去……"小孩子用力挣扎。

"那你告诉我家住哪里，我陪你去找爸爸妈妈。"涂恒沙真怕孩子这么跑掉出事，用力拉着他。

大概觉得自己挣不脱了，小孩便哭了："不，不找爸爸妈妈。爸爸妈妈要我跑，好多人……好多人要害我们。"

涂恒沙先安慰孩子，还拿出了自己的糖给他吃："不哭啊，不哭，先吃糖，告诉阿姨是怎么回事。慢慢说，阿姨给你想办法。"

好半天，孩子才不哭了，抽抽噎噎地指着医院门口，言语逻辑不清："妈妈生病……好多人要找我们……会害我们……妈妈要我跑……"

小孩子被吓着了，表达颠三倒四。涂恒沙和粟融归通过他说的几个关键词，诸如"捐款""妈妈生病""记者"，等等，想到了佩佩事件，于是问小孩的妈妈叫什么名字。

新闻报道里，粟融星用的化名，但真实名字他俩还是知道的。所以孩子说出那个名字的时候，他俩便知道了这就是粟融星和媒体都在找的人。

"你说很多人在追你，他们在哪儿呢？爸爸妈妈为什么不跟你在一起？"粟融归问道。

"在医院门口。"小孩指着大门的方向，"很多记者，我爸爸妈妈不想见他们，妈妈天天哭……家门口也有很多记者……奶奶家和姥姥家都有。他们为什么要来找我们，因为我们欠了别人的钱吗？为什么妈妈说大家要我们还钱？"

小孩的这个问题，涂恒沙也不知道怎么回答。

所以现在各大媒体，包括许多自媒体，都在各处堵他们吗？

"阿姨，妈妈生病了，没有钱治，可不可以先借别人的钱，等我长大了赚很多钱还给他们？”小孩抽噎着问道。

不管怎么样，孩子总是纯真的。

涂恒沙摸了摸他的头，说不出话来。

也许是她年轻还不善于和小孩沟通，又也许是这世上总是有一些问题让人给不出答案。

“小波。”此时传来女人的呼喊声。

“妈妈。”小孩大声应道，“我在这里。”

“小波。”女人踉跄着跑过来。

涂恒沙把小孩交给粟融归牵着，自己去扶这个生病的女人。

女人一脸病态，走路都喘，可对面前的涂恒沙充满防备，不要她扶。女人用警惕的眼神瞪过涂恒沙之后，朝小孩伸手：“小波，到妈妈这里来。”

小波赶紧去扶住妈妈，看看涂恒沙两人，迟疑地问：“妈妈，他们……是好人吧？”

涂恒沙有点儿无法直视女人的眼睛，坦白地说：“我们……也是记者。”

女人忽然滑倒在地上，绝望地哭了：“为什么你们阴魂不散地缠着我们？为什么就是不肯放过我们？我们把钱都退了，都退了！让我一个人安安静静地去行不行？”

涂恒沙想去扶她起来，却被女人一巴掌打开。

“你走开，你们是记者……我讨厌记者……”

“那……您在这儿坐着也不行啊，您是个病人，孩子也还小。”粟融归把涂恒沙拉到身后，蹲下来说，“如果你不想见到我们，那我们送你进病房就走。”

“不。我不去病房了，我不治了。”女人反应很激烈。

“那你告诉我孩子的爸爸在哪里，我们把他找来陪你。”他又道。

女人的眼神带着怨恨：“你想把他骗来是吗？硬堵堵不到就骗吗？”

“不是。”涂恒沙也蹲了下来，“我们什么都不会问你，只是担心你的安危。如果你实在不想见到我们，我们把你扶到那边的椅子坐下就走，绝不多留一秒钟。”

女人只是哭，人很虚弱，连哭起来都摇摇欲坠的。

两人见她这样也不敢走，涂恒沙默默地把纸巾递给孩子，示意他给妈妈擦泪。

“妈妈……”小孩拿着纸巾，擦着擦着也哭了起来。

孩子一哭，女人倒是冷静了些，将孩子搂在怀里：“行，也好，总要找个人说道说道的。既然你们来了，反正是要说的，那就找个地方说说吧。我不想看见那些记者，更不想看见那个把我们报道出去的记者。”

粟融星……

涂恒沙看了眼身边的粟老师，粟老师假装没看见她的眼神……

两人将女人和孩子带到一家酒店。

“借你们的手机给我老公发个消息，他还在医院门口和那些记者周旋，好不容易护着我让我先离开。”

粟融归默默地将手机递给她。

女人发完信息，搂着儿子半躺在床上，灰白的唇轻颤，开始讲述事情始末："我今天去医院，其实是去找一个护士的，是她教我们在网上筹款。我这病是治不好了，我自己知道，哪儿有绝症还能治好的？我们家也没钱治了。我生病以来，他们爷俩就没添过一件衣服，小波的裤子都短了一大截。护士说现在网上可以筹款，我老公就心动了，跟着护士学，筹了一大笔钱，对我们来说真是一大笔了。可我算了一下，我这个病是个无底洞，手术就得把这笔钱花光，后续还要吃药、治疗，还有复发的可能。摊上了这个病，就没好日子过了……娘家被拖垮，婆家不想再看到我，我老公为了钱都跟我公婆闹翻了……我理解我婆婆，她还有个小儿子，小儿子还要结婚，总不能因为我一人病了，两大家子人都不过日子了。那些人说我们用捐来的钱买了房子，他们看见了吗？如果没有看见，凭什么这么说？为什么对素昧平生的人怀有这么大的恶意？"女人低头抹了把泪，"我的确是有不再治疗的打算，我也的确想过不如留着这笔钱给他们爷俩用，我走了以后他们的生活也能松快些。我老公是不同意的。他们都骂我老公，说他无情无义，骂他是渣男。他们都不认识我们，又怎么知道我老公是怎样的人？是我，是我用自杀来威胁他，他才带我出院。就是那天，那个《晨江日报》的记者来医院……然后胡写一通……"女人气得一阵喘，"我们是出院了，我们是出去玩了。我一个绝症病人不想活了，我老公带着我出去走走看看，帮我达成最后的心愿不行吗？我招谁惹谁了，要被全国人民骂……"

女人说着泣不成声。

其实不是她出去玩招谁惹谁了，关键是她的那笔募捐款……

涂恒沙心中叹气，这话却说不出口。

"我知道……"女人接着道，"因为我接受了大家的捐款，所以大家都盯着这笔钱的去向。我知道大家是想给我治病的，都是好心人。可是那些骂我的人有几个是捐钱了？还不都是跟风，别人骂什么就跟着骂。我怎么就成骗子了？我一个要死的人，怎么就骗大家的钱了？我只是不知道，我只是自私了些，想给儿子多留一些……都是我的错，跟他们父子无关，为什么连孩子都要挨骂，咒我孩子得绝症的那些人是有多狠毒……"

女人哭得喘了好久，涂恒沙给她倒了杯水，女人喝了水才接着说："其实，只能怪我自己，怪我没本事挣钱，穷了三十多年，得了病没钱治，现在害得孩子以后还要过穷日子……可那有什么办法呢？都是命吧，我就该认命的，还去募什么款。我今天去医院就是想去找那个护士，问问她怎么把钱退给大家。现在我明白了，这个钱是大家用来给我治病的，我不治了，这个钱就不能动了，我想还是退给人家吧。"

这时候门铃响了，粟融归去开了门。

门外站着的男人往里看了一眼："我老婆……"

"老公。"女人听见立即叫道。

男人快速进了房间，焦急地说："你没事吧？"

女人流着泪摇头："我还好，小波吓坏了。"

她低头看儿子，孩子受了惊吓，但此刻已经睡着了。

"他们也是记者，我把事情都跟他们说了。"女人看了涂恒沙和粟融归一眼。

男人先是用嫌恶的眼神看他们，继而狠狠地点了点头："说了也好，干脆说清楚吧，你们也发个新闻，把我们这事都说清楚，谢谢给我们捐款的朋友，钱我会退给大家。我带着老婆去散心，并没有用大家的钱，这点儿钱我们还是有的。网上说要我们公布账目，我会给你们一个详单，捐款的钱我们一分都没动，我留着是想给她治病，她不肯动是舍不得，要留给我们父子。她傻，不懂事，以为用她的命去换这笔钱就够了，但她不知道对于珍惜她的人来说，她的命多少钱也买不到，对于不珍惜她的人来说，她的命一文不值。我先研究一下怎么退款，退回去的记录我也会发给你们，你们到时候都公布给他们看。还是要谢谢那些善良的人，但我想通了，我自己的老婆我自己想办法救，我们现在最需要的是安静。生也好，死也好，我们只想安安静静地过自己的日子，再也不要有人来打扰我们就行。你们把这条也加进去，求大家还我们一个安静的环境，我们不是名人，是病人，是普通人，算我们求大家了。你们是哪个媒体的？以后怎么把记录发给你们？留个联系电话吧。至于晨江报社的，还有其他那些在我们家门口、医院围堵我们、影响我们生活的人，我一个也不想看到了，所以就委托你们帮我们向大家交代清楚。"

涂恒沙和粟融归对望一眼，有些底气不足地说："我们……也是晨江的。"

男人怒火一起，眼看就要打人了。

粟融归迅速将涂恒沙护在身后。

女人扑上来把男人抱住："算了，就他们吧，晨江的就晨江的，只要他们能把事说清楚就行了，我们反正要给大家一个交代不是吗？谁报道不是报道。这些事，我说一遍就够了；这些人，我见一次就够了。我再也不想看到他们中的任何一个，也不想把这些事再说一遍。"

"他们一个报社的难道不是一伙的？今天是怎么把你骗了将你弄到这儿来的？你现在说的这些话，明天他们报道出去绝对跟你说的不一样。这伙人的德行我还不知道吗，就会添油加醋、歪曲事实，胡乱引导人。"男人握着女人的肩膀，愤懑不已。

"这样吧……"涂恒沙道，"你刚刚说的话，我都有录音。你们不信任我、不信任晨江，没关系，我还有个记者朋友，她很实在，也很负责，不是晨江的。我把录音转交给她，后续你们还有什么想说的都说给她听，她发稿前可以保证先把稿子给你们看，你们许可后她再发出去，可以吗？"

男人对他们是完全不信任的，但女人同意了："成天面对这些事太累了，快点儿解决吧，随便谁都可以，这两个人看起来……至少还比较实在，就听他们的吧。"

男人纠结了一会儿，终于勉强答应了。

涂恒沙便嘱咐他们先好好休息，自己和粟融归先离开了。

“你是想让樊越来报道？”回去的时候，粟融归问她。

“嗯。”她瞟了他一眼，“这样也不用亲自上场打你家粟融星的脸。”

他唯有闭嘴。

“当然，重要的是我也打不过人家啊。”她这话说得阴阳怪气的。

他忍不住笑了：“你跟个小钢炮似的哪回输过？红柳路小霸王？”

她呵呵笑了：“一对一单打独斗我未必会输，可架不住人家有好哥哥帮忙啊。”

这话听着怎么有秋后算账的味道？

“怎么？没话说了？”小得意和小委屈夹杂，她冷哼一声。

他叹了口气。

“你叹什么气？”她都没叹气。

“这么说吧，”他想了想，“有一回我带棒棒糖出去散步，遇到一条又凶又狠的大狗，还抢了棒棒糖一路玩的球，棒棒糖气不过要冲过去跟大狗打架，可就它那圆滚滚、胖乎乎的笨拙样，哪里是大狗的对手？我只好抱起棒棒糖不准它去，结果棒棒糖不懂，在我怀里乱拱，还气得咬了我一口。”

“喂，你说我是……”

“走了，今天请你打车回去，快上车。”

夜晚的风全是初秋的味道，金黄、齁甜，瓜果飘香。

两天后，银灿娱乐新媒体号爆出佩佩事件当事人的正面采访，表达了佩佩及其老公的意愿，谢谢好心人的捐助，但他们现在不需要了，退还所有捐款，希望舆论到此结束，并附有捐款记录和退款记录，以及佩佩婆家那套房子的首付款人和账号。

同时涂恒沙还收到了樊越的转账，是那晚佩佩一家住酒店的房钱。因为是粟融归付过钱的，所以佩佩老公转给了樊越，让樊越转交。

自此佩佩一家在自己和这个世界之间划了一道分界线，算是分割得清清楚楚。

可报道底下仍然有各色评论，有继续追问佩佩家账号要捐款的，有斥责键盘侠网络暴力的，也有说既然有钱为什么还要募捐的，还有斥责佩佩婆家有钱给小儿子买房子不给佩佩治病的。

可这一切大概佩佩一家都不会再看了吧，樊越在文中表明这是他们一家对这件事的最后回应。

涂恒沙把钱转给粟融归时，附带了一个问句：“本是一场善举，为何会变成这样？”

粟融归回给她两个字：“人心。”

可谁的心又是善，谁的心又是恶？佩佩事件里的所有人都有自己的立场，在各自的立场里怎么来评判对错？

不管怎么说，银灿娱乐这篇报道还是直接打了粟融星的脸，也打了晨江报社的脸。虽然有人仍然责备佩佩意图将善款挪作他用，但也多了各种声音，其中就有骂粟融星吃人血馒头的，更有人直接骂上晨江报社。

煽动舆论这个技能，粟融星一向玩得很顺手，这一回算是被反噬了。她一个千金小姐什么时候受过这样的辱骂？所以她这几天在报社一直拉着脸，一有空闲就刷评论，刷完评论就开始发脾气。

早上，涂恒沙刚刚坐下打开电脑，粟融星就气势汹汹地来上班了。她径直走到涂恒沙面前，什么也没说，一胳膊扫掉了涂恒沙桌上的所有东西，杯子、文件夹、笔，连电脑都差点儿掉到地上。

“粟融星你这个疯子。”郝仁就坐在涂恒沙身边，立即站到了涂恒沙面前，将她挡在身后。

“融星，过来。”另一边，粟融归也厉声喝道，并且迅速赶了过来。

清早的大办公室里，气氛瞬间剑拔弩张。

粟融星气得发抖，指着郝仁：“你给我让开，我今天不是来找她打架的，你用不着这样，唯恐别人欺负了你的心肝宝贝。我今天就是要跟她说说理。”

涂恒沙突然想到了什么，也明白了粟融星一大早找碴的原因。

她拉了拉郝仁的衣角，把他推开，自己直面粟融星。

“涂恒沙，你说是不是你找到的佩佩一家，是不是你把采访的内容给了银灿，是不是你？”粟融星指着涂恒沙问。

粟融归把她的手拉了下来：“融星，这件事我也知道，是我决定的。”

如果说粟融星刚进来时只是愤怒，此时听了粟融归的话却是遭了重击。她眼中闪过疼痛，已有了泪花：“粟融归，你也帮她是不是？在这样的原则问题上，你还帮着她？为什么？我才是你妹妹！为什么？”

她从来没承认过他是哥哥，可是她有种预感，这个人终于要连哥哥也不是了。他搬离了粟家，也在渐渐走远。她大声地质问，只不过是在掩盖内心的恐慌。

“我不是偏袒她，是事实。当时的确是我跟涂恒沙一起遇到的佩佩……”

“是我，”涂恒沙打断了他的话，“是我做的决定。是我把录音给的银灿记者，跟粟老师无关。”

她一向孤勇，是她做的事，不会让别人来承担责任，只是她还是不够成熟，当时只想到了佩佩夫妻对晨江的厌恶和拒绝，没想其他。

粟融星心里酸楚又愤怒，对她而言，粟融归和涂恒沙站成一线的“背叛”对她的伤害已经超过了佩佩事件本身。她含泪冷笑，用怒火来武装自己，连同粟融归一起喷了：“你们俩还真团结。粟融归，你对涂恒沙还真是纵容，明明知道我在找佩佩，明知道这件事是我们晨江第一个报道的，你跟着她找到了人，采访了，居然不通知我，而是告诉别人。你们这样置晨江的脸面和利益于不顾，吃里爬外打自家报社的脸，还敢承认得这么坦荡？涂恒沙，你我有仇，我不否认，但那是我俩的事，我绝不会将我们的私人恩怨带到工作中，侵害报社的利益。是，我粟融星不讨人喜欢，我也清楚，但我再任性妄为也不会以公报私让晨江蒙羞难堪。”

“够了啊，粟融星，”郝仁插话道，“到底是谁让晨江蒙羞难堪，网络上那些人说的话有错吗？如果不是你好大喜功，误导舆论，晨江会被人骂吗？你自己想想，你的哪篇爆了的报道不是靠煽风点火，尘肺病村的女人那件事你忘了吗？”

“我好大喜功？我误导？我煽风点火？郝仁，你别睁着眼说瞎话，你再去读读我那篇报道，哪里有误？佩佩拿了善款不治病去玩我报道错了吗？佩佩婆家买了套房子我报道错了吗？哪件不是事实？我说了房子是用善款买的吗？”

“事实？”郝仁也跟她杠上了，“是，你的确没说房子是用什么钱买的，但你这样报道出来的意图是什么？不就是引导大家去联系、去想象吗，当别人都是傻子？”

“那又怎样？”粟融星道，“我怎么写是我的事，读者怎么想是他们的事，我有一个字提醒他们把房款和善款联系起来吗？至于涂恒沙，你有了后续就该告诉我，让我报道后续。哪怕我前面有错也好，要打我的脸也好，那都应该是我自己来打，而不是让别家媒体来打我们晨江的脸。”

“融星，”粟融归插话了，“这个事是因为佩佩老公对晨江有成见，拒绝晨江的记者继续报道。”

“是吗？粟融归，你维护她可以，但是请你把谎话说得圆满一点儿。你们不是晨江的吗，他们为什么接受你俩的采访？这话说出来我是不信的，至于主编信不信我就不知道了，你们自己去跟主编说吧。”粟融星眼眶已经泛红了。

“一大早又在闹什么？事情都做完了？”主编出现在门口，和他一起的还有摄影部主任陈琦。

“粟融归，跟我来。”主编道。

“是。”粟融归看了眼涂恒沙，转身跟主编走了。

陈琦看着这堆人，也说了声：“涂恒沙，来我这儿。”

郝仁拍了拍她的肩膀：“实事求是地说就是，不怕的。”

涂恒沙点点头，跟着陈琦走了。

陈琦的办公桌其实也跟他们一样在大开间里，但陈琦专门找了个办公室和她谈话。

“事情我已经知道了。”陈琦开门见山，“你有什么要说的吗？”

涂恒沙想了想：“没有。”

如果影响已经造成，她说再多也无益。

她当时只想把佩佩一家的意愿报道出去，只想到他们一家不愿意晨江和粟融星再报道他们的事，的确没想到这么做会对晨江造成什么影响。

“有没有……”陈琦斟酌了一下言辞，“从中获利？”

“什么？”涂恒沙不太懂陈琦的意思。

陈琦无奈地看着她，只好说得更明白：“有没有从银灿拿到好处？”

“没有。”她瞬间明白过来，“怎么可能，只不过银灿是我的老东家，我只认识银灿的同行而已。而且有粟老师在，我怎么可能从中获利？”

“也对，粟融归确实不至于做这样的事。”陈琦相信了她，“那还好些。”陈琦想了想，又道，“我不管你是为了什么要这么做，既然不是为了利，那原因就不重要了，重要的是结果。的确如粟融星所说，这件事对晨江造成了不好的影响。周主编是个爱惜羽毛的人，这件事就算你跟粟融星有私怨，你不愿意跟粟融星直接交谈，也可以拿回来咱们商量怎么办，哪怕你们署名续一篇报道，也比让银灿来打脸好。粟融归由着你这么做，也是奇怪。”

陈琦多看了涂恒沙一眼，眼神中流露出探究。

涂恒沙只好说：“当时的情况的确是佩佩一家对晨江和粟融星有成见，不愿意跟粟融星再配合。而且我们也不是刻意去寻找这家人的，只是凑巧遇见。”

“那也太巧了。”陈琦道。

“信不信由你。”

“既然你也没什么可说的，那下午开会你在会上做个检查吧，算是……得个教训。”陈琦道。

涂恒沙本能地对做检查这种事很反感，沉默不语。

“如果你实在不愿意，那我也没办法，你再去找主编谈吧。其实也不是多大的事，人无完人，谁还没犯过错，又不是什么原则问题，做做表面工作就过去了。”陈琦一副言尽于此的架势。

“那我先出去了。”涂恒沙梗着脖子站起来，走了出去。

陈琦看着她的背影，许久都没说话。

涂恒沙先回的采编平台，坐下后郝仁问她怎么样。

涂恒沙摇摇头：“没事。”

“嗯，没多大事。粟融星这样浮躁的文风迟早要吃苦头，打击对她有益。”郝仁安慰涂恒沙，“至于晨江的脸面，咱们干媒体这行就要做好挨骂的准备，又不是没挨过骂，本就是个处于风口浪尖的活。”

涂恒沙盯着主编室的门，想了想，问他：“粟融归在晨江这么多年，做过检查吗？”

郝仁笑了：“怎么会，文人有的优点他全有，文人的臭毛病他也不少，清高、一身傲骨，他不会认错。从前有一回他捅了个大娄子，主编让他认错道歉，他怎么都不肯，后来主编自己灰溜溜地认了个错。说实话，虽然我不待见他们姓粟的，但这点我还是服他的——不屈。”

正说着，粟融归从主编室出来了，涂恒沙把双目黏在他身上。

他看着她，给了她一个“没事”的眼神。她松了口气，冲他笑了笑。

他也笑了笑，回到座位。

下午开会按正常程序走，眼看就要结束，涂恒沙都收东西了，听见主编提起了这件事，然后粟融归为此事做检查。

涂恒沙惊呆了，听着粟融归的声音不徐不疾地响起："这就是佩佩事件的经过以及我在这件事里所做的反应。作为晨江的记者，我没有将晨江的荣誉放在首位；作为工作多年的媒体人，没有考虑自己的行为对报社的影响……"

"等等。"涂恒沙猛地站起来打断了他的话。

"坐下。"粟融归用命令的语气沉声道。

"不，"涂恒沙站得更直，"一人做事一人当，我自己做的事我自己承担责任。虽然你当时在场，但遇见佩佩的人是我，录音的人是我，把录音转交给银灿的也是我，跟你没有关系。你不是我领导，不是我师父，无法左右我的行为，我也不会听你的。我自己来做检查。"

她没有做检查的准备，但都是吃文字这碗饭的，谁还没有个出口成章的本事。虽然她是摄影记者，但在银灿的时候，人手少，很多时候都是一人兼两职，摄影、文字全都自己上。

她说话连停顿都没有，一口气说了大概四五百字，然后坐下。

会议到此结束，这是最后一项议程。

散会以后涂恒沙收拾东西离开会议室，她心里有事，走得慢，渐渐与大家脱节，变成最后一个。前面只有几个女同事和她一样慢吞吞地走着，只听她们在议论："粟融归今天竟然做检查了啊，真是百年难见的奇观。"

"上回那事，闹那么大他都挺着不肯认错。"

"这你们就不知道了，他当然是为了粟融星啊——他的宝贝妹妹。粟融星今天在办公室闹，你看她多委屈。"

"都说粟融归一身傲骨，要说谁能让他折腰，大概也只有粟融星了，他哪里舍得粟融星受一点点委屈。"

"谁说不是呢，粟融星的性格这么不招人待见，啥啥都不好，唯独有一样好，有个好哥哥。"

"你们知道什么，若仅仅是妹妹，粟融归能对她这么好？"

"那还有什么原因？"

"你们不知道？粟融星又不是他亲妹妹。"

"不会吧，再怎么说也是一个姓。"

"那有什么，他们完全没有血缘关系。真要在一起的时候，粟家解除跟粟融归的关系不就得了，恢复粟融归自己的姓，听说粟融归原来是姓许的。"

"哇，我说呢，粟融归对粟融星百依百顺到了这个地步，原来是这样……"

涂恒沙突然不想再走了，眼前闪过一幕又一幕，他对粟融星的温柔、粟融星在他面前的娇嗔。涂恒沙心底也发出和女同事一样的感慨：原来是这样……

莫名的酸楚如潮水一样往心里冲。

她磨磨叽叽地回到大办公室放东西的时候，晚班同事还在，粟融归、粟融星和郝仁也还在。

她的耳边不由自主地回响起同事们的话，她快速走到自己的桌边，习惯性地去拿水杯喝水，手一伸却摸了个空。这才想起她的瓷水杯已经被粟融星扫到地上打破了，此刻正躺在垃圾桶里。

她莫名地觉得这个时候她的心也跟那个水杯一样，碎得一干二净。

“郝仁，我走了。”她背上包跟郝仁道别。

“等我一起。”郝仁也提起他的电脑。

两人刚迈开脚步，就听到粟融星的声音响起。

“粟融归，你站住。”

涂恒沙脚步一顿，可这又不是在叫她，关她什么事。她心里凉凉的，继续走，只是粟融星却提起了她的名字。

“粟融归，今天我和涂恒沙走到这一步，已经算是水火不容了，晨江有她没我，有我没她。粟融归你必须做出选择，我和她你只能选一个。你的身边，有我没她，有她没我，选我就留在这里别动，选她就跟她走。”粟融星此刻站在粟融归面前，手指指着涂恒沙的方向。

涂恒沙回头的时候，看见的就是这样一幕。

“融星……”他叫着粟融星的名字，目光却越过她看向涂恒沙。

粟融星哭了，扑进他的怀里，将他抱得紧紧的：“不许你走，不许……我七岁就认识你了，我们在一起十八年，我们一起养过的兔子、一起玩过的游戏、一起爬过的树，都不会让你走。你还记不记得小区里最高的那棵榕树，我想妈妈的时候就爬上去，可是我怕高，我爬得上去却爬不下来。每次都是你，是你爬上树陪我，陪我一起看星星，再带着我下来……”

涂恒沙眼睛一涩，心尖酸得发痛：“走吧。”

她说完了，却还是等了数秒，也许是不甘心，始终想等一个选择，可终究没等到追来的脚步声。她加快脚步，迅速离开报社。

她在小时候也想过爸爸的。

五岁，家里血流一地，妈妈躺在床上气息全无的时候；六岁，她踩着凳子擦窗户，从凳子上摔下来摔得一额头血的时候；七岁，她抱着妈妈，亲着妈妈的脸，要妈妈别哭的时候；八岁，看着别的小朋友骑在爸爸的肩膀上喊“驾”的时候；九岁……

从不期待，却也会想如果。

街坊都说可怜这孩子没爸爸，如果有爸爸多好……

妈妈说从前爸爸每天都会买好吃的，从红柳路的东头回家来，如果你爸爸在家……

学校有一棵大树，她爬上去可以看见满天星斗，也可以看见红柳路的东头。

她也曾在夕阳西下的时候爬上树，抱着树丫眺望红柳路的东头。

那是妈妈说的爸爸回家的路，可是那时候她永远也不会有看到爸爸回家的一天。她看见别人的爸爸牵着小朋友的手，在胖爷爷的店里买生煎；她看见红柳路小超市家的小胖儿子，那么胖，他爸来接他时还给他背书包，递给他一瓶钙奶；她看见路边的屋檐下还在上幼儿园的丫丫，给爸爸扎了满头的辫子，爸爸却还抱着丫丫笑，用胡子扎丫丫的脸；她看见比她低一级的菜菜，走路蹦蹦跳跳摔了一跤，爸爸立即将菜菜抱起来，给菜菜擦眼泪，给菜菜揉膝盖；她看见万家炊烟，华灯初上，各家此起彼伏唱歌儿似的喊自家孩子回家吃饭；她看见东头大强的爸爸拎着根棍子出来找人，把大强从游戏厅揪出来揍了几棍子，可转眼下雨了，他爸爸又脱下衣服罩在大强头上……

下雨了，她只能自己滑下树，熟练得像只小猴子，背上树下的书包，抱上才买来的油盐肉菜，一路疾跑回家。地湿了路滑，她摔倒在地，膝盖很痛，可也只能自己爬起来，抱上她的东西继续跑……

她也对爬树有瘾，只是她不看星星，她喜欢看这万家烟火和平凡的生活。丫丫笑，她也笑，下意识地去摸自己的脸，好像丫丫爸爸的胡子扎的是她；大强被揍得嗷嗷乱叫，她还是笑，去摸自己的屁股，想象这几棍子打下来能有多疼；别人喊着自己儿子的名字，回家吃饭，她心里也这样喊自己：沙子、沙子，回家吃饭了……

是这样喊吗？

她看见的都是她缺失的，是这世间最平凡的温暖。永远也不会有人用胡子扎她的脸，不会有人叫她回家吃饭，也不会有人用棍子揍她的屁股，可她仍然喜欢看，就像看着一张空白的纸慢慢地被一盏灯光、一个小人填满。粟融归说的烟火气，于她而言大约就是这样，至少她看着的时候是怀揣欣喜的。

她从回忆中醒来，脸上凉凉的，一摸，满手湿痕。不知不觉她竟然泪流满面……

粟融归、小许，我没有在雨湿的地面滑倒时哭泣，没有在摔得一额头血时哭泣，遇上你，真是快流干了我二十年来的眼泪……

人生而坚忍，却又莫名脆弱。

一个人砥砺前行时，总觉得自己练成了金钟罩铁布衫，无坚不摧、刀枪不入，其实只是没有遭遇到击破自己的点。就像小说里武林高手的命门，总有个弱点，一旦击中便土崩瓦解。

小许，从什么时候开始你变成了我的命门？

是你说“小许会带着你跨过每一条线”的时候吗？还是你说“小许再也不会把涂妹妹弄丢”的时候？

“沙子，你要去哪里？”身边响起郝仁的声音。

郝仁怎么在旁边？

她一惊，唯恐此刻的自己太狼狈，立即抹干净脸看看四周。

周遭街灯明亮，天色已是全黑了，而她糊里糊涂地不知走到了哪里。

郝仁看着她：“急着回家吗？”

她摇摇头。

“那我带你去个地方。”

她没有问郝仁去哪儿，只是给妈妈打了个电话，得知妈妈已经做好饭并且吃过了才放心。

郝仁先买了一堆吃的，然后将她带上了车，说了个大学的名字。

“去学校干吗？”她好奇地问道。

“到了你就知道了。”

“你是这所大学毕业的？”

“是啊。”

郝仁将她带上了一个小山头。

“不需要爬上树就可以看星星，这里是看星星最好的地方，来。”小山顶端，郝仁利落地爬上一个高台，转身向她伸出手，拉她上去。

涂恒沙没有告诉郝仁，其实她并不喜欢看星星。对她而言，与其看星星不如看灯，灯是暖的，一盏灯等一个夜归人，灯亮门开，一声“回来了”，便是世间最温暖之所在。

不过今晚的星光终归与往常不一样。

星光微寒，她不是一个人。

“沙子。”夜风里，郝仁轻轻地叫她的名字，“我们好像……来得不合时宜。”

涂恒沙不明就里，随着郝仁的目光看过去，眼前至少有两对恋人在拥吻。

她扑哧一笑，戏谑道：“是不是看到了你的从前？”

“对啊。”郝仁大方地承认，“谁年轻时还没谈过两场不计未来的恋爱？那时候的她单纯又美丽，当真像朵百合花似的，就在这个高台上，她说要一辈子跟我在一起。”

“后来呢？”

“后来毕业的时候我去了报社，她要出国，然后就没有后来了。去年同学聚会，她依然美得像女神，带来个高大帅气的老公。”

“你难过吗？”涂恒沙凝视着远方的灯光。

“难过啊，伤了好几年都没能恢复过来。”郝仁打开一罐啤酒递给她。

涂恒沙没喝过酒。她盯着啤酒罐数秒，接过来轻抿一小口，只觉又苦又涩。

“她说话不算话，那你怨她吗？”

“这有什么可怨的。”郝仁自己也开了一罐，“世事是在发展变化的，我小时候喜欢吃鸡腿，不代表我长大了还喜欢吃鸡腿，但我小时候爱鸡腿是认真的。她有追求自己生活的权利，但她说要一辈子跟我在一起的那一刻，她也是认真的。”

涂恒沙忽而笑了，小口尝着啤酒的滋味，任那陌生的感觉在舌尖缠绕。

“认真过就够了，至少那一刻我是温暖的。”郝仁递给她一包花生米，“配着啤酒吃。”

她点点头："有道理，人不能太贪心。"

"对啊，迷惘的时候想想自己的初心，想想自己拥有的，幸福感会成倍增长。"

涂恒沙眯着眼，她此生最大的愿望就是妈妈健健康康地活下去，她和妈妈一直在一起，现在全部实现了，还多了一个越越，生活已经远超期待。

所以她还有什么理由沮丧，还不是因为太贪心了，像从前那样把小许摆在救命恩人的位置就很好。

"来，你看这颗星。"他指着天上一颗很亮的星星，"这叫望乡星。"

"胡说，明明是北极星。"

"就是望乡星，我们经常自己给星星改名字。她要走的前几晚把它改成望乡星，她说在美国也会想我的，想我的时候就看星星，北极星这么亮，她在美国一眼就能看到，和我们在中国看到的是同一颗。那时我们很傻，都天真地信了，谁也没去想我们永远也不能一起看到同一颗星星，她在美国看星星的时候我们是白天……"

涂恒沙听痴了，过了一会儿才道："那你为什么不跟她一起去美国？"

"我说了，人不能要得太多，我的根在这里，我的父母在老家，我不会去。可能还是爱得不深，也可能对生活来说，爱情这个玩意儿本就不是全部，甚至不是最重要的。"

涂恒沙呆呆地听着，不过嘴里还在一口一口地咽着啤酒，直到一罐啤酒空了她再喝不到东西，才忽然笑道："郝仁，你教我看星星吧！"

"好啊。"

天气很好，郝仁指着天上的星星一颗一颗说给她听，每颗星星都有一个名字，每个名字都有一个故事，原来星星也是温暖的。

认星星的时候，她不知不觉又喝完了一罐啤酒。她指着天空笑："这颗叫豌豆，这颗叫挂科，因为那天你女朋友挂科了，她不开心。"

他看着她笑，终于展颜了吗？

"郝仁，你为什么带我来看星星？"回去的路上她感觉脚步有些虚，眼前的景物也有了重影。

郝仁顿了顿，道："不是只有粟融归会陪你看星星。"

"呵呵……"她轻笑，"他从来没陪我看过星星，不过也没什么，人不能贪心。"

"涂恒沙！"

身后传来一声大喊。

她摇摇晃晃地回头一看，只见一辆车在红柳路东头路口停下，一个人急急忙忙地从车上下来。

"几点了，郝仁？"她问。

"十一点半。"郝仁看了下手表。

她点点头，转身继续往家走。

“涂恒沙你等等。”

喊声和脚步声都急速逼近。

很快那人站在了踉踉跄跄的涂恒沙前面，脸一沉，声音都阴冷了：“你喝酒了？”

她摇摇头，呼吸里分明有啤酒味。

“看星星。”她笑着说，“郝仁，谢谢你，第一次有人陪我看星星。”

明明是笑着的，眼角却泛着酸，是她笑得太用力了吧？

郝仁也笑笑，眼看她脚下有一块小砖头要磕着她的脚：“小心。”

郝仁想伸手拉住涂恒沙，可他的手腕却被人钳住，对方力道还不小。他抬头看对方的脸，那人的脸色已是铁青。

与此同时，涂恒沙的脚毫无意外地踩上了砖头，本就脚步虚浮的她往后倒去。她却并没有摔到地上，身后是一堵硬硬的肉墙，她靠上去瞬间就站稳了。

两个男人的手在空气中短暂较量，迅速分开。涂恒沙感到腰上一紧，被一只胳膊勒住。

“摔着没？”有人问她。

她晕乎乎地把那人环在腰上的手掰开：“郝仁，我先回家了，晚安。”

“好，明天出差，别忘记定闹钟。”郝仁笑道。

“记住啦。”她挥挥手，一个人走进学校。

校门口的两个男人在黑夜中对峙。沉默，像未点燃之前的炮仗，只需一颗火星，便能爆炸。

郝仁笑出了声：“明早我和沙子出差，九点半的高铁，要不要来送送？”

粟融归绷着脸，一丝笑也挤不出来，目光尖锐得欲把郝仁戳穿：“你带她喝酒？她有哮喘病史，你还带她喝酒？”

郝仁一时愣住。

粟融归铁青着脸低下头，在手机上输入了一大串字，然后点击发送。

郝仁的手机一振。

“星星也好，月亮也好，看得见摸不着，人还是得踏踏实实地好好活着。”粟融归扔下一句话，阴沉着脸离开了。

郝仁站在原地拿出手机，锁屏上有一条来自粟融归的消息，写了一大串陌生的名词……

第七章

你是我的明月光

出差一周，他们返程时距离中秋节只有两天了。

郝仁只买到下午的车次，回到燕北时已经是夜色渐浓。

“沙子，这设备我先给你提走吧，明天我直接还给报社，这大晚上的你就别折腾了……”出站的时候，郝仁这般对涂恒沙说。

只是话还没说完，郝仁就看见出站口站着的两个人：粟融归和一位老人家。

“沙子……”郝仁抬了抬下巴，示意她看。

她完全没有想到，一眼瞟过去，像有人用锤子在她的胸口重重一锤。

只一眼，她便看得清清楚楚。

奶奶清瘦了许多。粟融归扶着奶奶站在一旁，似乎也瘦了一圈，石膏已经拆了，站在那里，身材颀长，如喧嚣中的一棵墨松，沉静苍郁。

她移开目光，假装没有看见。然而她又怎么能躲过？

奶奶比粟融归还焦急，看见涂恒沙便使劲地招手，拉着他往她身前疾走，最终与她迎面相对。

“丫头、丫头，你回来了。”奶奶欣喜地握住她的手。

“奶奶。”她勉强翘了翘嘴角。她对老人家无法硬下心肠，只是她不明白，已经这样了，他还带着奶奶来干什么？他不是已经答应粟融星，他的身边唯她无二吗？

“真好，奶奶可想你了。来，跟奶奶回家吃饭，奶奶做了许多你爱吃的。”许奶奶说完横了粟融归一眼，“还不把丫头的东西接过来，傻站在这里干什么？”

“奶奶，”她忙道，“我已经答应妈妈回家吃饭了。以后……”其实她不想再有以后了，可是看着许奶奶满脸期待的笑容，实在不忍心，只好道，“以后我再去看您吧。”

至于以后究竟是什么时候，那也是个未知数，她就当哄哄老人家。

奶奶听了倒也没有表现出失望，仍是一脸慈爱的笑容：“对，是奶奶的错，只因好久没见丫头了，想赶紧接回家看看，没想到丫头自然是要先回家的。是奶奶的错，先回家看妈妈最重要，那奶奶和呱呱送你回家。”

她不太愿意地说：“奶奶，不用，我自己……”

“要的，这大晚上的，车不好打，地铁挤，就让奶奶送你。奶奶还想跟丫头说说话呢，这几天没人陪奶奶说话，可把我憋坏了。你也知道，呱呱是个闷葫芦，最无趣了。”奶奶伸手把她的背包往下取，还瞪着一旁的粟融归：“无趣，又笨，没眼力见儿。”

“奶奶，不用，我自己背，这个也不重……”她赶紧把包背回去。

“好，那咱们走吧。”奶奶生怕她跑了似的挽住了她的手。

“我……”她回头看看郝仁。

奶奶也回头一笑：“哦，这是一起出差的同事吧，也跟我们一起走吧。”

“这个就不用了，老人家。我一大小伙子送什么啊，我自己叫了车。”郝仁忙道。

而粟融归已经从郝仁身上把涂恒沙的摄像设备取下来扛到了自己的肩上。

郝仁身上一空，顿时瞠目结舌。

“一起上车？”粟融归扛好东西，问他。

郝仁摇摇头：“算了吧。”

“那就不勉强了，你走好。”

奶奶的态度慈祥多了：“小伙子，那早点儿回家，我们先走了。”

“哦，好，奶奶再见。”郝仁腹诽：行吧、行吧，就当是看老人家的面子，不给你添乱了。

涂恒沙不知道自己是怎么被奶奶拉上车的，粟融归坐在驾驶室开车，她和奶奶坐在后排。

车里有一股新车特有的皮革味。

“奶奶，您怎么知道我这趟车回来？”她抛开和粟融归有关的想法，和奶奶聊天。

奶奶笑了笑，没回答。

“奶奶念着你，从那边回来的车一天就这么几趟，奶奶从中午开始就在这儿等，每趟车来了都进去接。”粟融归在驾驶座上说。

她哑然，低下头说不出话来。

“哪儿有这样？”奶奶瞪他一眼，“你可别胡说八道了，难道不是你大中午的把我拉来接站的吗？”

“奶奶……”他无奈地小声唤道。

涂恒沙相信他，他绝不是做这种傻事的人，所以奶奶要来接她的可能性更大。可是奶奶这样对她，实在超出她对奶奶的感情，她不知道为什么会这样，甚至觉得有些无以为报。

她想问：奶奶，你为什么对我这么好？她也想说：奶奶，你别对我这么好。可是她问不出口，也说不出来。

“奶奶，您哪天出院的？”她最终问的是这个问题。

“昨天，再不出院奶奶都该闷坏了。”许奶奶笑着道，又叹了口气，“奶奶人老了不中用了，本来快好了，结果医院的空调温度低又病回去了，就多住了几天。就在你出差前一天，傍晚时候还晕倒了一回。钱嫂把呱呱叫回来，把他累得几个通宵没睡，这都瘦了一大圈。”

她出差前一天，不就是和郝仁看星星那一晚吗，看星星之前的事是她不想再去回想的。

奶奶叹息：“唉，这人老了，就是给你们年轻人添麻烦。”

“奶奶，人家都说‘家有一老，如有一宝’，您宝贝着呢。”不管怎样，奶奶在涂恒沙心里都是非常重要的人，一如妈妈于她。

奶奶笑了：“你这丫头就是会说话逗奶奶开心，只要你不嫌弃奶奶啰唆就好。”

涂恒沙笑了笑，没有说出来的是：以后没有机会再听奶奶您“啰唆”了。

一路上奶奶都在轻声细语地问她在外边好不好、吃得可习惯、工作是否辛苦，倒也避免了她尴尬，她只要细细回答奶奶的问话便可，不必顾虑驾驶室那人。那人倒也只负责开车，始终沉默不语。

车越行暮色越浓，街灯越亮。

这世间的事都是如此，夜越黑，光越明；情越深，心越浮。

车从红柳路东口驶入，渐渐减速，最终停在红柳小学门口。

“好了，到了。”奶奶笑着说。

“奶奶，那我下车了，谢谢您，再见。”

她自己打开车门下车，驾驶室里的他也下来了。她低头不去看，只去开副驾驶室的门——她的设备被他搁在副驾座了。

她刚一拉开，便听见他说：“设备我明天带去报社就行。”

他的手机也搁在一旁，此时屏幕一亮，一条消息在屏幕上闪过：“粟融归，我想你了。”

像一场大雨，噼里啪啦从头至脚，她被浇了个透彻。

她拎出设备，回了淡淡的几个字：“不用了，谢谢。”而后她对同样跟着下车的奶奶笑着说了句：“奶奶，我回家了，再见。”

再见，奶奶，算是我没有福气，不能再继续享受您的宠爱，有负厚爱了。

她没有再回头，伴着路灯的微光快步走进了学校。

涂恒沙的脚步越轻，心却越沉。其实她还是有些羡慕粟融星的，羡慕粟融星的为所欲为，羡慕粟融星想他的时候可以直言不讳。曾经有一些时刻，她也想对她的小许说：我想你了！

只是涂恒沙却没有一次能说出口，没有一次敢说出口。

这些话大约永远也不用再说了，她庆幸自己一个字也没说，至少还保留着最后的尊严，不那么狼狈。

“涂恒沙。”他在她的身后叫她。

她没有转身，更没有回答。

“丫头。”奶奶也叫她。

为什么奶奶还要叫她？

她只能回首，仍是笑着的，和奶奶挥挥手：“奶奶，回去吧，我挺好的。”

她加快脚步一路冲回家，到楼下时便看见家里的窗口亮着灯，妈妈站在走廊往下张望，瘦小的身体在灯光里化作小小一团黑影。涂恒沙的心口瞬间便暖和了，大喊：“妈，妈妈，我回来了。”

人间之最温暖——天黑了有灯，归家时有人。她也有，不是吗？

舒慧看见她便笑了，虽然日日通话，但舒慧还是担心她的病，只有女儿回来了，在自己的眼皮子底下活蹦乱跳了，才能放心。

“明天你们是不是也要上班？”看着将楼梯踏得震天响一路跑上来的女儿，舒慧笑着接过她拎着的设备问。

“要。妈，做什么好吃的了？我可饿坏了。”涂恒沙笑着抱了抱舒慧，一如离开时一样。

“多着呢。”舒慧也笑得合不拢嘴。

自己的小丫头真是上天赐给她的最好的天使，而她这个当妈的很愧疚，小家伙小的时候，自己身体不好，可是让小家伙吃尽了苦头。待舒慧痊愈了，恨不得把女儿吃的苦全部抹掉重来，对女儿也只有无尽地疼爱和娇宠。

饱饱地吃了一顿妈妈做的爱心菜，洗了个热水澡，涂恒沙还撒娇了一晚上，才算把自己折腾累了，老老实实地去睡觉。

临睡前检查闹钟，涂恒沙发现手机里有一条消息。

“出差刚回，早点儿休息，不打扰你了，明天见。”

信息来自粟老师。

明天他们也必然是要见的，粟老师。

下午，报社发了月饼。

郝仁一看便将礼盒扔在了桌上：“又发五仁月饼，咱们头儿的品位就不能提高一点儿吗？”

涂恒沙笑了：“五仁不好吃吗，我就喜欢吃五仁，我妈妈也喜欢吃。我记得小时候家里还买过那种六寸的大五仁月饼，现在好像很难买到了。”

郝仁便把月饼给了她：“你喜欢的话都给你吧。”

“我自己有。”

“我拿着也是扔，别浪费粮食了，你喜欢就拿回去吧。什么中秋不中秋的，咱们也不在乎，反正都是上班，不知道今年在哪儿过呢。”

两人正说着月饼的事，陈琦过来找涂恒沙，给她分配了任务——中秋节去北山监狱采访干警和服刑人员怎么过节。

涂恒沙脑中一空，愣在了原地。

“怎么了？有问题？”陈琦问她。

她有些恍惚，摇摇头：“没有。”

“还有，是跟粟融归一起……”

“那我能不去吗？”她脱口而出。

“有意义吗，涂恒沙？”陈琦道，“来日方长，你能保证一辈子不跟他搭档吗？想避嫌干脆离开晨江避得远远的啊，天天在一个办公室里避什么嫌？”

涂恒沙沉默了。

“行了，身正不怕影子斜，你心里有鬼再怎么避都没用。再说了，大家各自有各自的任务，你想换也换不过来。”

涂恒沙没有再纠结去不去北山监狱的事，在第一个过激反应后她很快做了决定：去！

但这并不是因为粟融归，而是因为……爸爸。

她暗暗骂自己，这么好的机会居然不去！二十年了，你终于可以见到爸爸，而且还能跟他一起过节，你不去吗？

她忐忑又有些小激动，怀抱着两盒月饼回家，第一件事就是要告诉妈妈。

舒慧见她捧着两盒月饼回来，一看礼盒就微微一笑：“我正想着去买两盒五仁月饼呢，你就买回来了。正好拿给我，我给你爸爸送去。”

“妈……”她把月饼放下，“这次不让我去送吗？”

“你不上班？”舒慧把月饼收起来，和其他要带进去的东西放在一起。

“上。”她此刻还沉浸在忐忑里，声音都有些颤抖，“不过，是去监狱采访。”

“是吗？”舒慧的表情也恍惚起来。

“是的，妈，我就要见到他了……”那个称呼，那个二十年她都没有唤过的称呼，一时之间竟然叫不出来，只用“他”代替。

舒慧却握住她的手，叹息道：“监狱今天打电话来了，说他在里面表现不错，这个中秋节允许家属去会见，和他一起过中秋，但是你爸爸不愿意啊……”

“真的吗？那……那你去吗？”

“再看吧。”舒慧摆摆手，“去吃饭，我再收拾收拾。”

“嗯，好。”

涂恒沙知道，每次给爸爸收拾东西，妈妈都要忙很久，其实最终也没能收拾多少出来，不过是把东西放进去又拿出来。

怀揣着这个心事，涂恒沙连吃饭都在想，努力地去想爸爸从前是什么样子，现在又会变成怎样。中秋见了面，她该对他说些什么，他还能认出她这个女儿吗，她自己又能认出他吗？

想得出神之际她的手机响了，她一看居然是粟融归打来的。

她毫不犹豫地挂断。

几秒之后消息来了，两个字："下来。"

他在楼下吗？叫她下去吗？

她没理。

过了一会儿，又来了一条消息："我就在你家楼下，你不下来，我就去你家找你。"

他又不知道自己的房间号，但她心里还是不踏实，她可不想他这么闯上来，也不知道要怎么跟妈妈解释，她已经不想再跟妈妈提救命恩人这件事了！

她磨蹭了一会儿，到底还是悄悄地开门去看了。

夜幕低垂，临近十五的月亮真真儿亮若银盘，皎洁的月光于天地间银辉般流泻，流动着洒向万物，也洒落在家属楼前那一排榆树上，榆树的叶片在黑暗中反射着月之光辉。

树旁站着一个人，一身墨色，携两肩月光。

粟融归抬腕看表，似乎在估算着时间，而后他抬脚就往楼道走。

这是真的要上来？

她吓着了，带上门立即往下走。

"去哪儿？"舒慧问她。

"下去买个东西。"她在门外回道，匆匆下楼。

在楼梯口，她与他迎面相遇，她停住了脚步，他亦然。

狭窄的楼梯口，他们就这样沉默以对。

他的目光俯视下来，带着沉沉的压迫，让她几乎抬不起头。

全世界都在这一刻安静下来，静得能听见他的呼吸，混着淡淡的烟味和青草的香。沉默久得让人想落荒而逃。

她难受得几乎无法呼吸，深深吸了口气，准备转身回家，楼道里的声控灯却骤然熄灭，黑暗沉沉地压下来。她一口气卡在胸口，下不去也上不来。比这黑暗更迫人的是他的阴影，没有了光，他伫立在她身前，是比这黑夜更深沉的巨大乌云，风雨欲来，阴郁沉沉，下一瞬就要将她吞噬。

"我……"她把那口气顺下去，艰难地道，"没事的话我上去了。"

还没来得及转身，她的手腕就被他抓住了。

"我们找个地方聊聊天。"

“没什么可聊的。”她用力挣扎。

他的手指却更用力了：“不然咱们站在这里或者去你家聊？”

她向四周望望，虽然此刻没人，但远处隐隐地传来说话声。在这儿聊的话，明天大伙儿都要来问妈妈发生了什么事，去家里聊的话就更不可能了。

“来。”他拉着她便走。

她被他拖得一个趔趄：“你……你怎么这么无赖？”

他不说话，只是拽着她继续走。

没有人比她更熟悉学校里的路了，他在前面走着，分明是要将她拽去小树林。

“我不去，我没有话跟你聊！”她的身体往下坠，被他拖着，有种垂死挣扎的感觉。

可她哪里抵抗得过他，小小的身体被他一提，整个人都提起来了，她再挣扎一会儿，他索性一用力将她扛了起来。

突然的头重脚轻、方向颠倒，她惊得叫出声来，惊诧之余已被他扛出十米之外。

“粟融归，你……”

“再不老实，还有别的法子治你。”他大步流星地扛着她走。

入秋的小树林，树影婆娑，一轮圆月悬于夜空。月华如水，淙淙流向人间，穿过每一片树叶，挤散每一寸黑暗，连平日里幽冷的几盏路灯都借得几分明亮和温暖，原本暗影重重的小树林难得透亮，枝丫间溢满银光。

他将她放下来，两人站在石椅旁，石椅上有几片早凋的树叶，风一过沙沙轻响。

她站在他身前犹自气鼓鼓，胸脯一起一伏：“有话快说，说完我要回去了。”

“这就是你的态度？”他的男中音在夜色中响起，仿佛清泉流涧谷。

她听着却只有恼怒，狠狠地瞪他。

“你现在就是这么跟粟老师说话的，初来晨江时不是怕我的吗，不是远着我的吗？如今翅膀硬了，敢甩脸子给眼色了，敢粗声粗气，敢发脾气了，谁给你的胆子这么任性？又是哪里来的勇气在我面前为所欲为？是不是得机会了一个不高兴还要挠我几爪子？”他把一连串的问题抛给她。

他这么一说，她自己都短暂地迷惑了，她从没去想为什么有些事总是无声无息地就发生了变化。但是她为什么要怕他呢？她扭开头，一脸的愤懑，就是不怕了，怎么着？

他顿了下，继续说：“还不是因为你其实知道我在你面前始终是小许，是纵着你、包容你、允许你为所欲为、惯着你的臭毛病的小许，哪怕你咬我、打我、挠我满脸的爪子印，也不会生你的气的小许，你一开始就知道。”

是吗？她细细回想，虽然他日常很凶，但她好像也不是吃亏的主，的确也是咬过他、打过他的……

“还不想跟我说话吗？”他问。

她的头扭向一旁。

“好，那你听我说。”他在石椅上坐下来，“那时候我就坐在这里，四年级，拿小树枝写了一地的‘小许同学’。”他抬起手，指了指一棵大树，“你就躲在那棵树后面，留着齐耳的娃娃头，刘海别了个发卡，黄色的，穿着校服，衣服长得快到膝盖了。”

她睁大眼睛，难以置信地看着他。

“书包里有一串钥匙，挂着个足球钥匙扣，还有一包棒棒糖、一个文具盒、几本书和几本笔记本，有一本本子上写着一段话。”他顿了顿，低低地念出来，“‘蝴蝶经历过黑暗和蜕变终于长出美丽的翅膀，我们经历过跌倒和受伤会长得更壮！小蝴蝶，加油！’”

她的心口好似被一只手紧紧揪住。她盯着他，双唇微抖。

这世间事哪儿来那么多巧合，总是有因才有果的。

她感觉心脏一阵抽痛，闭上眼，黑暗中眼睛圆圆的小男孩对着她笑，稚嫩的童音一遍遍地对她说：“蝴蝶经历过黑暗和蜕变终于长出美丽的翅膀，我们经历过跌倒和受伤会长得更壮！小蝴蝶，加油！”

她温热的泪湿润了眼眶，那是她人生最秘密的温暖所在，也是她心中最柔软的一块，轻轻一戳，便又软又酸。

“还不想跟我说话吗？”他再问。

“为什么？”她终于开了口。

他沉吟：“我曾经以为自由自在地生长比什么都重要……”他欲拉着她在身边坐下，“算了，这不重要，你以后会懂。”

“那你说什么重要？”她鼻尖冲上来一股强烈的酸意，“还是粟融星最重要？”

“就知道你在意的是这个。”

她扭过头：“谁在意了，与我无关。赶紧回去吧，别忘了你可是答应人家粟融星的，你身边有她无我，希望你说到做到，做个男人。”

“你明明看见当时情况是怎样的，后来你走了，钱嫂的电话就来了，说奶奶在医院晕倒。”

她低头不语。

“又不说话了？”

“有什么可说的，你的粟融星想你了，快回吧。如果你说完了，我也回家了。”

她欲站起身，却被他按住。

“原来你看见了。”

她看见得多了，该看见的不该看见的全都看见了。

他将他的手机递到她面前，她愣住。别人的手机对她来说就跟银行卡密码一样，不是轻易可以触碰的，就连越越的手机她都从来不碰。

"密码是一〇〇九〇七。"

她突然慌了，愈加不愿意把手伸出来，好像眼前这个黑乎乎的东西就跟块烙铁一样会烫手。

他便自己解开了手机锁，在设置里鼓捣了几下，而后捉住了她的手指按在开机设置键上。

涂恒沙看着屏幕上灰色的指纹一点点被红色填满。

从此他的手机里便有了她的印记，她就好像拿到了一把开启宝藏大门的钥匙，豁然开朗后是一个新的世界。

她一时痴了，这个指印，是按在了哪里？手机，抑或是她的心上？

"点开。"他道。

他给她看的是他的微信消息，一个个熟悉的、陌生的名字，闪着光、灼着眼，她不想去看却又偏偏忍不住要去瞟两眼，其中就有粟融星，也是最吸引她眼球的一个。

"让你看你就看。"他自己点开和粟融星的对话，翻到那句"粟融归，我想你了"。

就是这句，让她在归家的那个夜里心凉了个透彻。

"不看……"她自己都能听见声音里微微地哽咽，鼻头已泛了酸。

这时她身上一暖，是他从后面将她环住，他手机的屏幕就在她的眼底，他和粟融星的对话也硬生生地闯入她的视线。

"粟融归，我想你了。"

"融星，说好了不这样。"

"可是我就是想你。"

这句之后粟融归没有再回复，粟融星发了一连串"想你"之类的话语，以及"粟融归你回家"，在他没有回复之后，发了条："粟融归，我不这样了，我再不这样了，你别不理我。我叫你哥哥、二哥，你不要不理我。你回来看看好不好，你妈妈也想你。"

这段之后，粟融归才回复："作为哥哥，我会回去。"

之后的对话便是：

"粟融归，那你送给我一个礼物。"

"什么？"

"我喜欢这个。"

后面附了一张图，就是粟融星在报社炫耀的那块手表。

"再往前翻。"他低声在涂恒沙的耳边说。

她还是没理会他。

他只好自己动手，一行行字自涂恒沙眼前掠过，忽然有一句话吸引了她，她忍不住目光一紧，也跟着颤了颤身体。

“要看哪里？”他问，“这里？”

他好看的指尖在屏幕上滑过，文字停在了粟融星说的“粟融归，我想告诉你一个秘密”。消息的时间是八天前，就是粟融星让他选择的那天。

粟融星说的秘密是：“粟融归，我喜欢你，不是妹妹对哥哥的喜欢。”

而粟融归的回答是：“不可以。”

后面自然是粟融星撒泼打滚的一套说辞，但他都没有再回复。涂恒沙忍不住哼了两声，虽然这手机上没有回复，但他们私下里定然谈过话了。

她忽然感到脸上微微一痛，竟然是他在掐她的脸。

“哼什么？”他问。

“哼。”她又哼了一声，继续看。反正已经看了这么多了，也就不矫情了，自己翻吧。

她再往下翻便看见粟融星的一句：“粟融归，如果我没有抱住你不让你走，是不是你会选择和涂恒沙一起走？”

他的回答居然就一个字：“是。”

涂恒沙的手指停在这里不动了，只一个字就炸得她脑中轰然作响，惊涛骇浪、地动山摇都不足以形容她此刻的震撼。

风拂过指尖和额前，她的刘海被吹得乱舞。她忽然想起了那个用小发卡别住刘海的小女孩，不知道她为什么要锲而不舍地追在那个始终不理她的小哥哥身后，也不知道她为什么一直忘不了那个圆脸的小男孩。

这一刻，涂恒沙心底有个声音排山倒海一般在回答：也许是宿命。

粟融星的咒骂随之而来，“涂恒沙”三个字跟最恶毒的词语搭在了一起。

涂恒沙没了看下去的心思，点了返回，却不经意间看见郝仁的名字，以及几个她熟悉的与药有关的词。

她点开一看，视线终于模糊。

粟融归和郝仁的聊天内容是一大段哮喘药的禁忌和药名，服药的剂量也写得清清楚楚。

她扔下他的手机再也不看了，双手抱着膝，任心里无法平复的轰鸣声继续响着。

“在想什么？”他捡起手机，光线微微一暗。

“你为什么要答应做检查？”纵然内心已是波澜翻涌，她的语气仍然是平缓的。她得多努力才能压住声音，让它不那么颤抖啊。

他沉默了一会儿才道：“你为什么要做检查？”

她也沉默了。

他忽然俯身拾起了几片早凋的树叶，递给她一片：“把我们的理由都写在树叶上，然后交换着看。我先写。”

他掏出一支笔，就着微弱的光在树叶上写了几个字，而后把笔递给她。

她想了想还是接了，回头看他一眼，见他一双乌亮的眼睛正盯着自己，便皱了皱鼻子从他怀里出来，换了个方向不给他看，这才郑重地写下一行字：“舍不得你折了骄傲。”

交换树叶的时候她有些犹豫，指尖捏着叶片迟迟不愿给出去。她知道一旦给出她便交付得彻底，再无秘密，也再无退路。

“给我，听话。”他轻轻一抽将树叶抽到了手里，也将他的那片交给了她。

“我先看。”她忽然压住了他的手，不准他看她的树叶。

他微微一笑：“好，你先看。”

纵然她心里有了答案，可还是会紧张，如果……如果树叶上的字不是她想看到的，她就把自己的树叶再抢回来。

她踌躇着慢慢展开手指，树叶上的字在月光下显得模糊，却足以让她看清。

“舍不得你受委屈。”

她的泪水终于冲出了眼眶……

“我可以看了吗？”他问。

“嗯……”她小心地用手盖住他的那片树叶，听见自己的哽咽声。

他却没有看，只将树叶放进衬衫口袋里，那是贴着他胸口的地方。

她不明白他为什么不看了，好奇地盯着他。

他用手按住衬衫口袋：“我不用看也知道你写了什么。”他用力按了按，“这里能感觉到。”

她凝视着黑暗中他那只按在胸口的手，痴了。

他伸手捏她的鼻子：“又犯傻了？”

她回神：“我……我后悔了，我要重新写一张，你还给我。”

她扑上去抢。

她怎么抢得过他？她扑过去不过是自投罗网，被他圈进怀里。

“你可以再写一张。”他一手圈着她，一手又拾起一片树叶。

涂恒沙一时兴起，便拿着笔在树叶上画小人。他打开手机的手电筒给她照亮。

她画了一个小男孩和一个小女孩，手牵手，小男孩手里拿着一根棒棒糖。

“是我和你吗？”他看着她画完，问道。

她一笔一画地在小男孩头上写了“小许”两个字，而后把笔交给他：“你想和谁这样手拉手，那就是你和谁。”

他接过笔略加思考，在两人头上画了一轮明月。

“为什么画月亮？”她并没有等来他标注小女孩的名字，心里有些别扭。

“嗯……今晚的月亮又大又圆啊。”他说。

她不甘心，指着小女孩：“这是谁？”

他斟酌了一下，在小女孩头顶加了三个字：“明月光”。

“嗯？”

谁不知道这是月亮，还用得着标注？她想看他标注小女孩的名字啊！她仰头指着小女孩用目光向他抗议。

“笨。”他低声道。

她不高兴了。

眼看她的鼻子皱得越来越难看，他无奈，在“明月光”三个字下面画了个箭头指向小女孩。

“这是什么意思啊？”原谅她恋爱经验为零，恋爱细胞缺失……

他嫌弃地“啧”了一声：“怎么有这么笨的孩子！”

“那你说这是什么意思。”

“这是……”他顿了顿，几乎是贴着她的耳朵低语，“我的明月光。”

她不说话了，低头笑，抢过他的树叶不再言语，心里全是明晃晃的月光。

树林里不知何处传来虫儿的呢喃，夜静谧美好得不像话。

“为什么不阻止我把录音交给越越？”她靠在他身上问。

“沙子、沙子……”他却没回答，只是轻轻地叫着她的小名，“大家都是这么喊你的吗？”

“嗯。”她想了想，补充道，“只有你连名带姓地叫我涂恒沙。”

他笑着问：“不好吗？”

她又想了下，倒也没说不好，只道：“我都叫你小许。”

“那你想我叫你什么？”他揉了揉她的头发，把她的刘海揉乱，然后又用手指梳理整齐。

“沙子。”她干脆地说。

至亲和朋友都这么叫她。

他笑了笑：“好像郝仁也叫你沙子。”

“对啊，跟我亲近的人都这么叫。”

“是吗？”

他言语间已有了火气，只不过涂恒沙听不出来，依然道：“是啊。”

他轻咳了一下：“什么叫亲近的人？”

“就是我的至亲好友啊，不过这样的人很少，掐着手指头来数都数不满。”

他沉默了。

半晌听不到回答的她抬头问道：“你怎么了？”

他还是不说话，绷着脸。

此时他的手机忽然振动了几下，她猛然想起：“哎呀，几点钟了？”

“九点半。”他看了看手机道。

“这么久了，我要回去了。说了出来买东西的，等下我妈还以为我上哪儿买去了。”她说着便要站起来。

他圈着她迟迟不松开。

“走了！”她戳戳他的手臂。

他只好放了她。

她蹦起来往回走，走了几步觉得不对劲儿，回头见他还坐在那里，赶紧走回来拉他：“你不走吗？”

他默默起身，由着她拉自己走。走了一段路，他忽然问：“你出来多久了？”

“不知道啊，大概不到一个小时吧。”她略微算了算。

“月亮没有星星好看？”他有些闷声闷气的。

“嗯？”她不懂他为什么这么问。

“没什么。”他再度沉默。

从小树林到宿舍并不远，涂恒沙觉得今晚显得格外近，一会儿就到了。她心里还是有些遗憾的，站在宿舍楼下仰头看着他，颇觉不舍：“小许……”

“你不是出来买东西的吗？等会儿怎么跟你妈妈说？”

“对啊，这可怎么办？”

“就说……”他顿了顿，“买了瓶醋回去。”

“啊？”她想不明白，“为什么要买醋回去？我妈向我要醋我拿什么给她？”

他默默地叹了口气，捏她的鼻子：“你怎么这么笨？真是不开窍啊。”

“我又怎么笨了？”她不服气了，揉着鼻子，“我上去了，你自己买醋喝去吧。”

她走进楼道往上跑了几步，回头见他还站在原地，笑嘻嘻地跑回去抱着他的腰，脸在他衣服上蹭了蹭：“小许，你特别好闻。”他一笑刚想说话，就听她继续道，“像青团的味道。”

他有些无奈了。

“你说奶奶做的野蒿菜饭是不是也是这个香味？”她的鼻子贴在他的衣服上使劲儿闻。

他哭笑不得：“明年春天让奶奶做给你吃。”

“好，”她笑嘻嘻地松开他，“我真上去了，晚安。”

“晚安，去吧，我看着你上去。”

她挥挥手，这回一口气跑上楼。到了三楼走廊上她往下看，见他还站在那里。

“回去吧。”她用口型无声地对他说。

他也朝她挥手，直到她进了家门才笑着摇摇头离开。

涂恒沙是哼着歌进的家门，舒慧问她：“这么高兴？你买了什么东西？”

她转了转眼珠：“买了一个青团。”

“这时候哪里有青团？青团呢？”

“吃了，哈哈哈哈。”

“真是个疯丫头。”

疯丫头此时只觉得口袋里揣着的东西似两个火球，火热滚烫。一到房间她就把树叶从口袋里掏了出来，明亮的灯光下，树叶上的句子字字清晰。

叶子上还沾了些灰土，她轻轻拂去，上网搜查书签怎么做。

鼓捣了好一阵，她的手机振动一下，有来自粟老师的消息。

只是看见这个名字，她的眼睛就眯成了一条缝。她打开一看，粟老师说：“我刚刚弄丢了一样东西，你给我快递过来。”

“什么？”她回。

“一只小笨蛋。你发张自拍照过来。”

她立马照了照镜子，寻思着要不要化个妆。

“快点儿！”

她想算了，不化妆了，反正有强大的美颜相机。

她拍完照又修了修图，还加了个滤镜。作为一个专业摄影师，她觉得照片里的她已经被修到她妈也认不得的程度了。她还将照片做成了表情包，加了行字：“你的明月光上线啦。”

她非常满意地发了出去，等着粟老师夸自己。

然而粟老师发过来一句：“这是谁？这么丑。”

如果粟老师此时站在她对面，她一定掐死他了。

她一气之下把原图发过去，等着他继续嘲笑。

粟老师果然没有让她失望，回过来的消息是：“真的好丑。”

她已经十分愤怒了。

结果粟老师接着的下一句是：“确认是我的丑孩子没错了，快递已签收，晚安。”

中秋节那天是个大晴天，涂恒沙醒得很早，可是有人比她醒得更早。她顺手摸过手机就看见屏幕上已经有一段绿色的文字了，来自粟老师。

“叫醒服务就这么停了？工作缺乏持续性，你是不合格员工。”

她笑了，把手机贴在脸上，傻笑了好一会儿才给他回复：“睡着了不想醒来。”

粟老师瞬间就回道：“为什么？很累吗？”

她想了想，一字一字地输进去：“怕醒来后，一切都是梦。”

有了少女心思，人似乎就变得格外矫情了，好好的日子都能生出惆怅和担忧来。

手机一振，又有信息来了：“你出来。”

她一惊，直接从床上弹了起来，莫不是他来了？

她连打字都觉得慢了，直接一个电话打过去，那边的人立马接了。

“你在哪儿？”她脱口而出。

“你出来看看。”他的声音传过来，就像此刻的晨光穿透窗幔。

她连鞋都没穿，光着脚就跑了出去。

站在走廊上，她看到对面的天空被朝霞染红了，他站在楼下的车旁披了满身霞光。她又要流泪了，举着手机贴在耳边哽咽难言。

他手里托着一摞六寸大小的四方盒子，示意她下楼。

她握着手机，恍恍惚惚地就下去了。楼梯走了一半，她感觉脚底好疼，才发现自己没穿鞋子被硌着了……

她抬脚一看，硌着她的居然是一块小玻璃，现在脚底已经出血了。

她赶紧回屋。家里静悄悄的，她也不敢惊动妈妈，自己找了个创可贴贴上，再重新穿了鞋下楼。

她一走进他的视线，他的眼中就充满了无奈。走到她面前后，他忍不住用手揉乱她的头发：“磨叽了这么久，我还以为你会把自己打扮成仙女来见我，怎么还是这么一副邋遢模样？”

她低头看看自己，也颇为窘迫。她还穿着睡衣，头发就不是正常的形状，好像的确有些邋遢。可是他并不知道，比她外形邋遢更糟糕的是她脚底流血的地方硌着鞋正疼着。

她也不打算说出来，只笑嘻嘻地抓抓自己的头发：“我这叫天生丽质。”

他也算习惯了她这样没脸没皮，哭笑不得地捏捏她的脸，把手里的一摞盒子交给她。

“这是什么呀？”她凑上去闻了闻，“好香啊！”

“那可不？奶奶才做出来的，还软着呢。一大早就催着我给你送来，说要让你吃上最热乎的。”

她掀开最上面那盒的盒盖往里偷偷一瞧，大吃一惊：“呀，大月饼！”

“快拿回去吃，我在这儿等你，等会儿一起去监狱。”晨光中，他的微笑十分纯净。

“好。”她被这样的晨光和笑容晃得有些眼晕，抱着月饼上楼了。

刚出炉的五仁月饼，一掀开，正宗五仁的香味儿混着淡淡的陈皮香和面粉香飘散出来，她眯着眼捏了一小块下来放进嘴里。软香甜糯，算得上是她吃过的最好吃的月饼了。

她赶紧重新包好，剩下的分作两堆，想着把其中一堆打包带去监狱。只是包着包着她的动作慢了下来，眼前浮现出一张张充满恶意的脸，嘲笑、谩骂、讽刺，刀一样的言语在耳边回响：

“杀人犯的女儿，她是杀人犯的女儿。”

“她的爸爸杀了人，不要和她玩！”

“她会不会也要杀人？打死她，我们一起打死她。”

“快跑啊，她的妈妈是精神病人，精神病人要抓小孩的，快跑啊。”

“我有鸡蛋，我用鸡蛋打她。”

“我有包子。”

“我有稀饭。”

那个蹲在角落双手抱头的小女孩，那个满脸挂满菜粥米汤的小女孩，是她每每想与人走近一步时的阻力。

她猛然转身飞快地跑了下去，跑到他面前，低着头。

“怎么了？这么快？你又忘记换衣服了？”他凝视着眼前这个毛茸茸的小脑袋。

她摇头，用力摇头。

“到底怎么了？”他伸手欲把她的头抬起。

她却退后一步躲开他的手，咬着唇，喉咙里卡着那句话不敢说出口。

他轻轻一笑：“是月饼不好吃？”

她摇头，然后又点头。

“真不好吃？”

“不是，好吃。”她抬头急切地道。

“那是……”他揣摩着，“你是在害怕什么？”

她怔住了。

“还真是？你怕什么？”

他说话的声音温和得像此刻的阳光，沐浴在一片暖融融之中的她再次低下头，鼓起勇气说：“小许……你会不会……会不会……不愿意跟我玩？”

“怎么会？不会的。”

“可是……可是……”她深吸一口气，与其等会儿被他嘲笑，不如就在这里先说明白，“小许，我有没有告诉过你我的爸爸是杀人犯？”

没听到他的回答，她慌了。她不想听见他说不要和她玩，不想他用鸡蛋和包子打她，她自己先逃跑好了，跑得远远的。她可以承受任何人的嘲笑，可就是接受不了小许看不起她。

“对，我的爸爸是杀人犯，等会儿在北山监狱我们很有可能会见到他。等下我们在监狱就假装不认识好了，以后你都当没有认识过我好了。”她说到后面已有些哽咽，害怕看他的脸色，说完转身就往回跑。

然而只跑出一步，她就被人抓住了手腕。

“为什么要假装不认识？”他抓得紧紧的。

“或者我不去了，你让陈琦另外派个摄影师来。”

他抓得更紧了，直接将她整个人翻转过来，逼着她面对自己：“涂恒沙，是你拿着我的旧东西非逼着我承认我是小许同学的，是你说要和我一起跨过某一条线的，是你要我永远是小许同学不再变的。现在又是怎么回事？你又要用随随便便的一句话把我打发了，踢得远远的，再和别人去看星星？我不管你的爸爸是什么人，你的妈妈是什么人，你赶紧给我回家去吃早餐，收拾干净了马上出来。成天稀里糊涂的，真够给我丢人的。”

“我……”她咬着唇不作声。

“我什么我，还不回去收拾？再这样邋里邋遢地下来，我可就揍你的屁股了。”他一脸严肃。

她睁大眼看着他，眼前闪过大强他爸一路揍大强的画面。

“干什么，你又犯傻了？真够愁人的。”他一脸嫌弃地捏她的脸。

“你……你真的会揍我的屁股啊？”她的一双眼睛亮得放光。

他只当她是怕了，脸色越发沉了：“不听话自然是要揍的。”

她眼圈一红，拉着他的衣襟：“那……那你揍完我，还喜欢我不？”

他再也绷不住，笑了，刮了刮她的鼻子：“真够不害臊的。”

“你说、你说。”她不依不饶，也不觉得这有什么可害臊的，小孩子也常常这样问大人。

他又无奈又颇觉好笑地说：“当然，你快去换衣服。”

“嗯，我去了。”她风一样地来，又风一样地去，却已是两样心情。

这么一折腾，早起也变成晚出了。她奔上楼，暗暗诧异，按道理妈妈这时候早该准备好了，怎么这时候还在房间里没出来？

她走到妈妈的房间门口刚要敲门，隐约听得里面有哭声。她急了，用力拍门：“妈，您怎么了？”

妈妈迟迟不给她开门，她更急了：“妈！您别吓我！妈，开门！”

门从里面打开，舒慧的脸上明显有泪痕。

“妈，出什么事了？”她闪身进去，除了桌上凌乱地摆着几本书，并没有其他异状。

“没事，就是想起一些旧事了，没关系。你吃早餐了吗？吃了的话咱们出发吧。”舒慧擦擦眼泪，说道。

“哦，真没事吗？”涂恒沙走到桌边，发现一本书下露出一张照片的一角。

她把照片抽了出来，只瞥了一眼，还没看清照片上的人是什么样子，舒慧就冲了上来将照片抢走了……

照片上是个小男孩。

“妈，这是谁啊？”涂恒沙从没在家里见过男孩的照片。

“没谁。”舒慧把照片重新收好，“准备准备，去监狱吧。”

涂恒沙还有更重要的事要和舒慧汇报。

“妈，那个……我今天不是要去监狱采访吗？”她寻思着怎么说。

“嗯，我知道。”

“报社的文字记者和我一起去。”

“嗯。”舒慧收拾起来很快，转身看到她还在磨叽，“你怎么还不去换衣服？再磨蹭就晚了，快去！”

“知道了。”

于是涂恒沙回去换衣服了。想到可能会见到父亲，她还是精心打扮了一下，化了个淡淡的妆。

她挽着妈妈到楼下的时候，粟融归先一步上前，礼貌地叫：“阿姨早上好。”

“小许，”涂恒沙开心地摇摇手打招呼道，“妈，这就是我报社的同事。”

舒慧也笑着点头：“小伙子好。”

“阿姨请上车吧。”粟融归请舒慧母女俩上了车。

舒慧这个年纪的女人，有种见了俊俏小伙子就欢喜的通病。她上了车便问开了，诸如“小伙子多大了”“家里几口人”“弟弟妹妹多大了”“家里老人身体可好”。

听得一旁的涂恒沙都不好意思了，悄悄扯舒慧的衣服：“妈，您查户口呢？”

舒慧笑了：“小伙子以后多上家里来玩。”

“好。”粟融归答应得可爽快了，换来涂恒沙的瞪眼。

三人到了监狱，粟融归和涂恒沙出示了记者证，舒慧则是作为犯人家属进入。

在等待涂成功出来的时间里，涂恒沙握着舒慧的手，只觉得两人的手心都紧张得出了汗。

涂恒沙的另一只手忽而一暖，被一只大手包裹住了。想到妈妈就在身边，她慌忙把手抽出来，又瞪了粟融归一眼。

这时狱警出来了，告诉她们涂成功并不愿意见她们。

涂恒沙只觉得那只紧紧握着她手的手松开了。

“那……他还好吗？”舒慧整个人都软下来了，无力地靠在涂恒沙的身上。

“他挺好的，身体状况不错，也遵守纪律，积极改造。”狱警道。

“那就好……只要他好就好……”舒慧眼里的紧张感消失了，缓缓地点着头，又对涂恒沙道：“那我就先回去了。”

“妈，您一个人回去？”涂恒沙颇不放心。

“没关系，我又不是小孩子，也没老到走不动。我自己慢慢回去，你们忙工作。”舒慧微微一笑，眼角闪现点点泪花。

“妈，那您小心点儿。”涂恒沙有些揪心。

“没事、没事，你放心。”

舒慧没有见到涂成功，但涂恒沙终究是见到了。

那是在做完家属会见的采访之后，在见过了犯人和家属执手相看泪眼或大哭之后，涂恒沙和粟融归来到大活动室和犯人一起度中秋时见到的。

狱警指着一个男人告诉涂恒沙："那就是涂成功。"

涂恒沙远远地看着那个穿着囚服、身材清瘦、弓着腰、头发花白的男人，无法把他和自己臆想中任何一个父亲的形象联系在一起。

他才五十五岁，却已经老成了这般模样。

她用余光扫过身边的粟融归，下意识地便觉得自己矮了一截儿，脚步往旁边挪了挪，眼前闪过粟振的形象。粟振五十九岁，发须依然全黑，腰板挺直，笑声爽朗，尊贵儒雅。

她站在活动室的这头，涂成功在活动室的那头，他们之间隔了大约十几米的距离。

她无法迈步朝涂成功走近，一步也走不过去。她想，这大约是一生的距离了。

可她也无法静下心，那个清瘦的背影始终牵引着她的视线，乱了她的心。

她神游天外地拍着照片摄着像，有一回差点儿被线绊倒，还是干警把她扶住才不至于闯祸。

"你行不行？不行我来。"在一旁边采访边写稿子的粟融归过来问她。

她摇摇头，打起精神重新推动摄像机，在采访快结束时，居然还是和涂成功撞到了一起。

她就站在涂成功的身后。

她能清晰地看到他的白发，能闻到他身上传来的膏药的气息。她心口一缩，在想他为什么贴膏药。

她张了张嘴，半晌也喊不出一个字来。

她呆站在那里，看着那人渐走渐远，马上就要走出她的视线。她依然张着嘴，喉咙干痛，仍是什么也叫不出口。

眼看着他就要走出活动室的门，她心里某个地方刺痛了一下，猛跑几步朝着那人的背影道："我……我是涂恒沙。"

不知那人是不是没听见，并没有回头。

她心里一急，大声喊："我是涂恒沙！"

她那么大声，连干警都注意到她了。那人身体一顿，却仍是继续往前走，转眼便没了踪影。

这两声喊仿佛耗尽了她所有的力气。她扶着设备，几乎站不稳。

后来她不知道自己是怎么被粟融归扶住的，不知道粟融归跟干警们说了些什么，自己又是怎么被粟融归带出监狱的。在被塞进车里时，她依然神情恍惚，眼前晃动的全是人影，各种各样的人影，穿着囚衣的清瘦身影、大强爸爸拿着棍子揍人的身影、丫丫爸爸扎着一头小辫时的笑容……

她不知车行驶了多久。直到停下了，身边的人轻轻地叫她："涂恒沙？"

她散乱的目光才渐渐聚焦，原来已经到家了，暮色中的红柳路的上空已有了炊烟。

她极喜欢这样的烟火气，于是降下车窗。中秋节的傍晚，空气里飘荡着各种各样好闻的菜香。

“很难过？”粟融归问。

她摇摇头，并不是难过，却说不出是怎样的情绪。

他握住了她的手。

她的手又瘦又小，还硬硬的，跟小时候一样，全然没有女孩子手的柔软度。他的手一握，她整只手都被包裹在里面了。

他什么也没有说。

她耳边却响起一句话：小许会带着你跨过每一条线，毕竟你这么笨，走丢了怎么办？

这一刻，她对他是心存感激的。出了监狱之后，他仍然没有放开她的手。

她抬起头，视线和他的目光相遇。

车窗外夕阳的光点嵌进了空气的每一个分子里，每一处都在闪闪发亮。

今天实在是一个好天气呢……

“小许……”她凝视着他这张好看的脸，“我想做一件事情。”

他的脸在这样金光闪闪的背景里，像精雕细琢的艺术品，精致得完美无瑕。

“想做什么？你想做什么都可以。”他凝视着她，眸子里也融进了光。

“可是我怕你会生气。”她的目光落在他的头发上。

他的头发短短的，看起来发质很硬，一点儿也不像小时候那样软。

“不会。”他的声音愈加低沉，“你做什么我都不会生气。”

“真的？”

“真的。”

“那你过来些，低头。”

他没有丝毫犹豫，靠近她低下头，一副任她宰割的样子。

她取下头上绑着头发的皮筋，又取下手腕上缠着的两根皮筋，就用这三根皮筋给他扎了三个冲天小鬏鬏。

“好了。”她有些怯怯地说。

虽然他说了不会生气，但一定想不到她会这么干。

他抬头照了照镜子，问她：“我还帅不帅？”

她心里顿时暖融融的，原来他真的不生气。她眼眶一热，用力点头。

“要不要留个纪念？”他把手机给她。

“我……我有、我有。”这一刻，她心里像开出一朵花，忙拿出手机对着他的脸咔嚓照了好几张。

不得不说帅的人怎样都好看，他被糟蹋成这个样子，也丝毫没有影响颜值。

她挑了张最好看的发给他："下回咱们照这个造型，我给你拍一组街拍，绝对堪比男模，没准能让这款发型成为时尚界的新宠。"

"好啊，我相信涂大摄影师的技术。"他什么都说好。

她笑了："那你敢不敢现在就下车走一圈？"

"这有什么不敢的？"他说着就要开车门。

"哎，不要。"她忙拽住了他。

"怎么了？"

她怎么舍得他被人笑话？她伸手将三个小鬏鬏解开，凝视他许久："这样就够了，足够了……"

她将他看得那么清楚，清楚到她可以数他的每一根胡楂。一、二、三……她无声地数着。

"你在数什么？"他问。

她抿嘴微笑，没有告诉他，却突然将脸贴了过去，在他的下颌上蹭了蹭，又蹭了蹭。

原来被胡子扎是这样一种感觉……她的眼泪夺眶而出。她打开门飞跑而去，泪水在风里纷飞。

他完全没想到她会这样，她这么贴过来的时候，他也愣住了，一颗心怦怦乱跳，直到她下车逃跑，他才醒悟过来，忙下车追着她而去。

"涂恒沙。"他在风里边追边喊。

前面的小小身影像兔子一样跑得飞快，也不理他。他只能拔腿狂追，终于在校园里截住了她。

他这才发现她泪流满脸。

"这是怎么了？"他扎过小鬏鬏的头发乱乱的，"扎疼了？"

她看着他的头发，忍不住笑，忙摇头："不，不疼。"

"那怎么哭了？"都说女人心海底针，这个小女人的心思比海底针还多几个弯。

她也没说原因，和他并排走在校园的小径上，悠悠地道："小许，答应我一件事好不好？"

"好。"

她斜睨着他："你都没问是什么事。"

"你说。"

"以后……"她踌躇着，小声说，"你别再用胡子扎别人好不好？"她说完马上觉得不妥当，也不现实，立即补充道，"嗯……你的孩子可以例外。"

他失笑："孩子吗？"

她说的孩子是有物主代词的，他说的没有。她渐渐品出些不一样的意味来，愣住后臊得脸色通红。

幸好已经到家属楼下了，她拔腿就往楼道跑。

“涂恒沙。”

她跑得更快了，转瞬便上了楼。到了三楼走廊，她往下一看，他还站在那里正朝她挥手。

她停住脚步，站在走廊上与他对望。

他从口袋里拿出一样东西，看起来像个首饰盒子：“给你的礼物。”

她摇摇头，没有什么礼物比今天更珍贵。如果，她说如果，如果有一天小许终究会放开她的手，她也不会怨他，她只会感激她的小许给了她这样的一天。

“你已经给了我最好的礼物，谢谢你，小许。”她双手拢在嘴边大声说。

他错愕。

她用力地挥手：“谢谢你的胡子！”

他仍然迷惑不解，她却含着泪迎着夕阳微笑。

涂恒沙进家门的时候已经擦干眼泪，脸上一副若无其事的样子。

“妈。”她在门口便已经闻到菜香，应该是妈妈在做酱鸭，“真香啊。”

舒慧回头一笑，一如既往地恬静温柔，好像今天不曾去过监狱一样：“很快就好了，都是你爱吃的菜。”

“妈，您真好。”涂恒沙从后面抱住舒慧的腰，脸贴在舒慧的后颈轻轻地摇着。

暮归炊烟，岁月静好，并不曾改变。

舒慧是敏感的，涂恒沙这样，她便感觉到了女儿情绪的波动。

“你是不是……见到他了？”舒慧转身，将女儿搂在怀里。

“嗯……”涂恒沙在舒慧怀里蹭了蹭，“可是他没理我，我没跟他说上话。妈，你没见着觉得遗憾吗？”

“你没说上话遗憾吗？”舒慧顺着她的背抚摸。

涂恒沙在她的怀里摇摇头：“一开始有复杂的情绪，怨、恨、挂念、舍不得、不甘心……太多太多了，可后来就什么都没有了。妈，你呢，难过吗？”

舒慧苦笑道：“二十年了，再多的难过二十年也消磨完了。这么多年我已经习惯没有他，突然要见到有些不习惯罢了，现在倒是觉得没见着比见着还好些，就这样吧……沙子，希望你不会觉得妈妈无情。”

涂恒沙摇头：“妈，我也习惯了，咱俩挺好的。我也想说就这样吧。”她顿了顿，又问，“妈，既然这样你为什么不重新找一个伴呢？”

舒慧笑了起来，摸着女儿的头发道：“为什么一定要找一个人呢？妈妈觉得现在就是最好的状态，有你、有工作，就足够了。不说这些了，你去洗手洗脸，咱们母女俩好好过中秋。”

“好。”涂恒沙从舒慧怀里起来，回了自己的房间。

她和妈妈相依为命的第二十个中秋节，并没有什么不同。可当她打开手机看见那张扎着三个小鬏鬏的照片，又觉得原来还是不同的……

她家的中秋家宴做好的时候，天已经全黑了，母女俩摆好碗筷，倒上两杯果汁，准备欢欢喜喜地过节。

涂恒沙的手机却在这个时候响了。

“沙子，你们粟老师来电话了。”舒慧先看见的来电显示，叫她。

“哦。”她有些心虚，拿着电话回房间接了：“喂？”

“没看微信吗？”他问。

“我帮我妈做饭呢，没看，那我现在看看。”她说完就把电话挂了。

她点开微信信息，他发来的消息是：“你的头像……”

没错，她把头像换了，换成了他扎着三个鬏鬏的照片，只不过没截他的全脸，只截了眼睛以上的部位。

她笑眯眯地回复：“你不懂。”

消息刚发出去，他便回了：“有何深意？今冬最时尚发型？”

她忍不住捧着手机哈哈大笑：“不，你就把它当作我的图腾吧。”

他接下来回复的话却惊得她差点儿把手机扔出去。

“我和奶奶到楼下了，欢迎我们拜访并一起过节吗？”

涂恒沙捧着手机在房间里转了好几圈，然后把手机一扔，蹦了出去：“妈……妈妈……粟……粟老师来了……就……就在楼下……”

“慌什么？”舒慧瞪了她一眼，“来了就来了吧。”

“他……他要来和咱们一起过节。”他就这么突然地跑来，她都不知道怎么跟妈妈解释，“那个……他就是也想热热闹闹地过个节。”

舒慧表示理解地点头：“也是，大过节的孤孤单单也的确不好过。既然是同事又是老师，一起过节也挺好。”

“那……那他在楼下了……我……我去请他上来……”涂恒沙支支吾吾地不知道怎么解释，干脆慌不择路地跑了。

楼下，粟融归提着礼盒，搀着奶奶，静静地站在树下，看着她像小鹿一样慌慌张张地跑出来。

“丫头，我和呱呱是不是太冒失了，有没有不欢迎奶奶？”奶奶笑着问她。

她本来是有心要狠狠地瞪粟老师几眼的，碍于奶奶在就暂且放过他。她搀住奶奶的另一只手，道：“奶奶，我没有不欢迎你们，就是事先不知道，怕招待不周。”

“口是心非，”粟老师说，“明明就是不欢迎，你心里早埋怨开了，肯定在想‘这么不告而来，我怎么跟妈妈交代啊’。”

虽然她的确是这么想的，但他这样当着奶奶的面说出来真的好吗？

奶奶笑了，拍着她的手背道：“不怕、不怕，奶奶给你妈妈交代。”

“奶奶，我没这个意思……粟老师胡说的。”

"对，都是呱呱胡说。"奶奶一向都是坚决地站在她这边的，"丫头啊，奶奶本来想把你拐去家里过节，可丫头自己也有家，那奶奶着实想你，只好过来找丫头了。丫头不嫌弃奶奶吧？"

"没有的事，奶奶，我就是有些嫌弃粟老师。"她免不了又瞪了粟老师一眼。

奶奶只是笑："没错、没错，你粟老师的确是傻了些，这种事就该男生主动。他跟个木头似的活该被嫌弃。"

"奶奶。"哪种事啊？涂恒沙脸都红了。

一行人说说笑笑地上了楼。

站在家门口，涂恒沙还是有些紧张的，推开门，怯怯地说："妈，来了。"

她先进去，露出身后粟融归的身影。

舒慧一见到他就笑了："哎，小伙子，你也来了，进来。你们粟老师呢？"

涂恒沙愣住了，粟老师不是在眼前吗？

舒慧满脸的笑容却在看见粟融归身后的许奶奶时僵住了。

许奶奶走到前面来，仍是满脸笑容："你好啊，打扰了。"

舒慧愣了半晌，才缓缓地吐出两个字："是你……"

涂恒沙糊涂了，看看奶奶和妈妈，又看看粟融归，莫非她们是认识的？

许奶奶笑着对两个年轻人道："呱呱，奶奶还有个东西忘在车里了，你帮我拿上来。丫头也陪呱呱一起去吧。"

涂恒沙好奇地站在原地不想去，可粟融归拽着她的胳膊将她提了出去。

"不是，你拽我出来干什么？我想知道奶奶是不是和我妈认识。"涂恒沙实在是好奇。

"她们上一辈的事，我们哪里清楚，认识不认识的又有什么关系？她们想说说话就让她们说呗，走，我领你买糖吃去。"他往学校外面的红柳路走。

她正眯着眼睛笑，忽然想起了什么，赶紧阻止他："不、不、不，不行，不能出去。"

"为什么？"他回头问她。

"那个……外面一条街的人都认识我，不能……不能让他们看见你……"她站在原地不动，急得摆手。

某人的脸色瞬间沉了下来。

涂恒沙还不自知，拉着他往小树林走："走、走，我们去藏起来……"

粟融归拗不过她，被她拉着往学校内走。她还在一旁急得跟蹦来蹦去的小兔子似的："不是，不是往操场走，傍晚操场上有好多老师在散步，他们都认识我呢。"

他生气了，板着脸站在那里。

"粟老师……小许……小许……粟老师。"

她围着他转，怎么也没能把他哄好……

她忽然捂住胸口蹲在地上："哎呀……"

"怎么了？"他拎起她。

"我……我觉得不舒服……好像要窒息……"她闭着眼睛，又忍不住悄悄地睁开一条小缝偷看他的态度，见他盯着自己，立刻闭上眼，"我不能……着急……一着急就容易犯病……"

"是吗？带着药没？"他的语气里已经没有了焦急，还带着些凉意。

"嘻嘻……"她赔着笑脸，"我有病，你有药啊。"

粟老师绷着的脸裂开了一条缝。

"小许，你就是我的药啊。"某个谄媚的妞笑得跟太阳花似的。

粟老师终于破功，捏了把她的脸算是惩罚："别的能耐没有，拍马屁的功夫倒是炉火纯青。"

涂恒沙的家里，许奶奶面前的茶渐渐冷去，要说的话基本说完，可舒慧还是板着脸沉默着，没有表示。

许奶奶喝了一口凉茶，始终保持着温和的笑容："我要谢谢老天，把丫头送到我和呱呱的面前，就像一口枯井注入了新鲜的水源，又能煮出有滋有味的茶来了，真是个好丫头啊。我这口老井也是没几年耗的了，这人世间的事，不过是来来去去，老人终究是要成为过往的，一抔黄土，化为尘埃。活着的人才要好好地继续活着，又何必被这尘埃拖累……"

舒慧凝滞的目光缓缓地移动，落在许奶奶的脸上。

许奶奶的笑容像今日天上的明月，温暖明亮。

"不管怎样，我还是要谢谢你养出这么好的孩子。"许奶奶放下茶杯，准备起身。

"等等。"舒慧忽然道。

许奶奶笑着看她。

舒慧别开脸："我并不能承诺什么，我的女儿好我自然知道，我这个当妈的并没有尽到该尽的责任，让她从小吃了不少苦。我这一生唯一的愿望就是不让她再受任何委屈。"

许奶奶笑着重新坐下："我知道，丫头这么好，我也舍不得她受委屈。话说我这老不要脸的厚着脸皮来讨顿饭吃，也不知道有没有这个荣幸啊？"

舒慧脸色有些不自然，别扭了半天，起身道："这两人拿个东西怎么这么久？饭菜都凉了。"

许奶奶顿时乐和了："我这就叫他们上来，马上就来。"

涂恒沙和粟融归回来的时候见到的就是许奶奶和舒慧面对面而坐，许奶奶满面含笑，舒慧一脸严肃。

"过来，来见见你舒姨。"许奶奶朝粟融归招手。

粟融归不敢怠慢，郑重地见礼："舒姨您好，我是许归，现在又……"

舒慧忽然站了起来："我去看看煲的老汤好了没有。沙子，你们老师不是说来吃饭吗？怎么还不来？"

"老师他……"

涂恒沙指着粟融归话还没说完，舒慧就已经进厨房了，看来也不是真心要问老师什么时候来……

涂恒沙在粟融归对面坐下，小声说："看来我妈妈不喜欢你。"

他一脸可怜巴巴的样子："是啊，那怎么办？"

许奶奶笑了："那是呱呱还不够好，呱呱要加油。"

涂恒沙认真想了想："我妈喜欢调皮活泼、能唱会跳的孩子，你太傻了，的确不讨喜。"

这是粟融归收到的最清奇的评价了。

"这话没错，呱呱就是又木讷又傻。"奶奶永远和涂恒沙站在一条阵线。

"话说你没事跟郝仁学学吧，他那样的性格是典型的丈母娘越看越爱款……"涂恒沙说得颇为认真，是真心地在给他出点子，完全没注意到粟老师的脸色已经发生了变化，"明天我就跟郝仁说去，让他教教你怎么讨人喜欢，尤其是怎么讨女人的欢心。"

粟老师的声音像从鼻子里哼出来的一样："这么说，他是讨得你的喜欢了？"

"这又怎么了？"她也不是完全没感知的，多少品出粟老师有小情绪了，"他就是讨人喜欢。再说有其女必有其母，我的审美跟我妈差不多，我喜欢的我妈通常也喜欢……"

"是有其母必有其女，"粟老师脸色阴沉沉地纠正她，"这么说来你妈不喜欢的，你也不喜欢？"

"基本……差不多是这样……"

粟老师的眼神中已经透出想揍人的气息了，他一字一句地叫她的名字，警告道："涂恒沙，我看你是不想好好过了，忘了罚写毛笔字的日子了是吗，还是想让我揍你的屁股？"

涂恒沙也郁闷着。她好好地给他出主意，又戳着他哪根筋了？

这时候舒慧回来了，端着一碗汤说："沙子，给你们粟老师打个电话，问他什么时候来。"

涂恒沙也是有小脾气的，瞪了粟融归一眼："粟老师不来了。"

"怎么？不是说好的吗？"

"哦，粟老师啊……"她目光凉凉地看着粟老师，"粟老师和小姑娘玩去了。"

"是吗？"舒慧皱眉，"年纪一大把的人还追小姑娘，看来你们粟老师也不是什么正经人。沙子，你以后还是少跟粟老师来往。"

粟老师："……"

涂恒沙："……"

许奶奶："小舒，这其中可能有什么误会……"

涂恒沙也觉得这误会大了，有点儿坑自家老师，妈妈本来就有点儿不喜欢粟老师，大概现在更嫌弃粟老师了。涂恒沙偷偷瞄一下粟老师，他那眼神透出的信息是想把她吊起来打一顿吗？

她撇撇嘴，心虚地道："妈，人家粟老师并没有年纪一大把……"

"非得和你妈一样大才叫年纪一大把吗？"舒慧瞪她。

"不是……那个小姑娘……可能就是我……"

舒慧一听反应更大了："什么？你可要自爱一点儿，这种老男人专门骗小姑娘，以后要离他远一点儿。"

粟老师："……"

涂恒沙："……"

许奶奶："……"

"妈，别叫人家老男人，粟老师还年轻着呢，而且人家的人品也挺好的，没乱跟小姑娘玩。"涂恒沙暗暗懊恼，这下把粟老师推入困境了。

"你懂什么？老男人平时就喜欢装成道貌岸然的样子，小姑娘不懂事才把他们当好人。"舒慧扫了一眼粟融归，"比较起来，年轻正经的小伙子还是靠谱些。"

粟融归心想：我现在到底是承认我是粟老师还是不承认？

他欲言又止。

"妈……"涂恒沙喃喃道，"这个年轻正经的小伙子，就是你口中道貌岸然的粟老师……"

舒慧哑然，脸上有些发烫，最后一筷子敲在涂恒沙的脑袋上："你这个臭小孩。"

不过气氛倒是缓和下来了，许奶奶适时地笑道："呱呱现在叫粟融归，姓粟了。两个孩子，哪个都不容易。"

舒慧叹了口气："吃饭吧……"

许奶奶高兴极了，支使粟融归："还不帮着盛饭去？"末了，她又跟舒慧道："这孩子就是有些木讷，让你笑话了。"

舒慧摇摇头道："木讷些不是什么坏事，可这不是关键。算了，吃饭吧，慢慢瞧着来。"

涂恒沙虽然没能听懂许奶奶和舒慧在说什么，但也算明白妈妈对粟老师是没成见了，当即便冲粟融归眨眼。

粟融归却给了她一个警告的眼神，大约揍屁股之类的后果她是逃不了了……

一顿饭从暮色初降吃到了圆月半悬。

回去的路上奶奶还在教育粟融归："呱呱，女孩子是要哄的，要捧着宠着才行，不能跟管孩子似的动不动就罚写字、揍屁股……女孩子会被吓跑的。”

粟融归：“……”

许奶奶深深地感受到了压力，真是为她的孙子感到发愁。

一路披着月光，粟融归载着许奶奶回了胡同。

车渐渐地开进胡同深处，粟融归远远地便看见一辆车停在小院门口。

他把车速降了下来。

也许是看到他的车了，院门口的小车车门被打开，从里面下来两个人——尚清梅和粟融星。

许奶奶下意识地往后退了一步，粟融归搀住了她，和她并肩站在一起面向对面走来的两人。

尚清梅的脸色是阴沉的：“去哪儿了？”

忽然到来的阴云遮住了天上的那轮圆月，黑夜暗得压人。

粟融归刚要说话，就被许奶奶抢了先：“呱呱陪我去外面吃了顿饭，散了散步。”

尚清梅没有说话，只用一双犀利的眼睛盯着粟融归。

粟融星却憋不住了，笑着道：“奶奶，您和粟融归去过节了，我和阿姨在这儿等得可久了。”

许奶奶僵直的胳膊松软下来，笑着说：“不知道你们要来，怠慢了，要不现在进去坐坐？”

粟融星一脸欢喜，正想一口答应下来，尚清梅却冷着脸道：“不必了。”

粟融星不高兴地噘起嘴。

许奶奶却还保持着笑容：“也好，太晚了，早点儿回去休息也好。”

尚清梅根本就没看许奶奶，直盯着粟融归说：“大过节的别人都知道回家，你送份礼、发个信息是打发谁呢？这就是你的孝心？还得我这个当娘的来给你拜节？”

粟融星听了不乐意了：“粟融归到家里了，还给我爸拜节了。是你自己不在，大过节的还跟外面那些所谓的太太们购物购到饭点儿才回来，怪谁呢？”

“你……”尚清梅被粟融星这么一顶撞，真后悔自己带了她来。

“我爸都说了让他在家陪奶奶过节，人最重要的品德之一就是孝顺。老吾老以及人之老，等你和奶奶一样老了，粟融归自然会陪着你了。再说了，你不是成天霸着我爸吗？害得我都不能跟我爸亲近，你到底要霸占几个人啊？”

尚清梅恨不得扇粟融星两巴掌，这个白痴一心只往粟融归那边倒。

“融星。”粟融归开口阻止了粟融星的胡说八道，而后看着尚清梅说：“妈，我……”

“不必叫我妈了，还叫什么妈！”尚清梅一肚子气，结果被粟融星这么一闹，气上加气，一股脑地把火气往粟融归身上倒，骂完转身就上车了。

粟融星磨磨蹭蹭地不想走。

粟融归道："你也回去吧。"

"粟融归……我想留下来和你吃月饼赏月……"她眼含幽怨，"我今天帮了你呢。"

他叹息："其实不必，我妈的性格我了解。"

"哼，"粟融星噘起嘴，"我知道，你就是不想我留下来，你再也不是从前的粟融归了。"

他默然，算是承认。

"我……我……早知道就不来看你了。"她一扭身跑开，可仍不甘心，转身又问他，"真不想要我留下来？"

"你还是早点儿回去吧。"

"你……你个没良心的。"虽然气恼，粟融星到底还是上了车，心里的气全撒给了尚清梅："以后你爱怎么教训你儿子就怎么教训，我再也不帮他了。"

尚清梅知道粟融星在粟融归那里没讨到好，心里舒服了不少。

粟融归已放开奶奶朝粟家的车走去。

他刚走到窗侧，叫了一声"妈"，尚清梅便冷着脸吩咐司机："开车。"

于是粟融归什么话也没能说出来，眼睁睁地看着车离开了。

许奶奶笑了笑道："你妈妈就是这个性格，你也别放在心上。"

"嗯。"他低声道，"我知道，她不过是想让我明天主动到她面前去认错服软罢了。"

许奶奶握住他的手："以后有什么事，要先紧着你妈妈那边，奶奶这里怎么都行。"

"奶奶，我心里有数，您别担心。进去吧，外面风大。"粟融归搀着奶奶道。

"好。"许奶奶和他一起进了小院。

夜风吹散云翳，明月当空，银辉浅镀，几盏庭院灯与这月色辉映，茶桌已摆上月饼和桂花茶，人间美景不过是八月桂花香。

此刻享这美景的人却是崔培和樊越。

"奶奶，你们回来了，一起赏月吧。"樊越上前来扶住许奶奶。

"不了，"许奶奶笑着摇手，"你们年轻人自己玩吧，奶奶就不做这个碍事的人了。对了，留给你们的月饼和桂花茶吃了吗？"

"吃了，月饼可好吃了，茶也香，谢谢奶奶。"樊越忙道。

"好吃就多吃点儿，奶奶老了，不中用了，也就能做几口吃的，你们别嫌弃就好。"许奶奶笑着示意樊越坐下，"别管我，你们自己玩，我要休息了。"

"那粟先生要不要一起坐会儿？"崔培发出邀约。

"不了。"粟融归面色沉静，"我就不打扰你们过二人世界了。"

"哪儿的话。"崔培笑道。

粟融归没再多说，扶着奶奶回了房间。

“奶奶，以后我们家的事不要跟崔培和樊越说。”回房间后，他关上门轻声叮嘱。

“怎么？越越和丫头不是好朋友吗？”许奶奶自然相信孙子，可也不明白其中缘由。

“没什么，总之有些事不适合让外人知道，和涂恒沙关系再好，那也是外人。”他通过窗户看向院子里赏月的两个人。

“行，奶奶知道了。”许奶奶马上应承。

许奶奶累了一天，洗漱后很快就睡了。小院里一半的灯熄灭，崔培和樊越依然在伴着庭院灯赏月。

“老婆，这么美好的夜晚，在外面吹风喂蚊子是不是有些可惜？”崔培捏着樊越的手。

樊越瞪了他一眼：“一看就知道你不怀好意！”

“老婆……”

“可是我现在不想辜负明月。崔培，咱们很久没能好好过中秋节了，不是你忙就是我忙。崔培，我想去逛小吃街。”

“现在？”崔培看了看时间，这都快半夜了。

“就现在。”

“好，我陪你去。只要你想做的事，我都陪你，上刀山下火海我也陪你。”

樊越笑了：“崔培，你真好。”

“你是我的老婆，我不对你好对谁好？我说过娶了你就要让你成为最幸福的女人。”

八月十六的傍晚，下班回来的涂恒沙在磨着舒慧：“妈，昨天不是说好了要去，怎么又不去了？”

舒慧叹息道：“沙子，我发自内心地不希望你和粟家或者说许家有什么牵连，但有些事情或许真是命中注定。我只希望你快快乐乐的，所以你要怎么做妈妈不会阻止，但我自己还是不看好你们的关系。如果，我说如果，有一天你们不那么好了，记着妈妈说的话——以你自己为重，不必为任何人受委屈。”

“可是……您不是说要好好感谢我的救命恩人吗？当年救我的那个小男孩就是小许，后来他在金县又救了我一次，我这条小命能留到现在都是多亏了他。”

舒慧听了愈加叹道：“看来果真是孽缘了……”

“妈……”她不喜欢听这个词。

舒慧摸着粟恒沙的头发：“如果是这样，我更加要叮嘱你，不可以因为救命之恩就放低了自己，希望你面对他和他家人的时候保留自己的骄傲和自尊，还是那句话，把自己的幸福放在首位。至于他的救命之恩，他来咱们家，我自然以诚待他，但我去还是不太合适的。”

“妈，为什么？”涂恒沙知道舒慧是不会被她说服了，可她不懂这其中到底是什么原因。

舒慧微微一笑：“记住妈妈的话就好了。”

涂恒沙在舒慧的肩窝里蹭了蹭：“妈妈不去，那我也不去了，我在家里陪妈妈。”

“傻孩子，你还能一直陪着我不成？”舒慧笑道，“女儿大了，总是要嫁人的。”

“我不嫁，我就陪着您。”

“说傻话。”舒慧捏了捏她的脸，“好了，去吧，人家在外面站着等你也难等。”

“妈……”她愈加赖在舒慧怀里不愿起来。

“这傻孩子。”舒慧笑着对门外喊，“小许进来吧。”

被“赶”到外面等的小许同学应声进来了：“阿姨，准备好了吗？”

舒慧只道：“我和学校的老师今晚组织了活动，就不过去了，我也没工夫招待你俩，你们自己去吧。”

“这样啊……”他也不知真假，看向涂恒沙。

涂恒沙无奈，只好起身：“那我走了，妈。”

“去吧，我也得收拾收拾，去和阿姨她们会合了。”舒慧挥手赶人。

羊肉疙瘩胡同的小院里，许奶奶早早地便准备了丰盛的晚餐和零食。涂恒沙一到，许奶奶便笑着迎出来，让她先玩着，说饭菜马上就好。当然，和奶奶一同来迎接涂恒沙的还有棒棒糖，多日不见，它毛色越发光亮，体形越发圆润了。

“棒棒糖。”涂恒沙刚要跟棒棒糖亲热，一双手就横插过来直接将棒棒糖抱走了。

棒棒糖的四只脚在空中乱蹬，汪汪叫着表示抗议。

涂恒沙都看不下去了：“粟老师，你这么以大欺小可是不对的，那是我的狗。”

粟老师表情严肃，丝毫不给情面：“狗不懂事，我自然不会打狗，但人要不懂事，我可是要揍人的！”

这话可把奶奶愁坏了，深觉这孙子受他妈的影响太深，可尚清梅那是教儿子，他这可是处女朋友，不能这么处的啊。

“丫头，呱呱不会说话你别怪他，他这是担心你，怕狗狗对你的病有影响。”作为一个不会处女朋友的孙子的祖母，许奶奶觉得自己可真够忙的。为避免孙子再语出惊人，许奶奶直接转换了话题：“你赶紧带着丫头进屋玩去，别在这儿晃荡了。”

“我去看看越越。”涂恒沙说着就要往樊越住的那边跑。

“越越还没回来呢。”奶奶笑着道，“待会儿回来了一起吃饭。”

“好吧，那我……”

涂恒沙还没说完呢，就听粟老师来了一句“跟我来写毛笔字”。

许奶奶一看到涂恒沙那张充满怨念的脸就笑了：“别听他的，去奶奶那边玩，奶奶那边没毛笔字。”

“好，还是奶奶好。”涂恒沙转身就往与粟老师相反的方向跑。

这回奶奶的房间里没有艾草香了，倒像是薰了桂花香，香味甜美，十分应景，桌上还放着一本旧相册。每逢佳节倍思亲，奶奶这是想念故去的亲人了吧？

涂恒沙走到桌边翻开了相册，里面的照片可比上回她在墙上看见的多得多，有许多奶奶和爷爷的旧照片，俱是风华正茂的时候，尽显旧时年轻男女的美好。

翻到一张婴儿的黑白照片，她初时以为是粟融归，细看却见一行小字写着“平章百日照”。

平章？是许平章吗？小许的爸爸？

“在看什么？”粟融归的声音传来。

她回头，指了指照片。

“这是我爸。”他平缓的声音没有一丝波澜，“奶奶说我跟他很像。”

说着他往后翻照片，果然翻出来另一张百日照来，上面写着“小归一百天”。

两个婴儿像是从一个模子里刻出来的。

“是很像。”涂恒沙忽然想起一个问题，“小许，你爸爸是怎么去世的？”

粟融归一怔，脸色有些僵，好半天没缓过来。

“怎么了？”她合上相册，用手指去触他的脸。

他眨了眨眼，任她微凉的手指触到自己的脸。

“没什么，过去的事了，意外。”

她叹了口气，没有人比她更懂父爱缺失的感受。想了想，她认真地道：“小许，你放心，以后有我。”

他失笑：“有你怎么了？”

“有我保护你啊。”她说得理所当然，“我特别懂怎么当一个爸爸。”

他好像听到了最好笑的笑话，顿时笑得不可抑制。

“你笑什么？我是认真的。”沙子同学不开心了。

“好，我不笑，我等着你来保护我，哈哈哈。”

“粟融归，笑得这么开心，还不快出来迎客人！”院子里忽然传来高声大喊。

“谁啊？”涂恒沙听出来是一个男声，纳闷地问。

粟融归已经开始头疼了。他揉揉眉心，道：“一个奇葩，你就当他是空气好了。”

“那我看看去。”

涂恒沙脑袋里已经构想出“奇葩”的长相了，能叫“奇葩”的人一定长得奇形怪状。对不起，她真的不是外貌协会的，她只是控制不住自己的思维……

然而当她到了院子里，看见站在菊花盆景边的男人时，顿时哇哇大叫起来：“粟老师，你骗我，这么帅的大帅哥怎么会是奇葩？”

粟融理穿一身花青色正装，系了一根颇为打眼的领带，短发整得根根分明，若是换一个人这样打扮不知该多俗气，可这身打扮配上他的脸却生生地透着一股男模的气质。

粟融理听到一个小姑娘称自己帅，顿时笑得比他周围的菊花还灿烂：“哎哟，有眼光啊，小姑娘。”

涂恒沙的身后，粟融归黑着脸出来了。

粟融理一见他那张脸就乐了，把他招到自己身边：“粟融归，来我这儿。”他搭着粟融归的肩，笑着问涂恒沙：“看看我俩谁更帅一些？”

“嗯……这个……”涂恒沙犹豫了。

小许同学是她心里的“神”没错，可是几年的记者生涯让她培养出了实事求是的原则。小许同学是很好看，但和粟融理一比，还是差那么一点儿的，就好比两人此刻都站在花丛中，那不管是谁，第一眼先看到的都是花枝招展的粟融理……

“那个……要说实话吗？”她怯怯地看着她的粟老师，这摆明了是得罪人的事，她又不傻。

粟融归才没有粟融理这么幼稚，而且一看涂恒沙这表情就知道她心里的选择是什么了，脸色愈加阴沉：“可以不说。”

“哦，那我不说了……”她识时务地闭了嘴。

“那可不行，”粟融理不放过她，“小姑娘，别怕，说实话，你们当记者的，最重要的是什么精神粟老师没教过你吗？最重要的就是实事求是的精神！”

粟老师脸色很难看：“实事求是，就是粟融理你很不受欢迎。”

“哈哈哈。”粟融理大笑三声，“粟融归，你的心情我理解，像我这样一出现就掩盖了所有人光芒的人，当然是不受欢迎的。”

这么自恋的人，涂恒沙还真是第一次见到，也不禁哈哈大笑起来。

粟融理乐了：“怎么？小姑娘，你也觉得我说得对？”

涂恒沙连连点头：“有道理，有道理的。”

粟融归的脸色彻底黑成了锅底，目光往门口处一瞥：“大嫂。”

“她啊，她来了，在停车呢。”粟融理心情颇好，涂恒沙的认知也颇合他的心意：“小姑娘很有见地，这叫英雄所见略……同……”

粟融理说着说着声音渐渐小了，隐约觉得不对劲儿，回头一看，果然是辛绾不动声色地来到了他的身后。

“这么快就停好了，可见技术真比我好多了。”粟融理见辛绾的口红有些花了，溢出了唇边，便伸手去拭。

辛绾却狠狠地瞪了他一眼，扭头躲开了他的手。

他呵呵一笑：“又生气了？好、好、好，是我的错，是我鲁莽了。”

辛绾一听更恼怒了，雪白的脸颊染上一层红晕。

粟融理顺手揽过了她的肩膀，手指还顺便在她的脸颊上摩挲了几下，笑道：“来，给你们介绍一下，这是我夫人辛绾，生平最大的爱好就是生我的气，二十几年了都没改。对了，我是粟融归的大哥。小姑娘，你叫什么名字？”

这样别具一格的介绍，辛绾又生气又无奈，暗地里用力掐他的腰，惹得他来捉她的小手。

“我……”涂恒沙打量着辛绾，暗暗咋舌。

辛绾也太好看了，涂恒沙看得目不转睛，话说她真不是外貌协会的，只是大家都喜欢美好的事物。而且这两人的互动也有意思得很，看得人面红耳赤的。

粟融归总算发现了涂恒沙的毛病，她看到好看的人就移不开眼。话说辛绾好看，涂恒沙看呆了好理解，粟融珵那家伙跟花孔雀似的有什么好看的？

“我……我叫涂恒沙……嘻嘻……大哥好……大嫂好……”她有些语无伦次了。

“这小姑娘可真乖。”粟融珵毫不吝啬地夸奖她。

粟融归在一旁阴阳怪气地道：“这大哥大嫂都叫了，也没个红包什么的？”

“不、不用啊！”涂恒沙忙摇手。

“要的。”粟融珵忙道，果真从口袋里掏出一沓红包来，递给涂恒沙一个，又对一旁插不上言的许奶奶道：“奶奶，祝您节日快乐，健康长寿。”

他说完也递上一个红包。

许奶奶和涂恒沙都连忙推辞，却都没能推掉，在粟融归的授意下都接了。

粟融珵笑吟吟地递给粟融归一个红包：“小弟，要不要？”

粟融归顺手接过，不要白不要。

粟融珵把剩下的红包拿给辛绾，笑嘻嘻地说：“老婆大人节日快乐。”

却换来辛绾一个白眼和一句低声地嗔怪：“在外面你能正经点儿吗？丢死人了。”

粟融珵大笑：“装什么正经？融归也不是外人。”他说完还问粟融归：“说好的邀请我来你家玩，你也不邀，那我只好自己找来了。奶奶，我和绾绾过来，有没有我俩的饭吃？”

最后一句他却是问许奶奶的。

许奶奶对粟家人一向都很友善，她都能对粟融星满面笑容了，面对粟融珵哪里会说不？她忙应了，乐滋滋地和钱嫂一起摆饭去了。

粟融珵在院子里走了一圈，啧啧称赞道：“这可真是个好地方，难怪你住着都不想回去了。”他说完还看向自己的夫人：“这里你一定喜欢的，来，我们参观参观。”

他在院子里走了一大圈，最后来到粟融归的房间，发现放在书桌上的毛笔字，顿时喊道：“绾绾，过来，这是你擅长的，要不要留下墨宝？”

当粟融珵一页一页地翻着，翻到底下时，顿时爆笑：“这个字……这个字跟我的字有的比。”

涂恒沙有种不祥的预感，伸头一看果然是自己的大作，不禁捂脸，都怪粟老师不把她的字撕掉。

粟融珵何其灵慧，一看就知道这是谁写的了，当即道：“跟我的字一样，铁画银钩、矫若惊龙啊。”

涂恒沙扑哧一笑：“对，这是艺术，笔走龙蛇、龙飞凤舞，不是凡人能欣赏的。”

“粟融珵，你的脸皮还可以再厚些。”粟融归实在忍不了这两人的商业互吹了。

辛绾则静静地跟在粟融珵身旁，一脸“我嫁了个傻子但我已经很习惯”的漠然样。

几人的谈话被外面传来的樊越的声音打断，话里话外透着火药味。

“越越怎么了？我去看看。”涂恒沙颇为焦急，立刻跑了出去。

只见樊越边往里走边打电话：“就是个缺心眼的，自以为有钱了不起，我最讨厌这些不学无术、成天闹得鸡飞狗跳的花花公子！既然敢惹到老娘头上，我自然不会给他好脸！欠教训的熊孩子，还给我留电话号码，怕我找不到人算账吗？”

“越越，”涂恒沙迎上去，“什么事这么生气？”

樊越看见她就笑了：“沙子来了。”而后对电话里的人说：“算了算了，不说了，算我倒霉吧，出门遇上这种人。你快点儿回来吧。”挂了电话后，樊越晃着手里的一张字条告诉涂恒沙：“我回来的路上遇上一个无法无天的熊孩子，开宾利把我的车撞了，还给我留了电话号码，说赔我一辆宾利。放心，没事，我都处理好了，人也让我给收拾了一顿。”

字条上写的就是电话号码，虽然樊越一直在晃动字条，但熟悉的数字看在熟人眼里倒也清清楚楚。粟融归和粟融珵两人对望一眼，粟融珵那双常常含着玩世不恭之意的眼睛已经沉下去了。

注意到有陌生人，樊越便止住了话题，笑着问：“这两位是……”

涂恒沙见樊越说得轻描淡写的，也料到没什么大事。樊越这么一问，她顿时兴奋起来：“是粟老师的大哥大嫂，美不美？帅不帅？”

樊越见她两眼放光，扑哧笑了：“帅！美！”

恰在此时崔培回来了，第一眼看见的人就是粟融珵，顿时一震，笑着走过来：“粟先……”再一想，不对，这儿有两个粟先生，于是他改口道，“粟总，您也来了。”

粟融珵点点头，颇为意外地道：“崔培，想不到能在这里见到你啊。”

“是，我们租了许奶奶家的房子。”崔培忙道，“对了，这是我太太樊越。樊越，这是我们公司的少老板粟总，这位是他的夫人。”

“我们已经认识过了。”粟融珵道。

“实在是没想到。”崔培笑道。

“坐下吃饭吧，都等着你呢。”许奶奶笑着招呼崔培。

“好，谢谢奶奶，不好意思，让大家久等了。”崔培连忙坐下。

一开席，话题便陷入了工作汇报模式。这些人当中最能言善辩的非粟融珵和崔培莫属，两人共同的话题莫过于公司事务，所以说着说着便成了公司中层向副总汇报工作。

粟融理起初还说几句，后来便不开口了，只听崔培说，不时点点头。当辛绾把一碗汤端给粟融理的时候，他便笑道："今天过节，家人朋友聚个餐，就不谈工作了，工作放到公司去谈吧。"

崔培一愣，忙道："是，是我一时说忘形了，没有扫大家的兴吧？"

"怎么会？"粟融理道，"有你这么敬业的同事，是我们公司的骄傲。来，我敬你。只不过今晚女士众多，我们就不喝酒了，以果汁代替吧。"

"不敢当，应该是我敬您才是。"崔培忙站起来，和粟融理碰了一下杯。

粟融理一笑，也没说其他的。

接下来的时间便是高高兴兴地吃饭，有粟融理在，不愁场面不热闹。最高兴的要数许奶奶了，这个小院可是很多年没有这么热闹过了，一帮年轻人坐在院子里谈天说地、赏月品美食，许奶奶都觉得好像回到了自己年轻的时候。

吃完饭，粟融理和辛绾要走。崔培见状便上前问："粟总，不然我开车送送你们吧？"

"不用。"粟融理在车内道，"我夫人车开得比我好，我让她开车。不早了，都早点儿休息吧，明天要上班。"

"那好，粟总慢走。"

崔培坚持目送二人的车驶离胡同才返回院子，彼时粟融归也准备送涂恒沙回去了。

眼看崔培又要提出开车送人回家的时候，粟融归先道："我们就不必了，都一个屋檐下住着，不用客气。"

"行，那粟先生路上小心。"崔培点头道。

"嗯。"粟融归先上了车，等着院子里和许奶奶以及樊越拥抱告别的涂恒沙。与此同时，他拿了手机出来，转发了好些新闻。

涂恒沙一上车便打了个哈欠。

"困了？"粟融归发动车子。

"嗯。"涂恒沙点点头，尤其车子一起步就条件反射地被催发了睡意。

"看看手机。"他沉声道。

"什么？"她掏出手机来看，粟老师给她发了很多条大小媒体报道的新闻，她便一一点开看。

可这都是什么呀？

某女网恋，见面后因对方是帅哥很快陷入爱河，被骗走几十万！

某男明星长得非常帅，却私生活混乱，被爆与多名女子有染！

此类新闻大概有五六条。

后来的七八条全是各种各样的女人与已婚男人有染不得善终的新闻，比如被原配当街殴打，被始乱终弃结局凄凉，或者不是被人杀了就是杀了人……

全是诸如此类的无聊透顶的新闻。

她强打起精神一边打哈欠一边把这些内容看完，自我感觉没吸取到任何营养。

粟老师问她："看完了？"

"嗯。"她点着头，又打了个哈欠。

"说说。"

"说……什么啊？"她揉揉眼睛，眼皮已经在打架了。

"感想。"

她用她那因被瞌睡困扰而变得迟钝的脑子想了想，眼前一亮，得出一个猜测："粟老师，咱们报社要改方向走这种八卦路子了吗？你放心，我不用学习的，这个我在行。我之前在银灿做什么的你又不是不知道，我保证我写出来的东西比这种有趣多了。等着吧，等我爆出一个大料来，你再拿去给别人当范例。哎哟……"

粟老师一个刹车踩下去，她只能庆幸自己系了安全带，脑袋没有撞上玻璃。

"怎么了？"她皱着眉，着实被吓到了。

粟老师给了她一个凉凉的眼神，继续开车，只不过却绷紧了脸再不说话了……

粟家。

辛绾将车缓缓地开进车库，粟融珵轻轻赞了句："精准停车，难怪我爸当初要我娶你的时候，说我会发现捡到个宝，我爸真没骗我。"

辛绾却没因为他的夸赞表现得多欢喜，淡淡地说了一句："下去。"

粟融珵啧了一声："我发现你跟融归越来越像了。我跟你说，千万别好的不学，学他那套……"

"下车。"

粟融珵投降道："好，我下去。"

粟融珵先下了车，却看见家门口车灯亮着，又一辆车停了下来，而且还是辆出租车。

车里下来的人正是粟家的宝贝疙瘩小少爷粟融宇，粟融珵沉着脸走过去。

粟融宇付完钱下车，一抬头猛然看见眼前立着的身影，吓了一大跳："大……大哥……人吓人吓死人啊。"

"你没做坏事怕鬼找你啊？"粟融珵结结实实地挡住了他的去路，一脸阴沉。

粟融宇在家里娇生惯养，但其实他的苦只有他自己知道，家里是个人就能教训他，他还尤其怕这大哥。粟融星虽然是姐姐，但女孩子能奈他何？爸爸妈妈虽然老是训斥他，但他也知道都是雷声大雨点小，不过白吼几句，不会真把他怎么样，二老打心眼里还是疼他这个小儿子的。唯独大哥，平时看起来像浪荡公子，总给人不正经的印象，但在他面前很有大哥的架子，老爹管不上的大哥全管了。最重要的是，要动真格的时候大哥一言不合就拳头伺候他，他从小就被虐怕了。

眼下一看大哥这阴森森的模样，他的骨头就开始发软了。他自己都觉得奇怪，小时候怕大哥是人小打不过他，现在他跟大哥一般高了，怎么还这么㞞？

他就跟大哥干一架又如何？还真不如何，因为他压根不敢……

“今儿太阳是打东边落下的吧，粟四少竟然坐出租车回来？”粟融理脸色阴沉地问了句。

“嗯……嗯……环……环保嘛……”粟融宇结结巴巴地道。

“环保？那你该坐地铁啊。”粟融理往前挪了两步。

粟融宇下意识地往后退：“那不是……不是咱家离地铁站远嘛……”

“编，你再继续编。”

“你的车怕是进店维修去了吧？保险公司来理赔了吗？”粟融理忽然道。

粟融宇吓了一大跳：“没……没啊……”

“没？你撞了人家的车……人家车主叫什么来着？樊越？”

粟融宇看着大哥一点儿一点儿地把真相往外抛，惊得傻掉了：“大哥……你……你是神仙吗？怎么这么快就知道了？”

粟融理冷笑着道：“还要赔人一辆新宾利？你拿什么赔？你赚到几个钱了？把你卖了够不够换一辆宾利？”

晚风习习，粟融宇生生地被逼出一身汗来，眼见辛绾从车库那边走过来，跟见了救命稻草似的大喊：“大嫂！大嫂救命啊！”

粟融理一把揪住了他的后领：“喊谁都没用！”

说完直接提着他的衣领把他往家里拽。

“大哥、大哥，”他一路怪叫，“大哥，大哥饶命！大哥，你这是干什么呀？我都是成年人了。”

辛绾站在路上欲言又止，最后眼睁睁地看着粟融理将人拎了进去。

尚清梅是在家的，一听小儿子怪叫就紧张。在她看来粟融宇自小被粟融理欺负到大，她心疼小儿子，但作为粟融理的继母，即便对他心存不满也不便说什么，心下却早已愤然。

粟融宇并不是个懂事的，被拽进门见到尚清梅也叫着求助：“妈，救命，大哥会杀了我的。”

尚清梅心疼，脑袋也疼，当即便拦着哥俩赔笑道：“融理，融宇这是怎么了？有话好好说，好好说……融宇都这么大了……动手不好。”

岂有此理，不管多大，她和他们爸爸都没舍得动小儿子一下，粟融理这个霸王真让人心烦。

“这么大了？这么大了还干出这种不过脑子的事？”粟融理用力地将粟融宇的脑袋一推，直接将人推得栽倒在地。

粟融宇脑袋撞在了茶几腿上。他疼得大叫。

“融理。”尚清梅急得大声道，“融宇到底做了什么杀人放火的事了，这么大人了，你还这样对他？”

“杀人放火？”粟融理冷笑，“可不就差点儿杀人放火了？毕业这么久成天不思进取，四处惹祸，我这样对他算轻的，等哪天他蹲局子里去了再揍他就迟了。”

尚清梅彻底不高兴了，她的宝贝儿子再怎么不成器也不至于进局子，当即便冷哼道：“融理，融宇是你的弟弟，就算犯了错也不至于咒你弟弟进局子吧？”

粟融理跟人精儿似的，怎会不知继母不高兴了？他厉声道：“他要不是我的弟弟，我还真不管了。粟融宇，你给我起来。”

“不劳驾你，我自己的儿子我自己会管。”尚清梅唯恐儿子再挨打，拉着脸挡在两兄弟之间。

“不劳驾我？”粟融理笑了，拿出手机翻开相册，扔在茶几上，“你们自己看看，上个月有狗仔队找上我，说拍到了粟四少爷和一堆‘网红’在夜店鬼混的照片，让我买下来。成，为了老头的面子，我买下来了。不劳驾我的话以后这种事就不要让我来擦屁股。粟融宇，这次银灿的娱乐记者又拍到了你要撞人家的车，你是觉得老头神通广大出了人命也能给你担着吗？”

“不……不是很严重地撞……”粟融宇捂着额头支支吾吾地不敢说。

尚清梅听了小儿子的话，本来因为粟融理的话而悬着的心落了下去：“我当多大的事呢，不就是剐蹭了车，赔不就行了，犯得着喊打喊杀吗？”

“赔就行了？果然是什么样的妈教出什么样的儿子。”粟融理气得都笑了。

“融理。”一声大喝自楼梯上传来，“你怎么跟你妈说话呢？”

粟融理回头，见粟振站在楼梯上虎目圆睁。

粟融理便笑得愈加神采飞扬：“对不起，我错了，我道歉还不成吗？这事我也不管了。粟家四少爷，请你自己原原本本地把故意撞人家娱乐记者车的事跟你爹妈说清楚吧。”

粟振眼神一滞，明显感觉到了“爹妈”二字前的这个“你”字有些刺耳。

“晚安，各位。”粟融理又恢复了玩世不恭的样子，笑着扬长而去。

辛绾跟公婆道过晚安后也跟着上了楼。

粟融理的手机还扔在茶几上，粟振下来拿起想看却发现已经锁屏，解不开密码。

尚清梅不耐烦地道：“有什么可看的？不就是和几个女孩子喝酒的照片，谁年轻的时候还没玩过？你自己当年不也常出入这些场合吗？粟融理跟外面那些女人的事还少了？还为了你的颜面买下来，你的脸面都被他丢到地上捡不起来了。”

粟融宇虽然从小被粟融理虐到大，但听见妈妈这样说大哥，心里还是不忍，忙道：“妈，别这样说大哥……”

尚清梅顿时火了：“大哥？！你大哥都咒你进局子了，你还帮着他，我看你真是欠揍。”

“行了。”粟振皱起眉，“你这脾气现在也是越来越偏激了，他们两兄弟感情好你还不乐意？这事到底怎么回事？融宇，你给我交代清楚，不然你大哥不揍你，我也要揍你。”

辛绾进房间的时候，便看见粟融珵叼着一根烟，正在找打火机准备点火。

她走上前轻轻一摘，把他的烟给抢了下来。

他一笑，捏了捏眉心：“好，我不抽。”

辛绾将烟扔进垃圾桶，绕到他的身后，手指搭上他的太阳穴，给他按摩。

他觉得很舒服，微微闭了眼。

“你别生气……”她在他的身后轻轻说。

他失笑：“好，我不生气。对了，你刚刚在外面想说什么？”

她犹豫了一下：“有些话……我本来想说，可后来想想，觉得没必要，就不说了。”

“那现在说说。”他握住她的手，将她拉到身前，让她坐在他的腿上。

她动了动，想摆脱这个姿势，反而被他搂住了。

她便随他了，坐在他的怀里，脑袋被他按在他的肩膀上，鼻尖擦着他脖子上的皮肤，呼吸里全是他的味道。

“我是想说，母亲……尚姨……”她是儿媳妇，不能跟他一样叫“尚姨”，但她是站在他这边的，这称呼就让她颇为纠结。

他按了按她的后脑勺，笑着说：“不必顾虑我怎么叫的，你想怎么叫就怎么叫。”

她决定了，叫“尚姨”。

“尚姨……”她被他这么一按，嘴唇几乎贴着他的脖子了，说话间一翕一张的，全擦着他的皮肤，她想退却退不开，停了停，硬着头皮继续说，“她毕竟不是你的亲生母亲，可融宇是她的亲儿子，你这样对融宇，虽然她平时不说什么，但不代表她不介意。她不说不过是因为要端着粟夫人的架子，要做好爸爸眼中的好妻子、好继母，可人心隔肚皮，长此以往总是会积怨越来越深的。我之前……就是想劝劝你，阻止你。”

粟融珵：“那为什么又不说了？”

“后来觉得没必要了。”她低语，“我能看透的事，你怎么会看不透？你不过是活得坦荡罢了。你心中自有天地仁义，你的所作所为当然只求无愧你心、无愧天地，哪里需要去迎合别人？”

“你通透，我坦荡？”他略略品味着这两个词，颇为满意，忽然问她，“那你说，我娶你有没有无愧我心，有没有迎合别人？”

她愣住。

“你说有没有？”

她不想触及这个话题，他却偏问。

"有吧？"她说，"为了迎合妈妈？"

这个"妈妈"指的是他逝去的母亲。他心里忽然像被热浪一阵阵地冲刷、冲击。

"绾……"他将唇埋进她的头发里，近乎无声地叫她的名字，喉音低低的，却震得她脑中嗡嗡直响，"你看，到现在我觉得好像只有你是属于我的了……"

她搁在他胸口的手揪住了他的衣服。

"你说呢？你是不是属于我的？"他勒紧了她的腰，声音愈加低了。

她揪着他衣服的手紧了紧，身体僵直："融琨……"

"好，不说了。"他忽而低笑，"我却觉得我是属于你的呢……现在就把我给你好不好？"他的声音变得喑哑下来，"你要不要我？"

他的呼吸有些粗重。

"不……"她开始用力地推他。

"你个小坏蛋，撩得我七上八下的，现在说不？"他握住那只推他的手。

她哪里撩他了？是他自己按着她的头，话也不好好说。她无奈了："别闹，我还没洗澡，妆也还没卸呢，一脸的粉底。"

"我帮你。"

"别胡闹了，你懂什么卸妆？"

他这爱胡闹的性子，二十年就没见变过。

"不懂你教我啊，走。"他直接将她抱了起来。

粟融琨要耍性子，谁也拦不住，原本唯一的克星就是她了，现今……呵呵，不知从何时起，她也开始慢慢地纵容他了……

于是他胡闹得不像话，只因月色撩人。

这一轮皓月下，千家万户，各家自有各家的欢喜与忧愁。

小院里，崔培看着樊越递给他的纸条顿时头大了："老婆，这到底怎么回事，怎么跟粟家四少爷扯上关系了？"

"粟家四少爷？他是粟家四少爷吗？你没弄错吧？他说他姓容，叫容雨，下雨的雨。"樊越惊道。

崔培愈加头疼了："粟家四公子，就叫粟融宇，这是他的电话号码，我怎么会弄错？"

樊越从最初的吃惊变为不屑："就算是粟融宇又怎样，就能无法无天吗？这样的浑蛋公子哥儿落到我手上，照样给他好看。"

"老婆……"崔培抱住了她，"老婆消消气，到底是怎么回事？这总有个前因后果吧，说出来，老公帮你讨回公道。"

樊越哼道："他可是你大老板的儿子。"

"我肯定给你出气啊。"崔培毫不犹豫地道，"不管是谁，让我老婆一天不好过，我就让他一年不好过。”

樊越扑哧笑了：“得了，哪里学来的台词这么夸张？我自己能报的仇我一般都自己报了，你老婆我也不是那么好欺负的。”

“是，我老婆威武，我老婆天下第一，现在能告诉我粟融宇为什么要撞你的车了吗？”

“说来话长。”得到老公支持的樊越此刻心情大好，“我跟他根本就不认识，前两个星期我跟拍一个女明星，发现那女明星跟他走得挺近，有一回他在女明星家待到深夜没出来，我就拍了好些照片。结果收工的时候不小心被他发现了，追着我要删照片，我删了。当然当时的确是发生了一些不愉快，和他起了口角，但我又没故意为难他，他要给我封口费我都没要。然后我就惹上他了，隔三岔五地会遇上他。我才懒得理这种花花公子，没给过他一次好脸色。这不，大概是得罪狠了，今天我在公司附近洗车，他来故意剐蹭我的车，被我直接一桶脏水泼下去，告诉他就此恩怨了结。赔我？不稀罕，我又不是没买保险。”

“干得好，老婆，干得漂亮。”有这么一个彪悍的老婆，崔培虽然脑袋大，但仍然不吝赞美。

“那是，”樊越开心地拍着崔培的肩膀，“看你这么够义气，明天我早点儿回来做菜给你吃，赏你。”

“你还不如现在赏我呢。”崔培将她抱起来。

樊越嘻嘻哈哈地和他闹了半晌，才如他愿。

粟融宇就没这么好过了，在爹娘的逼问下把事情的经过半遮半掩地说了个四五成，不过已经足以气得粟振掀桌。

“‘网红’、女明星，你的事业就在这里吗？”

粟融宇委屈地说：“我想去援非，你们不让……”

“所以你就鬼混？”粟振压制住心里想要一巴掌拍死他的冲动，毕竟对这小儿子还没舍得下过手。

“那……我不知道干什么呀，”粟融宇一脸懵懂，“公司有你和大哥就足够了，我也不懂公司的业务……”

“去，去援非，明天就给我滚。”粟振气得上了楼，在走廊上看了一眼粟融理房间的门，想起那句“你爹妈”，心里还跟扎了根刺似的，但这时候也不方便再把人叫出来了。